O ÚLTIMO FILHO

JOHN HART

O ÚLTIMO FILHO

Tradução de
FRANCISCO INNOCÊNCIO

1ª edição

EDITORA RECORD
RIO DE JANEIRO • SÃO PAULO
2014

CIP-BRASIL. CATALOGAÇÃO NA FONTE
SINDICATO NACIONAL DOS EDITORES DE LIVROS, RJ

Hart, John, 1965-
H262u O último filho / John Hart; tradução de Francisco Innocêncio. - 1ª ed. - Rio de Janeiro: Record, 2014

Tradução de: The last child
ISBN 978-85-01-09727-9

1. Ficção americana. I. Innocêncio, Francisco R. S. (Francisco Roberto Szezech), 1965-. II. Título.

13-07030 CDD: 813
CDU: 821.111(73)-3

Título original:
THE LAST CHILD

Texto revisado segundo o novo Acordo Ortográfico da Língua Portuguesa.

Impresso no Brasil

ISBN 978-85-01-09727-9

Este livro é para Nancy e Bill Stanback,
Annie e John Hart, e para Kay e Norde Wilson.
Pais, amigos, conselheiros valiosos.

AGRADECIMENTOS

Muitas pessoas trabalharam para que este livro se tornasse um sucesso. Por tudo o que fizeram — afinando o tom, direcionando recursos e comprometendo-se com tamanha intensidade —, eu gostaria de agradecer a Sally Richardson, Matthew Shear, Andrew Martin e Thomas Dunne. Por sua genialidade ao promover o livro, agradeço a Matt Baldacci e às pessoas maravilhosas que lidaram com ele: Tara Cibelli, Kim Ludlam e Nancy Trypuc. Na produção, meu obrigado vai para Kenneth J. Silver, Cathy Turiano e Nina Friedman; e para Jonathan Bennett, no Design. Como sempre, meu reconhecimento especial aos esforçados profissionais da equipe de vendas da St. Martin — vocês são os melhores. Poucos livros poderiam ser bem-sucedidos sem uma forte publicidade; por isso, à minha equipe de publicitários, Hector DeJean e Tammy Richards-LeSure, dedico minha gratidão. Tenho a sorte de contar com os melhores editores do ramo — Pete Wolverton e Katie Gilligan —, que sabem o quanto aprecio o trabalho duro deles. Mesmo assim, faço questão de dizer isto aqui: "Obrigado a vocês dois. Vocês são fabulosos." Obrigado, como sempre, ao meu agente, Mickey Choate. Aos meus primeiros leitores, Clint Robins, Mark Witte, James Randolph e Debbie Bernhardt — vocês continuam a desempenhar um papel vital no processo, e por isso eu lhes sou grato. Um agradecimento especial a Clyde Hunt e John Yoakum, que me ofereceram seus nomes sabendo muito bem que eu poderia abusar deles. Obrigado a Mark Stanback e Bill Stanback, que me falaram sobre águias. E, por fim, e mais importante, agradeço à minha esposa, Katie, que continua sendo minha melhor amiga e o amor da minha vida, e às minhas duas filhas, Saylor e Sophie, senhoras infantis das alegrias diárias e dos entusiasmos inocentes.

PRÓLOGO

O asfalto cortava o campo como uma cicatriz, um longo, ardente e negro talho de navalha. O calor ainda não chegava a distorcer o ar, mas o motorista sabia que isso estava por vir — a claridade abrasadora, a reverberação no ponto distante em que o azul arremetia contra o solo. Ele ajustou os óculos escuros e deu uma olhada no grande retrovisor sobre o para-brisa. Ali tinha a visão de toda a extensão do ônibus e de cada passageiro. Em trinta anos ele avistara todo tipo de pessoa naquele espelho: as garotas bonitas e os homens devastados, os bêbados e os malucos, as mulheres de seios fartos com seus bebês vermelhos e enrugados. O motorista conseguia discernir encrencas a um quilômetro de distância; podia dizer quem estava bem e quem estava fugindo.

O motorista olhou para o menino.

O garoto parecia um fugitivo.

A pele sobre o nariz estava descascando, mas, sob a queimadura de sol, revelava aquele tipo de palidez doentia que vinha com a falta de sono, a desnutrição, ou ambas. As maçãs de seu rosto formavam lâminas afiadas sob a pele bem esticada. Era jovem e pequeno, talvez 10 anos, com cabelos revoltos que se erguiam negros em sua cabeça. O corte era irregular e sem uniformidade, como se ele próprio o tivesse feito. Fiapos de tecido pendiam do colarinho da camisa e dos joelhos do jeans. Os sapatos estavam quase inteiramente puídos. Sobre o colo, ele segurava uma mochila azul; e, fosse lá o que ela contivesse, não devia ser muita coisa.

Era um garoto bonito; contudo, o que mais impressionou o motorista foram os olhos. Grandes e escuros, eles se moviam sem parar, como se a criança estivesse excessivamente atenta às pessoas ao seu redor, à quente pressão de corpos humanos, típica de um ônibus precário numa manhã de sol que torrava as colinas arenosas da Carolina do Norte: meia dúzia de trabalhadores itinerantes, alguns brigões arruinados que pareciam ex-militares, uma ou duas famílias, alguns idosos, um casal de punks tatuados aboletados no fundo.

Os olhos do menino detinham-se com mais frequência no homem do outro lado do corredor, um tipo de cabelos escorridos que parecia vendedor, vestindo um terno amarrotado e mocassins gastos. Havia um negro com uma Bíblia enrugada e uma garrafa de refrigerante presa entre as pernas; o homem atraía também o olhar do garoto. No assento atrás do menino estava uma idosa usando um vestido de tafetá. Quando ela se inclinou para a frente para lhe perguntar algo, o menino meneou a cabeça de modo contido e respondeu com cuidado.

Não, senhora.

As palavras dele saíram como fumaça, e a senhora se recostou novamente, os dedos de veias azuladas segurando a corrente que prendia seus óculos. Ela olhou pela janela e suas lentes reluziram, depois escureceram quando a estrada cortou um bosque de pinheiros, cujas sombras formavam uma poça verde sob os galhos. A mesma luz preencheu o ônibus, e o motorista examinou o homem do terno amarrotado. Tinha a pele empalidecida e um suor de ressaca, com olhos incomumente pequenos, e estava num estado de tensão que deixou o motorista com os nervos à flor da pele. A cada um ou dois minutos o homem se remexia em seu assento. Cruzava e descruzava as pernas, inclinava-se para a frente, depois para trás. Seus dedos tamborilavam sobre um dos joelhos do terno mal-ajustado e ele engolia em seco com frequência, enquanto seu olhar se desviava para o garoto e depois se afastava de súbito, tornava a desviar-se e se demorava sobre ele.

O motorista era um homem exaurido, mas mantinha as coisas em ordem no seu ônibus. Não tolerava bebedeiras, deboches ou vozes alteradas. Sua mãe o criara assim cinquenta anos antes, e ele não via motivos para mudar. Por isso ficou de olho no garoto e no homem tenso e amarrotado de expressão ansiosa. Observou-o vigiar o garoto, e viu-o se comprimir contra o banco sebento quando o canivete apareceu.

O garoto o moveu de maneira casual. Tirou-o de um bolso e abriu a lâmina só com o polegar. Segurou-o por um momento, mantendo-o visível, depois pegou uma maçã da mochila e cortou-a com um movimento rápido e seguro. O cheiro se ergueu acima dos assentos manchados por muitas viagens e do chão encrostado de sujeira. Mesmo com o fedor do diesel, o motorista sentiu o aroma doce e forte da fruta. O garoto olhou uma vez para o homem de olhos arregalados e face lustrosa e abatida, depois dobrou o canivete e guardou-o novamente no bolso.

O motorista relaxou e olhou para a estrada, sem interrupções, por alguns longos minutos. Achou que o menino lhe parecia familiar, mas a impressão se dissipou. Trinta anos. Ele afundou o físico pesado no assento.

Havia visto muitos meninos.

Muitos fugitivos.

Toda vez que o motorista olhava para ele, o menino sentia. Era um dom que tinha, uma habilidade. Mesmo com os óculos escuros nos olhos do homem e a grande curvatura da superfície do espelho, o garoto sabia. Aquela era a sua terceira viagem no ônibus em muitas semanas. Ele se sentava em bancos diferentes e vestia roupas diferentes, mas imaginava que mais cedo ou mais tarde alguém lhe perguntaria o que estava fazendo num ônibus estadual às sete horas da manhã num dia letivo. Acreditava que a pergunta viria do motorista.

Mas ainda não havia acontecido.

O menino virou-se para a janela e posicionou seus ombros de forma que ninguém mais tentasse falar com ele. Observou os reflexos no vidro, os movimentos e os rostos. Pensou em árvores altíssimas e em plumas castanhas com pontas nevadas.

A faca fazia volume no seu bolso.

Quarenta minutos depois, o ônibus sacolejou até encostar num acanhado posto de gasolina que funcionava como ponto de parada, numa grande extensão de pinheiros, arbustos e terra quente e arenosa. O garoto percorreu o corredor estreito e saltou o último degrau antes que o motorista pudesse mencionar que não havia nada além do caminhão de reboque no terreno, ou que não havia nenhum adulto ali para assumir a responsabilidade por ele, um menino de 13 anos que mal aparentava ter 10. Ele manteve sua cabeça virada, de modo que o sol queimou seu pescoço. Atirou a mochila às costas, e a nuvem de diesel se ergueu; então o ônibus sacolejou e partiu para o sul.

O posto de gasolina tinha duas bombas, um banco longo e um velho magérrimo com roupas azuis manchadas de graxa. Ele cumprimentou-o com um aceno de cabeça por trás do vidro sujo, mas não saiu naquele calor. A máquina de refrigerantes à sombra do edifício era tão velha que só pedia 50 centavos. O garoto vasculhou um dos bolsos, tirou cinco moedas de 10 centavos e comprou um refrigerante de uva que saiu da calha numa garrafa de vidro gelada. Tirou a tampa, tomou a direção de onde o ônibus viera e começou a caminhar pela serpente negra da rodovia empoeirada.

Cinco quilômetros e duas curvas depois, a estrada diminuiu, o asfalto deu lugar ao cascalho, o cascalho rareou. A placa não havia mudado desde a última vez que ele a vira. Era velha e maltratada, com lascas de tinta soltas revelando a madeira por baixo: *RESERVA DE AVES DE RAPINA DO RIO ALLIGATOR*. Acima das letras, planava uma águia estilizada e, nas suas asas, as penas pintadas se soltavam.

O menino cuspiu o chiclete que mascava em sua mão e grudou-o com um tapa na placa ao passar.

Levou duas horas para encontrar um ninho, duas horas de suor, arbustos com espinhos e mosquitos que haviam conferido à sua pele um vermelho reluzente e repleto de picadas. Ele encontrou o volumoso emaranhado de gravetos nos galhos mais altos de um pinheiro que crescia elevado e reto do solo úmido da margem do rio. Rodeou a árvore duas vezes, mas não encontrou nenhuma pena no chão. Os raios de sol perfuravam a floresta, e o céu estava tão claro e azul que feria seus olhos. O ninho era um pontinho.

Ele se desfez da mochila e começou a escalar, sentindo a casca da árvore rugosa e áspera na pele queimada de sol. Cauteloso e amedrontado, procurava avistar a águia enquanto subia. Havia um espécime empalhado empoleirado num pedestal no museu de Raleigh, e ele se recordava da ferocidade da ave. Seus olhos eram de vidro, mas as asas abertas mediam 1,5 metro de ponta a ponta, e as garras tinham o comprimento do dedo médio do garoto. O bico podia decepar as orelhas de um homem adulto.

A única coisa que ele queria era uma pena. Adoraria uma limpa e branca da cauda, ou uma das gigantescas penas marrons das asas; mas, no fim das contas, podia ser uma das menores das partes mais macias, uma pluma das patas, talvez, ou daquela penugem delicada sob a dobra das asas.

Na realidade, não importava.

Magia era magia.

Quanto mais ele subia, mais os galhos se curvavam. O vento fazia a árvore se mover, e com ela o menino. Quando as rajadas sopravam, ele comprimia o rosto contra o tronco, o coração disparado e os dedos esbranquiçados pela pressão. O pinheiro era o rei das árvores, tão alto que até o rio se encolhia lá embaixo.

Ele se aproximou do topo. Visto de tão perto, o ninho era largo como uma mesa de jantar e provavelmente pesava mais de 90 quilos. Tinha décadas de existência, fedendo a podridão, esterco e pedaços de coelho. O garoto se expôs ao cheiro, à potência dele. Mudou uma das mãos de posição, plantando um dos pés sobre um galho que havia se tornado cinzento pelo efeito do tempo e estava destituído de casca. Abaixo dele, a floresta de pinheiros rumava às colinas distantes. O rio serpenteava, negro, sombrio e reluzente como carvão. Ele se ergueu acima do ninho e viu os filhotes; dois deles, alvos e pintalgados, na cavidade do abrigo. Bicos que pareciam estilhaços se abriram, implorando por comida, e o garoto ouviu um som como de lençóis no varal quando o vento se agita. Arriscou uma olhada, e a águia mergulhou de um céu perfeito. Por um instante, o garoto viu somente penas, depois as asas abaixaram e as garras foram expostas.

A ave guinchou.

O garoto atirou seus braços para cima e as garras se cravaram nele; então caiu, e a ave — com seus olhos amarelados chispando, as garras enganchadas na sua pele e na sua camisa — caiu com ele.

Às três e quarenta e sete, um ônibus entrou no estacionamento do mesmo ponto que funcionava no posto de gasolina. Dirigindo-se, dessa vez, para o norte, era um ônibus diferente, com outro motorista. A porta se abriu com estardalhaço, e um grupo de pessoas reumáticas saiu arrastando os pés. O motorista era um hispânico magro, de 25 anos e aparência cansada. Ele mal olhou para o menino esquelético que se levantou do banco da parada e mancou até a porta do ônibus. Não notou as roupas rasgadas ou o ar de quase desespero na expressão do garoto. E se era sangue na mão que lhe passou o bilhete, pareceu claro ao motorista que não era da sua conta fazer qualquer comentário a respeito.

O garoto entregou o bilhete. Forçou-se a subir os degraus e tentou manter unidos os pedaços da camisa. A mochila que carregava estava pesada, quase explodindo de tão cheia, e alguma coisa vermelha manchava as costuras no fundo. Havia um cheiro pairando em torno do menino, um cheiro de lama, rio e alguma coisa crua; mas isso também não era da conta do motorista. O garoto mergulhou na penumbra do ônibus. Desequilibrou-se uma vez contra o encosto de um banco, depois seguiu todo o caminho até o fundo, e sentou-se sozinho num canto. Agarrou a mochila junto ao peito e ergueu os pés sobre o assento. Havia grandes perfurações em sua pele, e seu pescoço tinha um talho; mas ninguém olhou para ele, ninguém se importou. Ele apertou a mochila com mais força, sentindo o calor que ainda restava, o corpo destroçado como um saco de gravetos despedaçados. Imaginou os pequenos e felpudos filhotes sozinhos no ninho. Sozinhos no ninho e famintos.

O garoto balançou na escuridão.

Ele balançou na escuridão e enxugou as lágrimas quentes e amargas.

CAPÍTULO 1

Johnny aprendeu cedo. Se alguém lhe perguntasse por que era tão diferente, por que ficava sempre tão calado e por que seus olhos pareciam absorver a luz, era essa a sua resposta. Ele aprendeu cedo que não havia lugar seguro, nem no quintal ou no playground, nem na varanda da frente ou na estrada tranquila que roçava a periferia da cidade. Não havia lugar seguro nem ninguém para protegê-lo.

A infância era uma ilusão.

Ele já estava de pé fazia uma hora, esperando que os sons da noite se calassem, que o sol em seu lento percurso se aproximasse o bastante para declarar a manhã. Era segunda-feira, ainda estava escuro, mas Johnny raramente dormia. Ele despertava para rondar as janelas opacas. Verificava as fechaduras duas vezes por noite, vigiava a rua deserta e a entrada de terra para carros, que parecia traçada a giz quando a lua se erguia. Ele ia ver como estava sua mãe, a não ser quando Ken estava em casa. Ken era temperamental e usava um grande anel de ouro que provocava hematomas perfeitamente ovais.

Essa havia sido outra lição.

Johnny vestiu a camiseta e os jeans esfarrapados, caminhou até a porta do quarto e entreabriu-a. A luz se derramou para o corredor estreito, e o ar parecia esgotado. Ele sentiu cheiro de cigarros e de bebida derramada, provavelmente bourbon. Por um instante, Johnny recordou os cheiros que a manhã costumava ter, ovos e café, e o aroma penetrante da loção pós-barba de seu pai. Era uma boa lembrança, por isso ele a reprimiu, aniquilou-a. Ela só tornava as coisas mais difíceis.

No corredor, o tapete áspero parecia duro sob os dedos de seus pés. A porta do quarto da mãe estava folgada no batente. Era de miolo oco e sem pintura, uma combinação precária. A porta original jazia partida no quintal, arrombada por um chute um mês antes, quando sua mãe e Ken foram parar ali altas horas da madrugada. Ela nunca contou qual havia sido o motivo da discussão, mas Johnny achava que tinha algo a ver com ele. Um ano antes, Ken jamais conseguiria se aproximar de uma mulher como ela, e Johnny não o deixava esquecer-se desse fato; mas isso havia sido um ano atrás. Uma vida.

Eles conheciam Ken havia anos, ou pensavam conhecer. O pai de Johnny era empreiteiro, e Ken construiu muitas casas nas vizinhanças. Eles trabalhavam bem juntos, porque o pai de Johnny era rápido e competente, e Ken era esperto o bastante para respeitá-lo. Por isso, Ken sempre havia sido amável e prestativo, mesmo depois do sequestro, até que o pai de Johnny decidiu que a dor e a culpa eram demais para suportar. Mas depois que seu pai foi embora, o respeito desapareceu, e Ken começou a mudar por completo. Agora era ele quem mandava. Mantinha a mãe de Johnny dependente e solitária, sempre sob o efeito de medicamentos ou bêbada. Dizia-lhe o que fazer, e ela fazia. Prepare um bife. Vá para o quarto. Tranque a porta.

Johnny assistia a isso com aqueles olhos pretos, e com frequência via-se na cozinha à noite, com a mão sobre a grande faca encaixada em seu bloco de madeira, visualizando o tecido mole acima do peito de Ken, pensando.

O homem era um predador, puro e simples; e a mãe de Johnny estava reduzida a nada. Ela pesava menos de 45 quilos e estava abatida como uma inválida, mas Johnny percebia como os homens olhavam para ela, como Ken ficava possessivo quando ela conseguia sair de casa. A pele dela, embora pálida, era sem máculas, seus olhos grandes, fundos e doloridos. Estava com 33 anos e tinha a aparência de um anjo, caso tal coisa existisse, de cabelos pretos, frágil e etérea. Os homens paravam o que estivessem fazendo quando ela entrava numa sala. Olhavam-na como se uma luminosidade emanasse de sua pele, como se ela pudesse se elevar do solo a qualquer momento.

Ela não poderia se importar menos. Mesmo antes de sua filha desaparecer, dava pouca atenção à própria aparência. Jeans e camiseta. Rabo de cavalo e maquiagem de vez em quando. O mundo dela havia sido um lugar pequeno e perfeito em que ela amava seu marido e seus filhos, cuidava de um jardim, fazia trabalho voluntário na igreja e cantava sozinha nos dias chuvosos; porém não era mais. Agora havia silêncio, vazio e sofrimento, e ela era um fiapo da pessoa que havia sido; mas a beleza persistia. Johnny via-a todos os dias, e a cada dia amaldiçoava a perfeição que a adornava de maneira tão completa. Se fosse feia, Ken não teria interesse por ela. Se tivesse gerado filhos feios, a irmã de Johnny ainda estaria dormindo no quarto ao lado do dele. Mas ela parecia uma boneca ou algo não inteiramente real, que deveria ser preservada numa cristaleira a sete chaves. Era a pessoa mais linda que Johnny já havia conhecido, e ele odiava isso nela.

Odiava.

Sua vida mudara a esse ponto.

Johnny examinou a porta do quarto da mãe. Talvez Ken estivesse lá dentro, talvez não. Pressionou sua orelha de encontro à madeira e prendeu a respiração. Normalmente ele conseguia saber, mas o sono se esquivara dele durante dias, e quando ele enfim desabou, desabou com força. Um sono completo e sereno. Profundo. Quando acordou, foi com um sobressalto, como se tivesse ouvido vidro se quebrar. Isso foi às três horas.

Ele se afastou da porta, indeciso, depois se esgueirou pelo corredor, e a luz do banheiro zumbiu quando ele acionou o interruptor. O armário de remédios estava aberto, e ele viu os comprimidos: Xanax, Prozac, alguns azuis, outros amarelos. Apanhou um frasco e leu o rótulo. Vicodin. Esse era novo. O frasco de Xanax estava aberto, havia comprimidos sobre o balcão, e Johnny sentiu a raiva dominá-lo. O Xanax ajudava Ken a voltar ao normal depois de uma noite com a coisa de primeira.

Esse era o termo que ele usava.

Coisa de primeira.

Johnny fechou o frasco e saiu do banheiro.

A casa estava uma bagunça, e ele se recordou de que aquela não era de fato a casa deles. A verdadeira era limpa e bem conservada. Tinha um telhado novo que ele havia ajudado a instalar. Ele subia a escada todos os dias nas férias de primavera, passava as telhas para o pai e guardava os pregos num cinto de ferramentas que tinha seu nome gravado. Era uma boa casa, com paredes de tijolo e um quintal que podia se orgulhar de possuir mais do que poeira e ervas daninhas. Ficava a apenas alguns quilômetros dali, mas parecia mais longe agora, numa vizinhança diferente, com lares bem-cuidados em terrenos grandes e verdes. O lugar era imerso em lembranças, mas a propriedade agora era do banco. Eles haviam entregado alguns papéis à sua mãe e posto uma placa no jardim.

Aquela era uma das casas de aluguel de Ken. Ele tinha cerca de cem, e Johnny achava que aquela era provavelmente a pior, uma espelunca sórdida na saída da periferia da cidade. A cozinha era pequena, com teto de zinco e linóleo gasto que dobrava nos cantos. Havia uma lâmpada acesa acima do forno, e Johnny deu uma volta, lentamente. O lugar era repulsivo: guimbas de cigarro num pires, garrafas vazias e copos de uísque. O espelho estava largado na mesa da cozinha, e Johnny viu como os resíduos do pó branco refletiam a luz. A visão daquilo fez seu peito gelar. Uma nota enrolada de 100 dólares havia caído no chão. Johnny apanhou-a e alisou-a. Não fazia uma refeição decente havia uma semana, e Ken cheirava coca com notas de 100 dólares.

Ele apanhou o espelho, limpou-o com uma toalha molhada e pendurou-o novamente na parede. Seu pai costumava olhar-se naquele espelho, e Johnny ainda podia ver como ele arrumava a gravata aos domingos, os dedos grandes e rígidos, o nó inflexível. Ele só vestia seu terno para ir à igreja, e ficava constrangido quando surpreendia o olhar do filho. Johnny podia perceber isto: o rubor repentino e depois o sorriso despreocupado. "Graças a Deus por sua mãe", dizia, e então ela atava o nó para ele.

As mãos dele nos quadris dela.

O beijo e a piscadela que vinha depois.

Johnny esfregou o espelho novamente, depois o endireitou, ajustou-o até ficar perfeitamente reto.

A porta da varanda da frente moveu-se com rigidez, e Johnny saiu para a manhã úmida e escura. A lâmpada de um poste cintilava a 45 metros rua abaixo. Faróis coroavam uma colina distante.

O carro de Ken não estava ali, e Johnny sentiu um alívio constrangido e doce. Ken morava do outro lado da cidade, numa casa grande com pintura perfeita, grandes janelas e uma garagem para quatro carros. Johnny respirou fundo, pensou em sua mãe curvada sobre aquele espelho e disse a si mesmo que ela não teria ido tão longe. Aquilo era coisa de Ken, não dela. Forçou as mãos cerradas a se abrirem. O ar estava limpo, e ele optou por se concentrar nisso. Disse a si próprio que era um novo dia, que boas coisas poderiam acontecer; mas as manhãs eram ruins para sua mãe. Havia um momento em que os olhos dela se abriam, uma fração de segundo antes de ela lembrar que nunca haviam encontrado sua única filha.

A irmã de Johnny.

Sua irmã gêmea.

Alyssa havia nascido três minutos depois de Johnny, e eles eram tão parecidos quanto gêmeos não idênticos poderiam ser. Tinham o mesmo cabelo e o mesmo rosto, o mesmo riso. Ela era uma garota, sim, mas a 6 metros de distância era difícil distingui-los. Pareciam a mesma pessoa, andavam do mesmo jeito. Na maior parte das manhãs, eles acordavam ao mesmo tempo, ainda que em quartos diferentes. A mãe dizia que eles tinham seu próprio idioma quando eram menores, mas Johnny não se lembrava disso. Lembrava-se de que, na maior parte de sua vida, nunca estivera só; havia um sentimento especial de pertencimento que somente os dois entendiam. Mas Alyssa se foi, e tudo se foi com ela. Essa era a verdade, inevitável, e isso havia torturado sua mãe. Por isso Johnny fazia o que podia. Ele verificava as fechaduras à noite e limpava a desordem. Naquele dia levou vinte minutos; depois preparou o café e pensou na nota enrolada.

Cem pratas.

Comida e roupas.

Ele examinou a casa uma última vez. Garrafas, eliminadas. Sinais de uso de drogas, eliminados. Abriu as janelas para deixar o ar entrar, depois consultou a geladeira. O leite chacoalhou no fundo da caixa quando ele a balançou. Um ovo na embalagem. Ele abriu a bolsa da mãe. Ela tinha 9 dólares e uns trocados. Johnny deixou o dinheiro e fechou a bolsa. Encheu um copo com água e tirou duas aspirinas de um frasco. Caminhou pelo corredor e abriu a porta do quarto dela.

A primeira luz pura do amanhecer forçou seu caminho de encontro ao vidro, uma ponta alaranjada além das árvores escuras. Sua mãe estava deitada de lado, com os cabelos sobre o rosto. Revistas e livros cobriam a mesa de cabeceira. Ele abriu espaço para o copo e depositou a aspirina sobre os veios da madeira. Por um segundo escutou-a respirar, depois olhou para o bolo de notas que Ken havia deixado junto à cama. Havia algumas de 20, uma de 50. Talvez algumas de 100 dólares, amarrotadas e sujas.

Separadas do rolo.

Descartadas.

O carro na entrada era velho, uma *station wagon* que o pai de Johnny havia comprado anos antes. A pintura estava limpa e encerada, a pressão dos pneus era verificada toda semana, mas era só isso que Johnny sabia fazer. Fumaça azul ainda saía do escapamento quando ele virava a ignição, e o vidro do passageiro não subia até o fim. Ele esperou que a fumaça ficasse branca, depois engatou a marcha do carro e rodou até o final do acesso de veículos. Ele não estava nem perto de ter uma carteira de motorista e olhou com cautela antes de sair para a rua. Manteve a velocidade baixa e se limitou às ruas secundárias. A loja mais próxima ficava a apenas 3 quilômetros, mas era uma das grandes e ficava numa rua movimentada, por isso Johnny sabia que as pessoas dali poderiam reconhecê-lo. Ele acrescentou 5 quilômetros à viagem e foi até um pequeno mercado que fornecia as coisas mais corriqueiras. A gasolina custava algum dinheiro e a comida era mais cara, mas na realidade ele não tinha muita escolha. O Serviço Social já havia visitado sua casa duas vezes.

O carro se confundiu com os que já estavam lá, quase todos velhos e americanos. Um sedã escuro entrou atrás dele e parou perto da entrada. A luz do sol refletiu no vidro, e um homem sozinho ficou sentado com o rosto inexpressivo atrás do volante. Ele não saiu, e Johnny o observou enquanto se dirigia à loja.

Johnny tinha muito medo de homens sozinhos em carros parados.

O carrinho bamboleava à medida que ele seguia por um corredor e voltava por outro. Só o básico, ele decidiu: leite, suco, bacon, ovos, pão de forma, frutas. Comprou mais aspirinas para a mãe. Suco de tomate também parecia ajudar.

O policial o deteve no final do corredor oito. Era alto e grande, com olhos castanhos que pareciam suaves demais para os vincos de seu rosto e os ângulos pronunciados de seu queixo. Ele não levava um carrinho e estava parado com as mãos nos bolsos, e Johnny soube só de olhar que o homem o havia seguido até lá dentro. Tinha aquele olhar, uma espécie de paciência resignada.

E Johnny quis fugir.

— Ei, Johnny — disse ele. — Como vai?

Seus cabelos eram mais longos do que Johnny se recordava, no mesmo tom castanho de seus olhos, emaranhados e encrespados no alto do colarinho, com alguns novos fios grisalhos dos lados. Seu rosto havia afinado, e uma parte de Johnny reconhecia que o ano havia sido difícil para ele também. Por mais que o policial fosse grande, parecia abatido, angustiado, porém a maior parte do mundo tinha essa aparência para Johnny, por isso ele não teve certeza. A voz do policial era grave e inquieta. Ela evocou tantas lembranças ruins que, por um instante, Johnny não pôde se mover nem falar. O policial avançou um passo e trouxe consigo a mesma expressão pensativa que Johnny vira com tanta frequência, o mesmo aspecto de gentil preocupação. Uma parte de Johnny queria gostar do homem, confiar nele; mas ainda era o homem que deixou Alyssa ser esquecida. O homem que a perdeu.

— Eu estou bem — respondeu Johnny. — Você sabe. Me virando.

O policial olhou para o relógio, depois para as roupas imundas e os cabelos pretos revoltos de Johnny. Eram seis e quarenta de um dia letivo.

— Alguma notícia de seu pai? — perguntou ele.

— Não. — Johnny tentou esconder a vergonha súbita. — Nem uma palavra.

— Lamento.

O instante se prolongou, mas o policial não se moveu. Os olhos castanhos continuavam firmes, e visto de perto ele parecia tão grande e calmo quanto da primeira vez que fora à casa de Johnny. Mas essa era outra lembrança, por isso Johnny contemplou o pulso largo do homem, as unhas limpas e lixadas. A voz do menino falhou quando ele disse:

— Minha mãe recebeu uma carta uma vez. Ela falou que ele estava em Chicago, talvez indo para a Califórnia. — Uma pausa, com os olhos movendo-se das mãos para o chão. — Ele vai voltar.

Johnny declarou isso com convicção. O policial balançou a cabeça uma vez e desviou o rosto. Spencer Merrimon havia partido duas semanas depois que sua filha foi raptada. Sofrimento demais. Culpa demais. Sua esposa nunca o deixou esquecer que ele deveria ter apanhado a garota, jamais o deixou esquecer que ela não estaria caminhando pela estrada ao anoitecer se ele simplesmente tivesse cumprido com a sua obrigação.

— Não foi culpa dele — disse Johnny.

— Eu nunca disse que foi.

— Ele estava trabalhando. Perdeu a noção do tempo. Não foi culpa dele.

— Todos cometemos erros, filho. Cada um de nós. O seu pai é um bom homem. Jamais duvide disso.

— Eu não duvido. — O ressentimento brotou repentinamente na voz de Johnny.

— Tudo bem.

— Eu nunca duvidaria.

Johnny sentiu o rubor se espalhar pelo rosto. Ele não se lembrava da última vez que havia falado tanto a um homem adulto, mas havia algo naquele policial. Era velho como o diabo, uns 40 anos, mas nunca precipitava as coisas, e havia um afeto no seu rosto, uma gentileza que não parecia falsa ou forçada para enganar um garoto e fazê-lo confiar nele. Seus olhos eram sempre muito tranquilos, e uma parte de Johnny esperava que ele fosse um policial bom o bastante para arrumar as coisas. Mas já fazia um ano, e sua irmã ainda estava desaparecida. Johnny tinha de se preocupar com o presente, e no presente aquele policial não era amigo.

Havia o Serviço Social, que só estava esperando por uma desculpa; além disso, havia as coisas que Johnny fazia, os lugares para onde ia quando matava aula, os riscos que corria quando dava suas escapadas depois da meia-noite. Se o policial soubesse o que Johnny fazia, seria forçado a tomar uma atitude. Lares adotivos. O Juizado de Menores.

Ele deteria Johnny se pudesse.

— Como está sua mãe? — perguntou o policial. Seus olhos estavam atentos, as mãos ainda segurando o carrinho.

— Cansada — disse Johnny. — O lúpus, você sabe. Ela se cansa com facilidade.

O policial franziu o cenho pela primeira vez.

— Da última vez que o encontrei aqui, você me disse que ela tinha a doença de Lyme.

Ele estava certo.

— Não. Eu disse que era lúpus.

As feições do policial abrandaram-se, e ele tirou a mão do carrinho.

— Há pessoas que querem ajudar. Pessoas que entendem.

De repente, Johnny ficou zangado. Ninguém entendia e ninguém se oferecia para ajudar. Nunca.

— Ela só está indisposta. É só estafa.

O policial fez vista grossa para a mentira, mas seu rosto continuou triste. Johnny viu o olhar dele se voltar para o frasco de aspirinas, o suco de tomate. Pelo modo como os olhos dele se detiveram ali, era óbvio que sabia mais do que a maioria sobre bêbados e viciados em drogas.

— Você não é o único que está magoado, Johnny. Você não está só.

— Estou só o bastante.

O policial suspirou profundamente. Ele tirou um cartão do bolso da camisa e escreveu um número no verso. Entregou-o para o garoto.

— Se você precisar de alguma coisa. — Parecia sincero. — Dia ou noite. Estou falando sério.

Johnny olhou para o cartão e enfiou-o no bolso da calça.

— Nós estamos bem — disse ele, empurrando o carrinho. O policial pousou a mão sobre o ombro do menino.

— Se ele bater em você novamente...

Johnny ficou tenso.

— Ou na sua mãe...

Johnny afastou a mão com um movimento do ombro.

— Nós estamos bem — repetiu. — Está tudo sob controle.

Ele passou pelo policial, aterrorizado com a possibilidade de que ele o parasse, que fizesse mais perguntas ou chamasse uma das mulheres carrancudas do Serviço Social.

O carrinho raspou no balcão do caixa, e uma mulher grande num banco gasto olhou para baixo. Ela era nova na loja, e Johnny viu a interrogação no rosto dela. Ele tinha 13 anos, mas parecia bem mais jovem. Tirou a nota de 100 do bolso e colocou-a virada para cima sobre a esteira rolante do caixa.

— Você poderia se apressar, por favor?

Ela estourou uma bola de chiclete e fechou o cenho.

— Calma, querido. Já vai.

O policial parou 3 metros atrás dele, e Johnny sentia-o ali, os olhos postos nas suas costas enquanto a mulher gorda registrava os mantimentos. Johnny forçou-se a respirar e, após um minuto, o policial passou por ele.

— Guarde aquele cartão — falou.

— Está bem. — Johnny não suportou olhá-lo nos olhos.

O policial se virou, e seu sorriso não era dos mais espontâneos.

— É sempre bom ver você, Johnny.

Ele saiu da loja, ainda visível pela ampla vitrine.Passou pela *station wagon*, depois se virou e se deteve por um momento. Olhou pela janela, depois deu a volta no carro para consultar a placa. Aparentemente satisfeito, aproximou-se de seu sedã e abriu a porta. Enfiando-se na penumbra do veículo, se sentou.

Ele esperou.

Johnny tentou controlar as batidas do coração, depois pegou o troco das mãos úmidas e carnudas da operadora de caixa.

O nome do policial era Clyde Lafayette Hunt. Detetive. Era isso que dizia o cartão. Johnny tinha uma coleção deles enfiados na sua gaveta de cima, escondidos debaixo de suas meias e de um retrato do pai. Ele pensava, às vezes, no número do cartão; mas então se lembrava dos orfanatos e abrigos de menores. Ele pensou na irmã desaparecida e no cano de chumbo que guardava entre sua cama e a parede que deixava passar o ar frio. Pensou que o policial provavelmente estava sendo sincero. Certamente era um bom sujeito. Mas Johnny jamais conseguia olhar para ele sem se lembrar de Alyssa, e esse tipo de pensamento requeria concentração. Tinha de imaginá-la viva e sorrindo, não em um porão imundo ou no porta-malas de um carro. A menina tinha 12 anos da última vez que a vira. Doze, com cabelos pretos cortados como os de um menino. O cara que viu o que aconteceu disse que ela caminhou direto para o automóvel, sorrindo até mesmo quando a porta do veículo foi aberta.

Sorrindo abertamente até que alguém a agarrou.

Johnny ouvia essa palavra o tempo todo. *Sorrindo*. Como se estivesse encravada em sua cabeça, o registro de uma só palavra que ele não conseguia expulsar. Mas viu o rosto dela enquanto dormia. Viu-a olhar para trás quando as casas começaram a ficar escassas. Viu a preocupação brotar e viu-a soltar um grito.

Johnny percebeu que a operadora de caixa estava encarando-o, que a mão dele ainda estava estendida, segurando o dinheiro, com os mantimentos já empacotados. A mulher tinha uma das sobrancelhas erguida, a mandíbula ainda mastigando um pedaço de chiclete.

— Precisa de mais alguma coisa, querido?

Johnny se envergonhou. Ele fez um rolo com as notas e enfiou-as no bolso.

— Não — disse ele. — Não preciso de mais nada.

Ela olhou para além do menino, para o gerente da loja que estava parado atrás de uma divisória baixa de vidro. Ele seguiu o olhar da mulher e apanhou as sacolas. Ela deu de ombros e ele partiu, saindo para um céu que havia se tornado azul enquanto ele fazia suas compras. Manteve os olhos no carro de sua mãe e tentou não se importar com o detetive Hunt. Os pacotes faziam ruídos rascantes ao se esfregarem um contra o outro. O leite sacolejava, pesando no lado direito. Ele colocou as sacolas no banco de trás e hesitou. O policial o observava de um automóvel estacionado em ângulo voltado para fora, a menos de 6 metros. Ele fez um gesto quando Johnny endireitou o corpo.

— Eu sei dirigir — disse o menino.

— Não duvido. — A resposta surpreendeu Johnny. Assim como o sorriso do homem. — Eu sei que você é um cara durão — disse ele, e o sorriso se foi. — Eu sei que você consegue dar conta da maioria das coisas, mas a lei é a lei. — Johnny se empertigou. — Eu não posso deixar você dirigir.

— Eu não posso deixar o carro aqui — argumentou Johnny. — É o único que temos.

— Eu levarei você para casa.

Johnny não disse nada. Ele se perguntou se a casa ainda estaria cheirando a bourbon. Tentou lembrar se havia se desfeito de todos os frascos de comprimidos.

— Estou tentando ajudá-lo, Johnny. — O policial fez uma pausa. — As pessoas fazem isso, sabia?

— Que pessoas? — O amargor destilava de suas palavras.

— Está bem — disse o detetive Hunt. — Está ótimo. Só me diga qual é o seu endereço.

— Você sabe onde moro. Eu vejo você passar por lá às vezes. Vejo você diminuir a velocidade quando passa. Então não finja que não sabe.

Hunt ouviu a desconfiança nas palavras do menino.

— Eu não estou tentando enganá-lo, filho. Preciso do endereço exato para poder mandar uma viatura me buscar lá. Vou precisar de uma carona de volta até o meu carro.

Johnny examinou o policial.

— Por que você passa por lá com tanta frequência?

— É como eu disse, Johnny. Há pessoas que querem ajudar.

Johnny não tinha certeza se acreditava nele, mas lhe informou o endereço e viu-o transmitir um pedido pelo rádio para que uma viatura o apanhasse na casa.

— Vamos.

Hunt saiu de seu carro à paisana e atravessou o estacionamento até a *station wagon*. Johnny abriu a porta do passageiro, e o policial enfiou-se atrás do volante. O garoto prendeu o cinto, depois ficou sentado completamente imóvel. Por um longo instante, ninguém se moveu.

— Lamento por sua irmã — disse Hunt, por fim. — Lamento não ter podido trazê-la de volta para casa. Você sabe disso, certo?

Johnny olhava diretamente para a frente, as mãos alvas crispadas no colo. O sol desbravou as árvores e lançou seu calor através do vidro.

— Você pode dizer alguma coisa? — perguntou Hunt.

Johnny virou-se para ele, mas sua voz saiu inexpressiva:

— Ontem fez um ano. — Tinha consciência que soava trivial. — Você sabia disso?

Hunt pareceu constrangido.

— Sim. Eu sabia.

Johnny olhou para o outro lado.

— Você pode apenas dirigir? Por favor?

O motor deu a partida, e a fumaça azul passou pela janela de Johnny.

— Está bem — disse o policial. — Está bem, Johnny.

Ele engatou a marcha do automóvel. Rodaram em silêncio até a periferia da cidade. Nenhuma palavra foi dita, mas Johnny sentia o odor do homem. Cheirava a sabão e lubrificante de armas, e o que podia ter sido fumaça de cigarros em suas roupas. Dirigia do mesmo modo como o pai de Johnny, rápido e seguro, com os olhos na estrada, alternando com o retrovisor. Seus lábios se apertaram quando eles se aproximaram da casa, e Johnny pensou, uma última vez, que aquele homem havia dito que traria Alyssa para casa. Um ano antes. Ele havia prometido.

Uma viatura oficial estava à espera na entrada para automóveis quando eles chegaram lá. Johnny desembarcou e abriu a porta de trás para apanhar as sacolas de compras.

— Eu posso ajudá-lo — disse Hunt.

Johnny apenas olhou para ele. O que aquele homem queria? Ele a havia perdido.

— Já peguei — disse o menino.

O detetive Hunt olhou nos olhos de Johnny até que ficou óbvio que ele não tinha nada a dizer.

— Fique bem — disse o policial por fim, e Johnny observou-o entrar na viatura.

Ele ficou segurando as compras sem se mover enquanto o carro saía de ré para a rua. Não respondeu ao aceno do detetive Hunt. Ficou parado na entrada de terra da garagem e assistiu à viatura subir a ladeira distante e depois sumir de vista. Esperou que seu coração se desacelerasse, em seguida levou as sacolas para dentro.

Os mantimentos pareciam pequenos no balcão, mas a sensação que lhe despertavam era de algo mais: uma vitória. Johnny afastou as compras, depois começou a fazer o café e partiu um único ovo na frigideira. A chama azul estalava no aro de ferro, e ele observou o ovo tornar-se esbranquiçado nas bordas. Virou-o com cuidado, colocando-o em um prato de papelão. O telefone tocou quando ele estendeu sua mão para apanhar um guardanapo. Reconheceu o número no identificador de chamadas e atendeu antes que tocasse pela segunda vez. O garoto no outro lado da linha possuía uma voz áspera. Tinha 13 anos também, mas fumava e bebia como um adulto.

— Está matando aula hoje? Vamos matar juntos.

Johnny desviou seus olhos para o corredor e manteve a voz baixa.

— Oi, Jack.

— Eu estive olhando algumas casas na zona oeste. É uma área ruim. Ruim mesmo. Tem um monte de ex-presidiários ali. Faz sentido quando se pensa a respeito.

Era um velho refrão. Jack sabia o que Johnny fazia quando matava aula ou saía escondido depois de escurecer. Ele queria ajudar, em parte porque era um bom garoto, em parte porque era mau.

— Isso não é brincadeira — disse Johnny.

— Você sabe o que costumam dizer sobre cavalos dados, cara. Isso é ajuda grátis. Não a subestime.

Johnny suspirou.

— Desculpe, Jack. Esta é uma daquelas manhãs.

— Sua mãe?

Johnny sentiu um aperto na garganta, por isso fez que sim com um aceno de cabeça. Jack era o último amigo que lhe restava, o único que ainda o tratava como se ele não fosse uma espécie de aberração ou um caso perdido. Ambos tinham algumas coisas em comum. Ele era um garoto pequeno, como Johnny, e também tinha os seus próprios problemas.

— Hoje eu provavelmente vou.

— O trabalho de história é para hoje — disse Jack. — Você fez?

— Eu o entreguei na semana passada.

— Merda. É mesmo? Eu nem mesmo comecei o meu.

Jack estava sempre atrasado, e os professores sempre deixavam por isso mesmo. A mãe de Johnny uma vez chamou Jack de malandro, e a palavra encaixava bem. Ele roubava cigarros da sala dos professores e alisava os cabelos às sextas-feiras. Bebia mais álcool do que qualquer garoto deveria e mentia como um profissional; mas guardava segredos quando dizia que iria fazê-lo e lhe dava cobertura caso necessário. Ele era amigável, sincero quando se importava, e por um segundo Johnny sentiu seu ânimo melhorar; mas então a manhã voltou à sua mente.

O detetive Hunt.

O maço de notas gordurosas ao lado da cama de sua mãe.

— Eu tenho que ir — disse Johnny.

— Que tal matar aula?

— Eu tenho que ir.

Johnny desligou o telefone. Magoara seu amigo, mas não podia evitar isso. Apanhou o prato, sentou-se na varanda e comeu seu ovo com três fatias de pão e um copo de leite. Ainda estava com fome quando acabou, mas o almoço estava a apenas quatro horas e meia de distância.

Ele podia esperar.

Depois de servir uma xícara de café com leite, Johnny seguiu pelo corredor mal iluminado até o quarto da mãe. A água se fora, assim como a aspirina. Os cabelos dela haviam saído do rosto, e uma nesga de sol atravessava seus olhos. Johnny pôs a caneca sobre a mesa e abriu a janela. O ar fresco entrou pelo lado sombreado da casa e Johnny examinou a mãe. Ela parecia mais pálida, mais cansada, jovem e perdida. Não acordaria para tomar o café, mas o garoto quis deixá-lo ali por garantia. Só para que ela soubesse.

Ele começou a se virar para sair, mas ela gemeu no sono e teve um violento sobressalto. Murmurou algo e suas pernas agitaram-se duas vezes, então ela saltou na cama, com os olhos esbugalhados e aterrorizados.

— Deus! — disse ela. — Meu Deus!

Johnny se pôs diante dela, mas ela não o viu. Aquilo que a havia assustado ainda a dominava. O garoto inclinou-se sobre ela, dizendo-lhe que havia sido apenas um sonho, e por um segundo os olhos dela pareceram reconhecê-lo. Levou uma das mãos ao rosto dele.

— Alyssa — disse ela, e havia um tom interrogativo em sua voz.

O menino sentiu a tempestade se aproximar.

— É Johnny — disse a ela.

— Johnny? — Os olhos dela pestanejaram, então o dia irrompeu sobre ela. O olhar desesperado desmoronou, a mão se deixou cair, e ela se virou de volta para o meio das cobertas.

Johnny aguardou alguns segundos, mas ela não tornou a abrir os olhos.

— Está tudo bem? — perguntou ele, finalmente.

— Um sonho ruim.

— Tem café. Quer comer alguma coisa?

— Droga.

Ela afastou as cobertas e saiu do quarto. Não olhou para trás. Johnny ouviu a porta do banheiro bater.

Ele foi para fora e sentou-se na varanda. Cinco minutos depois, o ônibus escolar estacionou no acostamento de terra. Johnny não se levantou, permanecendo completamente parado. Por fim, o ônibus seguiu em frente.

Levou mais de uma hora para que sua mãe se vestisse e o encontrasse na varanda. Ela se sentou ao seu lado e pousou os braços finos sobre os joelhos. O sorriso dela falhou em mais de um sentido, e Johnny recordou como ele costumava iluminar um ambiente.

— Desculpe — disse ela, empurrando-o de leve com um ombro. Johnny olhou para a rua. Ela empurrou-o novamente. — Desculpe. Você sabe... Estou dizendo que estou arrependida.

Ele não sabia o que responder, não conseguiria explicar qual era a sensação de saber que ela se sentia ferida ao olhar para ele. Então deu de ombros.

— Tudo bem.

Johnny sentiu que sua mãe procurava as palavras certas para dizer. Ela falhou nisso também.

— Você perdeu o ônibus — disse ela.

— Não faz mal.

— Para a escola, faz.

— Eu tiro notas perfeitas. Ninguém se importa se eu estou lá ou não.

— Você ainda está vendo o orientador educacional?

Ele a fitou com olhos rancorosos.

— Já faz seis meses que não.

— Ah.

Johnny olhou novamente para a estrada e sentiu que sua mãe o observava. Ela costumava saber de tudo. Eles costumavam conversar. Quando ela falou, sua voz revelava certa rispidez.

— Ele não vai voltar.

Johnny olhou para a mãe.

— O quê?

— Você fica olhando para a rua. Você faz isso o tempo todo, como se esperasse vê-lo descendo a ladeira. — Johnny abriu a boca, mas ela falou antes dele. — Isso não vai acontecer.

— Você não sabe.

— Eu só estou tentando...

— Você não sabe!

Johnny estava de pé sem se dar conta de ter levantado. Suas mãos se crisparam pela segunda vez naquela manhã, e alguma coisa quente pressionou as paredes de seu peito. Sua mãe se recostou, com os braços ainda cruzados sobre os joelhos. O brilho abandonou seus olhos, e Johnny soube o que estava por vir. Ela estendeu uma das mãos, que deixou cair antes de tocá-lo de fato.

— Ele nos deixou, Johnny. Não é culpa sua.

Ela começou a se levantar. Seus lábios se suavizaram e seu rosto assumiu um ar de entendimento sofrido, o tipo de expressão que os adultos ofereciam aos filhos que não sabiam muito bem como o mundo funcionava. Mas Johnny entendeu. Ele conhecia aquele olhar e o odiava.

— Você jamais devia ter dito as coisas que disse.

— Johnny...

— Não foi por culpa dele que ela foi levada. Você nunca deveria ter dito aquilo a ele. — Ela deu um passo na direção dele. Johnny ignorou o gesto. — Ele foi embora por sua causa.

Ela parou no meio de um passo e a frieza tomou conta de sua voz. O sorriso de simpatia abandonou seus lábios.

— *Foi* culpa dele — falou. — Dele e de ninguém mais. Agora ela se foi, e eu não tenho mais nada.

Johnny sentiu os tremores surgirem nas suas panturrilhas. Em segundos, ele estava tiritando. Era uma discussão antiga e estava separando os dois.

A mulher endireitou o corpo e começou a se virar.

— Você sempre ficou do lado dele — disse ela, retirando-se para dentro da casa, afastando-se do mundo e do lugar que o filho que lhe restava ocupava nele.

Johnny contemplou a porta desbotada e depois as mãos. Viu-as tremerem, em seguida engoliu em seco a emoção. Sentou-se novamente e observou o vento revolver a poeira do acostamento. Pensou nas palavras da mãe e olhou para o alto da ladeira. Não era uma ladeira bonita. Havia farrapos de mata pontilhados de pequenas casas e calçadas de terra, fios telefônicos que descreviam curvas entre os postes e pareciam particularmente negros contra o céu renovado. Nada tornava aquela ladeira especial, mas ele a contemplou por um longo tempo. Observou-a até seu pescoço doer, depois foi para dentro checar como sua mãe estava.

CAPÍTULO 2

O frasco de Vicodin continuava aberto sobre o balcão do banheiro; a porta do quarto da mãe estava fechada. Johnny entreabriu-a, viu que estava escuro do lado de dentro e que sua mãe estava imóvel debaixo das cobertas. Ouviu o chiado da respiração dela e, sob ele, um profundo e perfeito silêncio. Fechou a porta e foi para o próprio quarto.

A mala debaixo da cama exibia rachaduras no couro e um embaçamento escuro nas dobradiças. Uma das tiras de couro havia se partido, mas Johnny conservou o pedaço solto porque havia pertencido ao seu trisavô. A mala, grande e quadrada, tinha um monograma desbotado que Johnny ainda conseguia ver se a inclinasse na posição correta. Dizia *JPM*, John Pendleton Merrimon, o mesmo nome de Johnny.

Ele arrastou a mala para fora, colocou-a sobre a cama e abriu a fivela que restava. A tampa se ergueu desajeitadamente e ele encostou-a contra a parede. No interior curvo da tampa havia uma dúzia de fotografias, uma colagem. A maior parte exibia sua irmã, porém duas mostravam-nos juntos, parecendo muito gêmeos e compartilhando o mesmo sorriso. Ele tocou brevemente uma das fotografias, logo olhou as outras, as de seu pai. Spencer Merrimon era um homem grande, com dentes bem alinhados e sorriso fácil, um construtor de mãos rudes, confiança tranquila e uma convicção moral que sempre havia feito com que Johnny se sentisse afortunado por ser seu filho. Ele havia ensinado tantas coisas a Johnny: a dirigir, a manter a cabeça erguida, a tomar as decisões certas. Seu pai ensinou-o como o mundo funcionava, ensinou-o em que acreditar e onde depositar sua fé: na família, em Deus, na comunidade. Tudo o que Johnny havia aprendido a respeito de ser um homem, aprendera com seu pai.

Até o final, quando seu pai foi embora.

Agora Johnny tinha de questionar tudo isso, tudo o que havia assimilado com tanta convicção. Deus não se importava com as pessoas que sofrem. Nem com os mais jovens. Não havia coisas como justiça, retribuição e comunidade; vizinhos não se ajudavam mutuamente e os mansos não herdariam a Terra. Tudo isso era besteira. A igreja, os policiais, sua mãe — nenhum deles poderia fazer o que era certo, nenhum deles tinha poder para isso. Por um ano, Johnny tinha vivido a nova e brutal verdade que lhe pertencia.

Mas era assim que as coisas funcionavam. O que havia sido concreto um dia demonstrava ser areia no dia seguinte; a força era uma ilusão; a fé não significava merda alguma. E então? Então seu mundo, um dia radiante, havia regredido para uma névoa fria e úmida. Essa era a vida, a nova ordem. Johnny não tinha nada em que confiar a não ser em si próprio, e foi desse modo que seguiu — seu caminho, suas escolhas, sem olhar para trás.

Ele observou atentamente as fotos de seu pai: uma atrás do volante de uma picape, de óculos escuros e sorrindo; uma de pé, tranquilamente, no topo de um telhado, com o cinturão de ferramentas ao lado do corpo. Parecia forte: o queixo, os ombros, as costeletas fartas. Johnny procurou algum indício de seus próprios traços, mas era delicado demais, tinha a pele muito clara. Johnny não parecia forte, porém isso era só na superfície.

Ele era forte.

Disse para si mesmo: *eu serei forte.*

O restante era mais difícil de admitir, por isso não o fez. Ignorou a vozinha no fundo da mente, a voz da criança. Retesou a mandíbula e tocou as fotos uma última vez; depois fechou os olhos, e quando os abriu, a emoção se fora.

Ele não era solitário.

Dentro da mala estavam todas as coisas cuja falta Alyssa mais sentiria, as coisas que ela gostaria de ter quando voltasse para casa.

Começou a tirá-las: o diário, não lido; dois bichos de pelúcia que ela teria para sempre; três álbuns de fotografia; seu anuário escolar; os CDs favoritos; um pequeno baú com bilhetes que havia recebido na escola e colecionava como se fossem tesouros.

Mais de uma vez, sua mãe havia lhe perguntado sobre as coisas na mala, mas Johnny sabia que era melhor não contar a ela. Se ela misturasse os comprimidos errados, qualquer coisa poderia acontecer. Atiraria coisas fora ou as queimaria no quintal, parada como um zumbi ou gritando sobre como aquelas recordações eram dolorosas. Foi isso que aconteceu com as outras fotografias de seu pai e com as pequeninas coisas sagradas que um dia encheram o quarto de sua irmã. Elas desapareceram no meio da noite ou foram consumidas pelas tormentas que agitavam sua mãe.

No fundo da mala ficava uma pasta verde. Dentro dela havia um fino maço de mapas e uma foto 20 x 25 de Alyssa. Johnny pôs a fotografia de lado e estendeu os mapas. Um era em grande escala e mostrava o condado aninhado na porção oriental da Carolina do Norte, nem bem nas dunas, nem bem no piemonte ou nas planícies de aluvião; a duas horas de Raleigh, talvez a uma hora da costa. A porção ao norte do condado era território agreste: florestas e pântanos e um afloramento de granito de 50 quilômetros que outrora era escavado em busca de ouro. O rio descia do norte e se bifurcava no condado, passando a algumas milhas da cidade. A oeste havia solo escuro, perfeito para vinhedos e fazendas; a leste havia as dunas, que se vangloriavam de sua crescente quantidade de campos de golfe sofisticados, e, além delas, uma longa faixa de cidadezinhas pobres que mal conseguiam sobreviver. Johnny havia passado por algumas delas e recordava-se das ervas daninhas que cresciam nas sarjetas, das fábricas de portas fechadas e dos armazéns de bebidas, homens em ruínas sentados à sombra e bebendo de garrafas acondicionadas em sacos de papel castanho. Oitenta quilômetros além da última dessas cidades em ruínas atinge-se Wilmington e o oceano Atlântico. A Carolina do Sul era uma terra estrangeira além da borda do papel.

Johnny enfiou o grande mapa na pasta. Os restantes detalhavam as ruas da cidade. Tinta vermelha marcava algumas ruas, e havia pequenos sinais de X destacando determinados endereços. Anotações com a caligrafia de Johnny preenchiam as margens. Algumas vizinhanças ainda estavam intocadas; umas poucas haviam sido percorridas por completo. Ele olhou para o lado leste da cidade, perguntando-se de que parte dela Jack havia falado. Teria de perguntar a ele. Mais tarde.

Johnny estudou o mapa por mais alguns segundos, dobrou-o e o pôs de lado. As coisas de Alyssa voltaram para a mala, que foi para baixo da cama. Ele apanhou a fotografia e enfiou uma caneta vermelha no bolso de trás da calça.

Havia atravessado a porta da frente e estava prestes a fechá-la quando a van entrou pelo acesso de veículos. A pintura do capô estava descascada em trechos irregulares; o para-lama frontal direito estava amassado e enferrujado. Ela foi manobrada para dentro da entrada da garagem com um sacolejo, e Johnny sentiu algo semelhante a desânimo. Ele virou as costas, enrolou o mapa e enfiou-o no bolso que guardava a caneta. Manteve a fotografia em sua mão para que ela não se amarrotasse. Quando a van parou, Johnny viu um lampejo azul pelo vidro; depois a vidraça desceu. O rosto por trás dela estava incomumente pálido e inchado.

— Entre — disse o homem.

Johnny desceu a rampa e atravessou o pequeno trecho de grama e mato. Parou antes de alcançar a borda do acesso de veículos.

— O que está fazendo aqui, Steve?

— Tio Steve.

— Você não é meu tio.

A porta abriu com um rangido e o homem desembarcou. Vestia um macacão azul com um aplique dourado sobre o ombro direito. O cinto era pesado e preto.

— Sou primo-irmão do seu pai, isso é parentesco suficiente. Além disso, você me chamava de tio Steve desde que tinha 3 anos.

— Tio quer dizer família, e isso significa que nos ajudamos uns aos outros. Não o vemos há seis semanas, e um mês havia se passado antes disso. Por onde você anda?

Steve enganchou seu polegar no cinturão, fazendo ranger o vinil rígido.

— Sua mãe está andando com os ricos agora, Johnny. Viajando no trem da alegria. — Ele gesticulou com uma das mãos. — Casa grátis. Não precisa trabalhar. Que diabo, filho, não há nada que eu possa fazer por ela que seu namorado não faça mil vezes melhor. Ele é o dono do shopping, dos cinemas. Ele é dono de metade da cidade, pelo amor de Deus. Não precisa de gente como eu no caminho dele.

— No caminho dele? — A descrença de Johnny vinha em ondas.

— Isso não é...

— Você tem medo dele — disse Johnny com asco.

— É ele quem assina minha folha de pagamento, minha e de quase quatrocentos outros caras. Agora, se ele estivesse machucando sua mãe, ou coisa parecida, isso seria diferente. Mas ele a está ajudando. Certo? Então por que eu ficaria no caminho dele? Seu pai iria entender.

Johnny virou o rosto.

— Você não está atrasado para o seu turno no shopping?

— Sim, estou. Por isso entre.

Johnny não se moveu.

— O que você está fazendo aqui, tio Steve?

— Sua mãe ligou e pediu que eu o levasse à escola. Ela disse que você perdeu o ônibus.

— Eu não vou para a escola.

— Sim, você vai.

— Não, não vou.

— Meu Deus, Johnny. Por que você tem de tornar tudo tão terrivelmente difícil? Entre na van e pronto.

— Por que você simplesmente não diz a ela que me apanhou e me deixou lá?

— Eu prometi que o levaria, por isso tenho de levá-lo. Eu não vou a lugar algum até você entrar na van. Vou obrigá-lo, se necessário.

A voz de Johnny baixou de tom.

— Você não é policial, Steve. É só um segurança. Não pode me obrigar a nada.

— Que se dane — disse Steve. — Espere aí.

Ele passou por Johnny e pequenos objetos de metal tilintaram no seu cinto. O uniforme parecia muito alinhado e produzia um som rascante entre as pernas dele.

— O que você está fazendo?

— Indo falar com sua mãe.

— Ela está dormindo — afirmou Johnny.

— Então eu a acordarei. Não saia daqui. Estou falando sério.

Ele entrou na casa que cheirava a bebida derramada e detergente genérico. Johnny viu a porta se fechar com um estalo, depois olhou para a sua bicicleta. Podia subir nela e partir antes que o tio Steve conseguisse voltar, mas não era isso que uma pessoa forte faria. Portanto, Johnny tirou o mapa do bolso e alisou-o junto ao peito. Respirou fundo, em seguida foi para dentro a fim de resolver o problema.

O interior da casa estava silencioso, a claridade ainda não passava de penumbra. Johnny entrou no corredor curto e parou. A porta do quarto da mãe estava escancarada, e tio Steve, parado diante dela, imóvel. Johnny observou-o por um segundo, mas Steve não se mexeu nem falou. Quando Johnny se aproximou, pôde ver uma nesga estreita do quarto de sua mãe. Ela ainda dormia, estendida de costas, um dos braços jogado sobre os olhos. As cobertas haviam descido até a cintura, e Johnny viu que ela estava despida, muito serena, e que tio Steve estava parado ali, contemplando-a. Então Johnny entendeu.

— Que diabo é isso? — Depois mais alto: — Que diabo, Steve?

Tio Steve se encolheu de culpa. Suas mãos se ergueram, com os dedos esticados.

— Não é o que você está pensando.

Mas Johnny não escutava. Ele deu cinco passos rápidos e fechou a porta do quarto da mãe. Ela ainda não havia se movido. Johnny apoiou suas costas na porta e sentiu o fogo brotar em seus olhos.

— Você é nojento, Steve. Ela é minha mãe. — Johnny olhou em volta, como se procurasse uma vara ou um bastão, mas não havia nada. — O que há com você?

Os olhos de Steve exibiam um raro desespero.

— Eu só abri a porta. Eu não pretendia fazer nada. Juro por Deus, Johnny. Eu não sou assim. Não sou esse tipo de cara. Juro. Em nome de Deus.

Um brilho de suor sebento lustrou a face de tio Steve. Ele estava tão assustado que chegava a dar pena. Johnny queria chutar as suas bolas. Queria jogá-lo no chão, apanhar o cano sob a sua cama e espancá-lo até achatar seus bagos. Mas pensou no retrato de Alyssa e nas coisas que ainda precisava fazer. E isso ele havia aprendido naquele ano. Ele aprendera como pôr a emoção em segundo plano. Sua voz se tornou fria e firme. Tinha coisas a fazer e Steve iria ajudá-lo.

— Você vai dizer a ela que me levou para a escola. — Johnny balançou a cabeça e chegou mais perto. — Se ela perguntar, é isso que vai responder.

— E você não vai contar nada?

— Não, se fizer o que estou dizendo.

— Jura?

— Apenas vá, tio Steve. Vá trabalhar.

Tio Steve passou rapidamente por ele, com as mãos ainda erguidas.

— Eu não pretendia fazer nada disso.

Mas Johnny não tinha mais nada a dizer. Ele fechou a porta, depois estendeu o mapa sobre o balcão da cozinha. A caneta vermelha escorregava entre seus dedos. Passou sua palma sobre o papel enrugado, deslizando um dedo pela vizinhança em que estivera trabalhando nas últimas três semanas.

Escolheu uma rua ao acaso.

CAPÍTULO 3

O detetive Hunt sentou-se na escrivaninha atravancada de seu pequeno escritório. Arquivos pendiam do alto dos armários e de cadeiras sem uso. Xícaras sujas de café, memorandos que ele nunca leria. Eram nove e quarenta e cinco. O lugar estava uma bagunça, mas faltava-lhe energia para arrumá-lo. Ele esfregou o rosto com as mãos e pressionou as órbitas até ver linhas brancas e fagulhas. Seu rosto parecia áspero ao tato, com a barba por fazer, e ele sabia que aparentava cada dia dos seus 41 anos. Havia perdido tanto peso que seu terno estava folgado sobre o corpo. Não comparecia ao ginásio de esportes ou ao estande de tiro havia seis meses. Raramente conseguia fazer mais do que uma refeição por dia, mas nada disso parecia importar.

Diante dele, havia espalhado sua cópia oficial do processo de Alyssa Merrimon. Uma duplicata bem manuseada estava trancada na gaveta de uma escrivaninha em sua casa. Ele folheava as páginas metodicamente, lendo cada palavra: relatórios, inquéritos, súmulas. O rosto de Alyssa contemplava-o de uma cópia ampliada de sua fotografia escolar. Cabelos pretos, como os de seu irmão. A mesma estrutura óssea, os mesmos olhos escuros. Um tipo secreto de sorriso. Uma leveza, como a de sua mãe, uma qualidade etérea que Hunt havia tentado identificar e falhara. A disposição oblíqua de seus olhos, talvez? As orelhas inclinadas para trás e a pele de porcelana? A inocência? Isso era o que ocorria a Hunt com mais frequência. A criança parecia jamais ter tido um pensamento impuro ou feito uma travessura sequer em toda a sua vida.

Além disso, havia sua mãe, seu irmão. Ambos possuíam aquilo em maior ou menor grau; mas nenhum dos dois com a mesma intensidade que a garota.

Hunt esfregou o rosto mais uma vez.

Ele estava envolvido demais, sabia disso; mas o caso havia se apoderado dele. Um olhar para o escritório revelava a profundidade de sua queda. Havia casos ali que precisavam do seu empenho. Outras pessoas. Pessoas reais que sofriam exatamente como os Merrimon; mas esses casos desbotavam, e ele ainda não sabia por quê. A menina sempre achava um jeito de aparecer nos seus sonhos. Vestia as mesmas roupas que estava usando no dia em que desapareceu: calções amarelos desbotados, um top branco. Ela estava pálida no sonho. Cabelos curtos. Quarenta quilos. Um dia quente de primavera. Acontecia sem qualquer prenúncio; o sonho começava como um tiro de canhão, com toda força, cor e som. Algo a puxava para um lugar escuro sob as árvores, arrastava-a pelas folhas quentes em decomposição. A mão dela estava estendida, a boca aberta, dentes muito brancos. Ele mergulhava para segurar a mão, errava, e ela gritava enquanto dedos longos a arrastavam para dentro de algum lugar escuro e impenetrável.

Quando isso acontecia, ele acordava coberto de suor, os braços agitados como se estivesse escavando entre as folhas. O sonho perseguia-o duas ou três noites por semana, e era o mesmo todas as vezes. Ele saía da cama em algum momento por volta das três horas, trêmulo, totalmente desperto, borrifava água gelada no rosto e fitava longamente os olhos injetados antes de descer as escadas para examinar os arquivos durante as horas que restavam até que seu filho acordasse e o dia passasse os longos dedos por sua pele.

O sonho havia se tornado o seu inferno pessoal; o arquivo, um rito, uma religião; e isso o estava devorando em vida.

— Bom dia.

Hunt teve um sobressalto e ergueu os olhos. Na porta encontrava-se John Yoakum, seu parceiro e amigo.

— Ei, John. Bom dia.

Yoakum tinha 63 anos, cabelos castanhos em rarefação e um cavanhaque mosqueado de fios grisalhos. Magro mas muito elegante, ele era perigosamente talentoso, cínico em demasia. Eram parceiros havia quatro anos, trabalharam juntos numa dúzia de casos importantes, e Hunt gostava do sujeito. Era um homem reservado e um sabichão, mas também trazia uma compreensão rara para um trabalho que exigia nada menos do que isso. Trabalhava por longas horas sempre que elas precisavam ser trabalhadas, dava cobertura ao parceiro; embora fosse um tanto sombrio, um tanto fechado, Hunt aceitava isso bem.

Yoakum meneou cabeça.

— Eu gostaria de ter vivido a noite que deixou você com essa aparência.

— Não, você não gostaria.

O sorriso de Yoakum se apagou, e as palavras que disse foram em tom jovial.

— Eu sei disso, Clyde. Só estava brincando. — Ele fez um gesto por cima do ombro. — Tenho um chamado que talvez você queira atender.

— É? Por quê?

— Porque é sobre Johnny Merrimon.

— Sério?

— Alguma dona quer conversar com um policial. Eu disse a ela que eu era o único policial de verdade aqui hoje. Eu disse: Um cara que está com as emoções em frangalhos, sim, temos um desses. Um obsessivo-compulsivo que já se pareceu com um policial. Ela poderia ficar com esse cara também. Ambos, na verdade. Ao mesmo tempo.

— Qual linha, sabichão?

Yoakum exibiu seus belos dentes de porcelana.

— Linha três — disse ele, e saiu com um afetado andar de tranquilidade. Hunt ergueu o fone e apertou o botão piscante da linha três.

— Aqui é o detetive Hunt.

Inicialmente houve silêncio, depois uma voz de mulher. Parecia velha.

— Detetive? Não sei se preciso de um detetive. Não é tão importante, na verdade. Só achei que alguém deveria saber.

— Está tudo bem, senhora. Posso saber seu nome, por favor?

— Louisa Sparrow.

Sparrow. Pardal, em inglês. A voz combinava com o nome.

— Qual o problema, Sra. Sparrow?

— É aquele pobre menino. Você sabe, aquele que perdeu a irmã.

— Johnny Merrimon.

— Esse mesmo. O pobre garoto... — Ela se calou por um instante, mas sua voz se firmou. — Ele acabou de passar na minha casa... Nesse minuto.

— Com um retrato da irmã — Hunt interrompeu-a.

— Ora, sim. Como você sabia?

Hunt ignorou a pergunta.

— Posso pegar seu endereço, por favor, senhora?

— Ele não está metido em encrenca, está? Ele já passou por muita coisa, eu sei. Só que é dia de escola, e foi tudo muito perturbador, ver a fotografia dela daquele jeito, como ele ainda se parece com ela, como se não tivesse crescido nada. E aquelas perguntas que ele faz, como se eu tivesse alguma coisa a ver com aquilo.

O detetive Hunt pensou no garotinho que havia encontrado na mercearia. Os olhos fundos. A desconfiança.

— Sra. Sparrow...

— Sim.

— Eu realmente preciso do seu endereço.

Hunt encontrou Johnny Merrimon a um quarteirão de distância da residência de Louisa Sparrow. O garoto estava sentado no meio-fio, os pés cruzados na sarjeta. O suor encharcava sua camisa e fazia seus cabelos grudarem na testa. Uma bicicleta batida jazia onde ele a havia largado, no meio do gramado de alguém. Ele mastigava uma caneta e estava curvado sobre um mapa que cobria seu colo como um cobertor. Sua concentração era completa e só foi quebrada quando Hunt bateu à porta do carro. Nesse instante o menino pareceu um animal assustado, mas então relaxou. O detetive viu o reconhecimento estalar nos olhos do rapaz, depois a determinação e algo mais profundo.

Aceitação.

Seguida por astúcia.

Seus olhos avaliaram a distância, como se ele pudesse saltar para a sua bicicleta e tentar fugir. Arriscou um olhar para o bosque próximo, mas Hunt se aproximou e o garoto cedeu.

— Oi, detetive.

Hunt tirou os óculos escuros. Sua sombra caiu nos pés do menino.

— Olá, Johnny.

Johnny começou a dobrar o mapa.

— Eu já sei o que vai dizer, por isso não precisa nem falar.

Hunt estendeu a mão.

— Posso ver o mapa?

Johnny congelou, e o animal acuado pareceu erguer-se novamente em seu rosto. Ele olhou ao longo da rua, depois para o mapa. Hunt continuou:

— Eu ouvi falar sobre esse mapa, entende. Primeiro eu não acreditei, mas as pessoas me contaram. — Hunt mantinha olhos duros sobre o garoto. — Quantas vezes, Johnny? Quantas vezes eu conversei com você sobre isso? Quatro? Cinco?

— Sete. — A voz dele mal se elevou da sarjeta. Seus dedos estavam apertados sobre o mapa.

— Eu vou devolver.

O menino olhou para cima, os olhos pretos rutilando, e a sensação de astúcia desapareceu. Ele era um garoto. Estava assustado.

— Promete?

Parecia muito pequeno.

— Eu prometo, Johnny.

Johnny estendeu sua mão, e os dedos de Hunt se fecharam sobre o mapa. Estava amolecido pelo uso e esbranquiçado nas dobras. Ele se sentou no meio-fio ao lado do garoto e estendeu o mapa entre suas mãos. Era grande, tinta vermelha sobre papel branco. Notou que tinha os nomes dos contribuintes e seus respectivos endereços. Só cobria uma porção da cidade, talvez mil propriedades. Cerca da metade havia sido assinalada com tinta vermelha.

— Onde você conseguiu isto? — perguntou ele.

— Com o fiscal do imposto de renda. Não é caro.

— Você tem todos eles? Do condado inteiro? — Johnny fez que sim com um aceno de cabeça. Hunt perguntou: — As marcas vermelhas?

— Casas que visitei. Pessoas com quem falei.

Hunt ficou estupefato. Não conseguia imaginar as horas empregadas, a área coberta numa bicicleta avariada.

— E as que estão com asteriscos?

— Homens solteiros que moram sozinhos. Os que me provocam calafrios.

Hunt dobrou o mapa e o devolveu.

— Há marcas em outros mapas também?

— Em alguns deles.

— Isso tem de parar.

— Mas...

— Não, Johnny. Isso tem de parar. Esses são cidadãos com direito à privacidade. Nós temos recebido queixas.

Johnny se levantou.

— Eu não estou violando lei alguma.

— Você fica matando aulas. Está matando agora mesmo. Além disso, é uma coisa perigosa. Você não faz ideia de quem mora nessas casas. — Ele golpeou o mapa com um dedo, provocando um estalo no papel, e Johnny o puxou. — Eu não posso perder mais um garoto.

— Eu sei me cuidar.

— É, você me disse isso hoje de manhã.

Johnny desviou o olhar. Hunt examinou a linha de seu queixo estreito, os músculos que se retesavam sob a pele esticada. Viu uma pequenina pena amarrada a um cordão no pescoço do menino. Ela emitia um brilho cinza-esbranquiçado contra a camisa desbotada. Hunt apontou para ela, tentando quebrar o gelo.

— O que é isso?

A mão de Johnny moveu-se até o pescoço. Ele enfiou a pena novamente sob a camisa.

— É uma penugem — disse.

— Uma penugem?

— Para dar sorte.

Hunt viu os dedos do menino embranquecerem e avistou outra pena amarrada à bicicleta. A pluma era maior, mais castanha.

— E aquela outra? — Ele apontou novamente. — Falcão? Coruja?

A face do garoto não revelava nada e ele manteve a boca fechada.

— É para dar sorte também?

— Não. — Johnny fez uma pausa, olhando para o outro lado. — Aquela é diferente.

— Johnny...

— Você viu os jornais da semana passada? Quando encontraram aquela garota que foi raptada no Colorado? Sabe de quem estou falando?

— Eu sei de quem está falando.

— Ela estava desaparecida havia um ano e eles a encontraram a três quarteirões da própria casa. Ela estava a menos de 1,5 quilômetro o tempo todo. A 1,5 quilômetro de sua família, trancada num buraco imundo escavado na parede de um porão. Emparedada com um balde e um colchão.

— Johnny...

— Eles mostraram as fotos no jornal. Um balde. Uma vela. Um colchão imundo. O teto tinha só 1,20 metro de altura. Mas eles a encontraram.

— Esse foi só um caso, Johnny.

— São todos assim. — Johnny virou-se de volta para ele, seus olhos fundos haviam ficado ainda mais escuros. — É um vizinho ou um amigo, alguém que a menina conhece ou uma casa pela qual ela passa diariamente. E quando as encontram, elas estão sempre trancadas. Mesmo se estiverem mortas, elas estão trancadas.

— Isso não é sempre verdade.

— Mas algumas vezes é.

Hunt se levantou e sua voz ficou mais suave:

— Às vezes.

— Só porque você desistiu não significa que eu também tenha de fazer isso.

Ao olhar para o garoto e sua convicção desesperada, Hunt sentiu uma grande tristeza. Ele era o principal detetive do departamento para crimes graves, por isso tomara a frente da investigação do desaparecimento de Alyssa. Hunt havia trabalhado mais que qualquer outro policial para trazer aquela pobre criança para casa. Havia passado meses nessa rotina, perdido o contato com a própria família, até que a esposa, em desespero e com um rancor silencioso, por fim o deixou. E por quê? Alyssa sumira, sumira a tal ponto que eles teriam sorte se encontrassem seus restos mortais. Não importava o que havia acontecido no Colorado. Hunt conhecia as estatísticas: a maioria era morta no final do primeiro dia. Mas isso não tornava aquilo mais fácil. Ele ainda queria trazê-la para casa. De um jeito ou de outro.

— O inquérito ainda está aberto, Johnny. Ninguém desistiu.

Johnny apanhou sua bicicleta. Ele enrolou o mapa e enfiou-o no seu bolso de trás.

— Eu tenho de ir — disse.

O detetive Hunt pôs a mão no guidom. Sentiu as partículas de ferrugem e o calor da exposição ao sol.

— Eu dei rédea demais a você. Não posso mais agir assim. Isso tem de parar.

Johnny subiu na bicicleta, mas não conseguiu movê-la. Sua voz soou mais alta do que Hunt jamais a ouvira:

— Eu posso me cuidar.

— Não é só isso, Johnny. Não cabe a você cuidar de si próprio. Isso compete à sua mãe e, francamente, não estou certo de que ela consiga cuidar de si própria, imagine então de um menino de 13 anos.

— Você pode *achar* que isso é verdade, mas você não *sabe* nada.

Por um longo momento, o detetive olhou-o nos olhos. Viu como eles migraram da ira ao medo, e compreendeu a que ponto aquele garoto necessitava da sua esperança. Mas o mundo não era um lugar gentil para crianças, e Hunt havia chegado ao limite com John Merrimon.

— Se você levantasse sua camisa agora, quantos hematomas eu veria?

— Eu sei me cuidar.

As palavras saíram automáticas e débeis, por isso Hunt ergueu a voz:

— Eu não posso fazer nada se você não falar comigo.

Johnny endireitou o corpo, depois largou a bicicleta.

— Eu vou andando — disse ele, dando as costas.

— Johnny.

O garoto continuou andando.

— Johnny!

Quando ele parou, Hunt caminhou até ele com a bicicleta. Os aros rangiam ao girar das rodas. Johnny segurou o guidom quando Hunt tornou a oferecer-lhe a bicicleta.

— Você ainda tem meu cartão? — Johnny fez que sim, e Hunt deu um longo suspiro. Jamais conseguiria explicar por completo sua afinidade pelo garoto, nem mesmo para si próprio. Talvez visse algo naquele menino. Talvez sentisse o sofrimento dele mais do que deveria. — Guarde-o com você, certo? Ligue-me a qualquer hora.

— Certo.

— Eu não quero mais ouvir falar de você fazendo isso de novo.

Johnny não disse nada.

— Você vai direto para a escola?

Silêncio.

Hunt olhou para o céu limpo e azul, depois para o menino. Os cabelos dele estavam escuros e úmidos, a mandíbula cerrada.

— Tome cuidado, Johnny.

CAPÍTULO 4

As pessoas não eram direitas. O policial sabia muito bem disso. Johnny havia espiado por mais cercas e mais janelas do que conseguiria contar. Havia batido em portas a qualquer hora e visto coisas que não eram direitas. Coisas que as pessoas faziam quando achavam que estavam sozinhas e que não havia ninguém olhando. Vira jovens cheirando drogas e velhos comendo alimentos que haviam caído no chão. Uma vez vira um pastor em roupas de baixo, ruborizado e gritando com sua esposa enquanto ela chorava. Isso foi perturbador. Mas Johnny não era idiota. Ele sabia que pessoas loucas podiam parecer normais. Por isso permanecia discreto. Conservava seus calçados bem-amarrados e um canivete no bolso.

Ele era cuidadoso.

Ele era esperto.

Johnny não olhou para trás até ter percorrido duas quadras inteiras. Quando virou a cabeça, viu o detetive Hunt ainda parado na rua, um distante ponto colorido junto a um carro escuro e à grama verde. O policial ficou imóvel por um instante, então ergueu o braço num vagaroso aceno, e Johnny pedalou mais rápido, tomando o cuidado de não olhar para trás novamente.

O policial o assustava, e Johnny se perguntava como ele tinha conhecimento das coisas que sabia.

Cinco.

O número brotou na sua cabeça.

Cinco hematomas.

Ele pedalou com mais intensidade, forçou suas pernas até que a camisa grudou nas costas como uma segunda pele. Seguiu para o norte, para o limite mais distante da cidade, o lugar onde o rio corria sob a ponte e se alargava até a correnteza se tornar plana. Ele rodou com a bicicleta até a margem e largou-a. O sangue latejava em seus ouvidos e ele sentia gosto de sal. Seus olhos ardiam, por isso ele os esfregou com uma manga encardida. Costumava pescar ali com seu pai. Sabia onde encontrar as percas e os bagres gigantes que se nutriam na lama a 1,5 metro de profundidade, mas nada disso importava. Ele nunca mais havia pescado, mas ainda ia ali.

Aquele ainda era o seu lugar.

Ele se sentou na poeira para desamarrar os sapatos. Seus dedos tremiam e ele não sabia por quê. Os sapatos saíram, depois ele tocou sua face com a pena e embrulhou-a com a camisa. O sol imprimia um calor feroz em sua pele, e ele olhou para os hematomas, os maiores com o tamanho e a forma do joelho de um homem grande. Cobriam as costelas do lado esquerdo, e ele se lembrou de como Ken o imobilizou com aquele joelho, jogando seu peso sempre que Johnny tentava se desvencilhar.

Johnny moveu os ombros em círculos, tentando esquecer aquilo, o joelho no seu peito, o dedo no seu rosto.

Você vai fazer qualquer porra que eu disser...

A mão espalmada estapeia a face de Johnny, primeiro de um lado, depois do outro, enquanto sua mãe está desacordada no quarto do fundo.

Seu merdinha...

Outro tapa, mais forte.

Onde está seu papaizinho agora?

O hematoma havia amarelado nas bordas, ficado verde no meio e doía quando era pressionado com um dedo. A pele ficava branca por um segundo — outra oval perfeita —, depois a cor retornava de súbito. Johnny enxugou novamente o sal de seus olhos e, quando avançou para o rio, tropeçou uma vez. Entrou na água e o fundo do rio se meteu entre seus dedos; ele mergulhou e a água quente se fechou acima dele. Ela o envolveu, trancou fora o mundo e levou sua fadiga para o fundo.

Johnny passou duas horas no rio, preocupado demais com o detetive Hunt para arriscar-se novamente em sua busca, sentindo-se ambivalente sobre a escola para que valesse a pena gastar seu tempo indo até ela. Ele atravessou o rio a nado e voltou, deu mergulhos no raso, de cima de rochas planas abrasadas pelo sol. Galhos à deriva acumulavam-se em pilhas prateadas, e o vento lambia a água das superfícies. No final da manhã ele estava fisicamente exausto, estendido sobre uma rocha plana a 12 metros rio abaixo em relação à ponte, invisível atrás de um salgueiro que varria a água escura com seus longos ramos. Automóveis faziam a ponte zunir. Uma pedrinha retiniu na rocha ao lado de sua cabeça. Ele se sentou e outra pedra acertou-o no ombro. Olhou em volta e não viu ninguém. Uma terceira resvalou em sua perna. Era grande o suficiente para doer.

— Atire outra e você está morto.

Silêncio.

— Eu sei que é você, Jack.

Johnny ouviu uma risada e Jack saiu da orla do bosque. Vestia jeans cortados e tênis imundos. Sua camisa era branca-amarelada, com uma imagem da silhueta de Elvis em preto. Tinha uma mochila nas costas e mais pedras nas mãos. Um dos lados de sua boca se contorceu num ângulo agudo e seus cabelos estavam alisados para trás. Johnny havia esquecido que era sexta-feira.

— Isso foi por matar aula sem mim.

Jack se aproximou, um garoto baixo com cabelos louros, olhos castanhos e um braço seriamente ferrado. O braço direito era perfeito, mas era difícil não notar o outro. Mirrado e pequeno, como se alguém tivesse costurado o braço de uma criança de 6 anos num garoto com o dobro dessa idade.

— Está zangado? — perguntou Johnny.

— Estou.

Jack conservou o sorriso duro.

— *Três* socos — disse ele.

— Três com seu bracinho de garota.

— Dois com o martelo.

Jack levantou seu punho bom e reprimiu um sorriso.

— Sem se esquivar.

Ele se aproximou e Johnny flexionou o braço, pressionando-o junto ao corpo. Jack abriu as pernas, recuando o punho.

— Esse vai doer.

— Faça de uma vez, menininha.

Jack socou Johnny no braço, duas vezes. Bateu com força, e, quando recuou um passo, parecia satisfeito.

— É isso que você merece.

Johnny girou o braço, atirou uma das pedras e Jack se esquivou.

— Como você sabia que eu estaria aqui?

— Não é preciso ser bem um gênio para saber isso.

— Então por que você demorou tanto?

Jack sentou-se na pedra ao lado de Johnny. A mochila se soltou e ele também despiu a camisa. Sua pele estava rubra de sol, descascando nos ombros. Uma cruz de prata pendia de uma fina corrente de aço. Ela girou enquanto ele abria a mochila, piscando com um brilho prateado ao sol.

— Eu tive que passar em casa para apanhar suprimentos. Papai ainda estava lá.

— Ele não viu você, viu?

O pai de Jack era um policial sério e severo, e Johnny evitava-o como se fosse a peste.

— Eu pareço algum idiota? — A mão normal de Jack desapareceu dentro da mochila. — Ainda está gelada — disse ele, tirando uma lata de cerveja. Entregou-a a Johnny e depois tirou outra.

— Roubando cerveja. — Johnny balançou a cabeça. — Você vai arder no inferno.

Jack exibiu o mesmo sorriso astuto.

— O Senhor perdoa os pecados pequenos.

— Não é o que a sua mãe diz.

Ele explodiu numa gargalhada.

— Minha mãe está a um passo de lavar pés e manipular cobras, meu caro Johnny. Você sabe disso. Ela reza pela minha alma como se eu fosse arder em chamas a qualquer momento. Ela faz isso em casa. Faz isso em público.

— Pare com isso.

— Naquela vez que me pegaram colando? Lembra?

Três meses antes. Johnny se lembrava.

— Sim. Na prova de história.

— Nós tivemos uma reunião com o diretor, certo? Antes de acabar, ela fez o homem ficar de joelhos, orando a Deus para que Ele me mostrasse o caminho.

— Mentira.

— É sério! O diretor ficou com muito medo dela. Você devia ter visto a cara dele, todo encolhido, olhando de lado para ver se ela estava observando se ele fazia tudo certo. — Jack tirou a tampa da cerveja e deu de ombros. — Ainda assim, não posso culpá-lo. Ela mergulhou muito fundo nisso e está tentando me levar junto de todas as maneiras. Ela chamou o pastor semana passada para orar por mim.

— Por quê?

— Para o caso de eu estar me tocando.

— Não acredito.

— A vida é uma comédia — disse Jack, mas o sorriso havia ido embora. Sua mãe era assustadoramente religiosa, renascida em Cristo e extremista. Ela atormentava Jack o tempo todo com ameaças do fogo do inferno e da danação eterna. Ele se virava, mas as fissuras estavam aparecendo.

Johnny abriu sua cerveja.

— Ela sabe que seu pai ainda bebe?

— Ela diz que o Senhor desaprova, por isso papai deixa o refrigerador com as cervejas na garagem, as outras bebidas também. Isso parece ter acalmado as coisas.

Jack tomou uma grande quantidade de cerveja. Johnny bebeu um gole.

— Essa cerveja é um lixo, Jack.

— Cavalo dado, cara. Não me faça bater em você novamente.

Jack virou de um só gole o resto de sua cerveja, depois enfiou a garrafa vazia na mochila e tirou outra.

— Fez o seu dever de história?

— O que eu falei a respeito de pequenos pecados?

Johnny olhou os arredores atrás de Jack.

— Onde está a sua bicicleta?

— Não sei.

— Como assim, não sabe?

— Não senti vontade de andar nela.

— É uma Trek de 600 dólares.

Jack desviou o olhar e deu de ombros.

— Eu sinto falta da velha. É só isso.

— Ainda nenhum sinal dela, hein?

— Roubada, eu acho. Perdida para sempre.

Era a força do sentimentalismo, Johnny pensou. A bicicleta antiga de Jack era amarelo-enxofre, com três marchas e um selim banana. Seu pai comprou-a de segunda mão e ela devia ter quinze anos de existência. Havia sumido fazia um bom tempo.

— Você saltou do trem?

Os olhos de Johnny desceram até o braço atrofiado. Jack havia caído da carroceria de uma picape quando tinha 4 anos e quebrou o braço, que revelou ter o osso poroso. Ele sofreu uma operação para preencher a medula oca com osso de gado, mas o cirurgião devia ser bem ruim, porque o braço nunca chegou a crescer depois disso. Os dedos não funcionavam muito bem. O membro tinha pouca força. Johnny infernizava-o com aquilo, porque isso tornava o braço algo de pouca importância entre os dois. Mas era só disfarce. No fundo, Jack era sensível àquilo. Ele percebeu o olhar.

— Você acha que eu não consigo pular de um trem? — O tom era irritado.

— Eu só estava pensando naquele garoto, você sabe quem.

Ambos conheciam a história, um menino de 14 anos de uma das escolas do condado, que estava pulando do trem e acabou tombando. Ele caiu sob as rodas e perdeu ambas as pernas: uma na altura da coxa, outra abaixo do joelho. Era uma história de advertência para garotos como Jack.

— Aquele garoto era um fracote.

Jack revirou um dos bolsos externos da mochila e tirou um maço de cigarros mentolados. Puxou um deles com o braço defeituoso e segurou-o entre dois dedos de bebê enquanto o acendia com um isqueiro. Ele tragou a fumaça e tentou soprar um anel ao exalar.

— Seu pai compra cigarros vagabundos também.

Jack olhou para o céu azul impecável e deu outra tragada. O cigarro na sua mão diminuta parecia inaturalmente grande.

— Quer um? — ofereceu ele.

— Por que não?

Jack entregou um cigarro a Johnny e deixou que ele o acendesse na ponta do seu. Johnny deu uma tragada e tossiu. Jack gargalhou.

— Você está longe de ser um fumante.

Johnny atirou a guimba no rio e cuspiu no solo.

— Cigarros vagabundos — repetiu. Quando ergueu os olhos, surpreendeu Jack contemplando os hematomas em seu peito e suas costelas.

— Esses são novos — disse ele.

— Nem tanto. — Johnny observou a correnteza carregar um tronco, que passou pela pedra em que eles estavam. — Me conte novamente — pediu.

— Te contar o quê?

— Sobre a van.

— Droga, Johnny. Você sabe como desanimar alguém. Quantas vezes temos que fazer isso? Não mudou nada desde a última vez Ou a vez antes daquela.

— Apenas me conte.

Jack tragou a fumaça e desviou os olhos do amigo.

— Era só uma van.

— De que cor?

— Você sabe de que cor.

— De que cor?

Jack suspirou.

— Branca.

— E havia amassados? Arranhões? Alguma outra coisa que você se lembre?

— Já faz um ano, Johnny.

— Que mais?

— Que merda, cara! Era uma van branca. Branca. Como contei a você. Como eu contei aos policiais.

Johnny esperou, e por fim Jack se acalmou.

— Era uma van branca, simples — disse ele. — Como as que os pintores usam.

— Você nunca disse isso antes.

— Disse.

— Não. Você a descreveu assim: branca, sem janelas na parte de trás. Você nunca disse que ela parecia a van de um pintor. Por que está dizendo isso agora? Havia tinta derramada na lateral?

— Não.

— Escadas na capota? Um suporte para escadas?

Jack terminou o cigarro e também atirou sua guimba no rio.

— Era só uma van, Johnny. Ela estava a uns 180 metros quando aquilo aconteceu. Eu nem mesmo tive certeza de que era ela até saber que estava desaparecida. Eu voltava da biblioteca para casa, assim como ela. Nós estávamos em grupo lá naquele dia. Eu vi a van descer a ladeira e parar. A mão de alguém saiu pela janela e ela caminhou até o lado do veículo. Não parecia assustada ou coisa assim. Ela simplesmente caminhou direto até o carro.

Ele fez uma pausa momentânea.

— Então a porta se abriu e alguém a agarrou. Um cara branco. Camisa preta. Como eu disse uma centena de vezes. A porta se fechou e eles arrancaram. A coisa toda durou uns dez segundos. Simplesmente não há mais nada para lembrar.

Johnny olhou para baixo e chutou uma pedra.

— Desculpe, cara. Eu queria ter feito algo, mas simplesmente não fiz. Aquilo nem mesmo parecia real.

Johnny se levantou e contemplou o rio. Após um minuto, balançou a cabeça.

— Me dê outra cerveja.

Eles beberam cerveja e nadaram. Jack fumou. Depois de uma hora, ele perguntou:

— Você quer investigar algumas casas?

Johnny fez uma pedra ricochetear na água e meneou a cabeça. Jack gostava daquele jogo, do risco que envolvia. Gostava de se esgueirar e ver coisas que garotos não deveriam ver. Para Jack, aquilo era uma fonte de adrenalina.

— Hoje não — disse Johnny.

Jack caminhou até a bicicleta de Johnny, que tinha o mapa enroscado entre os aros do pneu da frente. Ele puxou-o e o ergueu.

— E isso? — perguntou.

Johnny olhou para o amigo e lhe contou sobre seu encontro com o detetive Hunt.

— Ele está na minha cola.

Jack achou que aquilo era bobagem.

— Ele é só um policial.

— Seu pai é policial.

— É, e eu roubo cerveja da geladeira dele. O que isso quer dizer? — Jack cuspiu na terra, um sinal universal de desagrado entre dois meninos. — Vamos lá. Vamos fazer alguma coisa. Isso vai fazer você se sentir melhor. Nós dois sabemos disso. E eu não posso ficar sentado aqui o dia inteiro.

— Não.

— Você é quem sabe — assegurou Jack, enfiando o mapa novamente entre os aros. Ele viu a pena amarrada na bicicleta de Johnny. Estava pendurada num cordão enrolado no cano do assento. Tomou-a na mão. — Ei, o que é isto?

Johnny fitou seu amigo.

— Nada — disse.

Jack passou a pena entre os dedos. A luz fazia com que ela cintilasse nas bordas. O menino inclinou-a contra a luz.

— É legal — afirmou ele.

— Eu já disse, deixe isso aí.

Jack percebeu a angulação diferente nos ombros do amigo e largou a pena. Ela girou uma vez no seu cordão.

— Poxa. Foi só uma pergunta.

Johnny relaxou seus dedos. Jack era Jack. Ele não representava uma ameaça.

— Ouvi falar que seu irmão conseguiu a Clemson.

— Você soube?

— Estava em todos os jornais.

Jack apanhou uma pedra, rolou-a da sua mão normal para a ruim.

— Ele já está sendo sondado pelos profissas. Quebrou o recorde semana passada.

— Que recorde?

— De corrida até a primeira base.

— Da escola?

Jack meneou a cabeça.

— Do estado.

— Aposto que o seu velho está orgulhoso — disse Johnny.

— O filho dele vai ser famoso. — O sorriso de Jack parecia autêntico, mas Johnny percebeu que ele comprimiu o braço ruim com mais força junto às costelas. — É claro que está orgulhoso.

Eles voltaram às bebidas. O sol havia se arrastado mais para o alto, porém a luz do dia parecia baça. O ar ficou mais frio, como se o rio tivesse gelado. Johnny tomou metade da sua terceira cerveja, então largou-a.

Jack ficou bêbado.

Não falaram mais sobre o irmão dele.

Era meio-dia quando ouviram um carro diminuir a marcha na estrada. O veículo parou na ponte, depois dobrou na velha trilha de lenhadores na margem mais alta, acima deles.

— Merda.

Jack escondeu as latas de cerveja. Johnny vestiu sua camisa para ocultar os hematomas e Jack fingiu que aquela era uma atitude normal. Era uma velha discussão entre os dois, contar ou não.

Uma alta grade metálica de radiador abriu caminho pelas ervas que cresciam entre os sulcos da trilha, e Johnny viu que era uma picape encerada. O metal cromado lançava reflexos do sol e o para-brisa era espelhado. Três das quatro portas se abriram. Jack posicionou-se mais ereto.

Calça jeans. Botas. Braços grossos. Johnny viu tudo isso enquanto os garotos mais velhos rodeavam a frente da caminhonete. Ele os observou em toda a volta. Eram garotos do ensino médio. Tinham 17, 18 anos. Homens crescidos, ou quase. Um deles tinha uma garrafa de bourbon na mão. Todos fumavam. Eles pararam numa língua de terra onde a margem descia em direção à água. Olharam para Johnny, e um deles, um rapaz louro e alto com uma marca de nascença em forma de framboesa no pescoço, cutucou o motorista.

— Olhe aquilo — disse ele. — Um casal de bichinhas do ensino fundamental.

O rosto do motorista não demonstrou qualquer emoção. O rapaz que segurava o bourbon tomou um trago da garrafa.

— Vá se foder, Wayne — disse Jack.

O garoto da marca de nascença parou de rir.

— É isso mesmo — tornou Jack. — Eu sei quem você é.

O motorista bateu com as costas da mão no peito do garoto da marca de nascença. Era alto e tinha um bom porte, com uma beleza de cartão-postal. Ele olhou Wayne com frieza, depois apontou para Jack.

— Aquele é o irmão de Gerald Cross, por isso mostre um pouco de respeito a ele.

Wayne fez uma careta.

— Aquele merdinha? Eu não acredito. — Ele avançou um passo, inclinou-se sobre o barranco e ergueu a voz: — Seu irmão deveria ter assinado com a Carolina — disse. — Diga para ele que a Clemson é para veados.

— É para lá que você está indo? — perguntou Johnny.

O motorista riu. O garoto que segurava o bourbon fez o mesmo. O rosto de Wayne ensombreceu, mas o motorista deu um passo adiante e interrompeu-o.

— Eu conheço você também — garantiu ele a Johnny, depois fez uma pausa e deu uma tragada no seu cigarro. — Lamento por sua irmã.

— Espere um pouco — disse Wayne, e apontou para ele. — É aquele cara?

— Sim, ele mesmo.

As palavras saíram sem emoção visível; o sangue abandonou a face de Johnny.

— Eu não conheço você — disse ele.

Jack tocou o braço de Johnny.

— Aquele é o filho do Hunt. O filho do policial. O nome dele é Allen. É um veterano.

Johnny ergueu os olhos e viu a semelhança. Cabelos diferentes, mas a mesma constituição. Os mesmos olhos suaves.

— Esse lugar é nosso — afirmou Johnny. — Nós estávamos aqui primeiro.

O filho de Hunt inclinou-se sobre a margem, mas claramente não havia se perturbado com o tom de desafio. Ele se dirigiu a Jack.

— Não vejo você faz algum tempo.

— Por que veria? — respondeu Jack. — Nós não temos nada a dizer um ao outro. Nem Gerald, por falar nisso.

Johnny olhou para Jack.

— Ele conhece seu irmão?

— Conheceu uma vez.

Allen endireitou-se.

— Uma vez — disse ele, e não havia emoção nas suas palavras. — Nós encontraremos outro lugar. — Ele deu a volta, parou, e dirigiu-se a Jack: — Diga ao seu irmão que eu mandei um oi.

— Diga você mesmo.

Allen fez uma pausa, depois ofereceu um sorriso vazio. Fez um gesto aos seus amigos, entrou na caminhonete e deu a partida. Eles retornaram pela trilha de terra e desapareceram; ficaram só o rio e o vento.

— Aquele é o filho do Hunt? — perguntou Johnny.

— É. — Jack cuspiu na terra.

— Qual é o problema entre ele e o seu irmão?

— Uma garota — disse Jack, olhando para o rio. — Águas passadas.

O clima morreu depois disso. Eles apanharam uma cobra não venenosa e a soltaram, cepilharam a lenha flutuante com seus canivetes, mas não adiantava. Johnny estava calado e Jack compreendeu, de modo que quando um apito distante anunciou o trem que seguia para o sul, calçou seus sapatos e guardou suas coisas.

— Vou embora — disse ele.

— Tem certeza?

— A não ser que você queira me levar sentado no seu guidom até a cidade.

Johnny acompanhou Jack barranco acima.

— Quer fazer alguma coisa mais tarde? — perguntou Jack. — Ver um filme? Jogar videogame?

O apito soou novamente, mais perto.

— É melhor você ir — confirmou Johnny.

— Depois me ligue.

Johnny esperou até que ele se fosse, então desembrulhou a pena de sua camisa e enfiou o cordão em volta do pescoço. Depois de molhar suas mãos no rio, borrifou água no rosto e alisou a pena de sua bicicleta. A água fazia com que a pluma cintilasse, e ela deslizou entre seus dedos, vívida, fresca e perfeita.

Johnny fez mais algumas pedrinhas ricochetearem, depois voltou para a rocha e se deitou. O sol estava quente, o ar era um cobertor, e, em dado momento, ele cochilou. Quando acordou, foi com um sobressalto. O dia dera lugar ao final de tarde: cinco horas, talvez cinco e meia. Sombras escuras se formavam no horizonte longínquo. Uma brisa trazia o cheiro da chuva distante.

Johnny saltou da rocha e foi procurar seu calçado. Tinha-os nas mãos quando ouviu o ruído de um pequeno motor. Aproximava-se pelo norte, rapidamente. O ruído subiu de tom até um grito, uma motocicleta, acelerada. Estava quase na ponte quando Johnny ouviu outro motor. Esse era grande e corria a toda. Johnny esticou o pescoço, viu a viga de concreto que corria ao longo da ponte e, além dela, uma nesga de folhas verdes e do céu que se tornara cinzento. A ponte começou a tremer, e Johnny soube que nunca ouvira nada atingi-la tão velozmente.

Estavam na metade do caminho quando metal se chocou contra metal. Johnny viu uma chuva de fagulhas, a capota de um carro e a moto rodopiar uma vez antes de o corpo cair por sobre o parapeito. Uma das pernas se dobrou de maneira impossível, os braços se agitaram, e Johnny achou que era um engano, um cata-vento que gritava com voz de homem.

Aquilo aterrissou aos pés de Johnny com um baque molhado e o duplo estalo de ossos se quebrando. Era um homem vestindo uma camisa enlameada e calça marrom. Um dos braços estava torcido sob as costas, num ângulo nada natural, e o peito parecia afundado. Os olhos estavam abertos e eram do mais assombroso azul.

Freios guincharam na estrada. Johnny se aproximou do homem ferido, viu a pele rasgada de um lado do rosto, o olho direito começando a ficar ensanguentado. O olho são fixou-se em Johnny como se o garoto pudesse salvá-lo.

Na estrada, o motor potente acelerou. Pneus cantaram para trás. Johnny sentiu a vibração quando o carro rodou novamente sobre a ponte.

A mandíbula do homem ferido se moveu.

— Ele está voltando.

— Tudo bem — disse Johnny. — Nós vamos ajudá-lo. — Ele se ajoelhou na lama. O homem estendeu a mão e Johnny segurou-a. — Vai ficar tudo bem.

Mas o homem ignorou as palavras de Johnny. Com uma força surpreendente, puxou o garoto para perto dele.

— Eu a encontrei.

Johnny se concentrou nos lábios do homem.

— Encontrou quem?

— A garota raptada.

Johnny sentiu um choque frio. O homem teve uma convulsão e o sangue espirrou de sua boca na camisa do menino. Johnny mal notou.

— Quem? — perguntou ele de novo, e depois mais alto. — Quem?

— Eu a encontrei...

Acima deles, o grande motor entrou em ponto morto. O homem ferido girou seus olhos para cima, com um medo evidente. Puxou Johnny para tão perto que ele pôde sentir o cheiro de sangue e órgãos esmagados. Os olhos do homem se enrugaram nos cantos, e Johnny ouviu uma única palavra. Um sussurro.

— Fuja...

— O quê?

O aperto do homem se intensificou. Johnny ouviu o motor potente roncar e engasgar, depois algo como aço sobre o concreto. A mão do homem crispou-se com tanta força que as unhas laceraram a pele de Johnny.

— Pelo amor de Deus...

O corpo teve uma nova convulsão e a coluna travou com força, contorcendo o braço quebrado.

— Fuja...

Johnny olhou para baixo, viu o salto de uma bota empurrar a poeira, e algo estalou em sua mente.

Não foi um acidente.

O garoto olhou para a ponte e viu um volume em movimento: uma cabeça e um ombro, um homem contornando a frente do carro. Era um homem à contraluz, uma silhueta. Johnny sentiu o sangue em suas mãos, viscoso e começando a esfriar.

Não foi um acidente.

O corpo do homem estrebuchou, a cabeça batendo na terra, os tacões das botas socando a mesma. Johnny tentou libertar sua mão, teve de dar um safanão com toda força. Barulho sobre a ponte. Movimento. O medo era uma faca que cortava fundo e tocava em algum lugar oculto dentro dele. Johnny nunca havia ficado tão assustado em toda a vida, nem no dia em que acordou e descobriu que seu pai se fora, nem nas vezes em que sua mãe apagava e Ken ficava com aquele brilho no olho.

Johnny estava aterrorizado.

Petrificado.

Ele se virou e correu, ao longo do rio, seguindo a trilha. Correu até sua garganta se fechar, até seu coração tentar rasgar o peito. Correu veloz e apavorado. Correu até que o gigantesco monstro escuro saiu das sombras e o agarrou.

Então Johnny gritou.

CAPÍTULO 5

Levi Freemantle carregava algo precioso sobre o ombro. Era uma caixa pesada, embrulhada duas vezes em plástico preto e fechada com fita adesiva. Poucos homens conseguiriam carregar aquilo tão longe quanto Levi havia conseguido, mas ele não era como os outros homens. Ignorava a dor que aquilo causava, a sensação que lhe provocava. Mantinha os pés no caminho e movia os lábios quando palavras lhe vinham à mente. Ele ouviu a voz de Deus em sua cabeça e seguiu o rio como sua mãe havia lhe ensinado quando era menino. O rio era o rio, imutável, e Levi havia caminhado por sua margem uma centena de vezes talvez. Não que conseguisse contar tanto.

Mas uma centena era muito.

Ele havia caminhado muito por ela.

Levi avistou o menino branco antes de ouvi-lo. Vinha diretamente para ele, rasgando a trilha como se o diabo estivesse em seus calcanhares, com fome de meninos brancos. Sua cabeça ia baixa sobre os ombros magros, o rosto de um vermelho-púrpura, os pés saltando sobre pedras e buracos enquanto os galhos golpeavam seu rosto e erravam. O menino não olhou para trás, nem uma vez, e aquilo era como ver um animal em fuga.

Levi quis deixar o garoto passar, mas não havia onde se esconder. Havia o rio e havia as árvores, mas Levi media 2 metros e pesava 135 quilos. Gente armada andava à procura dele. Policiais com metal cromado nos cintos, guardas com cassetetes e sorrisos perversos. Por isso Levi perguntou a Deus o que fazer e Deus disse-lhe para agarrar o garoto. Não o machuque, disse Deus. Apenas o segure.

— Sério? — sussurrou Levi, mas Deus não respondeu. Levi deu de ombros, saiu de trás da árvore e agarrou o garoto com um de seus braços grossos. O menino gritou, mas Levi o ergueu, o mais gentilmente que pôde. Ficou surpreso quando Deus lhe falou o que dizer ao garoto.

— Deus diz... — começou ele.

Mas Levi não falou com rapidez suficiente. O menino apanhou um dos dedos de Levi em sua boca e mordeu-o até a pele estourar como uma uva. Seus dentes penetraram até o osso e o sangue jorrou forte. Doeu, doeu de verdade, e Levi atirou o menino na terra. Sentiu-se mal ao fazer isso, como se, talvez, estivesse desprezando Deus.

Mas doeu.

O garoto rolou para ficar de pé e disparou como um coelho, mas Levi não pensou nem uma vez em persegui-lo. Não poderia correr com a caixa pesada em seu ombro e não podia largar a caixa, nem por um minuto. Por isso ele segurou o dedo sangrento e desejou que parasse de doer daquele jeito. O tormento fazia com que pensasse em sua esposa, e esse era um tipo pior de dor; continuou segurando o dedo ensanguentado e procurou ouvir a voz de Deus. Quando Ele finalmente falou a Levi, disse que seria bom saber do que o menino estava fugindo.

Levi balançou os ombros gigantescos.

— Deus fala e Levi anda.

Isso foi engraçado.

Levou vinte minutos para chegar até a ponte. O sangue nas pedras parecia preto e impróprio, e Levi ouviu atentamente antes de largar seu pacote no chão e sair de trás de um salgueiro. Queria que alguém lhe dissesse o que fazer, mas Deus havia se calado. Um vento quente passou o dedo por sua face e um relâmpago rutilou a oeste. O ar estava pesado com um cheiro seco e pulverulento que se erguia da poeira sob a ponte e parecia carregado de estática.

Levi pensou ter ouvido uma voz no rio. Inclinou a cabeça e escutou por um minuto antes de concluir que era apenas a água em movimento. Ou uma cobra no capim. Ou uma carpa nos juncos à beira do rio.

Mas não Deus.

Quando Deus falava, Levi sentia um ar frio se acumular sobre ele; sentia-se em paz, mesmo quando se lembrava do mal que havia feito.

Portanto, aquilo não era Deus.

Ele parou diante do corpo e sua cabeça não estava funcionando direito. Não que estivesse assustado — embora sentisse pequenas agulhas espetando sua nuca —, mas sentiu tristeza pelo homem contorcido. Era errado que estivesse esmagado e vertendo sangue. Assim como a imobilidade, os olhos abertos e vazios de expressão.

Levi balançou de um pé para outro. Esfregou as cicatrizes de seu rosto, o lado direito onde a pele parecia derretida. Não sabia o que fazer, por isso se sentou e esperou que Deus lhe dissesse.

Deus saberia.

Deus era bom nisso.

CAPÍTULO 6

Johnny chegou na sua rua assim que o sol se pôs e a luz se desbotou em púrpura. Os sons da noite se ergueram da mata. Ele mancava, sentindo dor, mas sua mente estava inundada de esperança. Incendiada por ela.

Eu a encontrei.

Encontrou quem?

A garota raptada.

Johnny repetia as palavras reiteradamente, à procura de uma razão para duvidar da emoção que o impelia apesar da dor que se irradiava para o alto, vinda dos pés. Treze quilômetros, correndo na maior parte do tempo, tudo isso sem sapatos. Seus pés tinham cortes e lacerações, mas o direito era o pior, ferido por uma garrafa quebrada 3 quilômetros depois que o trasgo com a caixa preta o tinha agarrado. Johnny ainda podia sentir o gosto do sangue do homem, a sujeira de sua pele. Tentou não pensar muito naquilo. Em vez disso, pensou em sua irmã, em sua mãe.

Johnny venceu a penúltima colina e um vento úmido se opôs a ele. Viu luzes enfileiradas ao lado da pista. Janelas. Casas. Pareciam pequenas sob o céu púrpura, aglomeradas no ponto onde a floresta escura as empurrava contra a fina rodovia negra. Mais 1,5 quilômetro, disse a si mesmo. Mais uma colina.

Sua mãe precisava ouvir o que ele ouvira.

Ele começou a descida e não escutou o carro que despontou no topo atrás dele. Imaginou o que a notícia poderia produzir em sua mãe.

Tirá-la da cama. Livrá-la dos comprimidos. Poderia ser o início de algo inteiramente novo. Eles dois, e depois Alyssa.

Seu pai retornaria.

Eles poderiam conseguir a velha casa.

Os faróis incidiram sobre ele e Johnny saiu da estrada. Sua sombra mudou para a esquerda e tremulou quando o automóvel reduziu a marcha e parou. Johnny sentiu uma pontada de medo, então reconheceu o carro de Ken. Era um Cadillac, grande e branco, com ângulos agudos e letras douradas que formavam a palavra "Escalade". O vidro de Ken desceu. Sua pele estava bronzeada quase a ponto de disfarçar as bolsas sob os olhos.

— Onde diabos você esteve? — Johnny meneou a cabeça, sem fôlego. — Entre no carro, Johnny. Agora.

Johnny curvou-se até a cintura.

— Eu não... — Ele apertou um dos punhos ao lado do corpo.

Ken engatou o ponto morto e abriu a porta.

— Não discuta comigo, garoto. Apenas entre no carro. Sua mãe está desesperada por causa disso. A cidade inteira está em rebuliço.

Ken saiu do carro. Ele era alto e corpulento, desproporcional de um modo que Johnny achava que somente os homens de meia-idade podiam ser. Tinha um relógio de ouro, cabelos ralos e rugas de riso que não faziam sentido para Johnny.

As palavras de Johnny saíram com dificuldade.

— Desesperada por quê?

Ken gesticulou com a mão grossa.

— Entre. Agora.

Johnny subiu no carro e deslizou sobre o assento de couro liso. Ken engatou a marcha e Johnny pensou no homem morto.

Eu a encontrei.

A casa estava toda iluminada, como no Natal: luzes no interior, luzes externas, carros de polícia estacionados e alinhados no acesso de veículos, pintando o quintal com traços de azul. Policiais uniformizados distribuíam-se sob o céu que escurecia, e Johnny viu armas, rádios e cassetetes lisos e pretos pendurados em aros de metal.

— O que está acontecendo?

Ken abriu a porta e largou uma das mãos sobre o pescoço de Johnny. Os dedos afundaram nas finas faixas de músculo e Johnny encolheu os ombros.

— Isso dói.

— Não tanto quanto deveria.

Ken arrastou-o por sobre o assento e para fora do carro. Ele retirou a mão e ofereceu aos policiais um sorriso perfeito.

— Encontrei o garoto — anunciou, e eles pararam no acesso de veículos enquanto a mãe de Johnny saía para a varanda. Ela vestia calça jeans e uma camisa marrom desbotada até um tom de leite achocolatado. Tio Steve saiu ao lado dela. Johnny deu mais um passo e sua mãe desceu correndo os degraus, os cabelos revoltos, os olhos úmidos e transtornados. Ela abraçou Johnny e as palavras saíram num atropelo:

— Ah, meu Deus. Onde você esteve?

Johnny não entendia. Ele havia voltado para casa depois de escurecer muitas vezes. Na maior parte dos dias ela não sabia se ele estava na cama ou não. Por cima do ombro de sua mãe Johnny viu um dos policiais levantar seu rádio.

— Transmitindo. Vinte e sete. Por favor, informe ao detetive Hunt que localizamos Johnny Merrimon. Ele está em casa.

Uma voz em meio à estática confirmou o que o policial havia dito. Então, alguns segundos depois, o aparelho chiou novamente.

— Vinte e sete, atenção. O detetive Hunt está a caminho de sua localização.

— Cento e quatro, recebido.

Johnny sentiu o aperto dos braços de sua mãe afrouxar. Ela o empurrou para trás e subitamente começou a sacudi-lo, gritando:

— Nunca mais faça isso novamente! Nunca mais! Está me ouvindo? Está? Diga que está! Diga! — Então ela voltou a abraçá-lo. — Meu Deus, Johnny. Eu fiquei tão preocupada.

Johnny foi sacudido, apertado e agitado com tanta força que mal podia falar. Os policiais foram até os degraus e Johnny viu tio Steve, que lhe implorava com o olhar. Então o garoto entendeu.

— A escola ligou?

Sua mãe fez que sim junto ao pescoço dele.

— Eles fecharam os portões logo depois do almoço. Ligaram para cá e disseram que não conseguiam encontrá-lo, por isso telefonei para o seu tio Steve; mas ele disse que deixou você lá. Ele jurou. E como você não voltou para casa, eu pensei...

Johnny livrou-se do abraço dela.

— Fecharam os portões por quê?

A mãe dele acariciou seu rosto.

— Ah, Johnny. — Os dedos dela estavam trêmulos e mornos. — Aconteceu de novo.

— Aconteceu o quê?

A mãe dele desabou.

— Outra garota foi raptada. Dentro do terreno da escola, eles acham. Uma menina do sétimo ano. Tiffany Shore.

Johnny teve um sobressalto. Suas palavras saíram automaticamente.

— Eu conheço Tiffany.

— Eu também.

A voz dela sumiu, mas Johnny sabia o que estava pensando. Tiffany Shore estava no sétimo ano. Assim como Alyssa quando desapareceu. Johnny balançou a cabeça. Pensou nas palavras do homem morto. Quando ele disse *Eu a encontrei*, estava falando da irmã de Johnny, de Alyssa. Não de Tiffany. Não de outra garota.

— Isso não pode ser verdade — disse Johnny, mas sua mãe fez que sim, chorando, e Johnny sentiu a esperança esfriar. Sentiu-a esfarelar-se em cinzas. — Isso não pode ser verdade — tornou a dizer.

Ela recuou sobre os calcanhares, procurando as palavras corretas, mas um dos policiais se adiantou antes que ela pudesse encontrá-las.

— Filho — disse ele, e Johnny ergueu os olhos —, isso na sua camisa é sangue?

CAPÍTULO 7

Levi esperou junto ao corpo destruído enquanto o sol afundava no horizonte. As moscas o incomodavam, e seu dedo doía tanto que ele se perguntou se Deus o estava testando. Ele frequentara a igreja e sabia que Deus fazia esse tipo de coisa; mas Levi não era alguém especial. Ele varria assoalhos para se sustentar. O mundo o deixava confuso. Contudo, a voz de Deus estava com Levi havia sete dias. Chegara como um sussurro e era um conforto quando o mundo parecia escuro e propenso ao erro. Uma semana de sussurros deixa um grande buraco na cabeça de um homem quando os sussurros param, e Levi tinha de se perguntar por que Deus estava em silêncio agora. Ele era um condenado fugitivo sentado na terra a 3 metros de um homem morto. Havia vagado a esmo por sete dias.

Eu criei o mundo em sete dias.

A voz se derramou por dentro de Levi como uma inundação, mas soou diferente. Ela oscilou, apagou-se, e o pensamento parecia inacabado. Levi conteve a respiração, virou a cabeça, mas a voz não retornou. Levi sabia que não era esperto — sua esposa havia dito isso a ele —, porém não era estúpido, tampouco. Condenados e cadáveres não ficavam bem juntos. A estrada estava logo acima da sua cabeça. Por isso Levi decidiu que Deus teria de esperar.

Só dessa vez.

Ele se ajoelhou ao lado do morto e revistou seus bolsos. Encontrou uma carteira e pegou o dinheiro, porque estava com fome. Pediu a Deus que o perdoasse, depois largou a carteira no chão e endireitou o corpo do homem. Puxou o braço quebrado de trás de suas costas e cruzou as mãos sobre o peito. Ele molhou um dedo no sangue pegajoso e fez uma cruz na testa pálida e lisa, depois fechou os olhos abertos. Orou a Deus para que recebesse a alma do homem.

Receba-a.

Cuide dela.

Ele viu um lampejo branco quando se levantou.

Estava na mão do morto, um retalho de tecido preso entre dois dedos. Saiu com facilidade quando Levi o puxou. Alvo e esfarrapado, parecia um pedaço de camisa cortado ou rasgado. Tinha o tamanho de um sapato de bebê, desbotado e sujo, com um nome bordado nele. Levi não sabia ler, por isso as letras não significavam nada, mas o tecido parecia ser branco e do tamanho certo. Ele o enrolou em volta do dedo sangrando e usou os dentes para amarrá-lo e mantê-lo justo.

À sombra do salgueiro, ele parou ao lado do pesado pacote embrulhado em plástico. Passou uma das mãos potentes pelo topo do objeto, depois ergueu-o sobre o ombro. Para qualquer outro homem, aquilo seria pesado, e tal pensamento poderia tê-lo oprimido. Mas não era assim para Levi. Ele era forte e tinha um propósito. Quando o plástico roçou seu ouvido, ele ouviu a voz de Deus. Ela disse que Levi havia agido bem e mandou-o seguir em frente.

Fazia cinquenta minutos que ele havia partido quando os policiais apareceram.

O carro do detetive Hunt parou sobre a ponte. Num lugar tão afastado, não havia iluminação pública, nem casas. O céu no alto era preto, com uma funda linha púrpura no horizonte a oeste. Acima deles, nuvens de chuva acumulavam-se a baixa altitude, e um clarão duro e seco fuzilou duas vezes antes de o trovão chegar. Uma fila de viaturas oficiais, com as luzes piscando, estacionou atrás do veículo do detetive Hunt. Faróis se acenderam e iluminaram a ponte. Hunt virou-se para Johnny, que estava sentado no banco de trás com sua mãe. As faces deles estavam escurecidas, e ele viu mechas de cabelo se destacarem contra a luz brilhante dos outros carros.

— Vocês estão bem? — perguntou ele.

Não houve resposta. A mãe de Johnny apertou-o com força.

— É esse o lugar, Johnny?

O menino engoliu em seco.

— É. — Ele apontou. — Daquele lado da ponte. Bem ali embaixo.

— Me conte mais uma vez o que ele disse. Palavra por palavra.

A voz de Johnny soou mortiça.

— Eu a encontrei. A garota raptada.

— Nada mais?

— Ele me disse para fugir. Estava falando do cara no carro.

Hunt fez que sim. Eles haviam repetido aquilo seis ou sete vezes. Tudo o que havia acontecido.

— Nada mais que fizesse você pensar que ele estava falando da sua irmã? Ele não mencionou o nome dela, a descrição ou qualquer coisa parecida?

— Ele estava falando de Alyssa.

— Johnny...

— Ele estava!

A cabeça de Johnny tombou na claridade pungente, e Hunt desejou tocar o garoto no ombro, dizer-lhe que tudo ficaria bem; mas não era seu papel consertar tudo o que estivesse quebrado, não importava o quanto quisesse. Ele olhou para Katherine Merrimon. Ela estava sentada ali, pequena e imóvel, e ele quis tocá-la também; mas esses sentimentos eram complicados. Ela era bela, delicada e ferida, mas era uma vítima, e havia regras quanto a isso. Portanto, Hunt manteve-se concentrado no caso, e sua voz soou dura quando ele falou:

— As chances vão contra, Johnny. Você deve se preparar para isso. Já faz um ano. Provavelmente ele estava falando sobre Tiffany Shore.

Johnny balançou a cabeça, mas continuou em silêncio. Quando sua mãe falou, ela própria soou como uma criança:

— Eu conheço Tiffany — disse.

Ela já havia falado isso duas vezes, mas ninguém mencionou o fato. Johnny piscou e visualizou uma imagem da garota desaparecida. Tiffany era pequena e loura, com olhos verdes, uma cicatriz na mão esquerda e uma piada boba que ela contava a quem se dispusesse a ouvir. Algo sobre três macacos, um elefante e uma rolha. Ela era uma garota legal. Sempre havia sido.

— O homem na ponte — Hunt começou a dizer. — Você se lembra de algo mais? Poderia identificá-lo?

— Ele era só uma silhueta. Uma sensação de movimento. Eu não vi o rosto dele.

— E quanto ao carro?

— Não. Como eu já disse.

Hunt espiou pela janela enquanto outros policiais começaram a sair de seus carros e lançar sombras contra a dura mureta de concreto da ponte. Ele se sentia infeliz.

— Fiquem aqui — disse. — Não saiam desse carro.

Ele desembarcou, fechou a porta atrás de si e absorveu a cena. O ar pesado e úmido carregava o aroma do rio. Escuridão vertia de sob a ponte, e Hunt olhou para o norte como se pudesse ver a grande extensão de terra inculta que se estendia sobre o condado de Raven: a floresta rochosa, os 30 quilômetros de pântano que vomitavam o rio. Uma gota de chuva fria tocou seu rosto e ele gesticulou para o policial mais próximo.

— Ilumine aquele lado — disse ele. — Ali embaixo.

Ele foi até a viga de concreto enquanto o policial pegava uma lanterna na viatura e apontava uma coluna de luz noite adentro. O feixe recortava padrões desiguais à medida que o oficial caminhava até a borda da ponte e, quando lançou a luz na beira do rio, ela destacou o corpo na poeira.

A bicicleta de Johnny Merrimon estava caída no chão a 1,5 metro dele.

Deus.

O garoto estava certo.

Hunt sentiu seus homens movimentarem-se à sua volta. Ele tinha quatro policiais uniformizados e a equipe forense de prontidão. Ouviu um tamborilar irromper sobre o para-brisa e sentiu mais gotas salpicarem o topo de sua cabeça. A chuva estava chegando e vinha com força. Fez um gesto com o braço.

— Ponham uma lona sobre aquele corpo. Rápido. Também quero lonas sobre o parapeito, bem aqui. — Ele estava pensando nas marcas deixadas pela pintura e nos estilhaços de vidro que reluziam sobre o asfalto. — Em algum lugar por aqui deve haver uma moto. Encontrem-na. E alguém peça uma tenda. — Um trovão fez um estrondo e ele olhou para o céu. — Isso vai ficar feio.

No carro, Johnny sentiu quando sua mãe começou a tremer. Começou nos braços e foi subindo para os ombros.

— Mamãe?

Ela não lhe deu atenção e revistou a bolsa. Estava escuro no banco de trás do carro, por isso ela a levantou até que os faróis a iluminaram. Johnny viu de esguelha quando ela inclinou a cabeça para o lado, depois ouviu o chocalhar de comprimidos num frasco plástico. Ela os despejou na mão, atirou a cabeça para trás e engoliu-os a seco. A bolsa caiu novamente na escuridão e a cabeça dela atingiu o encosto com força suficiente para quicar uma vez. Sua voz estava desprovida de emoção:

— Nunca mais faça isso.

— Matar aula? — perguntou Johnny.

— Não.

Uma pausa difícil. Gelo no peito de Johnny.

— Não me faça ter esperança. — Ela virou a cabeça. — Nunca mais faça isso comigo.

Eles armaram a tenda antes que o céu viesse abaixo. Hunt agachou-se ao lado do corpo enquanto a tenda trepidava e sacudia. O material crepitava tão alto que ele tinha de gritar para ser ouvido. Dois oficiais uniformizados acenderam luzes; um técnico de investigação forense e o médico-legista ajoelharam-se do outro lado do cadáver. Por cima do ombro de Hunt um dos uniformizados disse:

— A água logo vai correr por baixo.

Hunt concordou. Tempestades de final de primavera chegavam com força e passavam rápido, mas podiam despejar muita água. Era uma péssima mudança climática.

Hunt examinou o rosto raiado de sangue, depois a lasca de osso onde o braço estava dobrado em um ângulo reto. Sujeira cobria as roupas do morto; era preta, quase verde, grudada no tecido e nos cadarços dos sapatos do homem. Um cheiro persistia, algo orgânico que ia além da água do rio e da morte recente.

— O que sabemos? — perguntou Hunt ao médico-legista.

— Ele estava em forma. Músculos bem definidos. Metade da casa dos 30, eu diria. A carteira está com um dos seus homens ali.

Hunt olhou para o detetive Cross, que exibiu a carteira num saco plástico de evidências. Cross era um homem grande cujo rosto parecia vincado e pesado sob o brilho da luz. Tinha 38 anos e era policial havia mais de dez. Construíra sua reputação como sargento de patrulha durão que demonstrava grande coragem sob fogo. Era detetive havia menos de seis meses. Cross falou enquanto entregava a carteira para Hunt:

— A carteira de motorista diz que o nome dele é David Wilson. Doador de órgãos. Não usava óculos. Morava numa rua cara, trazia uma carteira de biblioteca e um maço de recibos de restaurante: alguns de Raleigh, outros de Wilmington. Nenhum sinal de aliança de casamento. Sem dinheiro. Dois cartões de crédito, ainda na carteira.

Hunt olhou para a carteira.

— Você tocou nisso?

— Sim.

— Eu sou o principal detetive desse caso, Cross. Você entende isso? — A voz dele era tensa, forçadamente controlada.

Cross endireitou os ombros.

— Sim, senhor.

— Você é novo nisso. Eu entendo. Mas ser o principal detetive significa que eu sou o responsável. Nós apanhamos o assassino ou não. Nós encontramos a garota ou não. — Os olhos dele continuavam ameaçadores. Um dedo se ergueu. — Independentemente do desfecho, eu tenho de viver com isso. Noite após noite, está sobre as minhas costas. Você entende?

— Sim, senhor.

— Jamais toque numa evidência de uma cena de crime minha sem permissão. Faça isso novamente e eu vou ferrá-lo.

— Eu só estava tentando ajudar.

— Saia da minha tenda. — Hunt tremia de raiva. Se perdesse outra garota...

Cross se retirou com um andar culpado. Hunt forçou-se a respirar fundo, depois voltou sua atenção para o cadáver. A camiseta era simples, cinza, e fedia a suor, a sangue e ao lodo preto-esverdeado; o cinto era comum, marrom e sem atrativos, com uma fivela de bronze que exibia marcas pronunciadas. A calça, de algodão rústico e surrado. Um olho estava parcialmente aberto e parecia raso e baço naquela luz brilhante.

— Está quente como o inferno nessa tenda. — O nome do médico-legista era Trenton Moore. Pequeno e de constituição franzina, tinha cabelos espessos, grandes poros e um ceceio que ficava mais pronunciado quanto mais alto ele falava. Era jovem, inteligente e excelente orador, mesmo com o ceceio. — Acho que ele é montanhista.

— Perdão?

O Dr. Moore apontou com o queixo.

— Olhe para as mãos dele.

Hunt examinou as mãos de David Wilson. Elas exibiam calos, arranhões e escoriações. As unhas estavam aparadas e uniformes, porém sujas. Podiam pertencer a qualquer trabalhador de construção civil que ele já conhecera.

— O que têm elas? — perguntou.

O médico-legista esticou um dos dedos.

— Está vendo estes calos? — Hunt olhou para a ponta do dedo, uma grossa almofada de pele dura. O Dr. Moore mostrou os outros dedos; todos tinham a mesma calosidade. — Eu tive um colega de quarto na universidade, um montanhista. Ele fazia flexões de braços segurando-se com as pontas dos dedos no batente da porta. Às vezes apenas se pendurava ali e conversava. Veja, sinta isto.

O Dr. Moore ofereceu a mão e Hunt tocou as calosidades. A sensação era a mesma de couro de sapato.

— O meu colega de quarto tinha as pontas dos dedos exatamente como estas. — Ele apontou para o corpo. — A musculatura do tronco é consistente. Antebraços superdesenvolvidos. Cicatrizes significativas nas mãos. É claro, aqui estamos apenas chutando. Não posso fazer qualquer comentário oficial antes de pô-lo na minha mesa.

Hunt analisou a disposição das mãos, cruzadas sobre o peito do homem. As pernas retas e lado a lado.

— Alguém o moveu — disse ele.

— Talvez. Não saberemos de nada com certeza até a necropsia.

Rugas apareceram na testa de Hunt. Ele apontou para o corpo.

— Você não acha que ele caiu nessa posição, acha?

O legista sorriu, repentinamente aparentando os seus 25 anos.

— Só estava brincando, detetive. Tentando tornar as coisas mais leves.

— Bem, então não faça isso. — Hunt indicou o braço fraturado, a perna arqueada. — Você acha que os membros se quebraram quando o carro o atingiu ou quando ele caiu da ponte?

— Você tem certeza de que ele foi atingido na ponte?

— A motocicleta dele definitivamente foi movida depois do impacto. Alguém a empurrou barranco abaixo. Alguns galhos foram quebrados de uma árvore e jogados por cima dela. Alguém acabaria encontrando-a. Nós descobrimos marcas de tinta na ponte que combinam com a pintura do tanque de gasolina. Suspeito que a análise química vá comprovar. E há o garoto. Ele viu acontecer.

— Ele está aqui? — perguntou o Dr. Moore.

Hunt meneou a cabeça.

— Eu o mandei para casa com um policial uniformizado. Ele e a mãe. Eles não precisam estar aqui para isto.

— Qual a idade dele?

— Treze.

— Confiável?

Hunt pensou.

— Não sei. Acho que sim, talvez. É um garoto esperto. Um tanto perturbado, mas esperto.

— Qual a cronologia, de acordo com ele?

— Ele diz que o corpo caiu por sobre o parapeito há duas, talvez duas horas e meia.

O legista deu de ombros.

— É consistente. Ainda não há lividez.

Ele voltou sua atenção para o cadáver, curvando-se bem sobre o rosto do morto. Apontou para a cruz de sangue na testa.

— Não se vê isso com muita frequência.

— O que você conclui disso?

— Eu lido com cadáveres, não com motivos. Há sangue nas pálpebras também. Talvez você consiga uma impressão digital.

— Como você sabe?

— É só um palpite. Mesmo tamanho, mesma forma. — O Dr. Moore deu de ombros uma última vez. — Seja lá quem matou esse cara, não acho que seja muito esperto.

Quando Hunt saiu da tenda, a chuva encharcou suas roupas e seus cabelos. Olhou para a ponte e tentou imaginar o choque de metais, o arco descrito pelo corpo, e como deve ter sido para o menino escolhido pelo destino para testemunhar aquilo. Hunt curvou-se para apanhar a bicicleta de Johnny, que havia sido jogada para o lado quando a tenda foi erguida. Ela fez um ruído de sucção quando ele a puxou da lama. Água marrom corria pelo metal com marcas de ferrugem e Hunt conduziu-a até o espaço seco sob a ponte. Um punhado de policiais estava abrigado ali, alguns com cigarros, somente um deles parecendo muito ocupado. Cross. Ele estava à parte, com uma lanterna numa das mãos e o mapa de Johnny Merrimon na outra.

Hunt aproximou-se dele, ainda zangado pela carteira, mas Cross falou primeiro:

— Desculpe — disse ele, e de fato transparecia isso.

Hunt pensou no ano que havia se passado desde a perda de Alyssa: os pesadelos, o fracasso. Não era justo descontar em Cross. Ele era novo naquilo e teria suas próprias noites sombrias no devido tempo. Hunt forçou um sorriso. Não era muito, mas era tudo o que tinha.

— Onde você encontrou isso? — Ele apontou para o mapa.

Cross tinha um queixo quadrado sob um corte à escovinha. Ele abaixou o mapa e apontou sua lanterna rio abaixo.

— Estava na bicicleta do garoto. — Cross se encolheu. — Não é uma evidência, é?

Era, mas Hunt disse a si mesmo para relaxar.

— Eu vou precisar disso.

— Sem problema. — Hunt virou-se para partir, mas Cross o deteve. — Detetive...

Hunt parou e se virou. Cross parecia alto na escuridão, com sua pele morena, de um tom de oliva, seus olhos intensos.

— Ouça — disse Cross. — Isso não tem nada a ver com nada, certo, mas provavelmente você deveria saber. Conhece meu filho?

— Gerald? O jogador? Sim, eu o conheço.

A boca de Cross curvou-se para baixo.

— Não, não Gerald. O outro. Jack. O meu caçula.

— Não. Não conheço Jack.

— Bem, ele esteve aqui hoje com o garoto Merrimon. Ele matou aula também. Mas veja, ele foi embora muito antes de isso acontecer. A escola me ligou depois de fecharem os portões. Eu encontrei o garoto em casa, assistindo a desenho animado.

Hunt pensou no fato.

— Eu preciso falar com ele?

— Ele não tem qualquer pista, mas você é bem-vindo para conversar com ele.

— Não parece relevante — disse Hunt.

— Ótimo. Porque ele me disse que seu filho também esteve aqui.

Hunt meneou a cabeça.

— Não creio.

— Na hora do almoço ou perto disso. Seu garoto e alguns amigos dele. — O rosto de Cross permaneceu inescrutável. — Só achei que deveria saber.

— E Jack tem certeza...

— Meu filho é preguiçoso, não estúpido.

— Certo, Cross. Obrigado.

Hunt começou a dar as costas, mas Cross o deteve novamente.

— Ouça, falando de coisas relevantes. Esse cara que atacou o garoto Merrimon, o negro com cicatrizes no rosto.

— O que tem ele?

— Você está presumindo que ele não tinha nada a ver com o que aconteceu aqui? Com essa vítima? Correto?

— Com esse assassinato?

— Correto.

— Não — disse Hunt. — Não vejo como poderia. Ele estava a mais de 1,5 quilômetro rio abaixo quando aconteceu.

— Tem certeza?

— Aonde você quer chegar?

— Nós estamos presumindo que três homens entraram em contato com Johnny Merrimon. O morto, Wilson, a pessoa que dirigia o automóvel que jogou Wilson para fora da ponte e o negro grande com cicatrizes no rosto. Isso está correto?

— É a hipótese com que trabalhamos, sim.

— Mas o menino não viu o motorista do carro. Ele viu uma forma, uma sombra, mas não pode realmente identificar o motorista, não pode dizer se era o cara negro ou não. — Cross levantou o mapa. — Esse é um mapa das propriedades desse lado da cidade, e é aqui que está o detalhe. Na cidade. Ruas, bairros. Mas aqui, no alto à direita, quase na borda. Esse é o rio e aqui — ele apontou —, aqui é onde nós estamos. Está vendo a ponte?

— Estou.

— Agora siga o rio.

Hunt percebeu imediatamente. Logo ao sul da ponte, o rio fazia uma curva fechada; ele se dobrava sobre uma estreita língua de terra que tinha mais de 1,5 quilômetro de extensão, mas não podia ter mais de 400 metros de largura. Hunt sentiu uma pontada de raiva, não de Cross, mas de si mesmo.

— A trilha segue o rio — disse Hunt.

— Se o garoto Merrimon se manteve na trilha, precisaria cobrir muito terreno para alcançar o local onde foi agarrado, digamos dez ou 15 minutos numa corrida às cegas.

Cross bateu um dedo no mapa.

— Se eu deixar a trilha e cortar caminho por aqui, poderia caminhar até aquele mesmo lugar em cinco minutos.

— Cortando pela mata, e é perto.

— Muito perto.

Hunt olhou para a tenda, um borrão na chuva intensa. O homem havia sido jogado para fora da estrada, esmagado.

— Se David Wilson foi morto porque descobriu algo...

— Porque sabia algo sobre a menina desaparecida...

Hunt mordeu o lábio inferior.

— O homem que o matou iria querer Johnny morto também. E se ele soubesse como o rio corre...

— Poderia cortar caminho por aqui e esperar pelo garoto. Johnny correu por 12, 15 minutos. O assassino caminhou por cinco, e já estava lá quando Johnny dobrou a esquina.

— Droga. — Hunt endireitou-se. — Pegue o rádio. Eu quero uma ordem de busca para um homem negro e grande, entre 40 e 60 anos, com várias cicatrizes do lado direito do rosto. Seu carro terá danos visíveis, provavelmente no para-lama frontal esquerdo. Informe no despacho que ele é procurado em relação ao homicídio de David Wilson, mas pode também estar ligado ao sequestro de Tiffany Shore. Sejam cautelosos ao fazer a apreensão. Nós precisamos interrogá-lo. Faça isso agora.

Cross pegou o rádio e emitiu o comunicado.

Hunt esperou e outra onda de raiva o invadiu. O ano que passara o havia desgastado muito, o amolecido. Ele deveria ter visto a questão do rio — o fato de que ele se curvava daquele jeito —, não ouvir aquilo de um detetive novato. Mas estava feito. A garota era o que importava, portanto aquilo tinha de ser cumprido. Ele deixou passar, concentrou-se no assunto em pauta. Tiffany estava desaparecida havia menos de um dia, oito horas, quase nove. Dessa vez, ele levaria a criança para casa. Cerrou os punhos ao jurar isso.

Dessa vez seria diferente.

Ele olhou para a bicicleta de Johnny, ouviu a voz do menino em sua cabeça.

Promete?

Hunt tocou a grande pena castanha que pendia sob o assento. Ela estava esfarrapada e provocava uma sensação triste e arenosa entre seus dedos. Ele a alisou.

Prometo.

Atrás dele, Cross abaixou o rádio.

— Está feito — disse.

Hunt fez que sim.

— O que você tem aí?

Hunt largou a pena novamente no cordão que a sustentava. Ela balançou uma vez, depois aderiu ao metal úmido.

— Nada — afirmou. — Uma pena.

Cross se aproximou e ergueu a pena.

— É uma pena de águia.

— Como você sabe?

Cross deu de ombros, parecendo constrangido.

— Eu nasci nas montanhas. Minha avó era meio cheroqui. Ela conhecia todas aquelas coisas de totens.

— Coisas de totens?

— Você sabe. Rituais e plantas sagradas. — Ele ergueu uma das mãos na direção do rio. — O rio representando pureza. Cobras representando sabedoria. Coisas desse tipo. — Ele deu de ombros. — Eu sempre achei que essas coisas eram besteira.

— Totens? — Hunt repetiu.

— É. — Ele apontou para a pena. — Isso é mágica boa.

— Que tipo de mágica?

— Força. Poder. — Um relâmpago desabou e ele deixou a pena cair. — Somente os chefes carregam penas de águia.

CAPÍTULO 8

No fundo da viatura, a mãe de Johnny afundou no ombro do menino. A cabeça dela rolava quando as curvas eram rápidas, balançava quando os pneus batiam no pavimento irregular. O rio havia ficado para trás, o cara morto também, assim como o que restava da fé que Johnny ainda tinha na inteligência dos policiais. Hunt se recusava a considerar que aquilo ainda podia ter algo a ver com Alyssa, e isso enraivecia o menino.

Talvez!

Ele dissera isso em voz alta, depois repetiu quando os olhos de Hunt se suavizaram.

Talvez seja!

Mas Hunt estava ocupado e tinha suas próprias ideias. Ele havia se irritado com a insistência de Johnny, recusou-se a discutir mais e ordenou que eles fossem levados para casa.

Deixe isso para lá, ele havia dito. *Não é problema seu.*

Mas o policial estava errado. Johnny sentia em seu coração. *Era* problema seu.

A viatura parou no acesso de veículos. A chuva martelava o teto metálico e Johnny observou a casa, a luz que oscilava no pequeno jardim lamacento. Sombras moviam-se no interior dela. O carro de Ken estava estacionado no terreno; o de tio Steve, também. Os comprimidos haviam dominado sua mãe. Os olhos dela estavam fechados e sons mínimos viajavam por seus lábios. Johnny hesitou e o patrulheiro virou-se em seu assento, com o rosto distorcido pela divisória de vidro coberta de marcas de dedos e de cuspe seco.

— Ela está bem? — perguntou ele.

Johnny fez que sim.

— Bem, é isso, garoto. — Ele vacilou, os olhos ainda fixos na mãe de Johnny. — Ela vai precisar de alguma ajuda?

Os mecanismos de defesa de Johnny dispararam.

— Ela está bem.

— Então vamos lá.

Johnny sacudiu o ombro de sua mãe. A cabeça dela pendeu e ele sacudiu com mais força. Quando ela abriu os olhos, ele apertou-lhe o braço.

— Nós temos que ir — disse. — Estamos em casa.

— Casa. — Ela repetiu a palavra.

— Sim. Em casa. Vamos.

Johnny abriu a porta e o som da chuva mudou de um clangor metálico para um ribombo lamacento. Uma cortina de água caía sobre a terra úmida e as folhas mortas. O ar morno inundou o carro.

— Não esqueça sua bolsa — disse ele.

Johnny tirou-a do carro e virou-se para o abrigo da varanda enquanto a viatura engatava a ré para fora da lama e girava seus pneus sobre o asfalto liso. Ele já se encontrava na varanda quando percebeu que a mãe não estava com ele. Ela ficou parada na chuva, o rosto voltado para o céu, as palmas das mãos para cima. A bolsa jazia na lama onde ela a havia largado. A água caía negra por toda a sua volta.

Johnny chapinhou até ela, sentindo a chuva ferroá-lo com a força de sua longa queda.

— Mãe? — Ele tomou o braço dela novamente. — Vamos. Venha para dentro.

Ela manteve os olhos fechados, mas quando falou, sua voz era baixa demais para se ouvir.

— O quê? — perguntou Johnny.

— Eu quero partir.

— Mãe...

— Eu quero ir para baixo da terra e deixar esse mundo.

Johnny apanhou sua bolsa e apertou seu braço com força.

— Para dentro. Agora. — Ele falou como Ken, e percebeu isso, mas ela o seguiu.

No interior da casa, as luzes ardiam numa claridade sulfúrea. Tio Steve estava sentado na mesa da cozinha, com uma fileira de latas de cerveja diante dele. Ken andava de um lado para o outro, um copo de bourbon entre os dedos pesados. Eles olharam quando Johnny conduziu sua mãe para dentro.

— Já era tempo — disse Ken. — A audácia daquele policial arrogante me dizendo que eu não poderia ir. Dizendo que eu poderia ir para casa ou esperar aqui com ele. — Apontou para tio Steve, e o desdém era evidente em sua voz. A cabeça de Steve pendeu entre os ombros. — Eu vou falar com alguém sobre isso. Ele deveria saber quem eu sou.

— Ele sabe quem você é. Apenas não se importa.

As palavras brotaram de Johnny antes que ele tivesse pensado inteiramente nelas. Ken parou e encarou-o, e Johnny sabia que aquilo poderia seguir dois rumos. Mas então sua mãe entrou atrás dele. Tinha os olhos vazios e estava encharcada; suas roupas estavam grudadas no corpo. Johnny tomou-a pelo braço enquanto Ken olhava-os fixamente.

— Venha — disse o garoto. — Vou levá-la para o quarto.

— Eu a levo. — Ken deu um passo na direção deles, mas Johnny sentiu algo brotar.

— Não — disse ele. — Afaste-se, Ken. Ela não precisa de você agora. Ela só precisa ir para a cama. Precisa dormir e se acalmar sem ninguém lá para incomodá-la.

O rubor inundou o rosto de Ken.

— Incomodá-la...

Johnny pensou brevemente no canivete dobrado no bolso. Ele se interpôs entre Ken e sua mãe. O instante se prolongou até que Ken decidiu sorrir com seus dentes alinhados e brilhantes.

— Katherine? — Ele olhou para a mãe de Johnny. — Diga ao seu filho que está tudo bem.

— Está tudo bem, Johnny. — As palavras vieram de algum lugar distante. Ela oscilou um pouco, depois disse: — Eu estou bem. — Virou-se para o filho e cambaleou para o curto corredor às escuras. — Vamos logo para a cama.

Ela apoiou uma das mãos na parede, parou por três longos segundos, e Johnny observou a água correr pelo rosto dela. Quando se virou, sua voz estava apagada:

— Vá para casa, Steve.

Ken seguiu-a até o final do corredor, olhou para trás uma vez e fechou a porta. Johnny não ouviu a fechadura, mas sabia que ela havia se fechado. Quis socar a parede; em vez disso, olhou para o tio Steve, que juntou suas latas em silêncio. Atirou-as na lixeira e apanhou suas chaves, um gigantesco molho que abria todas as portas do shopping. O paraíso para qualquer outro garoto. Apenas metal para Johnny. Tio Steve parou na porta. Os olhos dele estavam perturbados, e ele olhou Johnny de um modo diferente. Apoiou um dos braços no batente da porta.

— É assim que as coisas são? — perguntou ele, abrindo uma das palmas num gesto que incluía desde Johnny e o corredor curto até a porta fechada.

— Assim mesmo.

— Droga.

Tio Steve balançou a cabeça e Johnny pensou que essa era a única coisa que ele poderia fazer.

— Quanto a essa manhã...

— O que tem? — perguntou o menino.

— Eu apenas achei que ela estava tão bonita... — Johnny deu as costas. — Obrigado por não contar.

Mas Johnny também não tinha mais nada a dizer. Ele foi para o seu quarto e sentou na beira da cama. Olhou para o relógio sobre a mesa e observou o pequenino ponteiro passar de uma marca branca para a seguinte. Contou os segundos até a cabeceira do outro lado do corredor começar seu bater profano; depois foi buscar as chaves de sua mãe.

Noventa e quatro, pensou, e trancou a porta da frente atrás de si.

Noventa e quatro segundos.

Ele chapinhou na lama e deu partida no carro da mãe. No final do acesso de veículos abriu a porta, inclinou-se para fora e apanhou uma pedra do tamanho de uma bola de tênis.

Quando deixou a casa para trás, Johnny manobrou com cuidado. O para-brisa estava embaçado e somente um dos faróis funcionava. Viu o pavimento molhado, a sugestão de uma vala. Esfregou o vidro com a mão e procurou a curva que o levaria ao lado rico da cidade.

Diminuiu a marcha ao dobrar na rua de Ken. As casas assomavam, assentadas no fundo de enormes gramados. Longas calçadas serpenteavam pela grama aveludada, e portões guardavam as entradas de veículos, metal tão negro que parecia frio. Johnny desligou os faróis quando os pneus rangeram contra o meio-fio. Deixou o motor ligado. Levaria apenas um segundo.

A pedra ajustava-se perfeitamente à sua mão.

CAPÍTULO 9

O detetive Hunt dirigia rapidamente pelas rodovias molhadas e estreitas. A cena do crime havia ficado 5 quilômetros para trás, com o legista acondicionando o corpo e os homens de Hunt ainda no local. As coisas tinham se transformado depois que Cross lhe mostrou o mapa. As peças haviam mudado de lugar na mente de Hunt, as possibilidades, as variáveis. David Wilson havia sido morto, Hunt acreditava, porque de algum modo tinha descoberto Tiffany Shore.

Eu a encontrei, dissera ao garoto, e agora estava morto.

Mas onde ele a havia encontrado? Como? Sob que circunstâncias? E o mais importante: quem o matou? Hunt ficara ruminando a respeito do automóvel que havia jogado o homem para fora da estrada, na pessoa que o dirigia. Isso era lógico, mas a curva do rio abalava essa lógica. Hunt presumia que havia três homens diferentes na ponte ou em suas proximidades quando o crime foi cometido: Wilson, agora morto; o motorista do carro que o matou; um homem negro qualquer 3 quilômetros rio abaixo. Agora Hunt tinha de investigar isso. Talvez o gigante de Johnny não estivesse apenas no lugar errado na hora errada. Talvez ele dirigisse o carro que matou David Wilson. Ou talvez não.

Dois homens ou três?

Droga!

Hunt precisava falar com Johnny, não mais tarde, mas imediatamente, naquele mesmo minuto. Ele tinha novas perguntas. Mandou um comunicado pelo rádio e pediu para ser posto em contato com a viatura designada a levar Johnny e Katherine para casa. Consultou seu relógio e praguejou enquanto a conexão era estabelecida. Quase dez horas, era esse o período que Tiffany estava desaparecida, e as estatísticas eram frias e rigorosas como só os números conseguem ser. Poucos raptados sobreviviam ao primeiro dia; era assim que as coisas corriam.

Rápido.

Tudo era uma questão de rapidez.

Eu a encontrei.

Hunt precisava perguntar a Johnny sobre o homem com as cicatrizes no rosto, sobre o que ele viu na ponte. Hunt precisava saber se os dois homens eram o mesmo, um só. Nada de especulações ou hipóteses, mas fatos.

— Conectando agora — disse-lhe o rádio.

Uma segunda voz chiou no aparelho. Hunt identificou-se e pediu ao oficial a localização de Johnny.

— Eu acabei de deixá-lo em casa. Ele estava no acesso de veículos da última vez que o vi.

— Quanto tempo faz, exatamente?

Uma pausa.

— Vinte minutos.

— Vinte minutos. Entendido. — Hunt desligou. Demorariam mais cinco até a casa. *Vamos, vamos.* Ele acelerou até o carro tornar-se leve sob ele, manobrando a uma velocidade perigosa pela rodovia de asfalto escorregadio.

Mais de três horas haviam se passado desde que a moto fora atingida. Quem matou David Wilson poderia estar em qualquer lugar àquela altura, fora do condado, fora do estado, mas Hunt achava que não. Era arriscado percorrer uma grande distância com uma criança raptada. Uma vez que o alerta de menor desaparecido era divulgado, o público tornava-se muito atento. A maioria desses pervertidos queria agarrar a criança e se esconder. Johnny Merrimon tinha razão quanto a isso. E apesar de alguns sequestros serem cuidadosamente orquestrados, a maioria era questão de oportunidade. Uma criança deixada no carro ou desacompanhada numa loja movimentada. Uma criança caminhando sozinha.

Como Alyssa Merrimon.

Ela estava indo para casa ao entardecer, sozinha, num trecho deserto de estrada. Ninguém poderia saber que ela estaria lá. Ninguém poderia ter planejado isso. O mesmo valia para Tiffany Shore. Ela ficara no pátio da escola depois do sinal. Era uma questão de oportunidade. E de desejo.

Hunt freou no sinal vermelho, depois dobrou à esquerda sem parar e sentiu as rodas traseiras perderem tração. Mudou a marcha e endireitou-se. Pensou no mal e sentiu o duro volume no coldre sob seu braço.

Quando chegou a notícia do sequestro de Tiffany, Hunt havia ordenado uma reação intensa. Mandou viaturas verificarem os endereços de todos os criminosos sexuais conhecidos. A maioria deles era considerada de baixa probabilidade: voyeurs, exibicionistas; mas havia uma boa quantidade de indivíduos condenados por estupro, abuso de menores ou algum outro ato abominável. Hunt mantinha uma lista reduzida dos piores: indivíduos perturbados e sádicos que eram capazes de quase tudo. Esses homens nunca superavam o mal que os conduzia. Não havia cura ou conserto. Para esses boçais, era só uma questão de tempo, por isso Hunt ficava em cima deles. Sabia onde moravam e que automóvel dirigiam, conhecia seus hábitos e suas predileções. Vira fotografias, conversara com vítimas e constatara as cicatrizes com os próprios olhos. Nenhum daqueles merdas deveria estar fora da prisão.

Não naquele momento.

Nem nunca.

A maioria havia prestado esclarecimentos; eles foram localizados e interrogados. Quase todos deram permissão para uma busca em suas casas, e nenhuma dessas buscas apresentou resultado positivo. Os que se recusaram estavam sob vigilância constante, e Hunt recebia relatórios regulares. Ele sabia o que e quando aqueles homens comiam; se estavam sozinhos ou não. Se não estivessem, sabia com quem estavam. Conhecia seus endereços, suas atividades. Acordados ou dormindo. Parados ou em movimento. Hunt pôs equipes em campo e manteve seus homens atentos enquanto continuavam a trabalhar com a lista.

Hunt repassou os nomes em sua cabeça. Ninguém da lista media 2 metros. Ninguém tinha cicatrizes como as que o garoto Merrimon havia descrito. Se Cross estivesse certo, isso significava que eles tinham um novo personagem, alguém de fora da turma. E se Cross estivesse errado...

As possibilidades eram intermináveis.

Hunt tirou uma fotografia de Tiffany Shore do bolso do paletó e olhou para ela. Pegara-a com a transtornada mãe da menina apenas algumas horas antes. Era uma foto escolar, e Tiffany estava sorrindo e fazendo pose. Ele procurou semelhanças com Alyssa, mas havia pouquíssimas. Alyssa tinha cabelos pretos e aparência frágil; ela parecia jovem, pequena e inocente, com os mesmos olhos escuros que o irmão. Tiffany tinha lábios grossos, um nariz perfeito e cabelos como seda amarela. O retrato mostrava um pescoço gracioso, seios nascentes e um sorriso insinuante que sugeria a mulher que ela poderia um dia se tornar. As garotas pareciam ter pouco em comum, mas tinham.

Elas eram inocentes, as duas, e eram responsabilidade dele.

Dele.

De mais ninguém.

Esse pensamento ainda fervia na mente de Hunt quando o seu celular tocou. Ele olhou para o identificador de chamadas. O Chefe. Seu superior. Ele deixou tocar quatro vezes, depois, à revelia de seu juízo, atendeu.

— Onde você está? — O Chefe não perdeu tempo. Mal se passaram 12 meses desde o desaparecimento de Alyssa e agora eles tinham mais uma menina sumida. Ele estava sofrendo suas próprias pressões, Hunt sabia: a família de Tiffany, o governo municipal, a imprensa.

— Estou a caminho da residência de Katherine Merrimon. Estarei lá em alguns minutos.

— Você é o meu principal detetive. Deveria estar na casa de David Wilson ou na cena do crime. Preciso mesmo explicar isso para você?

— Não.

Mas o Chefe explicou.

— Se nós supomos que Wilson encontrou Tiffany Shore, e essa *é* a nossa suposição, então você deveria estar rastreando as atividades dele. Para onde ele foi. Com quem conversou. Qualquer decisão que tomou hoje, qualquer caminho que pudesse ter cruzado com o de Tiffany Shore...

— Eu sei de tudo isso. — Hunt interrompeu-o bruscamente. — Mandei Yoakum a casa dele. Eu me encontrarei com ele logo, mas isso vem primeiro.

— Posso saber por que você está indo para a casa de Katherine Merrimon?

— O filho dela talvez tenha informações.

Hunt imaginou o Chefe: puxa-sacos no seu escritório, suores de obesidade manchando sua camisa. Sua voz era a de um político.

— Eu preciso saber que você está cuidando disso, Hunt. Você está?

— Essa é uma pergunta estúpida.

Hunt sabia a origem das dúvidas do Chefe, mas não conseguia esconder a raiva que sentia. Ele gastara tempo no caso Merrimon. E daí? Talvez sentisse mais do que a maioria dos policiais sentiriam. Era um caso importante, mas não era assim que o Chefe o via. Não. Ele ouvira falar de Hunt acordado todas as noites às três da manhã; Hunt aparecendo logo ao nascer do sol de um domingo para examinar evidências que ele já havia visto uma centena de vezes; assediando juízes para assinar mandados que nunca davam em nada; trabalhando além do horário, sem ganhar horas extras; mobilizando outros policiais, recursos que poderiam ser empregados em outros casos. Ele via Hunt trabalhar até se esgotar. Via a palidez e a perda de peso, os olhos insones e as pilhas de arquivos no chão do escritório dele. E havia outras coisas.

Rumores.

— Não é uma pergunta, Hunt. É uma ordem, um imperativo.

Hunt rilhou os dentes, mal capaz de falar pela emoção que o sufocava. Ele coordenava a seção de crimes graves. Era o principal detetive. Esse era o seu trabalho, a sua vida.

— Eu já disse, estou cuidando disso.

Hunt ouviu uma respiração pesada do outro lado da linha, uma voz abafada ao fundo. Quando o Chefe falou novamente, suas palavras foram precisas:

— Não posso permitir assuntos pessoais, Hunt. Não nesse caso.

Hunt fixou o olhar em frente.

— Entendi. Nada de assuntos pessoais.

— Isso tem a ver com Tiffany Shore. A família *dela*. Não com Alyssa Merrimon. Não com o irmão dela. E não com a mãe dela. Fui claro?

— Como água.

Uma longa pausa, depois uma voz que sugeria pesar:

— Questões pessoais o farão ser demitido, Clyde. Elas farão com que você seja expulso do meu departamento como o diabo do paraíso. Não me obrigue a fazer isso.

— Eu não preciso de sermão. — Hunt deixou o resto por dizer: *Não de um policial gordo metido a político.*

— Você já perdeu sua esposa. Não perca seu emprego também.

Hunt olhou no retrovisor e viu a ira em seus olhos. Ele inalou o ar para o fundo dos pulmões.

— É só você ficar fora do meu caminho — disse ele, e sua entonação era a que um homem razoável teria usado. — Tenha um pouco de fé.

— Você vem queimando a vela da fé há um ano e a maldita já está no toco. Quando os jornais forem impressos amanhã à noite, eu quero ver um retrato de Tiffany Shore sentada no colo da mãe. Na primeira página. É assim que nós manteremos nossos empregos.

Uma pausa. Hunt não ousava confiar na própria voz e por isso ficou em silêncio.

— Dê-me um final feliz, Clyde. Dê-me isso e fingirei que você é o mesmo policial que era um ano atrás.

O Chefe desligou.

Hunt socou o teto do carro, depois entrou no acesso de veículos da casa de Johnny. Notou que uma das peruas não estava ali. Quando bateu na porta da frente, ela balançou o suficiente para fazer com que a casa soasse oca. Hunt olhou pela pequena janela e viu Ken Holloway emergindo do corredor escuro. Ele estava calçando sapatos lustrados sob uma calça ligeiramente amarrotada e esforçou-se para enfiar a camisa por dentro dela. Cingiu um cinto de couro de crocodilo, parou em frente ao espelho, alisou os cabelos e examinou os dentes. Havia um revólver em sua mão direita.

— Polícia, Sr. Holloway. Largue a arma e abra a porta.

Holloway se encolheu, tomando consciência súbita de que podia ser visto pela janela. Um sorriso depreciativo brotou em seu rosto.

— Que policial?

— Detetive Clyde Hunt. Eu preciso falar com Johnny.

O sorriso desapareceu.

— Posso ver o distintivo?

Hunt pressionou a insígnia no vidro, em seguida recuou um passo da porta e abaixou uma das mãos até a coronha da arma de serviço. Holloway doava dinheiro para boas causas. Ele participava de conselhos e jogava golfe com gente poderosa.

Mas Hunt conhecia o homem.

Havia passado um ano observando Katherine e Johnny. Encontros ocasionais, como aquele da mercearia; coisas ditas e não ditas; uma perna manca ou um hematoma; os olhos reveladores do garoto quando achava que estava sendo durão. Hunt havia se esforçado, mas Katherine passava a maior parte do tempo ausente, alheia àquilo, e Johnny estava assustado. Hunt não tinha nada de sólido.

Mas ele sabia.

Outro passo atrás colocou Hunt a 1 metro da porta. O volume escuro do peito de Holloway era visível pela fresta da janela. Parecia carnudo e bronzeado, com um peito largo sobre a barriga abundante. Seu rosto apareceu por trás do vidro.

— Estamos no meio da noite, detetive.

— Mal passa das 21h, Sr. Holloway. Uma criança foi raptada. Por favor, abra a porta.

O trinco se desengatou e a porta se abriu alguns centímetros. Pregas marcavam a pele do rosto de Holloway, mas Hunt viu pontos úmidos na linha do cabelo que ele tentou fazer apresentável. As mãos dele estavam vazias.

— O que o desaparecimento de Tiffany Shore tem a ver com Johnny?

— Você pode se afastar da porta, por favor?

Hunt manteve sua entonação profissional, o que era difícil. Teria conseguido atirar em Ken Holloway apenas de olhar para ele.

— Muito bem. — Holloway abriu bem a porta e se virou, com as mãos dando tapas dos lados das pernas.

Hunt entrou, os olhos varrendo à esquerda e à direita até avistar a arma, um revólver calibre .38. Aço inoxidável. Estava em cima da televisão, com o cano apontado para a parede.

— É registrado — disse Holloway.

— Tenho certeza de que é. Eu preciso falar com Johnny.

— Diz respeito ao que aconteceu hoje?

Hunt cheirava a álcool.

— Você realmente quer saber?

Holloway sorriu sem humor.

— Só um minuto. — Ele ergueu a voz. — Johnny.

Nenhuma resposta. Ele chamou novamente, depois praguejou entre dentes. O corredor o engoliu e Hunt escutou uma porta se abrir, depois fechar-se com um golpe. Quando ele retornou, veio sozinho.

— Ele não está aqui.

— Onde ele está?

— Não faço ideia.

A raiva transpareceu na voz de Hunt.

— Ele tem 13 anos. Está escuro e chovendo lá fora. O carro não está aqui e você não faz ideia de aonde ele foi? Até onde eu sei, isso constitui negligência.

— E pelo que eu entendo da lei, detetive, isso é problema da mãe dele. Eu sou um convidado nessa casa.

Eles enfrentaram o olhar um do outro, e Hunt avançou um passo. Holloway era um contumaz hipócrita, lisonjeiro e afável, mas só quando isso servia aos seus propósitos. Podia haver prédios nomeados em homenagem a ele na faculdade, mas Hunt não conseguia disfarçar seu desagrado.

— É melhor você tomar cuidado comigo.

— Isso é uma ameaça?

Hunt não respondeu.

— Você não sabe quem eu sou — disse Holloway.

— Se algum mal acontecer àquele garoto...

Holloway deu um sorriso frio.

— Qual é mesmo o seu nome? Eu tenho uma reunião amanhã com o prefeito *e* o administrador municipal. Gostaria de pronunciá-lo corretamente.

Hunt soletrou para ele, depois disse:

— Quanto ao garoto...

— Ele é um delinquente. O que você quer que eu faça com ele? Não é meu filho nem minha responsabilidade. Agora, você quer que eu vá buscar a mãe dele? Talvez eu consiga acordá-la. Ela não vai saber onde ele está, mas eu a arrasto até aqui se isso o deixar satisfeito.

Hunt havia admirado a mãe de Johnny desde o primeiro encontro. Pequena, mas cheia de vida, ela havia demonstrado coragem e fé sob circunstâncias insuportáveis. Havia permanecido forte até o dia em que desmoronou, momento em que sua ruína foi completa. Talvez fosse pesar, talvez culpa, mas ela era trágica e estava perdida, à mercê do tipo de horror que poucos pais poderiam imaginar. Pensar nela com um viciado como Ken Holloway já era ruim o suficiente. Vê-la arrastada para fora da cama por ele seria ainda pior, uma humilhação.

— Eu mesmo o encontrarei. — Hunt se dirigiu à porta.

— Nós não acabamos, detetive.

— Não — disse Hunt —, não acabamos.

Sua mão estava na porta quando o celular de Holloway tocou. Ele se deixou ficar enquanto Ken atendia.

— Sim. — Holloway ficou de costas para Hunt. — Você tem certeza? Muito bem. Sim, chame a polícia. Eu estarei lá em dez minutos.

Ele fechou o telefone e encarou Hunt.

— Minha companhia de segurança — explicou ele. — Se ainda quer encontrar Johnny, pode começar procurando na minha casa.

— Por que diz isso?

— Porque o merdinha acabou de atirar uma pedra na minha janela da frente.

— O que o faz pensar que é Johnny?

Holloway apanhou suas chaves.

— Sempre é Johnny
— Sempre?
— Essa é a quinta vez, porra.

Johnny dirigiu por ruas escuras, e a chuva jogava traços de mercúrio no vidro. Os pais de Tiffany Shore eram ricos e moravam a apenas três quarteirões de Ken Holloway. Johnny havia comparecido a uma festa ali uma vez. Ele diminuiu a marcha ao se aproximar da casa de Tiffany, depois parou na rua. Viu carros de polícia e sombras que se movimentavam por trás das cortinas. Ele observou a casa por um bom tempo, depois olhou para os vizinhos dos dois lados. Luzes acolhedoras se derramavam daquelas casas, e na escuridão da rua Johnny sentiu-se muito só, porque ninguém mais sabia. Ninguém poderia entender o que estava acontecendo entre as paredes da casa de Tiffany, o que a família dela estava sofrendo: o medo e a raiva, o lento esgotamento da esperança e o fim de todas as coisas.

Ninguém sabia o que Johnny sabia.

Exceto os pais dela, ele pensou.

Os pais dela sabiam.

Hunt permaneceu em seu carro e observou Holloway sair da casa. Ele lhe lançou um olhar frio que Hunt ficou feliz em devolver, depois embarcou no seu automóvel. O grande motor deu a partida e o Escalade sacolejou para o meio da estrada. Hunt escutou a chuva sobre seu carro e olhou para a luz que vertia da casa de Johnny. Katherine estava dormindo ali, e ele a imaginou no meio das cobertas, as costas curvadas para a noite.

Ele ligou seu laptop e digitou o nome de Johnny Merrimon. Ken havia prestado queixas, mas não havia registro de apreensão. Nenhum mandado. Fosse lá o que Holloway acreditasse a respeito do envolvimento de Johnny no vandalismo recorrente contra sua casa, ele não tinha provas.

Hunt pensou no motivo pelo qual Johnny atiraria pedras nas vidraças de Holloway. Apenas uma coisa fazia sentido. Johnny queria o homem fora de sua casa, longe de sua mãe, e havia concebido a única coisa que daria certo todas as vezes. De modo algum um homem como Holloway deixaria sua casa desprotegida. Não durante a noite.

Cinco vezes e nunca havia sido apanhado. Hunt meneou a cabeça e tentou não sorrir.

Ele realmente gostava daquele garoto.

Por mais dois minutos, Hunt ficou sentado em seu carro e percorreu o arquivo de Tiffany Shore. Era fino. Ele sabia o que ela estava vestindo quando foi vista pela última vez. Tinha uma lista de sinais de identificação. Uma marca de nascença do tamanho de uma moeda de dez centavos manchava a parte interna da sua escápula direita; uma cicatriz causada por um anzol ainda aparecia rosada na sua panturrilha esquerda. A menina tinha 12 anos, loura, sem nenhuma intervenção odontológica importante nem cicatrizes cirúrgicas. Hunt sabia sua altura, peso e data de nascimento. Ela possuía um celular, mas os registros não mostravam nenhuma chamada feita desde o dia anterior. Não era muito para começar. O que eles tinham eram alguns garotos que a ouviram gritar, mas não conseguiam concordar com a cor do automóvel para dentro do qual ela foi puxada. Hunt havia interrogado também suas amigas mais próximas. Pelo que elas sabiam, Tiffany não tinha um namorado secreto nem problemas em casa. Ela tirava boas notas, gostava de cavalos e havia beijado um menino uma vez, talvez. Uma garota típica.

Hunt anotou rapidamente no arquivo: *Tiffany e Alyssa eram amigas?* Talvez ambas conhecessem o cara errado.

Hunt pensou nas coisas que não tinha. Ele não tinha qualquer descrição do perpetrador, nenhum telefonema ou atividade suspeita e nenhuma identificação do veículo. Basicamente, nada. O que ele tinha era Johnny Merrimon e as coisas que David Wilson lhe havia dito antes de morrer. Ele alegava ter encontrado a garota que fora sequestrada. Encontrado onde? Encontrado como? Morta ou viva? Quem atirou David Wilson para fora da estrada havia feito isso de propósito. Mas era o gigante de Johnny Merrimon, como Cross suspeitava? Ou uma outra pessoa?

Hunt precisava encontrar o garoto.

Ele chamou a delegacia, falou com um de seus detetives.

— É Hunt. O que você conseguiu?

— Nada de bom. Myers e Holiday ainda estão com os pais de Tiffany.

— Como estão reagindo? — Hunt interrompeu.

— O médico deles está lá. A mãe, você sabe. Eles a estão sedando.

— Alguma coisa no celular de Tiffany?

— Nada. Nenhuma pista no GPS também.

— Yoakum ainda está rastreando os passos de David Wilson?

— Ele está na casa agora.

— Já sabemos de alguma coisa?

— Apenas que Wilson era professor na faculdade. Biologia ou algo assim.

— E quanto a impressões digitais? — perguntou Hunt.

— Nós obtivemos uma impressão de polegar na pálpebra da vítima. Estamos processando-a agora. Deveremos saber alguma coisa em breve.

— Voluntários?

— Mais de uma centena até agora. Estamos tentando organizá-los para um início rápido. Deveremos estar em campo até as seis.

Um silêncio caiu entre os dois homens, ambos pensando a mesma coisa: *É um condado grande demais.*

— Nós precisamos de mais gente — disse Hunt. — Envolva as igrejas, as associações civis. Nós conseguimos cem universitários quando Alyssa Merrimon desapareceu. Ligue para o reitor. — Hunt repetiu um número de memória. — Ele é compreensivo. Veja se ele consegue fazer algo acontecer. Além disso, quero a escola de Tiffany peneirada novamente amanhã. Mande os oficiais menos intimidadores que puder encontrar. Os jovens. Mulheres. Você conhece o procedimento. Não quero perder alguma coisa só porque algum garoto ficou assustado demais para falar conosco.

— Entendi. O que mais posso fazer?

— Espere um pouco. — Hunt levantou o registro de Katherine Merrimon no seu laptop. — Anote isto, depois comunique às viaturas. — Ele forneceu o modelo, marca e número da placa. — O garoto está no carro da mãe. É uma lata-velha. Não deve ser difícil de localizar. Verifiquem primeiro a rua Tate, casa de Ken Holloway. Duvido que ele esteja ali, mas vale a pena dar uma olhada. Se alguém avistar esse carro, eu preciso saber na hora. Parem o carro e segurem o menino. Me liguem quando acontecer.

— Entendido.

— Ótimo. Me dê o endereço de David Wilson.

Hunt apanhou sua caneta, mas viu movimento na varanda da casa de Johnny. Um braço pálido estendido para fora.

Que diabos?

Ele ouviu um grito, abafado pela chuva. Seus dedos ligaram as luzes e o brilho dos faróis cortou a chuva.

— Santo Deus.

— Detetive...

Hunt pressionou o telefone contra o ouvido.

— Eu tenho de ir — disse.

— Mas...

Hunt desligou o telefone. Sua mão procurou a porta e ele falou novamente, enquanto a chuva golpeava seu rosto.

— Santo Deus.

Mas outro grito sufocou as palavras.

CAPÍTULO 10

Johnny se manteve nas ruas secundárias e dirigiu de um lado a outro da cidade. Jack morava numa vizinhança de casas pequenas e gramados bem-cuidados, um lugar cheio de policiais, merceeiros e entregadores. Balanços e brinquedos pontilhavam a grama. Em dias ensolarados, crianças jogavam bola na rua. Era um bom lugar, se você morava ali, mas automóveis estranhos chamavam atenção, por isso Johnny estacionou a dois quarteirões de distância e caminhou na chuva. Havia uma luz acesa no quarto de Jack. Johnny espiou por cima do peitoril e viu o amigo. Ele estava estendido na cama, com revistas em quadrinhos espalhadas à sua volta. Coçava-se enquanto lia.

Johnny estava prestes a bater na vidraça quando a porta de Jack se abriu. Gerald entrou. Alto e musculoso, vestia jeans e estava sem camisa, com um boné da Clemson virado para trás. Disse algo que irritou o irmão, porque Jack atirou uma de suas revistas, depois empurrou seu irmão para fora e trancou a porta.

Johnny bateu no vidro e viu Jack erguer os olhos. Bateu novamente e seu amigo atravessou o quarto. A janela subiu alguns centímetros. Jack ajoelhou-se junto à fresta.

— Meu Deus, Johnny. Você está bem? Eu soube o que aconteceu. Que merda. Não acredito que perdi isso. Um cara morto em carne e osso.

Johnny conferiu a porta por sobre o ombro de Jack.

— Você pode sair? — perguntou.

— Acho que não. — Jack fez uma expressão envergonhada. — Você sabe do toque de recolher, não? Tiffany Shore?

— Eu soube.

— A escola ligou para meu pai quando não me encontraram.

— Para minha mãe também.

— É. Bem. Ele me pegou com as cervejas dele, e eu ainda estava bêbado. Estou mesmo ferrado. Mamãe está na igreja, orando por Tiffany e pela minha alma imortal. — Ele revirou os olhos, depois apontou para a porta com o polegar. — O babaca está no comando. Ele tem que ficar de olho em mim. — Jack se apertou de encontro à fresta. — Mas esse cara morto. Isso deve ter sido intenso. O que está acontecendo agora? Eu ouvi algumas coisas que meu pai disse. Ele realmente teve alguma coisa a ver com Tiffany?

— Ou com minha irmã.

— Eu duvido.

— Poderia ser ela.

— Já faz um ano, Johnny. Você tem que ser realista. As chances são...

— Não me fale de chances!

Jack hesitou.

— Você vai sair, não vai?

— Eu tenho que sair.

Jack balançou a cabeça, adotando uma expressão séria.

— Não faça isso, cara. Essa não é uma boa noite para xeretar por aí. Todos os policiais da cidade estão na rua. Seja lá quem fez isso vai estar atento. Ele estará alerta.

Johnny meneou a cabeça.

— Tiffany foi levada hoje. É cedo. É quando as pessoas cometem erros.

— Para onde você está indo?

— Você sabe para onde eu estou indo.

— Não faça isso, cara. Estou falando sério. Estou com um mau pressentimento.

Johnny não cedeu.

— Quero que você venha comigo.

Jack olhou por sobre o ombro. A porta ainda estava fechada. Johnny apoiou os dedos no batente.

— Eu preciso de ajuda — completou Johnny.

— Eu nunca concordei em ir àquelas casas. Aquele sempre foi o meu limite e você sabe disso.

— Agora é diferente.

— Você vai ser morto. Algum cara saído de um show de horrores vai capturá-lo e matá-lo. — O rosto de Jack empalideceu e ele implorou com todo o seu corpo. — Não faça isso.

Johnny olhou para o outro lado, para a vizinhança às escuras.

— Eu amarelei, Jack.

— Como assim?

— O cara caiu bem aos meus pés. Eu ouvi os ossos dele se quebrarem. Havia sangue por toda parte. Um dos olhos estava prestes a saltar da cabeça.

— Mentira. É mesmo?

— Ele sabia onde ela estava. Você entende? Seja lá quem o jogou para fora da estrada fez isso de propósito, para que ele não pudesse contar nada. — Johnny ergueu um punho. — Eu estava bem ali.

— E então?

— Eu fiquei assustado. Fugi.

— Então você fugiu. E daí? Eu estaria em Virginia a essa altura.

Johnny não o escutou. Suas palavras saíram como se ele ainda pudesse ver aquilo.

— O cara estava contornando o carro. — Ele balançou a cabeça. — Eu ouvi um som de metal, como se ele estivesse arrastando um cano. Um motor potente, roncando direto. E o sujeito, cara, ele estava se cagando de tão apavorado. Ele me disse para fugir.

— Aí está. Ele mesmo disse isso para você.

— Você não está entendendo, cara? O homem sabia onde ela estava e eu fugi! Ela é minha irmã. Minha irmã gêmea.

— Não, Johnny.

— Eu tenho que consertar isso. — O rosto de Johnny tomou a fresta na base da janela. — E tem que ser essa noite. Essa é a minha chance,

Jack. Eu posso consertar isso, mas não sei se consigo sozinho. Eu preciso que você venha comigo.

Jack se inquietou, lançou um olhar desesperado para a porta fechada.

— Não me peça isso, Johnny. Eu não posso. Não essa noite.

Johnny se inclinou para trás, desapontado e furioso.

— O que há com você, Jack? Mais cedo, tudo o que você queria era ir até lá para dar uma olhada. Você não podia esperar para bancar o fora da lei.

Jack se defendeu.

— Mas isso não é brincadeira, é? Isso tudo acabou de acontecer. É coisa recente. De verdade. Digamos que você encontre esse cara... Você vai estar fodido e morto.

— Esse é o momento. Agora. Nesse exato segundo.

— Johnny...

— Você topa ou não, Jack?

— Cara... — A resposta estava por todo o corpo dele.

Johnny a viu, clara como o dia.

— Sem problemas — disse ele, e depois partiu.

Katherine Merrimon tropeçou no último degrau e saiu para a chuva. Ela se dobrou ao meio, inclinando-se para o jardim.

— Johnny!

Sua boca tinha um brilho pálido e rosado. Estava descalça e tinha os olhos transtornados, as pupilas dilatadas. Ela tropeçou novamente, caindo na lama. Uma camiseta grande demais lhe chegava à altura dos joelhos e, em questão de segundos, estava encharcada. A lama reluzia em suas pernas.

Ela estava assustada, provavelmente sob o efeito de remédios, por isso Hunt agiu com cautela. Ele vira surtos mentais antes, e era o que aquilo parecia, como se ela estivesse se desfazendo nas costuras. Ele estendeu as mãos, com os dedos abertos.

— Sra. Merrimon.

— Johnny!

Irracional. O rosto voltado para cima enquanto a chuva caía.

Hunt pensou que o rapto de Tiffany Shore havia revolvido o solo da pobre sepultura que ela havia construído para os pensamentos a respeito do destino de sua filha. Ela havia despertado numa casa vazia, para deparar-se com outra cama vazia.

— Sra. Merrimon — falou Hunt com suavidade.

Ela ergueu os olhos para ele, e mesmo com a luz batendo em cheio em seu rosto, seus olhos continuavam arregalados e escuros.

— Onde está meu filho? — perguntou ela.

Hunt ajoelhou-se e pousou as mãos nos ombros dela.

— Está bem — disse ele. — Tudo ficará bem.

Durante aquele segundo, ela se acalmou; então seu rosto se crispou, e quando ela falou, sua voz era tão baixa que ele mal a ouviu:

— Onde está Alyssa? — perguntou ela, mas Hunt não tinha resposta. Ele assistiu à dor derrubá-la. O sentimento a fez curvar-se ao meio. Ela abriu as mãos sobre o solo, afundando os dedos na terra macia. — Faça parar — sussurrou.

O dever de Hunt era claro. Ela necessitava de ajuda. Johnny precisava ser afastado dela e posto num ambiente estável. Hunt deveria telefonar naquele momento para o Serviço Social, sabia muito bem disso. Mas sabia algo mais também. Se tirasse o seu filho, destruiria a última fagulha de sanidade dela. Ele não podia fazer isso. Ela balançou na lama.

— Por favor, faça parar.

— Katherine...

— Meus bebês...

Hunt sentou-se sobre os calcanhares e pousou uma das mãos no ombro dela.

— Confie em mim — disse ele. Quando ela olhou para cima, com olhos torturados e perdidos, Hunt disse novamente o nome dela, depois segurou seu braço e a ajudou a se levantar.

Vinte minutos depois, a chuva havia parado. Uma viatura oficial entrou no acesso de veículos e Hunt viu um lampejo de cabelos louros quando a luz do teto piscou e a oficial Laura Taylor se dirigiu para a varanda. Ela estava no final da casa dos 20, possuía corpo largo, mas rosto estreito.

Tivera uma queda por Hunt um dia, mas isso era passado. Agora estava apaixonada por um piloto de *stock car* vindo de Charlotte. O piloto não fazia ideia de quem ela era, mas isso não a incomodava. A persistência, segundo a oficial Taylor, era uma virtude.

Ela subiu os degraus batendo os pés e franziu as sobrancelhas ao falar:

— Você está elegante, Hunt.

— O que você quer dizer?

Ela apontou para as roupas dele.

— Roupas molhadas. Lama no terno. — O gesto subiu para incluir a cabeça do detetive. — O que você é agora, um surfista?

— Um surfista? — Hunt tocou os cabelos. Ensopados, eles iam até abaixo do colarinho.

— Eu posso cortar para você.

— Está bem assim.

— Como quiser. — Ela se inclinou a fim de olhar pela porta aberta. — Você foi bem vago ao telefone.

Taylor observava rigidamente as regras, mas Hunt a escolheu por um bom motivo. Debaixo daquilo tudo, da policial, dos regulamentos e da atitude desafiadora, Taylor tinha uma pegada suave. Hunt confiava nela para fazer o que era certo.

— Eu só preciso que você fique de olho nela — disse ele. — Certifique-se de que ela não faça nada estúpido.

— É muito grave?

— Ela está na cama, calma por enquanto; mas está sob o efeito de algo, comprimidos provavelmente. Já perdeu o controle uma vez. Pode surtar novamente. Mas é uma boa pessoa, e amanhã será outro dia. Acho que ela merece uma chance.

Quando Taylor voltou a endireitar as costas, não parecia impressionada.

— Correm boatos pela cidade de que ela está totalmente pirada.

— Pirada, como?

— Não fique na defensiva.

— Não estou.

Um sorriso sob olhos cintilantes.

— Que nada. Olhe só para você. Lábios brancos, essas tensões no pescoço. Parece até que eu estou falando da sua mãe. Ou da sua esposa.

Hunt abaixou a voz, forçando-se a relaxar.

— Pirada como?

Taylor deu de ombros sem simpatia e inclinou a cabeça em direção à casa.

— Ela apareceu na escola um dia para buscar a filha. Isso foi quatro meses depois que a menina foi sequestrada. Quando contaram a ela que Alyssa não estava lá, ela se recusou a partir. Exigia ver a menina. Começou a gritar quando tentaram explicar a ela. A coisa fugiu tanto do controle que a patrulha escolar a escoltou para fora. Ela ficou sentada no carro dela por três horas, chorando. E você conhece o oficial Daniels?

— O cara novo?

— Ele atendeu um chamado por invasão de domicílio cerca de seis semanas atrás e encontrou-a dormindo na casa antiga dela, encolhida no sofá. Em posição fetal, ele disse. — Taylor olhou ao redor da casa caindo aos pedaços. — Pirada.

Hunt conteve suas palavras por longos segundos, e, quando falou, tentou seriamente fazê-la entender:

— Você tem filhos, Laura?

— Você sabe que não. — Ela exibiu os pequenos dentes. — Filhos iriam interferir no meu trabalho.

— Então acredite em mim. Ela merece uma chance. — Taylor enfrentou o olhar de Hunt, e ele soube que ela estava fazendo cálculos. Taylor era uma policial de rua, não uma babá; o pedido de Hunt não havia passado pelos canais e procedimentos tradicionais. — Alguém precisa estar aqui caso o filho dela retorne. Isso é legítimo.

— E o que mais?

— Apenas se certifique de que ela não saia por aí nem tome mais comprimidos.

— Você está arriscando o rabo nisso, Hunt, e está me pedindo para expor o meu lindo e escultural traseiro também.

— Eu sei disso.

— E se ela está tão mal, bebida, comprimidos, o que for, então o garoto deveria estar sob custódia do Estado. Se algo acontecer a ele porque você se recusou a tomar uma atitude...

— Eu corro o risco.

Ela olhou para a chuva e a preocupação se revelou.

— As pessoas estão falando. A respeito de você e dela.

— Essa conversa é infundada.

Os olhos endureceram.

— É?

— Ela é uma vítima — disse Hunt com frieza. — E é casada. Eu não tenho qualquer interesse além do profissional.

— Eu acho que você está mentindo — disse Taylor.

— Talvez — respondeu ele. — Mas não para você.

Taylor tamborilou no cinto de vinil liso que continha sua arma, suas algemas e seu cassetete.

— Isso foi profundo, Hunt. Tão profundo que chega a ser absolutamente feminino.

As palavras dela não foram grosseiras.

— Você vai me ajudar?

— Eu sou sua amiga. Não me meta em algo sórdido.

— Ela é uma boa mulher e eu perdi a sua filha. É só isso.

O momento se prolongou.

— Johnny Merrimon — disse Hunt. — Você o reconheceria se o visse?

— Se um garoto aparecer, vou presumir que é ele.

Hunt fez que sim com um aceno de cabeça.

— Eu lhe devo uma.

Ele se virou, mas ela o deteve.

— Ela deve ter algo especial.

Hunt hesitou, mas não tinha razão para mentir.

— Ambos têm — disse ele. — Ela e o filho.

— Não que eu queira diminuir essa gente, mas por quê?

Hunt visualizou o garoto, o modo como compreendia a vulnerabilidade da mãe e fazia o que podia para protegê-la quando ninguém mais o faria. Viu-o comprando mantimentos às seis da manhã, atirando uma pedra na janela de Ken Holloway, não uma, mas cinco vezes, só para afastá-lo de sua mãe.

— Eu costumava vê-los pela cidade antes de isso tudo acontecer. Estavam sempre juntos, os quatro. Na igreja. No parque. Nos shows ao ar livre. Eram uma bela família. — Ele deu de ombros, e ambos sabiam que havia coisas por dizer. — Eu não gosto de tragédias.

A oficial Taylor riu sem humor.

— O que foi? — perguntou Hunt.

— Você é um policial — disse ela. — Tudo é uma tragédia.

— Talvez.

— É, está bem. — O tom dela era de descrença. — Talvez.

Cem metros à frente, estacionado numa entrada de garagem às escuras, Johnny observou o carro de Hunt sair de sua casa. Ele se abaixou quando o veículo passou rapidamente por ali, mas outro ainda se encontrava na vaga habitual de sua mãe. Johnny tinha visto os automóveis bem a tempo, o sedã de Hunt e a viatura com as luzes do teto desligadas. Ele roeu uma unha, que tinha gosto de terra. Tudo o que queria era ver como sua mãe estava. Só um vislumbre. Mas a polícia...

Droga.

Um casal de velhos morava na casa onde Johnny estava estacionado. Em dias quentes, o marido sentava na varanda, fumava cigarros enrolados a mão e observava a esposa cuidar do jardim com seu vestido caseiro desbotado que formava um decote na frente e exibia mais pele branca com veias azuis do que Johnny achava que um corpo deveria ter. Mas eles sempre acenavam e sorriam quando ele passava em sua bicicleta, a mulher com manchas nas mãos, o homem com manchas nos dentes.

Johnny desceu do carro e fechou a porta. Ouviu sons rumorejantes e água pingando, o coaxar das rãs nos arbustos e o chiado dos pneus de outro automóvel que começou a descer a ladeira e derramou suas luzes sobre o chalé baixo. Agachado, ele se esgueirou pelo lado da casa e começou a seguir caminho pelos quintais que se estendiam entre o carro e a própria residência. Passou por barracões que cheiravam a grama cortada e podre, por uma cama elástica com as molas enferrujadas e por uma inclinação perigosa. Passou por baixo de varais e por cima de cercas e entreviu vizinhos que mal conhecia.

Andou mais devagar ao se aproximar da janela de sua mãe. A luz do quarto dela emitia um brilho amarelado, e, quando ele levantou a cabeça, viu-a sentada na lateral da cama. Marcada pelas lágrimas e borrifada de lama, ela pendia como se algum fio vital tivesse sido cortado. Segurava uma fotografia emoldurada, e seus lábios se moviam enquanto ela passava um dedo sobre o vidro e curvava suas costas sob um peso invisível. Mas Johnny não sentiu qualquer simpatia. O que disparou em seu peito foi uma raiva súbita. Ela agia como se Alyssa tivesse partido para sempre, como se não restasse esperança.

Ela era tão fraca!

Mas quando a fotografia pendeu para o lado, Johnny viu que não era o retrato da irmã o que havia abalado sua mãe.

Era uma foto de seu pai.

Johnny se deixou cair sob o peitoril. Ela as havia queimado. Johnny se lembrava daquele dia, uma tarde ensolarada com a fogueira no quintal e o cheiro acre das fotografias carbonizadas até não restar nada. Viu-as como se isso tivesse acontecido no dia anterior, lembrou que havia roubado três delas da mão de sua mãe e corrido loucamente em círculos enquanto ela cambaleava, chorava e gritava para que ele as devolvesse. Sabia onde aquelas três fotografias estavam também: uma na gaveta de meias, duas na mala que ele guardava para Alyssa.

A que sua mãe segurava era diferente. Nessa, seu pai era jovem, com os lábios entreabertos e olhos penetrantes. Vestia terno e gravata. Parecia um astro de cinema.

Por um instante, a imagem ficou borrada em sua mente, então Johnny enxugou com os nós dos dedos a umidade no olho direito e caminhou pelo quintal descuidado até a linha das árvores. Avançou duramente pela escuridão, tentando esquecer a visão de sua mãe com a fotografia. Aquilo o deixava triste, e a tristeza tornava-o fraco.

Johnny cuspiu na terra.

Aquela não era uma noite para fraquezas.

Uma pequena trilha o conduziu sob as árvores que arranhavam o céu da noite com copas tão vastas e densas que davam um significado inteiramente novo à escuridão. Além do velho bosque havia uma fazenda de tabaco entregue ao matagal. As árvores altas desapareceram. Hera venenosa rastejava pela terra nua e serralhas cresciam acima de sua cabeça. Cem metros mato adentro, ele saltou um riacho que corria volumoso e marrom. Espinheiros feriam a pele de seus braços. Quando chegou ao velho celeiro de tabaco, parou e ouviu. Uma vez ele encontrara dois garotos lá, fumando maconha. Aquilo havia acontecido meses antes, mas Johnny nunca esqueceu como eles o perseguiram. Ele tocou o celeiro com a mão. As toras retangulares estavam enrugadas pelo tempo, e a maior parte da vedação havia se desfeito em ruínas, mas a construção era suficientemente sólida. Johnny encostou um olho em uma fresta e espiou o interior. Escuridão. Silêncio. Ele seguiu para a porta.

Do lado de dentro, ele subiu num velho balde e apalpou o lintel. Teve de esticar bem o braço, mas sentiu-a ali, bem onde a havia deixado. A mochila saiu com um som arrastado e uma chuva de dejetos de ratos. Era azul e bolorenta, ainda manchada de vermelho-acastanhado ao longo das costuras inferiores. Johnny aspirou o cheiro daquilo, o fedor de terra, pássaros e plantas mortas. Atirou-se ao solo do lado de fora e sentiu a respiração ficar trêmula. Johnny perscrutou o matagal e ouviu com atenção.

Depois juntou lenha seca do galpão e acendeu uma fogueira.

Das grandes.

CAPÍTULO 11

Hunt estacionou no acesso de veículos da casa de David Wilson enquanto um vento elevado atacava as últimas nuvens de tempestade. Quando olhou para baixo, viu que pequenas partes do mundo haviam adquirido uma brancura de prata: uma poça na calçada, gotas na capota do seu carro. A rua terminava no fundo de um edifício sem graça que delimitava a borda do campus da universidade. Casas bem-conservadas abrigavam famílias da faculdade e alguns estudantes com pais abastados o suficiente para arcar com o aluguel. Os terrenos eram estreitos, as árvores altas e grossas. Finas faixas de verde marcavam velhas junções na calçada. Ervas daninhas. Musgo. O ar cheirava a coisas em crescimento.

A chuva que mantinha os vizinhos em casa também havia preservado a discrição da presença dos policiais, mas Hunt via sinais de que isso logo acabaria. Um homem parou no meio-fio a quatro casas dali, com uma sacola plástica pendurada na mão enquanto observava. Do outro lado da rua, um cigarro faiscou na escuridão. Hunt praguejou entre dentes e virou-se para a porta. A casa era uma pequena residência em estilo Tudor, com vigas manchadas pelo tempo encravadas entre tijolos escuros. Uma faixa de grama separava-a de sua vizinha; uma garagem independente para dois veículos ocupava os fundos. Hunt viu Yoakum através de uma janela sem cortinas e se dirigiu à porta.

Do lado de dentro, assoalhos de madeira mostravam marcas de muito uso e pouco cuidado. Degraus conduziam à direita, com um corrimão escuro e liso. A cozinha ficava no fundo, um lampejo de aço inoxidável e linóleo branco que refletia sob luzes fortes. Um policial uniformizado cumprimentou Hunt na sala de estar com um movimento de cabeça, e o detetive devolveu a saudação. Outro se virou, e depois um terceiro. Nenhum deles olhou Hunt nos olhos, mas ele entendeu.

Aquilo tudo parecia muito familiar.

David Wilson havia sido professor e a casa expressava isso: madeira escura, tijolos à mostra, um cheiro que era ou de tabaco fresco ou de maconha envelhecida. Yoakum aproximou-se da sala de jantar e ofereceu um sorriso superficial e sem propósito.

— Não sou portador de notícias alegres — disse ele.

Hunt examinou o interior da casa.

— Comece pelo início.

— A casa pertence à faculdade. Wilson obteve o direito de morar aqui como um benefício. Ele estava aqui havia três anos.

— Belo benefício.

Hunt reexaminou a casa e notou mais olhadelas dos outros policiais. Yoakum também percebeu e baixou a voz.

— Eles estão preocupados com você.

— Preocupados?

— O caso de Alyssa fez um ano ontem. Ninguém esqueceu.

Hunt perscrutou a sala com olhos apertados, a boca também. Yoakum deu de ombros, demonstrando igualmente embaraço e preocupação no seu olhar.

— Só me conte sobre David Wilson — disse Hunt.

— Ele era o chefe do departamento de biologia. Bem respeitado, até onde posso dizer. Amplamente publicado. Os garotos o admiravam. A administração o admirava também.

— Você deixou claro à universidade que Wilson não é um suspeito? Eu não quero arruinar a reputação de um bom homem sem motivo.

— Testemunha material, foi o que lhes disse. Viu algo que provocou a própria morte.

— Ótimo. Conte-me o que mais você sabe a respeito de David Wilson.

— Você pode começar com isto.

Yoakum cruzou um tapete oriental que provavelmente era mais velho do que a casa. Levou Hunt até uma parede que tinha várias fotografias emolduradas, cada uma mostrando basicamente a mesma coisa: David Wilson com uma mulher bonita diferente.

— Solteiro? — perguntou Hunt.

— O que você acha? Pedaços de motores sobre a mesa da sala de jantar. Bife e cerveja na geladeira, não muito mais do que isso. Dezessete camisinhas na gaveta da mesa de cabeceira.

— Você contou?

Yoakum deu de ombros.

— É a marca que eu uso.

— Ah, humor.

— Quem está fazendo piada?

— Alguma indicação de onde ou como ele pode ter encontrado Tiffany Shore?

— Se há uma grande pista em algum lugar dessa casa, eu não descobri ainda. Se ele realmente encontrou a garota, acho que foi por acidente.

— Certo — disse Hunt. — Vamos por partes. Nós sabemos que ele morava aqui há três anos. Atlético, bem pago e inteligente.

— Atlético?

— O legista acha que ele pode ter sido um montanhista.

— Cara esperto, aquele Trenton Moore.

— É?

— Venha comigo — disse Yoakum, costurando seu caminho pela cozinha até uma porta estreita nos fundos da casa. Abriu-a e um ar quente soprou para dentro. — A garagem fica no fundo do quintal.

Eles saíram para a grama molhada. Uma cerca guardava a privacidade de grande parte do terreno e a garagem erguia-se, quadrada e grosseira, no canto mais afastado. Feita dos mesmos tijolos da casa, era larga o bastante para conter pelo menos dois automóveis. Yoakum entrou primeiro e acendeu as luzes.

— Dê uma olhada.

Vigas criavam um abismo sob o teto pontudo. Óleo manchava um chão de cimento grosseiro. Duas das paredes eram de tábuas com pinos, dos quais pendia todo tipo de equipamento de escalada: rolos de corda, mosquetões, grampos, lanternas de cabeça e capacetes.

— Eu diria que ele era montanhista.

— Com sapatos aparentemente estúpidos — disse Yoakum, e Hunt virou-se para vê-los.

Os sapatos eram calçados de couro à altura dos tornozelos, com solas de borracha preta e lisa que se curvavam para cima na frente e dos lados. Três pares estavam pendurados em pinos diferentes. Hunt ergueu um dos pares.

— Sapatilhas aderentes — disse ele. — São ótimas para rochas.

Yoakum apontou para as vigas.

— O cara não tinha medo de água também.

— Caiaques. — Hunt apontou para o mais comprido. — Aquele é para oceano. — Depois apontou para o mais curto. — Esse é de rio.

— Não há automóvel registrado no nome dele — disse Yoakum.

— Mas há manchas de óleo no chão. — Hunt apanhou um molho de chaves de um prego junto à porta: plástico preto na parte larga. — Um conjunto sobressalente, acho. Toyota. — Ele olhou para as marcas no concreto. — Rodas largas. Talvez uma caminhonete ou Land Cruiser. Verifique na universidade. Talvez esteja registrado em nome do departamento de biologia.

— Nós encontramos um reboque registrado para David Wilson.

— Para a sua motocicleta off-road, provavelmente. A que ele estava pilotando quando foi morto não era permitida para uso urbano, portanto é provável que ele a levasse num reboque. O que ele estava fazendo no canto mais hostil do condado é a questão. O que estava fazendo e onde.

Eles saíram da garagem e fecharam a porta, atravessando o jardim de volta para a casa.

— É terra selvagem lá. Muita floresta. Muitas trilhas.

— Um ótimo lugar para uma off-road.

— Você acha que o carro dele ainda está lá em algum lugar? — perguntou Yoakum.

Eles subiram os degraus para a porta dos fundos, entraram e atravessaram a cozinha.

— Tem que estar. — Hunt visualizou o condado em sua mente. Eles estavam a 160 quilômetros da capital do estado, a 100 do litoral. Havia dinheiro na cidade: indústria, turistas, golfe; mas o território ao norte era selvagem, cravejado de pântanos e vales estreitos, florestas profundas e espinhaços de granito. Se David Wilson estava praticando motocross por lá, então seu automóvel poderia estar em qualquer lugar: em estradas secundárias, trilhas fora do mapa, campos. Qualquer lugar. — Nós precisamos designar algumas unidades para lá. — Hunt repassou alguns números em sua cabeça. — Consiga quatro carros-patrulha. Mande-os para lá agora.

— Está bem escuro.

— Agora — disse Hunt. — E forneça a placa do trailer para a Polícia Rodoviária.

Yoakum estalou os dedos e um policial uniformizado se materializou.

— Cuide para que a polícia estadual tenha a placa de Wilson. Diga-lhes que é algo relacionado ao caso Shore. Eles já receberam o alerta âmbar.

O policial desapareceu para fazer a chamada. Yoakum voltou-se novamente para Hunt.

— E agora?

Hunt virou-se num lento círculo e examinou as fotos de David Wilson e sua coleção de mulheres bonitas.

— Quarto. Porão. Sótão. Mostre-me tudo.

CAPÍTULO 12

Levi movia-se cuidadosamente sobre a lama e as rochas escorregadias. O rio lançava partículas de luz que o faziam recordar-se de algo de quando era menino. Havia um ritmo, um padrão, como um caleidoscópio que seu pai tinha lhe dado um ano antes de o câncer levá-lo. A trilha se inclinava para um terreno mais alto e Levi usava a mão livre para se agarrar a raízes e arbustos de forma a escalar a argila lisa. Ele fazia força sobre as pontas dos calçados para aumentar a tração. Quando chegou ao trecho alto e plano, parou para recuperar o fôlego; ao recomeçar, as luzes do rio piscavam por trás dos salgueiros e dos freixos, dos liquidâmbares e dos longos dedos dos pinheiros. Havia ficado realmente escuro, e foi então que ele viu os rostos. Viu sua esposa rindo dele e subitamente deixando de rir, sua fisionomia assumindo um negro-avermelhado e úmido, quase por conta própria. Viu o homem que estava com ela e como o rosto dele ficou alterado também, vermelho, repuxado e achatado num dos lados.

E os sons.

Levi tentou parar de pensar; ele queria lavar as imagens de sua cabeça, bombear água num ouvido e esguichá-la, suja, pelo outro. Queria estar vazio, deixar espaço para quando Deus falasse. Ficava feliz nesses momentos, mesmo quando não passava de uma única palavra repetida sucessivas vezes. Mesmo quando era só um nome que ressoava em sua cabeça como um sino de igreja.

Sofia.

Levi escutou novamente.

O nome dela.

Ele seguiu em frente e sentiu água morna no rosto. Foi necessário 1,5 quilômetro para compreender que estava chorando. Não se importou. Ninguém podia vê-lo ali, nem sua esposa nem seus vizinhos, nenhum dos que faziam piadas quando as pessoas diziam coisas que ele não entendia, ou riam de como ele ficava em silêncio ao encontrar animais mortos no acostamento. Por isso ele deixou que as lágrimas viessem. Apurou os ouvidos para Deus e deixou que as lágrimas corressem quentes pelo rosto arruinado.

Tentou se recordar da última noite em que havia dormido, mas não conseguiu. A semana que ficara para trás era uma sequência colorida de imagens borradas. Cavar a terra. Caminhar.

Aquela coisa que havia feito...

Aquela coisa.

Levi fechou os olhos, tão cansado, e, quando seus pés escaparam debaixo dele, caiu na argila escorregadia. Aterrissou de costas e deslizou barranco abaixo, sobre pedras que o cortaram e rasgaram fundo. Ele bateu a cabeça em algo duro, viu um clarão e sentiu a dor explodir do lado do seu corpo. Aquilo cravou-se nele, horrível, irregular e bruto. Sentiu algo se quebrar, um tranco violento, e constatou que sua caixa havia lhe escapado. Seus braços se agitaram. Tocou o plástico uma vez e sentiu-o escorregar.

Ela estava no rio.

Deus todo-poderoso, ela havia se perdido no escuro.

Levi contemplou a água negra com pontos de luz. Suas grandes mãos se crisparam.

Levi não sabia nadar.

Ele se preocupou com aquilo por um segundo, mas já estava na água antes mesmo que Deus lhe dissesse para pular. Ele aterrissou com as pernas abertas, os braços estendidos, e sentiu a água suja entrar em sua boca. Subiu cuspindo, depois desceu de novo, as mãos batendo ruidosamente no rio, a água veloz e fria entre os dedos. Ele se debateu, sufocou e teve medo de morrer, depois descobriu que podia ficar de pé na água, que chegava na altura de seu peito. Por isso ele se levantou e, batendo os pés, fez seu caminho seguindo a correnteza, o rio rasgado por fragmentos de luz até encontrar seu pacote rodopiando ao acaso atrás de uma árvore caída.

Ele lutou com o objeto até a margem, rastejou barranco acima e não fez caso da dor que tentava incapacitá-lo. Pensou novamente na esposa.

Ela não devia ter feito as coisas que fez.

Ele se enrolou no pacote. A dor percorria-o por inteiro. Algo não estava bem em seu corpo.

Ela não devia ter feito aquilo.

Por fim Levi dormiu, ainda enrolado no pacote, gemendo quando seus membros gigantescos se contraíam.

CAPÍTULO 13

— Nada.

Hunt parou no porão baixo da casa de David Wilson. John Yoakum posicionou-se meio curvado ao lado dele. Duas lâmpadas pendiam de bocais enferrujados aparafusados nas vigas expostas do teto; uma caldeira de calefação jazia fria e imóvel no canto mais afastado. Hunt arrastou um dos pés no chão, e uma lufada de bolor e poeira se ergueu e depois se assentou. O aposento cheirava a terra e concreto úmido.

— O que esperava? — perguntou Yoakum.

Hunt olhou o vazio que se estendia por baixo da sala de estar no fundo da casa.

— Um golpe de sorte. Só para variar.

— Não existe essa coisa de sorte, boa ou ruim.

— Diga isso a Tiffany.

Quinze horas já haviam se passado desde que algum indivíduo desconhecido havia puxado a garota para o carro, e eles não estavam mais próximos de encontrá-la. Haviam examinado cada centímetro da casa e do terreno sem resultado. Hunt deu uma palmada na madeira exposta da escada do porão, e a poeira desceu flutuando.

— Eu tenho de ver como está meu filho — disse ele. — Esqueci de avisá-lo que chegaria tarde.

— É só ligar para ele.

Hunt meneou a cabeça.

— Ele não iria atender.

— A coisa está tão ruim assim?

— Eu não quero falar sobre isso.

— O que você quer que eu faça? — perguntou Yoakum.

Hunt apontou para o alto da escada.

— Recolha tudo. Feche o lugar. Eu o encontrarei na delegacia em meia hora.

— E quando estivermos lá?

— Vamos explorar os ângulos do caso. Rezar para ter alguma sorte. — Hunt apontou um dedo na cara de Yoakum. — E não diga.

— O quê?

— Nem uma maldita palavra.

Do lado de fora, Hunt encontrou uma multidão de vizinhos reunidos na calçada. Um oficial uniformizado mantinha-os afastados, mas ele teve de abrir caminho entre as pessoas para chegar ao carro. Estava quase lá quando um homem magro de ar zangado perguntou:

— Isso tem a ver com Tiffany Shore? — Ele ergueu a voz. — Ninguém nos diz nada.

Hunt passou por ele e o homem apontou para a residência de Wilson, falando ainda mais alto:

— Aquele homem está envolvido?

Hunt quase parou, mas não o fez.

Nada que pudesse dizer melhoraria as coisas.

No automóvel, ligou o ar-condicionado na maior potência e afastou-se devagar da multidão. Precisava ir para casa, ver como estava o filho, jogar um pouco d'água no rosto, mas viu-se margeando os arredores da cidade, olhando para a longa e rápida descida que levava à casa de Katherine Merrimon. A oficial Taylor abriu a porta antes que ele batesse. A expressão dela era extenuada, os lábios muito apertados. Hunt notou que a mão dela estava pousada na arma guardada no coldre. Relaxou quando viu que era ele, depois saiu para a varanda e fechou a porta atrás de si.

Hunt cumprimentou com a cabeça.

— Algum sinal?

— Do garoto? Não. Daquele babaca, Ken Holloway, sim.

— Problemas?

— Ele apareceu à procura de Johnny. Estava puto, vermelho, ficava repetindo sobre um piano arruinado. Um Steinman, Steinbeck.

— Steinway.

— É, esse mesmo. A pedra que atravessou a janela atingiu o piano. — Taylor sorriu. — Acho que deve ser caro.

Algo fez com que a boca de Hunt se repuxasse.

— Talvez seja. Ele lhe causou problemas?

— Ah, sim. Começou a gritar pela mãe do garoto quando eu me recusei a deixá-lo entrar. Falei para ele se acalmar, e ele começou a me dizer que poderia fazer com que eu fosse demitida. — Hunt sentiu a raiva dela. — Vou lhe dizer, se aquele garoto estivesse aqui, acho que teria se machucado.

— Quanto tempo faz? — Hunt olhou para a rua.

— Uma hora, talvez. Ele disse que voltaria com o advogado.

— Você está falando sério?

Ela deu de ombros.

— Ele queria entrar na casa. Queria mesmo.

— Se ele voltar — disse Hunt — e lhe der motivo, prenda-o.

— É mesmo?

— Eu não vou deixá-lo assustar minha testemunha ou prejudicar minha investigação.

— E esse é o único motivo?

Hunt se conteve, olhou para a casa atrás de si. Sentiu um cheiro apodrecido vindo do teto e das tábuas baixas, viu rasgões nas cortinas, trincas nos vidros da janela. Lembrou-se da casa em que Katherine morava quando Alyssa foi tirada dela, visualizou seus olhos escuros e sua fé comovente que Deus lhe devolveria sua filha. Rezava com frequência junto a uma janela voltada para o sul, e a luz incidia com tanta pureza em sua pele perfeita que ela própria parecia um anjo. E Ken Holloway estivera presente o tempo todo, oferecendo um sorriso, dinheiro, apoio. Aquilo durou um mês. Quando estava reduzida a pó, ele caiu sobre ela como um abutre. Agora, ela era uma viciada. Hunt tinha bastante certeza de que sabia quem a estava viciando.

— Eu odeio aquele cara — disse Hunt, e seu olhar estava distante. — Odeio-o tanto que poderia matá-lo.

Taylor desviou o olhar.

— Vou ignorar que ouvi isso.

Hunt sentiu seus ombros se erguerem, o rubor inundar seu rosto.

— Esqueça.

Taylor olhou-o fixamente.

— Tem certeza?

— Sim.

— Está decidido?

— Sim. Decidido.

— Ótimo. — Ela balançou a cabeça.

Hunt olhou para a rua e disse:

— Você deve estar de brincadeira comigo.

O Escalade branco de Ken Holloway diminuiu a marcha ainda na rua, depois enfiou uma roda na valeta ao dobrar para o acesso de veículos. Por um segundo, o automóvel atolou; depois o motor roncou e o pneu se libertou. Uma ferida escura reluziu na borda da valeta. Torrões de lama e capim pendiam do chassis do lado direito. Pela janela, Hunt pôde ver o rosto de Holloway: a mandíbula tensa, a face corada. Ao lado dele estava sentado um homem de expressão resignada que Hunt se lembrava de ter visto uma ou duas vezes nas imediações do tribunal, um advogado de certa influência. Seu rosto brilhava, pálido e úmido. Ele destrancou a porta, olhou com repulsa para tudo o que havia no exterior do veículo: a casa, a lama, os policiais. Sua saída do automóvel foi a mais afetada que Hunt já havia testemunhado.

Hunt desceu para o jardim e a oficial Taylor foi com ele. Holloway vestia uma camisa cor-de-rosa enfiada em uma calça jeans nova e calçava botas que custavam mais do que a arma que Hunt usava em serviço. Ele era grande, bem acima dos 90 quilos. Em sua raiva, parecia alto e ameaçador enquanto arrastava seu advogado pela lama.

— Diga a eles. — Apontou um dedo, um bracelete de cobre dançava em seu pulso. — Diga a eles como funciona.

O advogado ajeitou o paletó. Tinha a pela lustrosa, unhas perfeitas e uma voz que combinava com tudo isso.

— Eu nem mesmo tenho certeza de por que estou aqui — disse o advogado. — Eu já expliquei a você...

Holloway interrompeu-o.

— Você é meu advogado. Está a meu serviço. Agora, diga a eles.

O advogado desviou os olhos de Holloway para os policiais. Ele agitou os punhos como se estivesse no tribunal.

— O Sr. Holloway é o proprietário destas dependências. Ele deseja ter acesso à sua propriedade.

— Exijo acesso — interrompeu Holloway. — É minha casa.

Hunt manteve a voz calma.

— Quando eu estive aqui antes, você disse que era um convidado na casa.

— Questão de semântica. A propriedade é minha.

— Mas Katherine Merrimon é a inquilina legal.

— O Sr. Holloway cobra dela 1 dólar ao mês — argumentou o advogado. — Isso dificilmente faz dela uma inquilina.

— Aluguel é aluguel — disse Hunt, olhando para o advogado. — Você sabe disso.

— Ainda assim, ele tem o direito de inspecionar as dependências.

— Num horário razoável e com aviso prévio — corrigiu-o a oficial Taylor. — Não no meio da noite. Se ele deseja telefonar para a Sra. Merrimon, é bem-vindo para fazer isso.

— Ela não está atendendo ao telefone — disse o advogado.

Holloway deu um passo à frente.

— Eu quero ver aquele menino. Ele danificou uma peça valiosa de propriedade particular e precisa prestar contas disso. Eu só quero falar com ele.

— Isso é verdade? — Hunt não conseguia esconder o desagrado nem a repugnância.

— É claro. O que mais eu iria querer?

— E se eu lhe disser que ele não está aqui? — Hunt fez a pergunta avançando um passo, até que meros 15 centímetros separavam os dois homens. Ele sabia que Holloway era temperamental. *Sabia*. Agora queria ver.

Implorava para ver.

Os olhos de Holloway se apertaram, e Hunt reconheceu a primeira rachadura na fachada. O homem não gostava de ser acuado, não gostava de desafios, por isso Hunt se aproximou ainda mais. Deixou que Holloway percebesse o desprezo em seus olhos e viu-o morder a isca. E, no último segundo, o advogado percebeu o que estava para acontecer. Ele abriu a boca e falou:

— Sr. Holloway...

— Você tem ideia de quem eu sou?

Holloway ergueu um dedo e cravou-o direto no peito de Hunt. E foi só isso. Num movimento fácil e econômico, Hunt segurou o pulso de Holloway, girou o homem no lugar e impeliu sua mão até as escápulas. Holloway deu um passo adiante para aliviar a pressão, e Hunt continuou a empurrar. Ele caminhou com o homem até o Escalade e empurrou-o de rosto para baixo contra o capô.

— Você acabou de atacar um oficial de polícia, Sr. Holloway. Diante de testemunhas.

— Aquilo não foi um ataque.

— Pergunte ao seu advogado.

Holloway apoiou uma das palmas no carro e tentou se levantar. Hunt teve de inclinar-se sobre ele e tornou a falar enquanto o fazia:

— E isso é resistência à prisão.

As algemas apareceram. Ele cingiu a argola em torno de um dos grossos pulsos, apertando o aço o mais forte que podia, pressionando com força para o último engate. Holloway gritou, e Hunt deu um safanão na outra mão atrás das costas dele. Depositou todo o peso em Holloway para mantê-lo sobre o carro, depois engatou a algema.

— Essas são acusações sérias, Sr. Holloway. Seu advogado pode explicá-las a você mais tarde.

Hunt puxou Holloway para uma posição ereta. A arrogância havia desaparecido, mas a raiva era evidente em seu rosto.

— Você não pode me tocar — declarou.

Hunt agarrou a corrente das algemas, conduziu Holloway até a viatura da oficial Taylor e abriu a porta. Apoiou uma das mãos na cabeça de Holloway.

— Nada pessoal — disse, e enfiou-o no banco de trás. Quando olhou nos olhos de Taylor, não havia sorriso ou ironia em sua voz. — Oficial Taylor, você conduziria, por favor, o Sr. Holloway à chefatura e o indiciaria?

Taylor manteve o rosto rígido, mas não conseguia ocultar seus sentimentos.

— Sim, senhor.

Hunt observou-os partir: a viatura com a face corada de Holloway colada à janela, o grande Cadillac com o advogado afeminado por trás do volante de couro. Eles subiram a ladeira e sumiram de vista, problema para o dia seguinte. A raiva se dissipou com a centelha quente da satisfação. Ele ficou sozinho no jardim, pensando em Katherine, e então se virou. Dentro da casa, pressionou um ouvido contra a porta do quarto dela. Estendeu os dedos sobre a madeira áspera e por um segundo imaginou-se caminhando para dentro. Ela estaria diminuta e pálida, muito imóvel sobre a cama, mas iria sorrir e sua mão se estenderia.

Hunt sentiu aquele momento se prolongar como 1 quilômetro de areia quente, mas era apenas aquilo, um momento. Uma ilusão. Ele era o policial que havia falhado em trazer a filha dela para casa. Não podia mudar esse fato mais do que ela poderia esquecê-lo. Seria injusto sequer perguntar.

Sua mão se deixou cair e ele se aproximou da porta de Johnny. Estava aberta e uma pequena lâmpada imprimia um círculo amarelado na cama bem-feita. O quarto era bastante diferente dos dormitórios dos outros meninos. Tão vazio... Hunt não viu brinquedos ou jogos, nenhum pôster na parede. Um livro aberto jazia com a face para baixo sobre a cama. Outros encontravam-se sobre a cômoda, uma longa fileira apertada entre dois tijolos. Havia uma fotografia da mãe de Johnny, três de Alyssa. Hunt pegou o retrato mais próximo da garota. O sorriso dela era reticente e fugaz. Cabelos escuros caídos sobre o olho esquerdo, mas o direito possuía tanta luz; ela parecia saber algo especial, como se esperasse que alguém fosse perguntar o que era e talvez estivesse explodindo de expectativa por isso. A energia dela fazia Johnny parecer severo e contido, e Hunt se perguntou se ele sempre havia sido assim. Ou tinha simplesmente mudado?

Simplesmente.

Hunt meneou a cabeça diante do absurdo da palavra. Não havia nada simples no que o garoto Johnny havia se tornado. A evidência estava por toda parte: nas suas ações e atitudes, no seu quarto de paredes nuas e até mesmo nos livros que conservava. Não eram livros para um menino. Johnny tinha livros de história e antigas religiões, sobre buscas visionárias e sobre os rituais de caça dos índios da planície. Havia um sobre tradição druídica que pesava 1,5 quilo. Outros dois sobre religião cheroqui. Havia livros da biblioteca, marcados com plaquetas brancas e quadradas nas lombadas. Hunt apanhou o que estava aberto sobre a cama e viu que Johnny o havia pegado emprestado 14 vezes consecutivas. Nunca o atrasara. Nenhuma vez. Hunt imaginou Johnny em sua bicicleta, pedalando 13 quilômetros na ida e depois na volta para apresentar sua carteira e assinar onde lhe diziam para fazê-lo.

Ele examinou o título — *História ilustrada do condado de Raven* —, depois olhou a página em que estava aberto. No lado direito havia uma litografia em preto e branco de um velho vestindo um terno perfeitamente vincado. Uma barba branca cobria a frente de seu colarinho e seus olhos eram como faíscas de pederneira. A legenda sob ela dizia: "John Pendleton Merrimon, cirurgião e abolicionista. 1858." Antepassado de Johnny, Hunt concluiu. Parecia-se um pouco com o pai do menino e nada com ele próprio.

Ele folheou mais algumas páginas, pôs o livro novamente na cama e não se deu conta de que a mãe de Johnny estava no corredor até se virar. As pernas dela saíam de uma camisa que mal a cobria, e ela estava sobre um dos pés, uma das mãos espalmada de encontro à parede, enquanto os ombros traçavam pequenas elipses no ar. Os olhos dela eram feridas expostas, sua voz chocantemente calma.

— Faça-me um favor, Johnny. — Uma das palmas se virou para protegê-la da luz amarelada. — Diga para Alyssa que preciso falar com ela quando chegar em casa.

— Katherine... — Hunt se deteve, incerto.

— Não discuta comigo, Johnny. Ela já deveria estar em casa a essa hora.

Ela deu as costas, deslizou uma das mãos pela parede e fechou a porta atrás de si. Molas rangeram e o silêncio reverberou pela casa.

Antes de partir, Hunt acendeu as luzes e verificou as portas. No jardim, tentou manter o foco. Ainda havia Tiffany Shore e a devastação dos pais dela; um gigante com um rosto de cera que podia estar longe àquela altura, ou não. Havia Ken Holloway, a necessidade de Hunt de ver o filho, e Johnny, lá fora em algum lugar, fazendo Deus sabe o quê. Hunt sentiu tudo isso, um turbilhão, um peso maciço, porém pôs isso de lado e roubou mais um momento para si. Seria a única coisa que ele jamais teria e por isso tomou-o com egoísmo. Ele parou sob um manto de escuridão retinta e pensou em Katherine Merrimon, em seus olhos feridos e em seu vazio.

Nada mais parecia importar.

CAPÍTULO 14

A menos de 1,5 quilômetro de distância, a fogueira de Johnny se impunha ao ar da noite; ela descrevia volutas alaranjadas e disparava fagulhas para o céu. O menino se agachou ao lado dela, descalço e sem camisa. Linhas amarelas moviam-se no suor de seu peito, e a fuligem manchava seu rosto no local onde ele havia passado os dedos enegrecidos, da bochecha ao queixo. Sua sombra era um gigante avultado contra a parede do celeiro às suas costas. Ele apanhou a mochila azul que cheirava a sangue de pássaro, mofo e vegetação seca. As fivelas estavam corroídas, duras sob as pontas de seus dedos, e uma das tiras havia começado a apodrecer. Ele abriu a mochila e tirou um maço de papéis amarrotados. Escritos cobriam os dois lados das páginas, mas ele não olhou para as palavras. Isso ficaria para mais tarde, por isso ele largou as folhas no chão e prendeu-as com uma pedra do tamanho de um ovo de codorna.

Em seguida tirou uma correia de couro escuro com chocalhos de cascavel e o crânio de uma víbora. Os chocalhos ele comprou de um garoto na escola. A víbora ele mesmo havia matado. Passara quatro dias na floresta procurando por ela, então a encontrou tomando sol num pedaço de metal a 30 metros da porta dos fundos da sua própria casa. Tinha de ser, ele concluiu. A cobra queria ser encontrada. Ele a matou com um pedaço de choupo, depois tirou sua cabeça com a faca que seu pai lhe presenteara no seu décimo aniversário.

Uma segunda correia de couro continha mais cinco penas de águia. Elas tinham o dobro do tamanho da que estava na sua bicicleta: três penas castanho-douradas das asas, duas outras que eram perfeitas e brancas, com as extremidades duras e afiladas da grossura do seu indicador. Ainda tinham o cheiro da ave, e três delas estavam orladas de uma fina camada de sangue seco: sangue da águia, seu sangue.

Ele fechou os olhos e passou as correias pela cabeça. As penas farfalharam. Os chocalhos estalaram de encontro à pele.

Então ele apanhou a Bíblia.

Era preta e muito manuseada. O nome de Johnny estava gravado na capa, dourado e reluzente. Havia sido um presente de infância, entregue numa caixa de cetim por um ministro batista que lhe dissera que as palavras contidas ali eram um presente de Deus.

Um presente, meu jovem.

Repita comigo.

O mesmo pregador apareceu depois que Alyssa foi raptada. A voz dele não vacilou quando jurou a Johnny que, sim, Deus ainda amava as suas crianças, que tudo o que Johnny tinha de fazer era orar. Ore bastante, disse ele, e Deus a trará de volta para casa. Foi o que Johnny fez. Ele rezou com todas as suas forças e com toda a sua alma. Ele entregaria sua vida a Deus apenas se ele a trouxesse de volta.

Entregaria.

Tudo.

Johnny recordava-se de longas noites de oração e das pontas dos dedos de sua mãe, quentes contra seu braço. Lembrou-se da voz dela e do momento em que ela expôs o que restava de sua forças, que ele jamais tornaria a ver.

Reze comigo, Johnny.

A fé desesperada, faminta.

Reze por sua irmã.

Na vez seguinte em que o pregador apareceu, com as unhas polidas, a face gorda e brilhosa, ele disse a Johnny que o menino não estava orando com fervor suficiente.

— Faça melhor — falou. — Creia mais.

Johnny mudou os pés de posição sobre a terra úmida, chegou mais perto do fogo. Arrancou a capa da Bíblia, e a luz da fogueira produziu um reflexo dourado nas letras de seu nome. Sentiu um arroubo de temor supersticioso, depois deitou a capa na fogueira e observou-a queimar. Olhou-a até tornar-se cinza; então, com a outra mão, levantou a mochila e esvaziou o conteúdo sobre a terra. Folhas secas caíram como uma chuva, pedaços de ramos e gravetos foram reunidos em pilhas. Cedro e pinho, abeto e louro.

A imagem de uma criança esculpida em casca de bétula.

Uma fita vermelha que pertencia a Alyssa.

Ele amarrou a fita ao redor do pulso, depois desviou os olhos da vegetação seca para a Bíblia, ainda em sua mão. Avaliou seu peso, pousou-a no chão e as páginas se ergueram com o calor como se soubessem que elas também estavam destinadas a queimar.

A visão deu a Johnny uma satisfação perversa.

Ele precisava de deuses mais antigos.

A necessidade começou meses antes e se iniciou com uma oração. Era inverno, a estufa estava quebrada, não havia aquecimento na casa e o frio transformava suas palavras em fumaça enquanto ele rezava para que a irmã voltasse. Ele acordou às quatro, sentindo navalhas de ar em suas costas expostas, e rezou por sua mãe. Orou pelo fim dos comprimidos, para que seu pai voltasse para ela. Orou pela lenta e dolorosa morte de Ken Holloway. Era isso que o sustinha, pensamentos de salvação e os antigos, doces e quentes rogos por vingança.

Uma hora depois, quando o sol se estendia num horizonte longínquo, Ken bateu na mãe de Johnny até tirar sangue por razões que o menino nunca entendeu. Johnny tentou detê-lo, por isso foi o próximo. Foi assim que começou: impotência e sangue, uma oração fracassada e um livro folhado a ouro que falava de humildade e submissão.

Nada disso deu força a Johnny.

Nada disso lhe deu poder.

Ele deitou o cedro no fogo, depois o pinho, o abeto e o louro. Ficou de pé junto à fogueira e deixou que a fumaça rolasse sobre si. Os olhos lacrimejaram e os pulmões arderam, mas ele aspirou a fumaça e soprou-a, primeiro para o céu e depois para a terra, em seguida para os quatro horizontes invisíveis. Apanhou a fumaça com as mãos em concha e conduziu-a para o rosto. Disse palavras que havia aprendido num livro, depois esmagou bagas de junípero na mão e esfregou o suco no peito. Enfiou raízes de serpentária nos bolsos, ergueu a imagem de criança entalhada em casca de bétula e pousou-a, também, no fogo. Ela se incendiou numa explosão de labaredas e fumaça pálida e esbranquiçada, e ele não desviou os olhos até que ela também tivesse voado para o céu. Depois atirou o restante de sua Bíblia de infância nas chamas.

Ele identificou a fração de segundo em que poderia tê-la pegado de volta, agarrado o livro com dedos ávidos e seguido seu caminho para casa, ainda a criança de sua mãe, ainda fraco; mas deixou que o momento passasse. As páginas se retorceram, uma rosa negra floresceu e o livro se foi.

Johnny estava pronto.

O carro ainda estava parado no jardim escuro do casal de velhos que morava mais adiante. Johnny podia vê-lo ao cortar caminho por um quintal vizinho. O cheiro da fumaça havia se impregnado em sua pele úmida, e ele estava escurecido pelo sumo do junípero e pela cinza. Pulou uma cerca e encontrou-se junto a um canteiro com terra revolvida e plantas jovens e frágeis. Ele começou a andar em direção ao carro, mas congelou quando uma luz se acendeu numa janela dos fundos da casa. A velha senhora estava ali, as mãos venosas muito estáticas sobre o móvel amarelo de uma pia de banheiro. Ela deixou pender a cabeça, e lágrimas percorreram uma ruga e depois outra. Quando o marido apareceu às costas dela, tocou-lhe a parte lateral do pescoço e falou com suavidade em seu ouvido. Por um instante, uma certa leveza passou por seu rosto, algo como um sorriso. Ela apoiou as costas no peito franzino dele, e ambos se imobilizaram assim, em paz.

Johnny tocou o próprio peito, sentiu suor, cinzas e o forte bater de seu coração. Por um instante, perguntou-se por que a velha senhora estaria chorando e o que o marido havia lhe dito para evocar aquele vislumbre de sorriso. Pensou em seu pai e como ele sempre sabia o que fazer ou dizer. Olhando para o casal idoso, um nó amargurado se alojou na garganta de Johnny, mas o garoto esmagou-o com sua força de vontade. Por um segundo, seus dentes brancos se revelaram, e então ele passou rastejando pela janela e se foi.

Eles não o viram.

Poucos o viam.

O automóvel tinha um cheiro envelhecido e rançoso. Pressionando-se contra o couro rígido do assento, Johnny arqueou as costas e enfiou uma das mãos no bolso. As páginas estavam amassadas e enrugadas, cheirando a reminiscências de resina de pinho e de fogo. Ele as alisou em sua perna e acendeu uma lanterna. Os nomes estavam escritos com a sua caligrafia, os endereços também. Anotações e datas estavam rabiscadas nas margens.

Seis homens. Seis endereços. Históricos de agressão sexual. Homens maus. Eles causavam-lhe medo, porém menos de um dia havia se passado desde que Tiffany Shore fora raptada, e Johnny imaginava que pelo mesmo homem que havia levado Alyssa. Aqueles eram os piores que Johnny havia conseguido encontrar, e procurara com afinco. Conhecia suas rotinas e seus empregos, que programas gostavam de ver e a que horas iam para a cama. Se um deles estivesse agindo diferente, Johnny saberia.

Ele expulsou o medo e tocou a chave com os dedos. Seus olhos, no espelho, exibiam linhas vermelhas e pálpebras escurecidas. *Ele era intocável*, disse a si próprio, *um guerreiro.*

O motor deu a partida, e ele engrenou a marcha.

Ele era um chefe índio.

CAPÍTULO 15

Hunt ligou para Yoakum do carro. Era o fim da noite, as estradas estavam desertas e lavadas pela chuva.

O telefone tocou duas vezes. Uma terceira.

Depois de seu breve momento de fraqueza, Hunt reprimiu os pensamentos sobre Katherine Merrimon. Havia passado menos de um minuto parado no jardim dela, mas sentiu-se culpado. Tiffany ainda estava desaparecida, por isso concentrou toda a sua energia no caso: as questões apresentadas, as ações tomadas. O que estavam deixando passar? O que mais podia ser feito?

O telefone tocou novamente.

Vamos, Yoakum.

Quando Yoakum atendeu, desculpou-se.

— Está uma loucura aqui.

Referia-se à delegacia.

— Me diga o que está acontecendo.

— Estamos fazendo o que você nos mandou.

— Resuma para mim.

— A digital que coletamos das pálpebras de David Wilson está no sistema. Ainda não há resultados, mas é cedo. Temos quatro viaturas peneirando as estradas secundárias para encontrar o Land Cruiser de Wilson, que está, como você supôs, registrado em nome da faculdade. Estamos trabalhando com uma lista dos amigos e parentes dele, qualquer um que possa nos dizer onde ele esteve hoje e o que fez. Já verificamos os colegas da universidade, mas foi inútil. Há um punhado de homens que já sabemos que tem um histórico de agressões sexuais e que fomos incapazes de localizar, mas temos unidades trabalhando nisso. Dois dos que estamos procurando parecem estar fora da cidade. As casas estão trancadas e às escuras. Jornais empilhados na frente. Eu soube que um deles está detido em Wilmington, devo ter a confirmação em breve. Dois oficiais auxiliares estão planejando a grade de busca para a manhã...

— Fale sobre a busca.

— Como você disse. Vamos repetir o mesmo padrão de busca que usamos para Alyssa Merrimon. Foi lógico na época, é lógico agora. Só precisamos de pessoal disponível. — Yoakum fez uma pausa. — Ouça, Clyde. Você sabe disso tudo. Você deu as ordens. Por que não vai para casa e dorme um pouco? São, o quê? Umas duas da manhã? Você já foi ver seu filho?

Silêncio.

— Meu Deus, Hunt. Você ao menos telefonou para ele?

— Estou indo para aí — disse Hunt.

— Eu estou falando como seu amigo, certo? Você deveria ir para casa. Dormir um pouco.

— Isso é uma piada?

— Não mesmo. Não é. Você estava um farrapo essa manhã, e duvido que esteja melhor agora. O que está acontecendo aqui é trabalho braçal. Não precisamos de você aqui para isso, portanto vá dormir. Eu preciso que você esteja bem amanhã. Tiffany precisa de você bem.

Hunt escutou os pneus no pavimento. Árvores passaram, negras, na periferia de seus faróis.

— Talvez por uma hora — disse ele.

— Talvez duas — replicou Yoakum. — Diabos. Endoideça de vez e durma três horas. Eu ligo se houver novidades.

— Certo. Está bem.

Hunt estava prestes a desligar quando Yoakum disse:

— Ouça, Clyde. Você é bom nisso. No trabalho, quero dizer. Mas precisa manter a cabeça no lugar.

— O que você quer dizer?

Yoakum suspirou, e o som disse tudo.

— Apenas esfrie a cabeça, irmão.

Yoakum desligou, e Hunt virou o carro na direção de casa. Ele sabia que não iria dormir, mas também sabia que Yoakum estava certo. Ele deveria tentar. E seu filho...

Droga.

Isso era totalmente diferente.

Estacionou na entrada da garagem e desligou o motor. A vizinhança estava tranquila, por isso ouviu a música antes de abrir a porta de casa. Uma batida abafada. O lamento pesado de cordas. Ele entrou e subiu a escada, o papel de parede pálido e liso de encontro ao seu ombro. Em frente à porta do quarto do filho, ele bateu, duvidando que seria ouvido por causa da música. Por fim, abriu a porta.

Sua primeira impressão foi de pele clara e pouco movimento, um vislumbre de cabelos platinados e olhos que lembravam muito os seus. O rapaz faria 18 anos em duas semanas. Era grande, atlético. Havia sido um bom aluno na maior parte de sua vida. Um bom garoto. Mas mudara ao longo do ano anterior. Tornara-se desrespeitoso, intolerante. Estava sentado na beira da cama, vestindo meias de ginástica, calções amarelos e uma camiseta com os dizeres BOMBOM É MUITO BOM, MAS SEXO NÃO ESTRAGA OS DENTES. Ele segurava uma revista sobre automóveis e batia os pés de acordo com os berros da música.

Hunt atravessou o quarto e desligou o aparelho de som. Seu filho ergueu os olhos, e nesse instante Hunt viu o que poderia facilmente passar por ódio.

— Você não sabe bater?

— Eu bati.

O rapaz virou a página, com os olhos novamente postos na revista.

— O que você quer?

— Você soube o que aconteceu hoje?

— Sim. Soube. Mas não por você, obrigado. Eu soube como todos os outros.

Hunt deu mais um passo para dentro do quarto.

— Você esteve lá? No rio? — Seu filho ficou em silêncio. Outra página virada. — Você matou aula de novo? Nós já conversamos sobre isso.

— Me deixe em paz.

Hunt estava olhando para um estranho.

— Já disse, me deixe em paz.

Hunt hesitou, e seu filho ficou de pé. Músculos se retesaram sob sua pele. Por um instante, Hunt sentiu-se enfurecer. Havia um desafio muito evidente na postura do garoto. Mas essa impressão durou pouco mais do que alguns segundos. Hunt piscou e viu seu filho como havia sido não muito tempo antes. Um menino desajeitado, cheio de curiosidade e entusiasmos inocentes. Um garoto que levantava às seis para preparar o próprio café da manhã, construir pipas com paina e papel de embrulho. Hunt relaxou a postura.

— Eu estarei lá embaixo. Nós precisamos conversar, tire alguns minutos para pensar no que quer me dizer.

Seu filho o ignorou. Cruzou o quarto e ligou a música que seguiu Hunt por todo o caminho até a cozinha.

Hunt sentou-se numa cadeira junto à mesa e ligou para Yoakum.

— Alguma mudança?

— Nós não acabamos de conversar?

— Sim. E eu quero saber se alguma coisa mudou desde então.

— Nada. Como está o garoto?

Hunt apanhou uma garrafa de uísque.

— Acho que ele quer me matar.

— Ele precisa de um álibi? Fale para me ligar.

Hunt serviu dois dedos num copo, depois se sentou.

— O que ele precisa é da mãe. Eu não consigo mais me relacionar com ele. — Hunt tomou um gole. — O garoto deveria ter ido com ela.

— Ele não teve escolha, Clyde. Ela foi embora e eu não me lembro de ter convidado o menino.

— Mas eu devia ter forçado o assunto — disse Hunt.

— Ele iria se esquivar.

— Ele anda ouvindo *grunge* e está disposto a derrubar o próprio pai.

— *Grunge*. Uau! Alguém avise os jornais.

— Rá-rá.

Não foi uma risada.

— Fique em casa — disse Yoakum. — Cuide do garoto.

— O relógio está correndo, John. Eu estarei aí em dez minutos.

— Não faça isso de novo.

— Fazer o quê? — Hunt ouviu a raiva em sua voz. Yoakum ouviu-a também.

— Você já não perdeu o suficiente, Clyde? Sério.

— O que você quer dizer com isso?

— Pelo amor de Deus, homem. Ponha o seu filho em primeiro lugar, só para variar.

Hunt queria responder. Queria dizer algo feroz e mordaz, mas Yoakum desligou o telefone. Hunt devolveu o fone ao gancho, tomou outro gole de uísque e derramou o resto na pia. Yoakum estava tentando agir corretamente. Hunt entendia, por isso curvou a cabeça e pensou no verdadeiro problema. Ele era viciado em seu trabalho, mas isso não era tudo. No silêncio e na escuridão da cozinha, Hunt admitiu, ao menos uma vez, que não gostava muito do filho. Ele o amava, claro, mas não gostava dele. De suas atitudes, suas crenças, suas escolhas.

O garoto havia mudado.

Hunt enxaguou o copo e, quando se virou, Allen estava parado na porta. Eles se encararam, e o garoto foi o primeiro a desviar os olhos.

— Eu matei aula. E daí?

— Para começar, é contra a lei.

— Você não pode deixar disso? — Ele deslizou uma das mãos pelo braço de sua cadeira. — Por que você tem que ser um policial o tempo todo? Por que não consegue ser um pai normal?

— Pais normais não se importam que os filhos matem aula?

Allen virou o rosto.

— Você sabe o que quero dizer.

— Um homem foi morto naquela ponte. Você sabe disso. Morto bem ali onde você esteve.

— Horas depois que eu estive lá.

— E se algo tivesse acontecido a você? Como vou contar à sua mãe se algo ruim algum dia acontecer a você?

— Bem, não aconteceu nada, portanto você se livrou de uma.

— Você viu Johnny Merrimon lá? Jack Cross?

— Você sabe que vi, ou não estaria perguntando. É o que os policiais fazem, certo? É assim que eles interrogam os suspeitos.

— Além de hoje, você costuma ver Johnny Merrimon?

— Ele está no final do ensino fundamental. Eu estou no ensino médio.

— Eu sei — disse Hunt. — Mas você já o viu por aí? Já conversou com ele?

— Ninguém fala com ele. É um esquisito.

Hunt endireitou o corpo, sentindo a brasa da raiva no espaço atrás de seus olhos.

— Esquisito como?

— Ele nunca conversa, você sabe, e tem um daqueles olhos mortiços. — Allen deu de ombros. — Ele é pirado. Quero dizer, sabe o que acontece com gêmeos. Como se supera uma coisa dessas?

— E quanto a Tiffany Shore? — perguntou Hunt. — Você a conhece?

O rapaz tornou a virar o rosto para Hunt, seus olhos eram rancorosos.

— Você nunca para, não é?

— O quê?

— Com o maldito trabalho. — Sua voz tinha um tom mordaz. — A porra do maldito trabalho!

— Filho...

— Eu estou cansado de ouvir falar de Alyssa, de Johnny e da terrível tragédia que foi aquilo tudo. Estou cansado de ver você com aquele inquérito, olhando para a foto dela, folheando aquilo noite após noite.

Ele apontou um dedo na direção do escritório de Hunt, onde uma cópia do inquérito Merrimon havia tomado residência permanente na gaveta trancada da escrivaninha.

— Estou cansado do modo como aquela névoa cobre os seus olhos e você nunca *me* escuta falar. Estou cansado de ouvir você de pé às três da madrugada, andando de um lado para o outro, resmungando. Cansado da sua culpa, de pedir quentinhas e de lavar minha própria roupa. Mamãe foi embora por causa da sua obsessão.

— Agora espere um minuto.

— É a palavra certa, não é?

— Sua mãe entendia as demandas do meu trabalho.

— Eu não estou falando do trabalho. Estou falando do que você traz para casa todas as noites. Estou falando da sua obsessão com a mãe de Johnny.

Hunt sentiu seu coração acelerar.

— Foi por isso que ela partiu.

— Você está enganado — disse Hunt.

— Ela foi embora porque você está obcecado com a mãe daquele menino.

Hunt avançou um passo e se deu conta de que sua mão direita havia se fechado. Seu filho notou isso também e ergueu as próprias mãos. Seus ombros se endireitaram, e Hunt percebeu que o garoto era grande o bastante para derrubá-lo.

— Você vai me bater? — Allen esfregou sua boca com as costas de um dos punhos. — Vá em frente. Faça isso. Eu o desafio.

Hunt recuou e abriu as mãos.

— Ninguém vai bater em ninguém.

— Você só se importa com aquela família. Alyssa. Johnny. Aquela mulher. E agora é essa Tiffany Shore, vai começar tudo novamente.

— Aquelas crianças...

— Eu sei tudo sobre aquelas crianças! É só isso que eu escuto! E nunca vai parar.

— É o meu trabalho — disse Hunt.

— E eu sou apenas seu filho.

A voz dele era de derrota, as palavras, explosivas. Eles se encararam, pai e filho; então o telefone de Hunt tocou em meio ao silêncio. O identificador de chamadas mostrava que era Yoakum. Hunt levantou um dedo.

— Eu tenho que atender. — Ele abriu o telefone. — É melhor que essa seja boa.

Yoakum foi seco.

— Nós terminamos com a impressão digital da pálpebra de David Wilson.

— Identificação positiva?

— Sim, melhor que isso.

— Melhor até que ponto?

— A um ponto que você não vai acreditar.

Hunt olhou para o relógio, depois virou-se novamente para o filho. Enfrentou seu olhar e detestou as palavras no momento mesmo em que as disse.

— Estarei aí em dez minutos. — Fechou o celular e levantou uma das mãos. — Allen...

Mas seu filho já lhe dera as costas. Ele subiu a escada pisando forte e bateu a porta do quarto. Hunt contemplou o teto, praguejando num sussurro, então deixou a casa enquanto o volume da música aumentava e seu filho tocava a mesma canção depressiva.

CAPÍTULO 16

A delegacia ficava numa rua lateral do centro da cidade. Dois andares, tijolos vermelhos, edifício funcional. Hunt precipitou-se pelas portas e encontrou Yoakum no segundo andar, curvado sobre um mapa da cidade.

— Pode me contar — disse Hunt.

— As impressões são consistentes. Levi Freemantle. Quarenta e três anos. Negro. Dois metros de altura. Cento e trinta e cinco quilos.

— Droga. Pensei que o garoto estivesse exagerando.

— Não. O homem é grande.

— Por que o nome dele me parece familiar?

— Freemantle? — Yoakum reclinou-se para trás em sua cadeira. — Eu nunca tinha ouvido antes desta noite.

— Nós temos uma fotografia?

— Não do Departamento de Trânsito. Ele não tem carteira de motorista. Também não tem cartão de crédito nem conta-corrente. Não que eu consiga encontrar.

— David Wilson foi jogado para fora da ponte por um carro.

— Talvez ele tenha carteira de outro estado. Talvez esteja simplesmente cagando e andando.

— O que mais nós sabemos? — perguntou Hunt.

Yoakum folheou alguns papéis.

— Ele surgiu em cena alguns anos atrás. Nada antes disso: nenhuma detenção, nada de registros bancários ou em serviços públicos ou de telefonia. O cara era um fantasma. Ele provavelmente se mudou de outra jurisdição. Desde então, temos certo número de detenções e algumas condenações. Ele cumpriu pena, mas nada sério. Um mês aqui. Dois meses ali. Mas veja isso, ele fugiu do trabalho para o qual foi designado uma semana atrás.

— Ele é um prisioneiro fugitivo? Por que eu não ouvi falar disso?

— Estava no jornal na semana passada, mas escondido na página nove. Ele é de baixa prioridade, um infrator não violento. Não foi considerado uma ameaça. Além disso, é problema do condado.

— Para que tipo de trabalho foi designado?

— Segurança mínima. Manutenção de rodovia numa pista dupla na região rural. Recolher lixo. Aparar o mato. Ele apenas caminhou para o meio da floresta.

— Inacreditável.

Yoakum sorriu, seus dentes tão lisos e brancos que pareciam pintados.

— Está preparado para a grande notícia?

— O que é?

— Ele cumpriu pena, certo. Entrou e saiu da cadeia. Agora, veja isto. Ele foi solto de outra detenção somente três dias antes de Alyssa Merrimon ser raptada.

Hunt sentiu uma pontada de empolgação.

— Não brinque comigo, Yoakum.

— Nós temos o endereço. É habitante local.

— E o mandado?

— Eu mandei Cross tirar o juiz da cama.

— O juiz ainda não assinou?

— Ele irá.

— Tem certeza?

— A menina é branca. Os pais dela são ricos. — Yoakum deu de ombros. — É só questão de tempo.

Hunt olhou ao redor da sala, catalogando os rostos.

— Vamos, Yoakum. Você não pode falar coisas desse tipo. Nós já conversamos sobre isso.

Yoakum deu de ombros, e sua voz saiu surpreendentemente dura:

— O mundo é o que é, injusto, trágico e cheio de situações lamentáveis. Não me odeie por isso.

— Um dia desses a sua boca vai meter você em problemas. Portanto mantenha-a fechada.

Yoakum estourou uma bola de chiclete e olhou para o outro lado. Hunt começou a revisar as informações que eles tinham. Levi Freemantle morava na Huron Street com Ronda Jeffries, uma mulher branca, 32 anos. Hunt inseriu o nome dela no computador. Detida duas vezes por prostituição. Sem condenação. Uma prisão por posse de narcótico classe A. Condenada. Cumpriu sete dos 18 meses da sentença. Bom comportamento. Uma condenação por indecência em público. Agressão.

— Ronda Jeffries — disse Hunt. — Qual é a relação dela com Freemantle?

— O endereço compartilhado é só o que sabemos. Poderiam dividir a residência. Poderia ser algo mais.

Hunt estudou a folha corrida de Levi Freemantle. Parecia incompleta.

— Estas detenções são por bobagens. Invasão. Vadiagem. Furto em lojas, pelo amor de Deus. Nada violento. Nada sexual.

— É o que temos.

Os papéis pareciam-se com uma centena de outros, tão genéricos que Hunt sentiu como se conhecesse o sujeito, como se conhecesse mil deles; mas 2 metros e 135 quilos não era algo que se podia esquecer. Ele revisou as datas e confirmou que Levi Freemantle havia sido solto da cadeia três dias antes de Alyssa Merrimon ser raptada. O homem havia fugido de um trabalho designado numa estrada uma semana antes do desaparecimento de Tiffany Shore. Se era coincidência, era das grandes. Além disso, havia David Wilson, assassinado, que alegava ter encontrado a garota sumida. As impressões de Freemantle estavam no corpo. A descrição de Johnny era compatível. A sincronia. A curva no rio.

Hunt largou os papéis.

— Ligue para Cross. Descubra em que pé estamos.

— Ele sabe o que fazer.

— Ligue para ele, John.

Yoakum discou para o celular de Cross e perguntou quanto tempo levaria para ele chegar com o mandado. Quando desligou, sua voz soou monótona.

— Ele disse que não sabe. O juiz não está com pressa.

— Droga. — Hunt ficou de pé. — Vamos dar uma volta.

Yoakum apanhou seu paletó e vestiu-o ao sair apressado atrás de Hunt.

— Não vamos agir sem um mandado, vamos?

— Fazer isso seria estúpido.

— Isso não responde a minha pergunta.

Hunt ignorou-o, os pés soando alto nos degraus duros e ásperos enquanto ele descia.

Yoakum falou mais alto:

— Droga, Clyde, isso não responde a minha pergunta.

A Huron Street virava bruscamente à esquerda a partir de uma das vias principais, depois acabava na periferia perigosa da cidade, a 6 quilômetros da praça central. Essa parte ficava perto dos limites das dunas; era possível perceber isso pela temperatura e vegetação. A areia conservava o calor, por isso o ar era mais quente. Já as árvores eram menores no solo pobre. As ruas eram estreitas e pequenas, com terrenos cheios de mato, terra e cães presos em fortes correntes. Hunt conhecia aquele lugar o suficiente para levá-lo a sério. Dois anos antes, ele havia trabalhado numa cena de crime no terceiro quarteirão: uma mulher morta a facadas na própria banheira. Descobriu-se que o filho dela havia feito aquilo porque ela se recusara a emprestar-lhe dinheiro. Ela morreu por causa de cinquenta pratas.

Pessoas embrutecidas.

Uma rua violenta.

Hunt virou à esquerda e diminuiu a marcha duas casas depois. Ele apagou os faróis, rodou com o motor desligado sobre uma garrafa estilhaçada e parou. A estrada estendia-se à frente, um rio de escuridão e pobreza que acabava nos trilhos prateados que conduziam a lugares melhores. Pequenas luzes azuis escapavam de cortinas numa casa à esquerda. Grilos estrilavam nos arbustos.

— Essa é uma má ideia — disse Yoakum.

Hunt apontou com o queixo.

— Último quarteirão à frente. Do lado direito.

A cabeça de Yoakum girou para onde Hunt apontava. Seus lábios se apertaram enquanto ele espiava o trecho escuro.

— Meu Deus.

Hunt analisava a rua também. Viu terrenos enfadonhos com caminhos de terra que corriam das portas da frente até a rua, um colchão no meio-fio, sofás nas varandas. Carros apoiados em blocos de cimento. Até mesmo o céu parecia mais pesado do que deveria.

Duas casas à frente, um pit bull andava de um lado para outro e observava-os da ponta de sua corrente.

— Eu odeio essa merda — disse Yoakum.

— Vamos avançar um pouco mais.

— Por quê?

— Eu quero ver se há um automóvel na casa de Freemantle. Ou luzes.

Hunt manteve os faróis apagados e engatou a marcha do carro. Eles rodaram mais 6 metros, e o pit bull parou de caminhar. Yoakum pressionou-se contra o encosto do assento.

— Má ideia — disse ele, e o cão esticou ao máximo a sua corrente, latindo com tanta ferocidade que parecia estar dentro do carro. Correntes tilintaram de um lado a outro da rua enquanto outros cães se juntavam a ele. Luzes tremularam em duas das casas.

— Má ideia — concordou Hunt, e pôs o carro em marcha a ré. Ele deu a volta na esquina e mudou a marcha.

Após um minuto de silêncio, Yoakum disse:

— Aquilo pode ser um problema.

— Os cães?

— Ele vai nos ouvir chegando a quatro quarteirões de distância.

Hunt olhou para o relógio.

— Talvez não.

— Como assim?

— Confie em mim.

Yoakum olhou pela janela. Hunt abriu o celular e discou para Cross, que atendeu ao primeiro toque.

— Eu preciso daquele mandado — disse Hunt. — Preciso dele em vinte minutos.

— É o juiz. — A frustração de Cross era evidente. — Ele está relendo o depoimento pela terceira vez.

— O quê? O documento é claro como água. Tem todas as justificativas necessárias. Pressione-o.

— Eu já tentei.

— Que juiz é esse? — perguntou Hunt, e Cross lhe disse. — Ponha-o no telefone.

— Ele não quer.

— Faça isso.

Hunt esperou. Yoakum olhou-o de lado.

— Você vai pressionar o juiz?

— Eu vou ameaçá-lo.

O juiz atendeu ao telefone.

— Isso é altamente impróprio, detetive.

— Há algum problema com o requerimento do mandado? — perguntou Hunt.

— Eu estou com o seu depoimento e tomarei minha decisão quando tiver plena oportunidade...

Hunt interrompeu-o.

— Criança de 12 anos morre enquanto juiz demora para emitir um mandado. Essa será a manchete se nós demorarmos muito. Eu tenho contatos no jornal, pessoas que me devem favores. Vou garantir isso.

— Você não ousaria.

— Experimente.

Trinta minutos depois, os policiais se reuniram num terreno baldio atrás de um dos barrancos do local. Acima deles, a lâmpada de um poste crepitou, zumbiu e queimou com um estalido audível. Cinco policiais, seis contando com Hunt. Ele vestiu um colete pela cabeça, fechou o velcro com um tapa e conferiu a arma pela segunda vez. Yoakum encontrou-o atrás do furgão azul-escuro com um pequeno escudo dourado na porta de trás.

— Você está pronto?

Yoakum pareceu preocupado.

— Nós deveríamos esperar.

— Não.

— Entrar no escuro é um risco desnecessário. Casa estranha, rua hostil. Ele escutará os cães quando estivermos a quatro quarteirões de distância.

— Nós vamos agora.

Yoakum meneou a cabeça.

— Você vai fazer com que alguém saia ferido.

— Todo mundo aqui sabe no que se alistou. Isso não é um grupo de escoteiros.

— E isso não é um juiz caduco irritando você. Isso é trabalho de rua. Isso é você pondo bons policiais em risco quando algumas horas a mais poderiam fazer toda a diferença. O Chefe está querendo uma desculpa para comer o seu fígado; fazer com que alguém saia ferido é o melhor presente que você poderia dar a ele. Seja esperto, Clyde. Ao menos uma vez. Veja isso sob outra perspectiva.

Hunt segurou o amigo pelo braço. Apertou-o com força até sentir o osso.

— E se fosse *sua* filha? *Sua* irmã? Essa é a perspectiva, e você precisa se orientar por ela.

Hunt largou o braço e tentou dar as costas, mas Yoakum não havia acabado.

— Você está se deixando levar pela emoção.

Hunt olhou o amigo com atenção, os olhos enegrecidos pela noite, a face pálida e contraída.

— Não fique contra mim nesse caso, John. Eu vou encontrar essa criança, e vou encontrá-la com vida.

— É responsabilidade sua se alguém se ferir.

— E sua se ela morrer enquanto enrolamos nesse estacionamento. Você terminou?

As feições de Yoakum se tranquilizaram em certos ângulos. Ele estalou os nós dos dedos e balançou a cabeça.

— Já estou cansado de falar, mesmo.

Hunt estalou os dedos, e os outros policiais formaram um círculo em volta dele: Yoakum, Cross e três fardados com armadura corporal completa.

— É esse aqui que nós queremos. — Ele exibiu uma cópia precária de um retrato de fichamento tirado de um dos velhos arquivos. — Ele tem cicatrizes imensas no lado direito do rosto. O garoto que o identificou disse que a cara dele parece derretida, como cera. Ele mede 2 m e pesa 135 quilos. Não acho que iremos encontrar mais de um cara com essa descrição, portanto deve ser fácil.

Alguns risos nervosos. Hunt deixou que rissem.

— É no último quarteirão antes dos trilhos, última casa da direita. Fica recuada, com um terreno baldio atrás, os trilhos de um dos lados e uma residência ocupada do outro. Eu quero esses três lados cobertos antes de entrarmos. A iluminação pública está queimada na maior parte, por isso estará escuro. Os quintais serão de grama seca e terra plana, exceto onde as raízes e o lixo a tornarem não tão planas. Portanto, olhem onde pisam. Quando a viatura parar, Yoakum se posiciona primeiro. Vai levar dois de vocês com ele. — Hunt apontou para dois policiais fardados. — Vocês cobrirão os fundos e os lados caso ele fuja. Eu levarei o restante e irei pela frente. Cross vai com o aríete, mas eu entro primeiro. Agora, esse cara é enorme, portanto não façam bobagem. Derrubem-no e façam isso rápido. A garota pode estar escondida em outro lugar, por isso não atirem. Precisamos dele vivo e falando.

— E os cães? — Yoakum interrompeu-o.

Hunt olhou para o relógio.

— Que se fodam os cães.

Ele abriu o fundo do furgão; um dos oficiais fardados foi para trás do volante. O interior da viatura cheirava a lubrificante de armas e suor. Os homens sentaram-se ombro a ombro.

— Eu odeio essa merda — disse Yoakum, e dois dos policiais de uniforme sorriram.

Yoakum sempre dizia isso.

O motor deu a partida, e o furgão fez uma curva fechada antes de deslizar para a rua deserta. Visto da janela traseira, o asfalto era tão reluzente e negro que parecia vidro vulcânico. Hunt dirigiu-se ao motorista.

— Pare um quarteirão antes da esquina. Há uma loja de conveniências. Ela está fechada.

Noventa segundos depois, o furgão entrou num estacionamento deserto e parou com um sacolejar a 3 metros de uma caçamba enferrujada. Hunt consultou o relógio.

— Três minutos.

— Por que esperar? — perguntou Yoakum.

Hunt ignorou a pergunta.

— Três minutos.

Dedos se contraíram e relaxaram. Homens contemplaram seus sapatos. Cross dedilhou o pesado aríete.

— Bem na fechadura — disse Hunt. — Depois saia do meu caminho.

Cross fez que sim. Dois minutos depois, Yoakum deu uma leve cotovelada em Hunt.

— *Grunge*, é?

— Agora não, Yoakum.

Mais um minuto se passou. O primeiro sinal do trem chegou como uma maré, tão baixo que parecia transparente.

— Está sentindo isso? — perguntou Yoakum.

Hunt olhou ao redor do ambiente às escuras.

— Vamos lá. — Ele deu um tapinha no ombro do motorista. — Quando eu disser.

O motorista fez que sim, e o ar da noite começou a se adensar. Um rumor se aproximou pelo sul, ficou mais profundo, mais alto. A vibração subiu numa avalanche de som, e, quando o apito soou, um dos homens se encolheu.

— Você é um gênio doido — disse Yoakum.

Hunt pôs uma das mãos no ombro do motorista.

— Agora.

O furgão saiu do estacionamento, dobrou à esquerda e depois novamente à esquerda, tomou o meio da Huron Street e rasgou toda a sua extensão enquanto os cães ladravam e uivavam a todo pulmão e sufocavam com suas coleiras apertadas. Então eles estavam no local. Hunt viu um automóvel no acesso de veículos, uma das janelas com a luz acesa. O furgão parou, balançando. As portas se abriram por inteiro e cuspiram policiais por toda a rua. Yoakum e seus homens correram para os lados, as armas de prontidão, as botas pretas tão mescladas com a terra escura que eles quase pareciam flutuar.

A 10 metros dali, o trem rasgava a noite, um trovejar que sacudia a terra. Hunt deu ao motorista um segundo para alcançá-lo, depois sentiu o ar rasgar sua garganta ao correr. Cross alinhou-se ao seu outro lado, e eles percorreram o terreno em grandes passos, devoraram a poeira e a grama seca até que a varanda vergou sob o peso deles. Hunt apontou para o espaço entre a maçaneta e o caixilho, depois recuou um passo, a lanterna numa das mãos, a arma na outra. Ele fez um sinal de cabeça e nem mesmo ouviu o golpe do aríete, que arrebentou a porta com uma nuvem de madeira ressecada e uma faísca de metal brilhante torturado. O vagão de frenagem passou num relâmpago, gerando um vácuo e um estrépito que se distanciava. Hunt entrou.

Do lado de dentro, uma lâmpada estava acesa sobre uma poltrona com as almofadas rasgadas; alguma coisa fluorescente no fundo espalhava uma luz esbranquiçada perto do final do corredor. Hunt conferiu a direita, depois apontou a arma para a esquerda. Frestas na parede revelavam aposentos escuros e volumes de mobília. Algo chiou à esquerda, estática de um alto-falante, o golpe de uma agulha contra o longo sulco final no vinil. Hunt se pôs de lado e Cross entrou atrás dele, depois o motorista. A sala estava quente e fechada. Sombras dançavam nas paredes cor de tabaco, porém nada mais se movia.

Hunt sentiu o cheiro primeiro, um odor de óleo queimado que invadiu suas narinas. Cross olhou-o nos olhos enquanto o motorista tremeu duas vezes e enterrou seu nariz na dobra do braço.

— Calma! — sussurrou Hunt, depois apontou para a sala escura à esquerda e mandou os outros policiais irem por ali.

Hunt apontou a lanterna para o corredor estreito, olhando atrás da porta antes de entrar na obscuridade malcheirosa. O espaço era estreito e parecia mais longo do que deveria. À frente, uma nesga aguda de luz branca recortava um triângulo no tapete. Hunt gritou:

— Polícia. Nós temos um mandado.

Silêncio. Imobilidade. Hunt atravessou o corredor e saiu numa cozinha à sua direita. Uma longa lâmpada tubular fluorescente tremulava sobre uma pia cheia de louça. Ele examinou o aposento, encontrou uma garrafa de bebida vazia e uma janela aberta com a tela rasgada. Deu meia-volta, aprofundou-se na obscuridade e viu a mancha de sangue no reboco da parede. Passou por uma porta aberta, jogando a luz da lanterna para dentro da sala, e moscas explodiram vindas dos cadáveres.

A mulher era branca, possivelmente na casa dos 30, possivelmente Ronda Jeffries. Era difícil dizer, porque a maior parte de seu rosto se fora. Ela vestia uma lingerie vaporosa, encrostada de sangue. Um dos seios estava à mostra, a pele mais cinzenta que branca. O rosto estava esmagado, a mandíbula quebrada em dois ou mais lugares, o olho esquerdo projetando-se de uma órbita dilacerada. Seu tronco estava esticado na direção do corredor, as pernas ao lado da cama. Um dos braços estava disposto em ângulo acima da cabeça, e nessa mão dois dedos estavam claramente fraturados.

O homem negro não estava tão horrivelmente desfigurado. Em vida, ele devia ter sido grande; mas já não era. Agora estava reduzido. Gás aprisionado distendia a barriga, fazendo com que braços e pernas parecessem incomumente reduzidos. Sua cabeça encontrava-se despedaçada do lado direito, conferindo ao rosto uma aparência flácida, inacabada. Estava nu, afundado numa cadeira estofada como se tivesse simplesmente resolvido sentar.

Hunt levou a mão ao interruptor na parede e acendeu a luz. Isso fez com que tudo parecesse pior, a violência mais completa. Hunt sentiu os outros policiais chegarem atrás dele.

— Ninguém entra — disse.

Ele se ajoelhou ao lado da mulher, tomando cuidado com onde pisava. Examinou o corpo dos pés à cabeça. Ela havia feito as unhas dos pés e tinha contas de acrílico fixadas no esmalte vermelho vivo. Calos nas plantas dos pés. Pernas raspadas até os joelhos. Unhas falsas, com cerca de 2,5 centímetros de comprimento, transformavam cada dedo num ferrão. Nenhuma cicatriz ou tatuagem visível. Trinta e dois anos parecia ser aproximadamente a idade correta.

Fez a mesma coisa com o homem morto, acocorado junto à poltrona e olhando-o por cima. Negro. Faixa dos 40. Forte. Talvez 1,90m. Tinha antigas cicatrizes cirúrgicas em ambos os joelhos. Nenhuma joia. Obturações de ouro. Barba por fazer.

Hunt ficou de pé. Uma passada de olhos revelou botas de trabalhador perto do guarda-roupa, jeans, cuecas de cetim da cor de maçãs caramelizadas. Encontrou o bloco de cimento ao lado da cama.

— Yoakum. — Hunt gesticulou para que Yoakum atravessasse o aposento. Então apontou para o bloco de cimento. Um lado estava lambuzado de sangue coagulado. — Estou achando que essa é a arma do crime.

— É o que parece.

Hunt endireitou-se.

— Espere aí — disse.

Ele passou ao redor dos pés do homem morto e sobre o braço da vítima feminina. Os outros policiais cumprimiram-se contra a porta aberta, mas Hunt não se importou com eles. Ajoelhou-se junto à porta, passou seus dedos pelo tapete, onde havia marcas paralelas da extensão de um bloco de cimento. Quando se levantou, encontrou Cross na porta.

— O que posso fazer? — perguntou ele.

— Isole o terreno e a rua com fita. Chame a perícia e o legista. — Hunt esfregou o rosto. — E encontre uma Diet Coke para mim.

Ele segurou Cross pela manga enquanto o policial dava meia-volta.

— Não da geladeira dessa casa. E liberem esse corredor.

Hunt observou o corredor vazio, sentiu Yoakum atrás dele e se virou. Em contraste com a morte e a violência, seu amigo parecia corado e muito vivo. Hunt olhou e, quando falou, manteve a voz baixa.

— É cedo, eu sei, mas não acho que isso tenha sido premeditado.

— Por quê?

Hunt apontou um dedo para a base da porta.

— Marcas no tapete. Parece que eles usavam o bloco de cimento como calço para a porta. — Ele deu de ombros. — Assassinos com um plano geralmente trazem uma arma.

— Talvez. Talvez ele soubesse que o bloco de cimento estaria aqui.

— É cedo demais — concordou Hunt. — Você está certo.

— Então, qual é o plano?

Hunt indicou o quarto com a palma da mão aberta.

— Lacrar isso até que a perícia chegue. Examinar a rua. Trazer um cão farejador de cadáveres aqui, por via das dúvidas.

Hunt parou de falar e virou-se para o corredor.

— Droga!

A exclamação partiu de suas vísceras, uma explosão. Ele bateu com o punho na parede, depois saiu fazendo barulho com os pés até a sala de estar. Quando Yoakum entrou na sala, Hunt tinha as palmas de ambas as mãos pressionadas contra a moldura da porta da frente. Sua testa produzia um baque surdo ao bater contra a madeira.

— Droga.

Bateu a cabeça com mais força.

— Se você quer sangrar — disse Yoakum —, existem maneiras melhores.

Hunt virou-se para ele, apoiou as costas na porta lascada. Sabia que havia baixado a guarda.

— Isso não está certo.

— Assassinato nunca é.

— Ela supostamente deveria estar aqui, John.

Hunt sentiu uma necessidade repentina de ar fresco. Escancarou a porta, atirou palavras por sobre o ombro com algo que parecia raiva.

— Isso deveria acabar hoje.

— Tiffany?

— Tudo isso. Tudo.

Yoakum não entendeu a princípio, mas depois entendeu.

O inferno por que Hunt estava passando.

Sua vida como ele a conhecia.

CAPÍTULO 17

A velha *station wagon* desceu em ponto morto até parar numa curva de asfalto estreito. A estrada estava deserta, um trecho escuro e solitário além do limite da cidade, tranquilo e delimitado pela floresta. Johnny olhou a casa, que deixava sair uma luz fraca por uma das janelas. Duas semanas haviam se passado desde a última vez que estivera ali, mas os mesmos veículos enferrujavam debaixo das mesmas árvores, a mesma lata de cerveja equilibrava-se sobre a caixa do correio.

A casa em si era uma mera sugestão de residência: um lampejo amarelo e uma reunião de arestas agudas que não pareciam se alinhar adequadamente. Um fedor adocicado e podre minava do depósito de lixo a 1,5 quilômetro dali. Durante o dia, os corvos formavam revoadas, e uma arma distante ribombava quando o sucateiro atirava em ratos ou latas. À noite, os grilos cantavam; mas, às vezes, sem razão alguma, eles ficavam em silêncio. Era como se o mundo de repente se calasse. Johnny sempre permanecia paralisado em tais silêncios, e o ar à sua volta parecia abafado e frio. Johnny tinha pesadelos com essa sensação com mais frequência do que gostaria de admitir, mas ainda assim ele vinha.

À meia-noite. De madrugada.

Seis vezes.

Uma dúzia.

Burton Jarvis estava na lista porque era reincidente. Essa era a maior palavra que Johnny conhecia: significava *filho da puta doentio que provavelmente faria novamente*. Ele era um criminoso sexual fichado que ganhava dinheiro empalhando veados abatidos e transportando sucata num reboque em plataforma. Seu apelido era Jar, como em: "Olha o tamanho desse monstro, Jar. Você acha que consegue empalhar um veado tão grande?"

Jar não tinha o que Johnny considerava amigos, mas alguns homens o visitaram mais de uma vez. Eles passavam CDs de mão imunda em mão imunda e tagarelavam sobre como a Tailândia ainda era o melhor lugar para se dar bem. Johnny havia encontrado aqueles homens também. Os lugares onde moravam. Onde trabalhavam.

Eles estavam na sua lista.

Um cara vinha mais do que os outros. Às vezes trazia uma arma, às vezes não. Alto, esguio e velho, ele tinha olhos ávidos e reluzentes e dedos longos. Ele e Jar bebiam da mesma garrafa e conversavam sobre coisas que haviam feito nos arredores de uma vila no Vietnã. Eles ficavam com os olhos totalmente vidrados quando falavam sobre uma garota que chamavam de Amarelinha. Haviam passado três dias com ela num barraco metralhado que estava cheio com os familiares mortos dela. A *Amarelinha*, eles diziam, a garrafa subindo até a boca, a cabeça de um deles balançando. *Caralho, que pena.*

A gargalhada deles não era nada agradável.

Foram necessárias duas viagens para que Johnny ficasse desconfiado do galpão atrás da casa de Jar. Ficava no fim de uma trilha que atravessava árvores densas, escondida da estrada e da casa. As paredes eram de blocos de concreto, as janelas pregadas e embrulhadas firmemente com plástico preto e fita adesiva cor-de-rosa. Johnny não podia ver o lado de dentro. Luz nunca saía dali. O cadeado tinha metade do tamanho da cabeça de Johnny.

Foi para lá que ele se dirigiu primeiro.

O galpão.

CAPÍTULO 18

Às seis da manhã, os corpos já estavam ensacados. Hunt parou na varanda enquanto as padiolas retiniam ao passar pela porta, o vinil preto com um aspecto desagradável e lustroso. Ele olhou a rua e o terreno, ambos descorados sob um céu nublado e escuro. O sol ainda não havia nascido, mas ele sentia-o chegar. Luzes cinzentas se formavam nas copas das árvores além dos trilhos, e o céu do leste revelava a mais leve sugestão de algo novo. Havia carros de polícia em todos os lugares, bloqueando a rua, formando ângulos com o meio-fio. O furgão do médico-legista estava estacionado no limite do terreno, a porta traseira escancarada. Um grupo de repórteres encontrava-se parado atrás da fita amarela, mas eram os vizinhos que Hunt observava com mais intensidade. A rua deixava um rastro estreito. Lotes pequenos mantinham as casas próximas. Alguém sabia de algo. Tinha de saber. Os olhos dele moviam-se de um lado a outro e demoraram-se num velho homem branco vestindo camisa amarela, depois num garoto negro com olhos evasivos, roupas com cores de gangue e tatuagens caseiras. Ele estudou uma mulher de rosto largo, com seios caídos e uma criança em cada braço. Ela morava na casa ao lado, mas alegava não saber de nada.

Não ouvi nada.

Olhos cheios de ódio.

Não vi nada.

Um dos tratadores de cães do departamento apareceu pela lateral da casa com as roupas cobertas de sujeira, o rosto tenso. O cão, um vira-lata com uma capa preta, pressionava-se contra suas coxas. A língua do animal projetava-se para fora da boca enquanto ele olhava, sem piscar, os sacos com os corpos. O tratador balançou a cabeça.

— Nada no porão nem no terreno — afirmou. — Se há mais algum corpo, está em outro lugar.

— Você tem certeza disso? — perguntou Hunt.

— Absoluta. — O homem bateu na cabeça do cão com a palma da mão aberta.

Hunt sentiu uma espécie de alívio, mas relutava em depositar muita esperança no sentimento. Só porque Tiffany Shore não estava ali não significava que ainda estivesse viva. Ele continuava visceralmente consciente dos corpos às suas costas.

— Nenhuma chance de que eles tenham despistado o cão? — Ele apontou para os sacos.

— De modo algum.

Hunt fez que sim com a cabeça.

— Está bem, Mike. Obrigado por verificar.

O tratador produziu um estalo com a boca, e o cão o seguiu para fora dali.

Nada. Eles não tinham nada. Hunt pensou no que Johnny Merrimon havia dito sobre a menina que haviam encontrado no Colorado: emparedada num buraco escavado no fundo do porão, enjaulada durante um ano com um colchão, um balde e uma vela. A náusea era um órgão a mais entre as vísceras de Hunt. Quanto mais pensava naquilo, mais esse órgão se agitava. Ele tentou imaginar o que faria se fosse o policial que encontrou a menina. O que teria feito primeiro: teria levantado-a daquele colchão manchado ou metido seis balas na cara do canalha? Ele se perguntou se conseguiria fazer isso, esquecer 17 anos como policial e simplesmente puxar o gatilho.

Talvez.

Mais do que talvez.

Hunt observou Trenton Moore guardar os corpos na traseira da sua van. O legista parecia estar se sentindo como Hunt: cansado e cinzento, pálido como a luz da manhã. Quando voltou para a varanda, Hunt sentiu odor de café e formaldeído, cheiro de necrotério.

— Desculpe-me por arranjar mais dois para você tão cedo — falou Hunt.

Moore dispensou o comentário com um gesto.

— Eu estava para telefonar para você, de qualquer forma — disse ele. — Tenho um laudo preliminar sobre David Wilson.

— Esse foi rápido.

— O que mais posso dizer? Eu adoro o meu trabalho.

Hunt foi para o canto mais afastado da varanda, longe da porta e do movimento. Moore o seguiu.

— Me conte — disse o detetive.

— Ele estava vivo quando caiu por cima da amurada. O menino nos contou isso, e minhas descobertas são consistentes. A maioria dos ferimentos óbvios você viu. Perna e braço quebrados; múltiplas fraturas, na verdade. Os detalhes completos estarão no relatório final. Abrasões extensas pelo contato com o concreto e o solo. Órbita fraturada do lado esquerdo. Ele teve sete costelas esmagadas, também do lado esquerdo, trauma severo dos órgãos internos, hemorragia interna, um pulmão perfurado; mas nenhuma dessas coisas o matou.

— Explique.

— Eu encontrei uma grande contusão isolada na garganta dele.

Moore indicou a parte da frente da própria garganta, pouco acima do colarinho.

— A laringe foi esmagada, assim como o esôfago. Um grande peso foi aplicado até que as vias aéreas estivessem inteiramente danificadas ao ponto da obstrução total. — Uma pausa. — Ele foi sufocado, detetive.

— Mas estava vivo quando Johnny o deixou. Respirando, capaz de falar.

— A contusão na garganta dele tem um padrão. É muito vago, visível apenas mediante aumento e insuficiente para se extrair uma impressão ou fornecer algum tipo de correspondência, mas definitivamente está ali.

— Um padrão?

A expressão de Moore era compungida.

— O padrão de uma sola.

Hunt sentiu um calafrio em seu pescoço.

— Alguém pisou na garganta dele, detetive. Alguém ficou de pé sobre a garganta dele até que o homem morresse.

O relatório de Moore mudou o tom da manhã de Hunt. Aquilo implicava uma perversidade que parecia mais fria, de algum modo, mais cruel e pessoal.

Hunt caminhou para dentro da casa, perturbado e enraivecido. Os corpos haviam sido retirados, mas o amanhecer sombrio parecia ainda mais escuro. Às seis horas e vinte e cinco minutos, o telefone de Hunt tocou. Era seu filho. Hunt reconheceu o número e se encolheu. Com tudo aquilo acontecendo, ele não havia pensado no garoto. Nenhuma vez.

— Alô, Allen.

— Você não veio para casa.

Hunt voltou para a varanda. Ele olhou para o céu monótono e cinzento, imaginando o rosto do filho.

— Eu sei — disse ele. — Eu lamento.

— Você vem para o café da manhã?

A culpa de Hunt se intensificou. O garoto estava tentando ajeitar as coisas entre eles.

— Eu não posso.

Então, o silêncio.

— É claro que não.

Os dedos de Hunt se apertaram no telefone. Ele sentiu o filho escapando, mas não tinha ideia do que fazer a respeito.

— Filho. Sobre a noite passada...

— Sim.

— Eu não iria bater em você.

Hunt ouviu a respiração do outro lado da linha, em seguida o garoto desligou. *Droga*. Hunt guardou o telefone no bolso e voltou os olhos novamente para os curiosos. Eles observavam o furgão com um fascínio sombrio; todos exceto um. O velho com a camisa manchada estava parado nos trilhos, com uma das mãos agarrando a cintura da calça esfarrapada. Seus olhos eram caídos a ponto de exibir a pele vermelha nas pálpebras inferiores e a outra mão tremia por uma paralisia enquanto ele tragava um cigarro úmido. Ele fitou Hunt, depois gesticulou dobrando os dedos.

— Yoakum — chamou Hunt, e Yoakum pôs a cabeça para fora da porta. — Eu já volto.

Hunt indicou o homem nos trilhos, e Yoakum examinou a figura decrépita.

— Precisa de reforços?

— Vá se foder, Yoakum.

O barranco se desintegrava sob os pés de Hunt enquanto ele subia até os trilhos. A fumaça formava espirais em volta da base cor de vinho do nariz do velho, e, visto mais de perto, Hunt notou que a paralisia havia afetado grande parte do seu corpo. Ele media 1,60m, curvado nos ombros e inclinado para a direita, como se a perna daquele lado fosse curta demais. Cabelos brancos eram levantados pelo vento. Ele estendeu uma das mãos, e sua voz fez Hunt pensar em biscoitos de água e sal.

— Me arranja 1 dólar?

Hunt examinou a mão e viu a tatuagem desbotada no dorso.

— Que tal 5?

O velho seguiu a nota saindo da carteira, pegou-a e enfiou-a num dos bolsos. Ele lambeu os lábios ressecados e dirigiu os olhos barranco abaixo, do lado oposto dos trilhos. Seguindo o olhar, Hunt avistou um encerado verde em farrapos atirado nos arbustos baixos além da vegetação rasteira. Ele se confundia com as árvores, tornando-se quase invisível. Ele viu uma pilha de latas vazias, um círculo de terra enegrecida. O homem era um sem-teto.

Um medo puro e repentino incendiou os olhos do homem. A tensão pôs novas rugas em sua face encovada.

— Está tudo bem — disse Hunt. — Sem problemas.

Ele estendeu outra nota, e a cabeça do velho se curvou enquanto ele cacarejava um riso, um ruído áspero que terminou numa tosse seca. Algo marrom atingiu um dos trilhos reluzentes. Hunt teve de desviar os olhos e, quando o fez, viu as garrafas espalhadas pelo barranco. Vinho barato, litros de cerveja, algumas garrafas de meio litro de bourbon.

— Você viu o que aconteceu ali? — perguntou Hunt, apontando para a casa.

O homem assumiu um ar vazio, depois perdido e assustado. Ele deu as costas, e Hunt segurou-o pela dobra do braço. O detetive manteve sua voz suave.

— Senhor. Você acenou para mim. Lembra?

O velho mudou de posição, os dedos crispados e amarelados nas pontas.

— E... E... Ela gostava de andar pelada pela casa. — Ele apontou para a janela do banheiro. — Ela estava rindo de mim. — Um dos olhos teve um espasmo. — P... Piranha escrota.

Hunt falou com cuidado.

— Você está se referindo a Ronda Jeffries?

O queixo do homem teve uma contração violenta, mas ele não pareceu entender a pergunta.

— Você está bem? — perguntou Hunt.

Os braços dele se levantaram.

— Eu não sou rei do mundo?

Ele fez menção de se retirar, e Hunt pôs dois dedos sobre a sua clavícula.

— Senhor, você pode me dizer o que aconteceu aqui?

O olho esquerdo do homem se fechou.

— Eu só vi a pá — disse ele, e ficou num pé só para coçar a panturrilha com a ponta do sapato. — Ele tinha aquela pá. — O velho apontou. — Tirou-a bem daquele galpão.

— Você quer dizer Levi Freemantle? Homem negro. Cento e trinta e cinco quilos.

Hunt olhou para o galpão. Quando se virou, o rosto do homem havia ficado flácido novamente.

— Senhor, o que você estava dizendo?

— O que você quer? — Ele moveu uma das mãos como se espantasse moscas do seu rosto. — Eu não conheço você.

Ele deu as costas e cambaleou pelos trilhos, olhou para trás uma vez, depois afastou mais moscas imaginárias.

Hunt suspirou.

— Cross — chamou, acenando para que o outro detetive subisse o barranco.

— Sim, senhor? — Cross apareceu sobre os trilhos.

— Vá pegá-lo — disse Hunt. — Ele pode ter visto alguma coisa. Talvez não. Veja o que consegue, mas vá com calma. Quando acabar, chame o Serviço Social e o Hospital dos Veteranos. Traga-os aqui para ajudar esse cara.

— O Hospital dos Veteranos?

Hunt apontou para as costas de sua mão direita.

— Ele tem uma tatuagem. USN. O cara é um marinheiro. Demonstre algum respeito para com ele.

— Sim, senhor.

Quando Hunt voltou para a varanda da frente, Yoakum colocou a cabeça porta afora novamente.

— Acho que você tem que ver isso — disse ele.

— O quê?

— Lembra do quarto vazio no canto sudoeste?

— O dormitório? — perguntou Hunt, visualizando-o em sua cabeça. Era um quarto pequeno, sem mobília. Uma cortina amarela na janela. Marcas de fita adesiva na parede. Chamava a atenção apenas por estar vazio. — O que tem ele?

A voz de Yoakum baixou de tom.

— Você tem que ver isto.

Hunt seguiu Yoakum pela casa. Ele passou por técnicos que coletavam impressões digitais, um fotógrafo usando jaqueta da polícia. Dois policiais fardados abriram passagem para ele quando se aproximou do quarto.

— Está no armário.

Yoakum abriu a porta do guarda-roupa e acionou o interruptor. A luz se derramou para fora, preenchendo o armário, fazendo com que suas paredes brancas parecessem mais claras do que eram. O desenho, traçado com giz de cera na parede preta, tinha 2 metros de altura, infantil e distorcido. O homem era um contorno preto, lábios vermelhos, larga calça roxa e tremendas mãos com os dedos esticados. Os olhos castanhos eram perfeitamente redondos, como se tivessem sido traçados ao redor do fundo de um pote de conservas. Uma série de linhas ondulava-se cruzando o lado direito de seu rosto, mas parecia sinuosa e não ameaçadora. Ele segurava uma garotinha junto ao peito e acenava com uma das mãos, como se para um amigo a distância. A menina tinha olhos ovais e uma fita nos cabelos, um pontinho cor-de-rosa quase perdido no largo peito dele. Uma das mãos dela estava erguida, e ela vestia uma saia amarela. Seu sorriso era um violento talho vermelho.

— Que diabos?

— Exatamente — respondeu Yoakum. — Foi exatamente isso que eu disse.

Hunt correu os olhos pelo resto do quarto.

— Nenhum outro desenho?

— Nada.

— Alguém tem de saber algo.

— Nós esquadrinhamos a vizinhança, mas eles não falam com policiais. Não nessa rua.

— Há algum sinal de que uma garota foi mantida nessa casa?

— Limparam o quarto — sugeriu Yoakum. — Isso em si já é estranho. O resto do lugar está um nojo.

Hunt passou seus olhos pelas paredes nuas, notou os pontos onde a fita adesiva havia sido arrancada. As marcas eram em ângulo, como se tivessem prendido folhas de papel pelos cantos. Hunt começou num dos cantos e moveu-se vagarosamente ao longo de cada parede. Ele estudou o reboco manchado, o chão. Encontrou marcas de giz de cera nas paredes. Não havia outra pintura, nenhum tipo de desenho. Encontrou rabiscos aleatórios e linhas curtas e compactas, como se alguém tivesse desenhado para fora da borda do papel. Olhou atrás da cortina amarela, depois inclinou-se para ver algo no canto mais afastado. Apanhou o objeto pelas bordas, e Yoakum se aproximou para examiná-lo.

— É um botão? — perguntou ele.

Hunt inclinou a coisa, apertando os olhos.

— Isso caiu de um bicho de pelúcia.

— O quê?

Hunt olhou mais de perto.

— Acho que é um olho. — Ele estendeu a mão. — Me dê um saco de evidências.

Yoakum entregou-lhe. Hunt guardou o olho de plástico no saco e selou-o.

— Eu quero esse quarto peneirado.

Hunt levantou-se.

— Para onde você vai? — perguntou Yoakum.

— Estou cansado dessa merda.

Hunt precipitou-se para fora da casa e parou na varanda. As pessoas ainda se demoravam em grupos coesos, cativados pela visão de policiais que não representavam ameaça de fato. Olhando para eles, para sua complacência e desconsideração, Hunt sentiu sua raiva ferver em fúria. Elevando a voz para aumentar o alcance, berrou:

— Eu quero falar com alguém que saiba o que vinha acontecendo nessa casa.

As pessoas gelaram. Expressões vazias caíram sobre cada um dos rostos. Ele havia visto isso um milhão de vezes.

— Pessoas estão mortas. Uma menina está desaparecida. Alguém pode me dizer o que estava acontecendo nessa casa?

Os olhos de Hunt encontraram os da mulher zangada com uma criança em cada lado dos quadris. Ele se concentrou nela porque era mãe e porque morava na casa ao lado.

— Qualquer coisa pode ajudar.

A mulher o encarou, a expressão fria e distante. Hunt percorreu o ajuntamento com os olhos, viu raiva e desconfiança.

— Uma menina está desaparecida!

Mas ele era um policial na rua errada. Viu uma lata de tinta no canto da varanda, com o rótulo esbranquiçado, a tampa lacrada pela ferrugem. Com uma violência que o surpreendeu, Hunt chutou a lata. Ela descreveu um arco rumo ao terreno, atingiu a terra e explodiu num jorro de cinza. Hunt contemplou o borrão e, quando ergueu os olhos, viu o Chefe parado no meio-fio. Ele havia acabado de entrar em cena;

seu carro ainda estava ligado. Estava diante da porta aberta, de braços cruzados, cenho franzido, o olhar concentrado intensamente em Hunt. Os olhos de ambos se fixaram por um longo momento, depois o Chefe meneou a cabeça. Vagarosamente. Com resignação.

Hunt contou dois segundos, depois virou-se para a porta aberta.

O cheiro da morte desceu sobre ele.

CAPÍTULO 19

Burton Jarvis saiu do galpão às seis e vinte. Ele ficara acordado durante toda a noite, prolongada por tequila e anfetaminas, e agora um estopim queimava por trás de seus olhos, algo quente e claro. Algo como o medo. Ele estava enraivecido e insatisfeito, tomado por um arrependimento agudo que não tinha nada a ver com o certo e o errado. Sua mente rodava com ideias de consequência e risco, com o conhecimento de coisas que provavelmente não deveria ter feito. Coisas que poderiam levá-lo a ser apanhado.

Mas ainda assim...

Ele cambaleou pelo espaço úmido e cinzento sob as árvores, sentiu o talho de um sorriso se alastrar em seu rosto.

Mas ainda assim...

O sorriso murchou enquanto ele manipulava o grande cadeado e morreu quando o suor brotou de sua pele. Ele cambaleou pelo caminho que levava do galpão à casa. Seus olhos coçavam, e parecia que alguém tinha derramado cera em seus seios nasais.

Jar não era um bom homem. Ele tinha esse conhecimento sobre si mesmo, mas não se importava. Na verdade, sentia um orgulho perverso ao ver as jovens mães arrastarem suas crianças para o meio do trânsito apenas para evitar passar ao seu lado na calçada. Após nove prisões e 13 anos atrás das grades, cuidar das próprias necessidades havia se tornado sua religião. Tinha 68 anos, cabelos arrepiados, dois dentes faltando e olhos que pareciam ostras cruas. Três maços por dia conservavam-no magro;

as drogas e o álcool mantinham-no fora da prisão. Eles poliam as arestas, conservavam a angústia longe dos lugares para onde sua mente gostava de viajar. Com droga em quantidade suficiente, ele conseguia suportar o dia.

Na maior parte das vezes.

Jar tinha uma casa em ruínas num terreno de quase 5 hectares na periferia da cidade. A rodovia de pista dupla resvalava por ela em seu caminho para o aterro sanitário. No quintal da frente ele tinha árvores e terra, um Pontiac de 19 anos e uma caminhonete que cuspia fumaça preta. No fundo, tinha barris com garrafas vazias e uma vala cheia de lixo.

E tinha o galpão. Ficava nos fundos da propriedade, num trecho de mata tão fundo e denso que ele poderia tê-lo deixado crescer apenas para servir àquele propósito: esconder o galpão. Não estava em qualquer mapa de propriedades ou planta. Não tinha alvará. Havia o galpão, 3 quilômetros de mata e depois o rio.

Jar vira o garoto antes, claro: um lampejo na janela, um vislumbre de cor no fundo dos arbustos. Ele não fazia ideia do que o merdinha queria, mas quase o havia apanhado uma vez. Vira o garoto numa janela de trás, então saiu pela porta da frente e se aproximou em silêncio e sorrateiramente. Conseguira agarrar um punhado de cabelos, mas o menino se livrou antes que ele pudesse segurar uma parte carnuda. Jar o perseguira por 400 metros antes que seus pulmões protestassem. Lembrava-se bem daquele momento, porém: ajoelhado na terra, berrando com o fôlego que conseguiu reunir: *Volte aqui de novo e eu mato você. Mato mesmo.*

Mas o garoto tinha voltado, duas vezes pelo que Jar sabia. Nunca esperara vê-lo daquele jeito. Não em plena luz do dia.

O carro foi a primeira coisa que atraiu seu olhar. Estava estacionado no acostamento, os pneus esquerdos quase na valeta. Jar viu um reflexo de cromado fosco entre as árvores e saiu para a varanda. Estava usando roupa de baixo, velha e lasseada nas pernas, mas não se importava. Aquela era uma rua esquecida, o vizinho mais próximo ficava a mais de 400 metros dali. Automóveis passavam a caminho do aterro sanitário, garotos arrastavam carros barulhentos, mas era só. Aquele era o seu cantinho de paraíso, e ali ele podia fazer o que lhe desse na telha. Além disso, era cedo. O sol não havia nem mesmo iluminado as árvores.

Que raios um automóvel estaria fazendo estacionado em frente à *sua* casa?

A maioria das pessoas pensaria duas vezes antes disso.

Ele se inclinou para dentro e apanhou o bastão que ficava apoiado no batente da porta. Tinha amassados e marcas de quando golpeou a televisão até a destruição por causa de um fiasco num jogo decisivo. Jar pisou em falso no último degrau, seus quadris foram tomados por uma dor surda e por aquela estranha pontada. As árvores se inclinavam por cima dele enquanto caminhava. Um galho deu uma chicotada e esfolou a pele de seu rosto.

Árvore de merda.

Ele atingiu-a com o bastão e quase caiu.

O automóvel era uma velha *station wagon*: pintura amarela, painéis com textura de madeira. Tinha os pneus carecas, e a borracha se soltava de duas das janelas. Parecia vazio. Jar parou no final do acesso de veículos, de terra, e lançou olhos turvos de um lado a outro da estrada. Não vinha ninguém. Nada na estrada além do veículo. O asfalto estava morno e liso, o bastão, castigado e cheio de estilhaços. O objeto arranhou sua perna e enfiou lascas de madeira sob a pele. Ele parou e viu pingos de sangue que pareciam chamativos como doces na carne branca e sem pelos de sua panturrilha.

Bastão de merda.

Os vidros do carro estavam abaixados, o garoto, encolhido no banco da frente. Ele usava jeans imundos e tênis rasgados, penas ou algo parecido em volta do pescoço. Aquilo era esquisito. O peito dele e os ombros estavam nus e raiados de algo que parecia fuligem. O rosto era o mesmo que Jar tinha visto na janela, emporcalhado e estreito, e não podia estar aprontando nada de bom. Ele estava deitado de lado, adormecido, e Jar já podia sentir seus dedos em volta de seu pescoço ossudo.

Aquele era o garoto. O intrometido que fazia Jar olhar para trás todas as noites. Jar lançou um olhar rapidamente de um lado a outro da estrada, depois voltou a olhar para dentro do automóvel. Viu binóculos no chão, uma garrafa de água pela metade e uma maldita câmera. Para que diabos aquela câmera? O garoto tinha uma faca na mão, um canivete aberto.

Jar teria rido, mas estava ocupado demais com seus cálculos.

Ninguém à vista. Trinta segundos para tirar o garoto do carro, mais um minuto para levá-lo para trás da casa.

Era possível.

Mas ele estava bêbado e trôpego, esgotado; pessoas como Jar não se davam bem na prisão. Além disso, havia o automóvel para se preocupar. Teria de livrar-se dele logo, sem deixar vestígios. Se o garoto reagisse, a coisa poderia ficar feia. Jar perdia a cabeça com facilidade — não negava isso. Havia o risco de alguém na estrada: um motorista casual. Do modo como a estrada fazia a curva, carros podiam surgir bem rápido. Se alguém o visse arrastando um pirralho para fora de um automóvel, podia ligar para a polícia por precaução. E a polícia já estava atiçada por causa da menina desaparecida.

E não se pode contar tanto com a sorte.

Uma batalha aconteceu na mente de Jar. O garoto era aquele e sabia de algo. Tinha de saber. Caso contrário, por que continuava aparecendo? Só a visão dele já fazia a pele de Jar coçar. Havia algo naquele garoto...

Mas Jar tinha boas coisas a seu favor. Tinha bebida e espaço suficiente, longas noites para lembrar os dias passados. Tinha o galpão e a ocasião propícia. Três bons quilômetros de florestas desertas.

Mas só se fosse cuidadoso.

Ele balançou o corpo sobre o asfalto plano, sentiu que o medo começava a vencer. Havia muita coisa acontecendo. Ele estava bêbado e sem firmeza.

Mas era o mesmo garoto.

Jar se deu conta de que estava olhando fixamente o menino havia mais de um minuto. Parado só de cuecas e contemplando algo numa via pública. Foi isso o que fez com que se decidisse. Seus pensamentos tiquetaqueavam com lentidão, e isso tendia a trazer problemas. Havia aprendido do modo difícil. Nove detenções em 13 anos, todas por erros estúpidos. Esqueça isso. Ele anotaria o número da placa e procuraria o moleque mais tarde.

Mas o menino abriu os olhos. Ele piscou uma vez e começou a gritar.

Jar atravessou a janela como um rato entrando por um buraco.

CAPÍTULO 20

Johnny despertou para um pesadelo tingido de cinza. Ele viu o céu através do vidro, depois olhos da cor de água suja injetados de sangue, dedos com as pontas amareladas. Sabia que era um pesadelo porque já vira aquilo antes — o mesmo rosto, as mesmas unhas quebradas. Johnny piscou, mas nada mudou. O homem sujo estava parado ali, com os dedos tensos, e Johnny se lembrou de onde estava. O grito escapou de sua garganta, e Burton Jarvis atravessou a janela tão rápido que Johnny mal teve tempo de se mover. Ele partiu com um impulso, mas os dedos ossudos agarraram um tornozelo. O menino tornou a gritar, um som saído do mesmo lugar profundo e lodoso dos seus sonhos. Outra mão se fechou em volta de seu tornozelo, e Johnny voou por cima do assento.

Ele deu uma estocada com a faca, cortou um braço e depois o outro. Linhas vermelhas apareceram, depois aumentaram, e Johnny tentou cortá-lo de novo; ele deu um safanão tão forte que a cabeça do garoto se chocou contra o volante. A porta retiniu, e em seguida Johnny estava na rua. Sua cabeça bateu no chão. Um pé desceu sobre sua mão, e a faca caiu ruidosamente.

Ele tentou se enfiar debaixo do carro, mas Jar apanhou-o pelo pescoço e atirou-o de costas. Pedras cravaram-se em sua cabeça. Os dedos apertaram mais, e Johnny sentiu uma longa linha gelada se formar no peito. Por um instante, foi apenas esse frio, mas então veio o calor, a dor; Johnny percebeu que havia sido cortado com a própria faca. Jar gritou em sua cara, palavras sujas e insanas, fios de baba. Outra linha gelada se abriu e tornou-se fogo. Johnny estava morrendo, ele sabia. O velho canalha o estava matando no meio da rua.

A faca reluziu.

— Está gostando disso?

Ele cortou Johnny de novo.

E de novo.

— Está gostando disso, seu moleque sacana?

Ele estava insano, colérico; então o céu trovejou e o homem voou, com uma flor vermelha no peito. O som comprimiu os tímpanos de Johnny, o ribombar abafado e o baque úmido que o corpo de Jar produziu quando atingiu o asfalto. Johnny fechou os olhos e reviu como o velho havia sido arrancado do chão, o movimento de açoite que traçou um filamento de baba no ar. Nada daquilo fazia sentido, porém a imagem perdurou — uma pintura fresca na mente de Johnny —, e então a dor se fez sentir. Johnny sentou-se, e a agonia cobriu o seu peito. Sua mão subiu aguilhoante e rubra. Ele olhou para os dedos, depois desviou o olhar. Viu as solas dos pés de Jar. Um espasmo na perna do velho.

O que aconteceu?

Um raspar de pedras se fez ouvir na rua atrás de Johnny. Ele viu primeiro a arma, grande, preta e trêmula nos dedos que a apertavam até ficarem alvos. Eram dedos pequenos, encardidos nas unhas. Os braços eram muito magros, os músculos tesos e quase incapazes de segurar a arma. O cano descrevia círculos desvairados no ar. Uma camisa azul suja pendia até os joelhos. O nome de Jar estava num aplique sobre o bolso. Havia uma mancha de óleo e um botão estava faltando perto da parte de baixo. Algemas tilintavam em seus pulsos. Seus lábios sangravam no ponto onde ela os havia mordido.

Ela não olhou para Johnny ao passar por ele. Olhava para Burton Jarvis, cujas pernas ainda estrebuchavam, cujos dedos estavam crispados.

Johnny compreendeu.

— Tiffany.

Ela não lhe deu ouvidos. Johnny viu os vergões nas pernas dela, os talhos sob as algemas reluzentes.

— Tiffany, não.

Os polegares dela encontraram o cão da arma. O metal estalou duas vezes, e a perna de Jar ficou imóvel. Quando Johnny parou junto ao homem, pôde ver a face dele, os olhos esbugalhados cor de prata. A mão do velho se levantou.

— Não — disse ele.

O sangue verteu de uma das narinas e tremulou na borda do lábio de Tiffany.

Ela ia fazer aquilo.

— Eu preciso falar com ele. — Johnny levantou as mãos. — Ele sabe onde minha irmã está.

Tiffany hesitou. O sangue escorreu dos lábios para um dente perfeito. Seus braços se esticaram.

— Não — disse Johnny.

Mas ela puxou o gatilho. A bala atravessou a palma da mão de Jar e explodiu por entre os seus dentes. A cabeça se ergueu e quicou no chão. As pernas ficaram imóveis.

Tiffany sentou-se na estrada e contemplou o vazio. Largou a arma ao seu lado enquanto o sangue de Jar empoçava junto às suas pernas. Johnny correu para perto do velho e caiu de joelhos. Ele agarrou a cabeça estilhaçada de Jar como se pudesse conter todas as coisas que vazavam dela, mas os olhos estavam baços e vazios, o prateado tornara-se chumbo. Por um segundo a visão de Johnny escureceu, e então ele gritou:

— Onde ela está?

Ele gritou a pergunta, continuou gritando, viu-se batendo a cabeça de Jar contra a estrada, golpeando-a até que o som deixou de ser duro para tornar-se úmido. Por fim, Johnny parou.

Era tarde demais.

CAPÍTULO 21

Levi acordou desorientado, com a visão borrada, e foi o som de um tiro o que o despertou. Não achou que havia sido perto, mas o som fazia coisas estranhas no rio. O tiro podia ter vindo de qualquer lugar.

Ele piscou até sua visão clarear. Havia uma lembrança de dor, e, quando ele tentou sentar-se, a dor despertou também. Algo serrou suas entranhas; ele pôs sua mão sobre o tronco e ela voltou escurecida de sangue. Ele olhou e viu a ponta de um galho quebrado saindo de sua barriga. Era da grossura de um taco de bilhar, um toco irregular de lenha que se projetava do lado direito, logo abaixo da última costela. Ele pôs um dedo na ponta áspera e sentiu o galho mover-se fundo dentro de si. Cerrou os olhos para reprimir as lágrimas e tentou arrancá-lo.

Quando despertou novamente, estava prevenido, por isso deixou o galho em paz. Doía quando ele se movimentava, mas não a ponto de impedi-lo totalmente. Tinha de parar de pensar naquilo — por isso pensou em não pensar. Ajoelhou-se com esforço, pousou a testa na caixa e espalmou as mãos. Pediu que Deus lhe desse força para resistir mais um dia, para fazer o que precisava ser feito. Tinha certeza de que Deus falaria com ele, mas, quando abriu os olhos, viu um corvo num ramo. De olhos pretos e imóvel, ele contemplava a caixa, e Levi sentiu uma pontada de medo. Não confiava em pássaros. Eles ficavam imóveis demais, prestavam atenção demais nos atos das pessoas. E havia histórias sobre corvos, histórias da avó da sua avó, de muito tempo atrás — histórias sobre corvos e as almas dos recém-falecidos.

Histórias de almas que se contorciam e ardiam na longa queda.

Levi esticou as mãos e inclinou-se num gesto protetor por sobre a caixa. Por um longo segundo, o corvo o avaliou, depois bateu as asas até o alto de outra árvore. O tronco havia sido chamuscado por um raio, e a forquilha sobre a margem do rio havia muito estava morta e esbranquiçada. O pássaro pousou entre uma dúzia de outros da sua espécie, crocitou uma vez e ficou quieto. Nem uma só pena se moveu. Eles olhavam para Levi, e o frio tocou seu coração. Um bando de corvos na copa de uma árvore morta. Ouviu isso como um sussurro.

Um bando de corvos.

Um agouro de morte.

A voz o alarmou. Não era a voz de Deus. Era untuosa e doce. Preencheu sua cabeça e pôs o sabor de açúcar em sua boca. Ele tentou ficar de pé, mas a dor atravessou-o novamente quando seu tornozelo se dobrou. Cerrou os dentes com força e rolou de costas. O ar quente se agitou à sua volta, e, quando olhou para cima, as aves levantaram voo num farfalhar e bater de asas que fez a madeira morta gemer. Levi segurou o tornozelo e o apalpou para sentir o que havia de errado nele; a carne estava inchada como um melão. Estava torcido, talvez quebrado, e ele supôs que isso devia ter acontecido na sua arremetida pelo leito do rio que corria abaixo. Nem mesmo havia sentido. Mas sentia agora. Ele se forçou a ficar de pé e sentiu uma lâmina cortar seus nervos, tão afiada e sôfrega que o fez gritar.

Ele olhou para uma nesga de céu de bronze e ouviu o mesmo estranho sussurro.

Um bando de corvos.

A voz o assustou.

— Onde você está? — rogou ele, e estava falando com Deus. Mas ninguém respondeu. Os corvos estavam ausentes do céu, mas o galho morto ainda se movia, para cima e para baixo, de um lado para o outro, muito depois que os pássaros haviam partido.

Levou uma hora para que Levi reunisse coragem para tentar andar novamente. A mesma lâmina atingiu seu tornozelo, e ele concluiu que teria de rastejar. E foi o que fez, ao longo da margem, rio acima, choramingando baixo enquanto puxava a caixa atrás de si.

CAPÍTULO 22

O estacionamento do hospital não comportava todos os furgões de repórteres. Eles estavam tão densamente aglomerados que Charlie teve de lutar para manter uma via aberta para o caso de alguma ambulância precisar trazer um paciente. Esse era o trabalho de Charlie, guardar o estacionamento, tomar conta da porta de entrada e manter pessoas do lado de fora. Ele ficou parado sob o pórtico, piscando para se proteger das fortes luzes.

Aquela era sua quinta entrevista.

Ele levantou um braço, alheio à multidão, de olhos postos na repórter do Channel Four. Ela era tão bonita na vida real quanto na televisão. Parecia um pôster de cinema.

— Bem aqui. — Charlie apontou. — O carro veio por aquela entrada, numa trajetória completamente irregular. Descontrolado. Ele bateu naquele pedaço de concreto, quicou e depois acabou aqui.

Charlie moveu o braço novamente, apontando para o lugar onde estava.

— Por sorte, eu tenho reflexos rápidos.

A repórter concordou; seu rosto não demonstrava em nada a sua descrença. Charlie carregava uma barriga digna de três homens.

— Prossiga — disse ela.

Charlie coçou um ponto ralo no couro cabeludo.

— Bem, foi só isso — sugeriu ele.

A repórter deu um sorriso tão radiante que Charlie se sentiu aquecer por dentro.

— Era Johnny Merrimon ao volante?

— Isso mesmo. Eu me lembrei do rosto dele do ano passado. Difícil esquecer, na verdade. Puseram retratos da irmã gêmea dele por toda parte. Eles são parecidos. Ele estava todo cortado, porém, e sujo. O carro estava cheio de sangue.

A repórter desviou os olhos para a câmera.

— Johnny teria 13 anos...

— Não deveria estar atrás do volante...

— Mas a garota que estava com ele era Tiffany Shore.

Charlie fez que sim com a cabeça.

— A que estava desaparecida. Sim. Era ela. Estava nos jornais também.

— Tiffany parecia estar ferida?

Uma luz se acendeu nos olhos da repórter. Os lábios pintados se entreabriram para exibir um vislumbre de seus dentes perfeitos.

Charlie tirou a mão da cabeça.

— Não sei se estava ferida. Ela estava algemada e fora de si. Aos berros. Começou a gritar quando tentamos tirá-la do carro. Ela não queria soltar o braço de Johnny.

— E quanto a Johnny Merrimon, qual era o estado dele?

— O estado dele? Caramba. Ele parecia um índio selvagem.

— Um índio selvagem?

A repórter aproximou o microfone. Charlie engoliu em seco, desviando os olhos dos lábios dela.

— Sim. Ele tem aqueles cabelos pretos como azeviche, você sabe, e aqueles olhos pretos. É esguio como um furão e estava sem camisa. Usava penas e ossos em volta do pescoço... Eu vi um crânio, juro por Deus, um crânio... E o rosto dele estava todo coberto de preto e vermelho, quase listrado.

Ele fez um movimento com os dedos estendidos.

— Você sabe, como pintura facial.

A repórter ficou empolgada.

— Pintura de guerra?

— Para mim, ele só parecia sujo. Sujo, de olhos revirados e transtornado, respirando como se tivesse acabado de correr 15 quilômetros.

— Ele estava ferido?

— Com cortes, principalmente. Talhado, eu diria. Talhado e todo coberto de sangue e sujeira. Ele teve problemas para largar do volante. Tiveram de puxá-lo para fora do carro. Aquilo estava um nojo, eu vou dizer a você. — Ele balançou a cabeça. — Um nojo.

A repórter empurrou o microfone para mais perto.

— A sua opinião é de que Johnny Merrimon salvou Tiffany Shore do homem que a raptou?

— Não sei de nada disso. — Ele fez uma pausa para fitar o decote da repórter. — Nenhum dos dois parecia muito a salvo para mim.

Hunt estava parado no corredor bem iluminado, refletido como uma curva distorcida no brilho do chão encerado. Uma veia latejava em sua têmpora, e um jorro quente e ácido subiu por seu peito. Ele estava falando com seu superior, o chefe de polícia, tentando com força não nocautear o homem.

— Como diabos você deixou isso escapar?

O Chefe era um homem de ombros caídos com uma cintura em expansão, reputação de intolerância e o instinto de sobrevivência de um político. Normalmente, tinha o bom senso de ficar fora do caminho de Hunt, mas aquele não era um dia normal.

— Pelo amor de Deus, Hunt, o homem é um pedófilo conhecido.

Hunt contou em silêncio até três. Um médico passou, depois um enfermeiro magro com uma maca vazia.

— Nós o interrogamos duas vezes. Ele nos deu permissão para revistar sua casa e fizemos isso. Estava limpa. Ele não é o único criminoso conhecido. Havia outros que ofereciam um risco maior. O contingente é limitado.

— Essa explicação não basta.

Hunt assinalou seus argumentos com os dedos.

— O último ataque dele foi há 19 anos. Ele ficou em condicional por 16 desses anos. Havia outros homens com históricos piores de agressão sexual, e não tínhamos como saber do galpão. Não havia alvará ou registro de serviço público. Nada nos mapas de propriedades da cidade. Estava fora do sistema, totalmente no escuro. Poderia haver 10 mil galpões exatamente como aquele nesse condado sem que nós soubéssemos. E havia Levi Freemantle. Eu nunca vi uma pista que parecesse mais sólida. David Wilson disse que encontrou a menina. A impressão digital de Freemantle estava no corpo de Wilson...

— Eu estou sendo crucificado lá fora. — O Chefe apontou um dedo para a entrada do hospital. — Em cadeia nacional.

— Bem, isso está além do meu controle.

Os olhos do Chefe se apertaram. Sua voz desceu a um tom perigoso.

— Você está gostando disso, não está? — disse ele.

— Não seja ridículo.

— Eles querem saber como aquele garoto encontrou Tiffany Shore, quando nós não conseguimos. Ele tem 13 anos, pelo amor de Deus, e querem transformá-lo em um herói.

— Não sabemos o que aconteceu lá.

— Eu pareço um idiota! E por falar no garoto, obrigado, também, por dar a Ken Holloway uma desculpa para morder o meu rabo. Eu recebi quatro ligações da prefeitura. Quatro, incluindo duas do prefeito. Holloway está fazendo alegações sérias. Está nos ameaçando com um processo.

A raiva de Hunt subiu um pouco mais.

— Ele agrediu um dos seus oficiais. Você devia levar isso em conta.

— Poupe-me, Hunt. Ele só encostou um dedo no seu peito.

— Ele estava interferindo na minha investigação.

— Interferindo em alguma coisa.

A expressão do Chefe deixou claro que havia palavras não ditas.

Hunt endireitou a postura.

— O que você quer dizer com isso?

— Holloway sustenta que você tem interesse pessoal em Katherine Merrimon. Um interesse afetivo.

— Isso é ridículo.

— É mesmo? Ele diz que você o tem assediado. Que o antagonizou.

— Ele estava se tornando agressivo. Eu agi como julguei necessário.

— A oficial Taylor confirmou a versão de Holloway.

— Ela nunca diria isso.

— Ela não teve que dizer, seu idiota. Em toda a curta vida dela, a oficial Taylor nunca foi capaz de esconder uma emoção honesta. Eu só precisei perguntar.

Hunt recuou um passo, e o Chefe prosseguiu.

— O que me importa é como as suas ações irão se refletir sobre mim, por isso vou lhe perguntar abertamente. Você tem uma queda por Katherine Merrimon?

— Só me diga o que você quer que eu faça.

— Eu quero que você responda à maldita pergunta.

— A pergunta é desprezível.

Os segundos se arrastaram. O Chefe tinha a respiração pesada.

— Talvez você precise tirar uma folga.

— Nem pensar.

O Chefe inspirou fundo mais uma vez e, por um instante, pareceu simpático.

— Ouça, Clyde. Nós nunca encontramos Alyssa. E pelo modo como esse caso se desenrolou... As pessoas estão fazendo perguntas.

— Sobre o quê?

O mesmo olhar de simpatia.

— Sobre a sua competência. Eu lhe disse antes, você toma essas coisas de modo muito pessoal.

— Não mais do que qualquer outro policial.

— Essa manhã, você estava gritando com um grupo de curiosos. Você chutou uma lata de tinta por toda a nossa cena do crime.

O Chefe olhou para outro lado, depois meneou a cabeça.

— Foi um ano difícil. Acho que você precisa de um tempo.

— Você está me demitindo?

— Eu estou pedindo que você tire algumas semanas de férias. No máximo um mês.

— Não.

— É sua última palavra?

— É a minha última palavra.

A simpatia desapareceu. A raiva tornou a irromper.

— Então, me deixe lhe dizer o que você vai fazer. Antes de tudo, você vai assumir qualquer consequência que vier de toda essa porra de caso. Se a imprensa quer um bode expiatório, eu pretendo entregar você a eles, e espero que assuma o papel. O mesmo vale perante o governo municipal. O mesmo para a família de Tiffany Shore.

— Por que eu concordaria com isso?

— Porque carreguei você nas costas por um ano.

— Bobagem.

— Em segundo lugar. — Ele elevou a voz e bateu com dois dedos na palma da mão aberta. — Eu quero que você se afaste de Ken Holloway. O homem tem mais dinheiro que Deus, mais amigos em lugares importantes do que qualquer um de nós poderia sonhar, e eu não preciso desse tipo de dor de cabeça. Além de dormir com uma mulher que aparentemente desperta algum interesse em você, ele nunca fez uma coisa ruim em sua vida, até onde posso ver. Nenhuma prisão. Nenhuma acusação de qualquer tipo. Por isso, se ele quiser encostar o dedo no seu peito, receba isso como homem. E se ele quer se meter com Katherine Merrimon — o Chefe pôs um dos dedos em cheio no peito de Hunt e empurrou com força —, você deixa.

Hunt observou o Chefe sair enfurecido. Era um homem pequeno, com prioridades de homem pequeno, e Hunt tinha preocupações maiores; por isso ele sepultou a conversa, mandou-a descarga abaixo. Esqueceu-a.

Ah, merda. A quem ele estava enganando?

Seguindo seu caminho por entre os corredores sinuosos, ele finalmente chegou à ala pediátrica onde haviam posto Johnny. Hunt não estava autorizado a ver o garoto, mas esperava encontrar o médico e conseguir fazê-lo mudar de ideia. O que encontrou, em vez disso, foi uma mulher austera sentada com os joelhos muito juntos num banco no corredor diante do quarto de Johnny. Tinha cabelos grisalhos puxados para trás e um tailleur de corte conservador. Hunt a reconheceu.

O Serviço Social.

Merda.

A mulher olhou-o nos olhos e começou a se levantar, mas ele deu meia-volta antes que ela pudesse dizer alguma coisa. Ele seguiu até o lobby, mas parou ao ouvir a voz de Katherine.

— Detetive Hunt?

Parada ao lado dos elevadores, ela parecia estar no inferno. Hunt foi até ela, e eles pareciam estranhamente sozinhos no recinto abarrotado.

— Katherine — disse Hunt. — Como está Johnny?

Ela esfregou um dos braços, depois tirou os cabelos dos olhos, e Hunt viu que ela estava à beira de um colapso.

— Nada bem. Ele foi cortado sete vezes, duas delas bem fundo.

Ela passou um dedo debaixo de cada olho antes que as lágrimas se derramassem.

— Ele levou 206 pontos. Vai ficar com cicatrizes por toda a vida.

Hunt olhou por sobre o ombro dela.

— Ele está consciente? — perguntou.

— Agora não. Ele acordou por um breve momento.

— Disse alguma coisa?

— Ele perguntou por Alyssa. Queria saber se nós a encontramos. — Hunt desviou os olhos, mas ela tocou seu braço com uma das mãos. — É o mesmo homem?

Ela estava perguntando se Burton Jarvis era o homem que levou sua filha.

— É muito cedo para dizer.

— É? — Ela o apertou, e Hunt viu a esperança e o temor que a dominavam.

— Eu não sei — disse ele. — Estamos vendo isso. Estamos investigando. Quando souber de algo, você também saberá. Eu prometo.

Ela pendeu sua cabeça.

— É melhor eu voltar... Caso ele desperte.

Ela fez menção de se retirar, mas Hunt a deteve. Ele pensou bastante antes de falar.

— Katherine.

— Sim?

— O Serviço Social vai querer conversar com você.

— O Serviço Social? Eu não entendo.

— Johnny ficou fora a noite toda. Com o seu carro. Ele quase foi morto por um pedófilo conhecido. — Hunt fez uma pausa. — Não acho que eles o deixarão ficar com você.

— Não entendo. — Logo Katherine completou rapidamente: — Eu não deixarei.

— Ele apareceu usando penas. Tinha chocalhos de cascavel e um crânio num cordão em volta do pescoço. Eu não conheço nenhum juiz que o deixaria ficar com você. Viu os repórteres lá fora? Está na imprensa nacional. CNN. Fox. Eles o estão chamando de Pequeno Chefe, o Índio Selvagem. Tornou-se uma história, e isso faz dela uma questão política. O Serviço Social tomará uma atitude porque eles não têm escolha.

A confiança de Katherine se dissipou.

— O que posso fazer?

— Não sei.

— Por favor. — Os dedos dela apertaram seus braços. — Por favor.

Hunt olhou a sala de um lado a outro. Em 17 anos, nunca havia ultrapassado o limite, mas ele estava ali, tão claro quanto qualquer outro limite que tivesse visto. Em pleno controle de si próprio, Hunt o ultrapassou. Por quê? Porque algumas coisas eram mais importantes.

— Eles farão uma avaliação completa — disse ele. — Isso começa com uma inspeção surpresa na sua casa.

— Eu não...

— Você precisa ir para casa agora. Precisa limpá-la.

A mão dela se moveu para cima e tocou uma mecha de cabelos soltos. Hunt fez uma pausa, mas algumas coisas tinham de ferir.

— Você precisa se livrar das drogas.

— Eu não...

Hunt a deteve.

— Por favor, não minta para mim, Katherine. Nesse momento, estou falando como amigo, não como policial. Sou um amigo tentando ajudar outro.

Ela enfrentou o olhar dele pelo tempo que lhe foi possível, depois olhou para baixo.

— Katherine, olhe para mim.

Ela enviesou o rosto, que se desnudou sob a luz rigorosa.

— Confie em mim.

Ela piscou para afastar as lágrimas que orvalhavam seus olhos, e as palavras saíram com esforço.

— Eu preciso de uma carona.

Hunt espiou pelas portas de vidro, examinando a multidão. Os repórteres. As câmeras. Sua mão procurou a de Katherine.

— Por aqui.

Hunt levou-a por corredores sucessivos até um elevador, depois para fora por uma porta dupla nos fundos, marcada como "SOMENTE PARA DESCARGA".

— O carro está aqui.

— E o meu carro?

— Foi apreendido. É uma evidência.

Após percorrer 6 metros sob o sol, ela puxou de volta sua mão.

— Eu me viro.

Mas quando chegaram ao automóvel, ficou claro para Hunt que ela não conseguiria. Um rubor incendiou seu rosto, e os dedos dela se entrelaçaram a ponto de ficarem esbranquiçados. Ela pressionou o corpo de encontro à porta e manteve a cabeça baixa.

Na casa dela, Hunt estacionou o veículo o mais próximo possível da porta.

— Você tem dinheiro para pegar um táxi? Para voltar ao hospital?

Ela fez que sim.

— E o meu telefone?

Ela afastou seus cabelos do rosto, encarou-o, e uma pequena centelha de orgulho cintilou nos seus olhos.

— Eu tenho vários cartões seus.

Ela abriu a porta, e o calor se derramou para dentro. Ele observou as pernas dela descreverem um arco para fora, as mãos no alto da porta. Quando se inclinou para dentro, sua voz saiu entrecortada.

— Eu amo meu filho, detetive.

— Eu sei.

— Eu sou uma boa mãe.

Ela estava tentando convencer a si própria, mas as pupilas dilatadas no centro de seus olhos entregavam uma mentira. Johnny estava no hospital, e ela ainda estava chapada.

— Eu sei que é — disse Hunt, mas não era o que ele acreditava.

Eu sei que você foi.

Espero que torne a ser.

Hunt engatou a ré.

Ela ficou parada no chão de terra e observou-o partir.

Trinta minutos depois Hunt estava no galpão, trabalhando na cena do crime com Yoakum e vários peritos. Estava de costas para a porta.

— Atenção — disse-lhe Yoakum.

— O que foi?

— O Chefe.

Hunt olhou para a trilha e viu o Chefe atravessando o último trecho de vegetação baixa. Dois assistentes o seguiam. Um policial fardado afastava os galhos de seu caminho.

— Eu acabei de passar por isso — disse Hunt.

— Coisas boas vêm em quantidade.

Hunt cruzou os braços sobre o peito. Se o Chefe havia decidido ver como as coisas estavam, tudo bem, mas ele não iria demonstrar alegria por isso. O Chefe parou a 5 metros dali para examinar a cena, as mãos na cintura, o queixo erguido.

— Ele viu isso em algum filme? — sussurrou Yoakum.

— Cale a boca, John.

— É *Patton, Rebelde ou Herói?*. Merda. O cara pensa que é George C. Scott.

O Chefe deu uma arrancada e percorreu o trecho restante, com sua pequena comitiva apinhada atrás dele. Cumprimentou Yoakum com um aceno de cabeça e ofereceu a Hunt um olhar sério.

— Ande comigo.

Hunt virou as palmas para cima, abrangendo a densa floresta, a espessa vegetação rasteira.

— Para onde?

O Chefe avaliou a vegetação compacta.

— Deem-nos um minuto — disse ele. Seus assistentes se dissolveram. — Você também, Yoakum.

— Eu? — Yoakum levou a mão ao peito. Seus olhos pareciam em choque.

— Suma daqui.

Yoakum se pôs atrás do Chefe para então começar a marchar em passo de ganso, mas Hunt não estava com humor para brincadeiras. Ele encarou o Chefe, que o encarou de volta. A tensão subiu, mas o Chefe a quebrou primeiro.

— Sobre o que aconteceu mais cedo. Talvez eu tenha me excedido.

— Talvez.

— Mas talvez não.

O Chefe estudou as altas árvores, a muralha de floresta. O galpão era um ponto num mar de verde.

— Se você me diz que não está envolvido demais nisto, vou aceitar.

Hunt sustentou o olhar.

— É só mais um caso.

— Certo. — Um breve sim com a cabeça. — Vamos comprar isso, mas considere essa como a porra da sua última e derradeira chance. Agora, antes que eu mude de ideia e demita você por ser um mentiroso tão ruim, me conte o que descobriu aqui.

Hunt apontou para a casa, que ficava invisível além das árvores.

— Nós descobrimos o local por onde Jarvis fez uma emenda em seu circuito elétrico. O cabo está enterrado a 5 centímetros de profundidade. O galpão é completamente ignorado pela rede. E você viu a trilha que vem até aqui. Mal chega a ser um caminho. Nada disso é visível da estrada ou da casa. Nada de alvará. Nada de serviços públicos. É uma couraça. Uma zona morta.

— Alguma sorte com as crianças?

— Elas estão sedadas. O médico não me deixou vê-las.

O Chefe entrou no galpão, e Hunt o seguiu. Ele sentiu sua pele formigar.

— Como você pode ver, as paredes são acolchoadas, provavelmente para abafar o som. As janelas são vedadas com isolamento de fibra de vidro e seladas com plástico industrial. Para abafar o som, igualmente, mas também para manter o local às escuras. Veja isto.

Hunt foi até a parede mais afastada e apontou para um pequeno orifício irregular.

— Foi daqui que ela arrancou o gancho que prendia suas algemas.

O gancho havia sido embalado e numerado. Hunt apanhou-o e sentiu o metal frio através do plástico liso. Estendeu-o para o Chefe, que o tocou uma vez e depois se ajoelhou e pôs um dedo no buraco na parede. Era um orifício raso. O concreto estava ressecado e friável.

— Garota durona — disse Hunt.

— Então, como ela saiu do galpão?

Hunt conduziu o Chefe até a porta e saiu. Apontou para o cadeado. Era um Yale de bronze, grande e maciço. Estava na posição trancada, firme no aço da tranca com o fecho em U.

— Ele trancou o cadeado, mas não a porta.

— Acidente? — O Chefe levantou o cadeado, deixou-o cair e se virou. — Ou arrogância?

— Isso importa?

Um dar de ombros.

— E a arma?

— Desconhecida. Poderia estar no galpão o tempo todo. Ela poderia tê-la encontrado na casa. O lugar estava destrancado também.

Os dois homens olharam novamente na direção da casa. Nada era visível através das árvores. Antes do amanhecer, porém, com as luzes acesas, Tiffany a teria visto.

— Estou supondo que ele estava intoxicado. Nós encontramos bebida e drogas. A necropsia deverá nos dizer.

— Algum sinal de que possa ter havido outras crianças? — O Chefe manteve seu tom profissional.

— Você está perguntando de Alyssa Merrimon?

— Não especificamente.

O Chefe era inflexível, seus olhos, implacáveis, enquanto Hun. forçava os olhos para o fundo da floresta.

— Vamos precisar do cão — disse Hunt. — Se ela estiver enterrada lá, eu quero encontrá-la.

— Não vejo muita luz.

A voz de Hunt saiu com frieza.

— Eu já fiz a chamada.

CAPÍTULO 23

Entre as paredes finas de uma casa que não era sua, Katherine Merrimon fitava o espelho do banheiro. Ela havia percebido a mentira na expressão do policial, sentiu-a como uma bofetada. Por isso fez a si mesma a mais dura das perguntas.

Ela era uma boa mãe?

Sua pele se esticava sobre os ossos do rosto, esgotado e muito pálido. Os cabelos pendiam de sua cabeça com mais peso do que deveriam ter, e seus dedos tremiam quando ela os levou à face. Viu como suas unhas haviam ficado lascadas, o modo como a carne escura se sobressaía em volta dos olhos. Ela procurou alguma coisa familiar, mas os olhos pareciam pertencer a uma máscara de papelão.

Uma imagem de Johnny invadiu sua mente. Ele estava com ataduras, lívido por causa da hemorragia, mas seu primeiro pensamento havia sido na irmã.

Alyssa.

O nome escapou dos lábios dela, quase fazendo-a desabar. Agarrou-se à pia até que uma das mãos se ergueu. Encontrou o espelho e, com grande repugnância, abriu-o. Frascos de comprimidos perfilavam-se por três prateleiras. Plástico laranja. Rótulos brancos. Ela apanhou um frasco ao acaso: Vicodin. Tirou a tampa e derramou três comprimidos na palma da mão. Eles poderiam levar tudo aquilo embora, as lembranças caleidoscópicas, a perda.

O suor escorreu pelas costas. Sua boca ficou dolorosamente seca, e ela podia até sentir qual seria a sensação deles na língua — a dificuldade de engolir e a espera curta e amarga. Mas quando ergueu a visão para o espelho, enxergou aqueles olhos recortados, e eles pareciam desbotados, cópias de cópias. Eram iguais aos de Johnny, mas não haviam sido sempre assim. Para nenhum dos dois.

Ela virou a mão e permitiu que os comprimidos caíssem. Eles fizeram barulho ao atingir a porcelana. Num arrebatamento súbito, ela tirou todos os frascos e juntou-os na pia. Um a um, ela os abriu e descartou os comprimidos na privada. Um frasco. Vinte. Ela os esvaziou todos e deu descarga.

Rápido.

Tinha de ser rápido.

Ela carregou os frascos vazios para a cozinha, atirou-os na lixeira e levou o saco de lixo para fora. O tempo perdeu o sentido ao mesmo tempo que ela limpava e esfregava. Pisos. O refrigerador. Janelas. As horas se transformaram num borrão quente de suor e amônia. Ela enfiou lençóis na máquina de lavar, derramou bebidas no mato e atirou as garrafas na caçamba de lixo, onde elas se espatifavam e rebentavam enquanto ela dava meia-volta para buscar mais. No final, ela confrontou o mesmo espelho. O sangue latejava na parte tenra sob o seu queixo. Ela abriu a torneira com a água pelando e esfregou seu rosto até doer, mas os olhos ainda pareciam errados. Arrancou suas roupas e foi para baixo do chuveiro, mas isso não bastou.

A sujeira estava por dentro.

Johnny acordou sozinho num quarto estranho. Ouviu passos atrás da porta e vozes abafadas. Um médico foi chamado pelo alto-falante, e fragmentos de lembranças retornaram. Ele tocou as ataduras no peito, sentiu dores, depois tentou sentar-se enquanto a náusea forçava caminho através dele. Cores pipocavam na periferia de sua visão: vermelho desbotado pela janela, branco insípido por baixo da porta. Procurou a mãe, e as paredes rodopiaram. Quando se sentou, viu restos de fuligem sob as unhas, resíduos de sumo de fruta e manchas de sangue nos dedos. Suas penas haviam sumido, mas isso já não importava. Ele fechou os olhos e sentiu o aperto insuportável de Jar. Sentiu cheiro de couro de estofamento, as longas e frias linhas traçadas à medida que Jar esmagava seu pescoço e retalhava-o com a própria faca.

Johnny puxou as mãos por baixo do lençol, mas ainda sentia o orifício quente e esponjoso atrás da cabeça de Jar. Ouviu sons que iam de algo duro a algo molhado e lembrou-se de que Jar estava morto. Johnny se virou de lado e fechou-se para a luz.

A porta se abriu tão mansamente que ele não a ouviu de fato. Sentiu a movimentação do ar, a presença de alguém junto a seu leito. Abriu os olhos e viu o detetive Hunt, que parecia fatigado, forçando um sorriso.

— Eu não tenho autorização para estar aqui — disse ele, depois apontou para a cadeira. — Importa-se?

Johnny recostou-se nos travesseiros. Tentou falar, mas o mundo estava envolto em algodão.

— Como está se sentindo? — perguntou Hunt.

Os olhos de Johnny pousaram na arma cuja coronha se deixava ver sob o paletó do detetive.

— Estou bem.

As palavras soaram atrapalhadas, vagarosas e falsas.

Hunt sentou-se.

— Podemos conversar?

Johnny não respondeu, e o detetive Hunt inclinou-se para a frente. Uniu as pontas dos dedos e apoiou seus cotovelos nos joelhos. O paletó se abriu, e Johnny pôde ver o coldre gasto, o verniz preto que parecia revestir o aço.

— Eu preciso saber o que aconteceu.

Johnny não respondeu. Estava paralisado.

— Você pode olhar para mim, filho?

Johnny fez que sim, mas seus olhos pareciam pesados demais para erguer.

— Johnny?

O menino fitava a arma. A empunhadura quadriculada. O botão branco da trava de segurança.

Sua mão se moveu por conta própria, e o policial se turvava à medida que Johnny a estendia para a arma. Queria apenas segurá-la, ver se era tão pesada quanto parecia, mas a arma se dissolveu numa bola de luz suave. Um peso desceu sobre seu peito. Pressionou-o contra o colchão e ele ouviu a voz distante do policial.

— Johnny. Fique comigo, Johnny.

Ele estava caindo, e alguém enfiava espinhos negros nos seus olhos.

Katherine passou as roupas a ferro e vestiu-se. Esforçou-se para manter os dedos firmes, mas os botões pareciam pequenos demais. Ela secou os cabelos, penteou os fios emaranhados e refletiu sobre a maquiagem. Por fim, parecia uma mulher normal esticada sobre os ossos de uma pessoa muito enferma. Quando chamou um táxi, teve de pensar muito para recordar o número da casa; depois sentou-se à beira do sofá para aguardar.

Um relógio tiquetaqueava na cozinha.

Ela manteve as costas retas.

Quando o suor começou a se formar, partiu de suas escápulas. Ela imaginou o sabor de uma bebida e ouviu o acalanto de mais um dia de esquecimento.

Seria fácil.

Seria muito, muito fácil.

A decisão de rezar se infiltrou nela como uma sombra. Foi como se ela piscasse os olhos e os abrisse numa ausência de luz tão distinta, que fazia com que ela os voltasse para o alto. A tentação se ergueu de algum lugar profundo de sua alma, um calor outrora intenso, agora comprimido em algo escuro e frio. Ela combateu a tentação, mas perdeu e, quando se ajoelhou, sentiu-se como uma mentirosa e uma farsante, como um peregrino perdido numa noite de tempestade incessante.

As palavras, a princípio, recusaram-se a vir. Parecia que Deus em pessoa havia fechado sua garganta. Mas ela mergulhou seu queixo no peito e esforçou-se para recordar aquela sensação. Nudez. Fé. A humildade da súplica. E foi isso o que fez. Implorou por forças e para que seu filho ficasse bem. Implorou que Deus a ajudasse, silenciosamente, com ardor. Implorou para conservar o que possuía: seu filho, a vida que tinham em comum. Quando voltou a se levantar, ouviu os pneus no cascalho — o som deles parecia o de chuva. E então o som parou.

Ken Holloway a encontrou na porta.

O terno dele era vincado, a gravata de um púrpura vivo afrouxada em volta do pescoço. Katherine gelou quando viu a contrariedade no rosto dele, o suor em seu colarinho. Ela contemplou o tufo de pelos que cobria as costas da mão dele.

— O que você está fazendo? — Ele segurou o queixo dela com o polegar e dois dedos duros. — Está vestida assim para receber quem?

Katherine não conseguiu responder. Ele apertou-lhe o queixo.

— Eu perguntei para quem você se vestiu assim.

— Estou indo para o hospital — respondeu ela com voz sumida.

Ken olhou para o relógio.

— O horário de visitas vai acabar em uma hora. Que tal você nos servir uma bebida e ir amanhã? De manhã cedo.

— Eles vão querer saber por que não estou lá.

— Quem vai querer saber?

Ela engoliu em seco.

— O Serviço Social.

— Burocratas. Eles não podem fazer nada contra você.

Ela ergueu a voz:

— Eu tenho que ir.

— Prepare uma bebida para mim.

— Não tem nada aqui.

— O quê?

— Acabou. Tudo.

Ela tentou passar por ele. O homem a deteve com um braço robusto.

— Está tarde.

Ele passou a mão pelos quadris dela.

— Eu não posso.

— Eu fiquei na cadeia a noite toda. — Ele prendeu o braço dela. — Foi por culpa de Johnny, sabe. Culpa do seu filho. Se ele não tivesse atirado aquela pedra na minha janela...

— Você não sabe se foi ele.

— Você está me contradizendo?

A dor incendiou seu braço. Ela olhou para os dedos dele.

— Tire suas mãos de mim.

Ele riu, e Katherine sentiu-o avançar contra ela, sentiu a pressão de seu peito enquanto ele preenchia o umbral da porta. Começou a conduzi-la para trás.

— Me deixe — disse ela.

Mas ele a estava empurrando para dentro da casa, seus lábios finos sob os olhos implacáveis. Uma imagem repentina do filho veio a Katherine, o queixo fino do garoto apoiado numa das mãos imóveis enquanto ele se sentava na varanda e olhava ladeira acima à espera de algum sinal do retorno do pai. Ela o havia castigado por isso, mas sentia agora a esperança que ele devia ter sentido. O olhar dela subiu pelo braço de Ken e foi até a mesma ladeira. Imaginou a ascensão e a descida da caminhonete do marido, mas a ladeira estava deserta, a estrada era uma extensão da escuridão silenciosa. Ken fez o mesmo som áspero em sua garganta, e, quando ela ergueu os olhos, viu um sorriso dividir o rosto dele.

— Amanhã — disse ele. — Johnny. Logo ao amanhecer.

Ela olhou novamente para o topo da colina, viu um brilho metálico quando um automóvel surgiu no topo. Prendeu a respiração, mas então reconheceu o automóvel.

— Meu táxi — falou.

Ken deu um passo para trás quando o táxi começou a diminuir a marcha. Katherine livrou seu braço, mas sentiu-o ali, alto, corpulento e enraivecido.

— Eu tenho de ir — disse ela, empurrando-o para o lado e indo encontrar o táxi no acesso de veículos.

— Katherine. — O sorriso dele era largo, e para qualquer outra pessoa poderia ter parecido genuíno. — Nós conversaremos amanhã.

Ela se jogou dentro do táxi, sentiu o assento em suas costas, o cheiro de cigarros, roupas sujas e tônico capilar. O motorista tinha a pele enrugada e uma cicatriz no pescoço com uma cor perolada e úmida.

— Para onde?

Katherine manteve os olhos em Ken Holloway.

— Senhora?

Ken manteve o sorriso.

— O hospital — respondeu ela.

O motorista olhou-a pelo retrovisor. Ela sentiu os olhos dele nos seus.

— Você está bem? — perguntou ele.

Ela estava trêmula e suando frio.

— Eu ficarei — disse.

Mas estava errada.

CAPÍTULO 24

Johnny estava parado com a floresta às suas costas, uma clareira estreita diante de si. Era um retalho num mar de árvores, uma imperfeição; mas de onde Johnny estava era tudo o que havia, uma cobertura verde ondulante que se curvava sob uma brisa silenciosa.

Sua irmã contemplava-o do centro da clareira. Ela acenou e Johnny viu-se caminhando, com o capim à altura dos calcanhares, depois chegando até os joelhos. Alyssa estava como da última vez em que a vira: shorts amarelo-claros, um top branco. Seus cabelos eram negros como tinta, sua pele muito bronzeada. Ela manteve uma das mãos nas costas e inclinou a cabeça para o lado, de modo que mechas de cabelo negros caíram-lhe sobre os olhos. Ela estava de pé sobre uma pilha de latas enferrujadas que amassavam o capim. Johnny podia sentir o cheiro da grama esmagada, o amadurecimento do verão.

A serpente estava enrodilhada aos pés dela. Era a víbora que ele havia matado. Tinha 1,5 metro de comprimento, era castanha, dourada e silenciosa. Provava o ar com a língua, e, quando Johnny parou, ergueu a cabeça.

Johnny lembrou-se de como ela desferiu um bote contra ele no dia em que a matou. Como ela havia chegado perto.

Centímetros.

Talvez menos.

Alyssa curvou-se para apanhar a cobra, e seus dedos se fecharam em volta do corpo do réptil. A cauda envolveu seu pulso. A cabeça ergueu-se mais quando a menina se endireitou, e a serpente olhou-a nos olhos. A língua chicoteou para fora.

— Isso não é força — disse a menina.

A cobra picou-a no rosto, e, quando recuou, dois furos apareceram, seguidos de dois pontos de sangue que pareciam duas maçãs, pequeninas e perfeitas. Ela segurou a serpente mais alto, deu um passo para a frente, e as latas desmoronaram sob seus pés.

— Isso é fraqueza.

A cobra deu um bote, uma mancha que se tornou mais lenta apenas quando as presas se cravaram no rosto dela. Ela cambaleou, e a víbora picou-a novamente. Duas vezes. Uma na fronte, outra no lábio inferior. Mais furos. Mais sangue. Ela parou de andar, e de repente seus olhos brilharam, tão castanhos que chegavam a ser pretos, tão imóveis que poderiam se passar por vazios. Eram os olhos de Johnny, os olhos da mãe deles. A mão dela se apertou sobre a cobra, e Johnny viu que a menina não tinha medo. A face dela irradiava violência e raiva. Seus lábios empalideceram, e a serpente começou a se debater. Alyssa apertou-a, e sua voz ganhou força.

— Fraqueza — repetiu ela, com os dedos esbranquiçados, a cobra tornando-se desvairada enquanto ela a esmagava. Picou-a na mão, no rosto. Deu um bote no pescoço e se deteve ali, bombeando sua peçonha ao mesmo tempo em que se debatia. Alyssa ignorou-a, tirando sua outra mão de trás das costas. Nela, a menina segurava uma arma, negra e reluzente sob a luz dura e quente. — Poder — disse ela.

E arrancou a serpente do pescoço.

Johnny despertou com um sobressalto. O efeito das drogas havia passado, mas a impressão do sonho persistiu: sua irmã desaparecida, e como ela havia sorrido quando Johnny levou os dedos ao metal quente e reluzente que estava na mão dela. Ele tocou as bandagens em seu peito, então viu sua mãe. Ela estava sentada sozinha numa cadeira junto à parede. O rímel manchava a pele debaixo dos olhos. Um dos joelhos movia-se rapidamente.

— Mãe.

Ela virou a cabeça, e sua voz estava presa.

— Johnny.

Num instante ela ficou de pé, atravessou a sala e parou perto dele. A mão dela alisou os cabelos do menino, depois ela se curvou e enlaçou-o com seus braços.

— Meu bebê.

O detetive Hunt chegou duas horas depois do café da manhã. Ele apareceu na porta, dirigiu a Johnny um sorriso contido, depois chamou Katherine com o dedo e levou-a para o corredor.

Johnny observou-os através do vidro. Fosse lá o que Hunt disse, sua mãe não gostou. Eles discutiram acaloradamente. Ela balançou a cabeça, olhou duas vezes pela janela, depois baixou a cabeça. A mão de Hunt tocou o ombro dela uma vez, mas ela recuou.

Quando a porta finalmente se abriu, Hunt entrou primeiro e a mãe de Johnny logo atrás. Ela ofereceu um sorriso pouco convincente e sentou-se na beira de uma poltrona lisa com estofamento de vinil, no canto. Parecia estar prestes a vomitar.

— Ei, Johnny. — Hunt puxou uma cadeira para junto da cama. — Como está se sentindo?

Johnny olhava sucessivamente para a mãe e para o vislumbre metálico sob o braço de Hunt, o aço preto e reluzente.

— Tiffany está bem?

Hunt fechou o paletó.

— Acho que ela ficará.

Johnny fechou os olhos e viu-a sentada no sangue do homem morto; sentiu a pele seca e quente do braço dela enquanto tentava levá-la para dentro do carro.

— Ela não sabia quem eu era. Nós frequentamos a mesma escola por sete anos.

Ele meneou a cabeça.

— Na metade do caminho para o hospital, ela finalmente me reconheceu. Não queria me largar. Chorando. Gritando.

— Eu vou ver como ela está. Será a primeira coisa que farei. — Hunt fez uma pausa, e sua voz ficou séria. — Foi um ato de bravura o que você fez.

Johnny piscou.

— Eu não salvei ninguém.

— Isso é verdade?

— É o que eles estão dizendo, não é?

— Algumas pessoas estão dizendo isso, sim.

— Ele ia me matar. Tiffany é a heroína. Eles não deviam distorcer histórias.

— Gente da TV, Johnny. Não leve eles a sério.

Katherine fez um ruído que pareceu um soluço, e Hunt virou-se em sua cadeira.

— Não há necessidade real de você estar aqui.

Ela se levantou da beira de sua poltrona.

— Você não pode me pôr para fora.

— Ninguém está sugerindo...

— Eu não vou sair. — A voz dela subiu, as mãos estavam trêmulas.

Hunt virou-se novamente para Johnny, seu sorriso pareceu real, embora preocupado.

— Você está forte o bastante para responder algumas perguntas?

Johnny fez que sim.

— Vamos começar pelo começo. Quero que você se lembre do homem que viu na ponte, o que dirigia o carro que atingiu o motociclista. Entendeu?

— Sim.

— Agora, se lembre do homem que o atacou depois que você fugiu.

— Ele não me atacou. Ele só me ergueu, me segurou.

— Segurou você?

— Como se estivesse esperando algo.

— Há alguma chance de que pudessem ser o mesmo homem? O homem na ponte e o que segurou você.

— Eram homens diferentes.

— Você mal viu o homem na ponte. Você disse que era uma silhueta.

— Constituição física diferente, tamanho diferente. Eles estavam a 1,5 quilômetro de distância, talvez 2.

Hunt explicou sobre a curva do rio.

— É possível que fosse o mesmo homem.

— Eu sei como o rio corre. No meio daquela curva tem um pântano. Se tentar atravessar por ali, você afunda até a cintura. A trilha segue o rio por um motivo. São homens diferentes, acredite em mim. O que estava na ponte nem mesmo parecia grande o bastante para carregar aquela caixa.

— Que caixa?

— Uma espécie de baú — disse Johnny. — Enrolada em plástico. Ele a levava no ombro e parecia realmente pesada.

— Descreva-a.

— Plástico preto. Fita prateada. Comprida. Grossa. Como um baú. Ele me segurou com um braço e o baú com o outro. Só ficou parado ali, como eu disse, e depois falou comigo.

— Você não tinha me contado isso antes. O que ele falou?

— Deus diz.

— O que isso significa?

— Eu não sei.

Hunt se levantou e andou até a janela. Por um longo minuto, olhou pela vidraça.

— O nome David Wilson significa algo para você?

— Não.

— E Levi Freemantle?

— David Wilson é o homem que foi jogado da ponte. Levi Freemantle é o homem que me pegou.

— Você disse que os nomes não significavam nada.

Johnny deu de ombros.

— Não significam. Mas Freemantle é um nome *mustee*, portanto tem que ser o cara grandão. Isso faz de David Wilson o morto.

— *Mustee*?

— É.

— O que é *mustee*?

— Sangue índio misturado com africano. — Hunt parecia perplexo. — Lumbee, sapona, cheroqui, catawba. Havia índios escravos também, você não sabia?

Hunt avaliou o garoto, sem ter certeza se deveria confiar nele.

— Como você sabe que Freemantle é um nome *mustee*?

— O primeiro escravo liberto do condado de Raven foi um *mustee* chamado Isaac. Quando foi libertado, escolheu Freemantle como sobrenome. Significa "o manto da liberdade", em inglês.

— Antes desse caso, eu nunca tinha ouvido falar em Freemantles no condado de Raven.

Johnny deu de ombros.

— Eles estavam por aí. Por que você acha que Levi Freemantle é o homem da ponte?

— Vamos falar de Burton Jarvis.

— Não — disse Johnny.

— O quê?

— A não ser que você responda a minha pergunta. É uma questão de justiça.

— Isso não é um parque de diversões, Johnny. Não tem a ver com justiça.

— Ele é muito teimoso — disse Katherine.

— Muito bem — respondeu Hunt. — Uma pergunta. Uma vez.

Johnny abaixou o queixo, mas seus olhos não deixaram o rosto de Hunt em momento algum.

— Por que acha que Levi Freemantle é o homem da ponte?

— Freemantle deixou uma impressão digital no corpo de David Wilson. Isso nos faz indagar se foi ele quem atirou o homem da ponte. Se você pudesse nos dizer que são o mesmo homem, Freemantle e o que você viu na ponte, isso esclareceria as coisas.

Hunt não mencionou os corpos encontrados na casa de Freemantle, o desenho do homem gigante segurando uma menina de vestido amarelo e boca vermelho-sangue.

Johnny endireitou o corpo, e algo se mexeu sob as bandagens.

— David Wilson ainda estava vivo quando Freemantle foi até ele?

— Não se sabe.

— Mas é possível.

Hunt visualizou as marcas de sangue nas pálpebras do homem morto.

— Duvido — disse ele.

— Talvez ele tenha dito a Freemantle onde ela estava.

— Eu não seguiria por esse caminho, Johnny.

— E se ele *estivesse* falando de Alyssa? Talvez ele tenha dito a Freemantle onde a encontrou.

— Não.

— Mas talvez...

— É improvável que ele tenha falado sobre Alyssa, e é igualmente improvável que ainda estivesse vivo quando Freemantle foi até lá.

Hunt estudou o menino, viu-o fazer cálculos.

— Nem pense nisso — disse.

— Pensar o quê?

Ele tinha os olhos tão abertos e inocentes que qualquer outro policial teria engolido.

— Seus dias de bancar o policial acabaram, Johnny. Nada mais de mapas. Nada mais de aventuras. Fui claro?

Johnny virou o rosto.

— Você perguntou sobre Burton Jarvis. O que quer saber?

— Comece do início. Como você encontrou a casa dele? Por que estava lá? O que viu? O que aconteceu? A história completa. Tudo.

Johnny recordou suas primeiras visitas à casa: a escuridão e o galpão, o aspecto da casa vista do meio das árvores e os ruídos dos pequenos animais no fundo da floresta. Pensou em pregos para gesso e meses de sonhos ruins, o amigo terrível de Jar e a conversa de ambos sobre a Amarelinha. A gargalhada que fazia as pernas de Johnny bambearem. Ele não conseguia conter a ansiedade, e sua mãe foi contagiada por ela. Levantou-se e começou a andar de um lado para outro, preocupada, e o movimento irritou o detetive Hunt.

— Você se importaria de sentar-se, Katherine?

Ela o ignorou.

— Katherine.

— Como eu posso ficar sentada ali como se estivesse tudo bem? — Ela se contraiu, e seus olhos cintilaram. — O Serviço Social. — Ela olhou com raiva para Hunt. — Eu não vou permitir isso!

Hunt abaixou a voz:

— Nós concordamos em deixar Johnny fora disso por enquanto.

— Eu não posso suportar!

— Estou fazendo o que posso, Katherine. Você tem de acreditar em mim.

— Você me disse que traria Alyssa para casa. Você me disse para acreditar nisso também.

Hunt empalideceu.

— Isso não ajuda nada.

— Era disso que vocês estavam falando? — Johnny apontou para o corredor. — O Serviço Social?

— O Serviço Social está preocupado com o seu bem-estar, Johnny. Depois de tudo o que aconteceu, eles precisam fazer uma avaliação completa. Isso significa entrevistas e inspeções domiciliares. Eles vão conversar com a escola. Mas tudo isso pode levar tempo. Enquanto isso, eles querem tirar você da custódia de sua mãe. Temporariamente. Para sua proteção.

— Proteção?

— Eles acham que você está em risco.

— Por minha causa — disse Katherine.

— Ninguém está dizendo isso! — Hunt perdeu a paciência.

— Isso está errado — garantiu Johnny.

— Acalme-se, filho.

Hunt olhou para a mãe de Johnny, que estava à beira das lágrimas, depois se concentrou no garoto.

— Estou conversando com seu tio Steve. Acho que posso conseguir que você fique com ele enquanto isso se resolve.

— Steve é um babaca.

— Johnny!

— Mas ele é, mãe.

Hunt chegou mais perto.

— É Steve ou um tutor designado pelo Juizado de Menores. Com Steve, sua mãe pode visitá-lo quando quiser. Você ainda estará com sua família, pelo menos até que uma decisão final seja tomada. Se isso for para a corte, estará fora das minhas mãos. O juiz toma a decisão e você cumpre. Nem sempre é bom.

Johnny olhou para a mãe, mas ela segurava o rosto com as mãos.

— Mamãe?

Ela balançou a cabeça.

— Eu lamento — disse Hunt. — Mas isso estava para acontecer há um bom tempo. No final, talvez seja para melhor.

— Nós precisamos encontrar meu pai — disse Johnny.

Ele não ouviu os passos da mãe. De repente, ela estava bem ali, junto ao leito. Os olhos dela brilhavam, grandes, escuros e tristes.

— Ninguém sabe onde encontrá-lo, Johnny.

— Mas você disse que ele escreveu. Você falou em Chicago, talvez Califórnia.

— Ele nunca escreveu.

— Mas...

— Eu menti. — Ela virou a palma de uma das mãos, que se mostrou muito alva. — Ele nunca escreveu.

A visão de Johnny ficou turva.

— Eu quero ir para casa — declarou ele, mas Hunt foi inflexível.

— Isso não vai acontecer.

Katherine se postou ao lado do filho. Ela levantou o queixo, e Hunt viu a atitude protetora, a tênue medida de orgulho.

— Por favor — disse ela, tomando a mão de seu filho.

— Eu quero ir para casa — repetiu Johnny.

Por um instante, Hunt foi gentil o bastante para olhar para outro lado; mas aquele era o seu trabalho. Ele admirava muitas coisas no menino, mas fosse lá em que mundo de fantasia o garoto vivia, estava na hora de deixá-lo de lado, antes que alguém mais se ferisse ou ele próprio acabasse morto.

Hunt atravessou o quarto e apanhou o envelope de papel que continha as penas do garoto, os chocalhos e o crânio solitário e amarelado. Ele desamarrou os cordões e virou o envelope de modo que ficasse à altura dos olhos.

— Você quer me falar sobre isto?

— O que é isso? — perguntou Katherine.

— Johnny estava usando estas coisas quando deu entrada aqui. Ele estava pintado com fuligem e sumo de frutas, seminu, com os bolsos cheios com algo que me disseram ser serpentária, seja lá o que isso for. O Serviço Social vai perguntar a respeito disso, de tudo isso. Eles vão pressioná-lo, muito, e acho que talvez seja melhor Johnny começar contando para mim.

Johnny fitou as penas, viu que Jar havia seccionado uma delas pela metade. Nada, ele percebeu, havia mudado. O policial ainda era uma ameaça, sua mãe ainda era fraca. Ninguém entenderia.

— Isso não é normal — salientou Hunt.

— Eu não quero falar sobre isso.

— Conte-me sobre Burton Jarvis.

— Não.

— Como você o encontrou? Quantas vezes esteve lá?

Johnny olhou pela janela.

Hunt largou os cordões, tirou as páginas que continham as anotações de Johnny.

— Estas observações são exatas? Isso indica mais de uma dúzia de visitas. E outras também. Não apenas à casa de Jarvis.

Johnny deu uma olhada nas notas.

— Isso é apenas fingimento.

— O quê?

— Como um jogo.

— Johnny... — O desapontamento transparecia nas feições dele.

Johnny nem mesmo piscou.

— A noite passada foi a primeira vez.

— Eu entendo que você sinta necessidade de mentir, filho, mas eu preciso saber o que viu. Você tem cinco nomes aqui, pessoas de quem temos conhecimento, notórios agressores sexuais que estamos vigiando. Mas tem o sexto homem. Aquele que foi à casa de Burton Jarvis em múltiplas ocasiões.

Hunt examinou o papel.

— Há uma página inteira de anotações sobre esse homem. Você fez uma descrição geral: altura, peso, cor dos cabelos. Você tem a marca do carro dele e três números de placas diferentes, todas as quais tiveram queixa de roubo em algum momento do ano passado. Eu preciso saber quem é esse homem. Acho que você pode me ajudar.

— Não.

— O que é a "amarelinha"? O que isso significa?

— Você trabalha para as mesmas pessoas que o Serviço Social.

— Droga.

A paciência de Hunt evaporou, e Katherine se interpôs entre o filho e o policial. Ela espalmou os dedos finos, e as palavras saíram com uma rara convicção:

— Basta — disse ela.

— Metade dessas anotações é ilegível. Pode haver informações aqui que têm uma importância que Johnny não compreende inteiramente. Ele precisa falar comigo.

Katherine olhou para os escritos do filho. Ela percorreu as anotaçõe, depois leu-as mais atentamente. Levou algum tempo, mas Hunt esperou. Quando terminou, parecia apavorada.

— Se ele responder as suas perguntas, isso nos ajudará com o Serviço Social? Ou vai nos ferir?

— Vocês têm de confiar em mim.

— Nada é mais importante que conservar meu filho — disse ela.

— Nem mesmo ter Alyssa de volta?

— Você está dizendo que isso pode acontecer?

— O seu filho, eu acredito, descobriu um pedófilo antes desconhecido operando na área. Um pedófilo esperto. Cuidadoso. Poderia haver um elo.

— Isso é provável?

A dúvida de Hunt transpareceu em sua voz.

— Eu não sei.

— Então eu tenho de pensar no filho que ainda me resta.

— Eu estou preocupado com seu filho.

Ela enfrentou o olhar dele, e sua voz saiu cortante e quebrável como um estilhaço de vidro:

— Você quer que confiemos em você?

— Sim.

— Confiar na polícia?

— Sim.

Katherine deu um passo adiante, empurrando as páginas de encontro a Hunt.

— Você quer falar a respeito desse pedófilo desconhecido. O esperto. O cuidadoso. O que era associado ao homem que quase matou meu filho...

Hunt inclinou a cabeça para o lado, e ela apontou o dedo para um rabisco de tinta que somente uma mãe poderia ler. Sua face estava pálida como uma máscara de porcelana, de raiva e medo.

— Essa palavra — disse ela — não é "espacial" ou alguma coisa inofensiva. É "policial". Aqui diz que o homem que estava com Burton Jarvis era um policial. — Ela empurrou as páginas contra o peito de Hunt e foi para perto do filho. — Essa entrevista está encerrada.

Depois que Hunt saiu, Katherine parou ao lado do leito do filho. Ela o fitou por um longo tempo, mas não perguntou sobre as penas, as anotações ou as coisas que Hunt havia dito. A cor sumiu de sua face, mas ela parecia calma.

— Reze comigo, Johnny.

Ele viu-a ajoelhar-se, sentiu a raiva agitar-se em algum lugar no fundo de si. Por um momento ela havia sido forte, e por um instante mais sentira muito orgulho dela.

— Rezar? — perguntou.

— Sim.

— Desde quando?

Ela esfregou as palmas das mãos na calça jeans.

— Acho que havia esquecido como a sensação era boa.

Johnny ouviu as palavras como se uma estranha as dissesse. Era muito fácil para ela desistir, jogar as mãos para o céu e se acomodar para sentir-se melhor.

— Ele não escuta — disse Johnny.

— Talvez precisemos dar outra chance a Ele.

Johnny olhou-a fixamente, tão enojado e desapontado que já não conseguia esconder. Ele agarrou as grades do leito como se fosse dobrar o metal com os dedos.

— Você sabe para que eu rezei? Toda santa noite, até me dar conta de que Deus não se importa? Que Ele nunca se importaria. Você sabe?

A voz dele era brutal, e ela balançou a cabeça, com os olhos ao mesmo tempo tristes e alarmados.

— Somente três coisas — disse Johnny. — Eu rezei para que o restante da nossa família voltasse para casa. Rezei para que você parasse de tomar comprimidos.

Ela abriu a boca, mas Johnny falou antes dela. As palavras saíram rápidas e frias.

— Eu rezei para Ken morrer.

— Johnny!

— Toda noite eu rezava por isso. Um lar com a minha família. O fim dos comprimidos. Ken Holloway tendo uma morte lenta e dolorosa.

— Por favor, não diga isso.

— Que parte? A morte de Ken? Lenta e dolorosa?

— Pare.

— Eu quero que ele morra com o mesmo medo que nos dá. Eu quero que saiba como é estar indefeso e assustado, e depois quero que ele vá para algum lugar onde não possa mais nos tocar.

Ela pousou um dedo nos cabelos dele — os olhos tristes se liquefizeram —, mas ele afastou a mão dela.

— Mas Deus não está nem aí para isso, está?

Johnny sentou-se numa posição mais alta, a raiva tornando-se ódio, o ódio rapidamente levando-o às lágrimas.

— Rezar não trouxe Alyssa para casa. Nem papai. Nunca tornou a casa acolhedora, nem impediu que Ken ferisse você. Deus deu as costas para nós. Você mesma me disse isso. Lembra?

Ela havia dito. Numa noite fria, no assoalho de uma casa dilapidada, com sangue nos dentes e o som de Ken preparando uma bebida na outra sala.

— Acho que talvez eu estivesse errada.

— Como você pode dizer isso depois de tudo que perdemos?

— O que Deus nos dá não pode ser tão absoluto, Johnny. Não pode ser tudo o que queremos. Ele não age assim. Seria muito fácil.

— Nada tem sido fácil!

— Você não vê? — Ela implorava com os olhos. — Sempre há mais a perder.

Ela tentou segurar a mão do filho, mas ele a afastou com um safanão. Em vez disso, ela segurou a grade da cama com ambas as mãos, e a luz cintilou em seus cabelos.

— Reze comigo, Johnny.

— Para quê?

— Para ficarmos juntos. Por ajuda para superar. — Os dedos dela ficaram esbranquiçados na grade. — Reze por perdão.

Ela sustentou o olhar por um longo segundo, mas desistiu de esperar por uma resposta. A cabeça dela pendeu, e as palavras saíram com tranquilidade. Em momento algum ela olhou para ver se Johnny tinha os olhos fechados, se ele havia, de fato, se juntado a ela em oração; mas estava bem assim.

Não havia nada que se assemelhasse a perdão na face de Johnny.

Nada que se assemelhasse à superação.

CAPÍTULO 25

Hunt sentia muitas coisas ao sair do quarto: confusão e dúvida pelo que Katherine havia alegado ter lido nas anotações de Johnny; raiva e frustração porque o garoto não quis falar com ele; alívio porque ele estava vivo e porque Tiffany também havia sobrevivido. Pressionou as escápulas contra a parede fria e não se importou com as pessoas que passavam, os olhares que elas lhe dirigiam. Estava exausto e preocupado, mas esperava que a morte de Burton Jarvis fosse o início do fim, que o final violento daquele velho fosse o primeiro passo para elucidar o desaparecimento de Alyssa também. Tentou convencer a si próprio que o canalha insano agiu sozinho nas coisas terríveis que havia feito; mas uma coisa turva e viscosa passou pelo fundo de sua mente.

Um policial?

Seria possível?

Hunt tentou uma vez mais decifrar os garranchos miúdos das anotações de Johnny. Algumas estavam a lápis, borradas. Havia partes com manchas de umidade; outras, desfiguradas por fuligem, resina de pinho e rasgões no papel. Hunt conseguia ler apenas o suficiente para saber que havia mais. Quis chutar a porta e espremer uma resposta do menino.

Droga!

O garoto sabia de coisas. Hunt tinha certeza disso. Visualizou novamente, como havia feito tantas vezes, os olhos negros e a cautela, a quietude intensa da reflexão profunda e cuidadosa. Johnny estava perturbado de várias maneiras básicas, confuso, tendencioso; mas a clareza com que via certas coisas...

Lealdade. Impetuosidade. Determinação.

Esses atributos faziam do garoto muito mais do que um mero obstáculo. Eles deixavam Hunt orgulhoso e protetor. Johnny devia saber como essas coisas haviam se tornado raras, como eram preciosas neste mundo. Hunt queria colocar um braço em volta do garoto, fazê-lo entender e, ao mesmo tempo, queria que ele parasse.

Hunt saiu para o estacionamento. O sol era claro demais, o ar excessivamente puro. A grama verde e a luz do sol não faziam sentido num dia como aquele. O detetive olhou para o sexto andar. O quarto de Johnny ficava numa das extremidades, o de Tiffany, na outra. O edifício era tão branco que reluzia, e as vidraças refletiam um azul perfeito.

Hunt dirigiu-se ao carro e estava na metade do caminho quando viu o homem de terno. Magrelo, de ombros encurvados, ele saiu de um recesso perto do canto mais afastado do edifício, esquivou-se entre dois carros e se aproximou pela direita de Hunt. O detetive examinou-o automaticamente. Mãos sempre à vista, sorriso afável. Carregava papéis dobrados numa das mãos. Um administrador hospitalar, Hunt supôs. Um parente em visita.

— Detetive Hunt?

Faixa dos 30 anos, cabelos ralos, pele ligeiramente marcada de varicela. Seus dentes eram brancos e alinhados.

— Sim.

O sorriso do homem se alargou, e um dos dedos se ergueu. Parecia tentar situar um rosto familiar.

— Detetive Clyde Lafayette Hunt?

— Sim.

Ele entregou a Hunt os papéis dobrados, e seu sorriso se dissipou quando Hunt os apanhou.

— Você está sendo citado.

Hunt viu-o se afastar, depois examinou os papéis. Estava sendo processado por Ken Holloway.

Merda.

O agente de condicional de Levi Freemantle trabalhava num labirinto de escritórios comprimidos no terceiro andar do tribunal do condado. O linóleo descascava no chão do corredor, e oitenta anos de nicotina manchavam as paredes de gesso. As portas dos escritórios eram de carvalho escuro sob bandeiras que se abriam para fora em dobradiças de bronze. O som passava por baixo das portas: altercações, pedidos de desculpa, prantos. Tudo aquilo já fora escutado antes. Uma centena de vezes. Um milhão. Mentiras vinham em torrentes, o que fazia de um agente de condicional de carreira um dos mais astutos juízes da natureza humana que Hunt já havia visto.

Ele o encontrou no nono escritório seguindo o corredor. A placa no caixilho identificava Calvin Tremont, e a porta estava aberta. Havia arquivos empilhados em cadeiras e no chão. Um ventilador agitava o ar quente de cima do armário de metal riscado. O homem atrás da escrivaninha era conhecido de Hunt. Estatura mediana, peito largo, perto dos 60, cabelos com fios brancos e rugas que pareciam quase pretas nos pontos onde crestavam a pele escura. Hunt bateu na porta.

Quando Tremont ergueu os olhos, seu rosto ostentava uma carranca já formada, mas ela não durou. Ele e Hunt tinham um relacionamento sólido.

— Olá, detetive — cumprimentou ele. — O que o traz aqui?

— Um dos seus.

— Eu lhe ofereceria uma cadeira, mas...

Ele esticou os braços num gesto que incluía os arquivos em ambas as cadeiras.

— Isso não vai demorar muito. — Hunt entrou no escritório. — Eu deixei um recado ontem. É sobre o mesmo assunto.

— É meu primeiro dia depois das férias. — Ele gesticulou de novo. — Ainda nem acabei de ver meus e-mails.

— Fez boa viagem?

— Fui com a família para o litoral.

Ele falou de um modo que poderia significar quase qualquer coisa. Hunt balançou a cabeça e não insistiu. Agentes de condicional eram como policiais, raramente falavam de assuntos pessoais.

— Eu preciso conversar a respeito de Levi Freemantle.

A expressão de Tremont ofereceu o primeiro sorriso verdadeiro que Hunt via.

— Levi? Como está o meu garoto?

— Seu garoto?

— Ele é um bom menino.

— Ele tem 43.

— Acredite em mim, ele é uma criança.

— Nós achamos que a sua criança matou duas pessoas. Talvez três.

A cabeça de Tremont moveu-se como se a articulação do pescoço tivesse sido lubrificada.

— Suspeito que vocês tenham cometido um engano.

— Você parece ter certeza.

— Levi Freemantle parece o maior fodão da rua, como se fosse capaz de matá-lo por um porta-níqueis, o que nem sempre é algo ruim quando você não tem nada. Mas vou lhe dizer francamente, detetive, ele não mataria ninguém. De modo algum. Vocês cometeram um erro.

— Você tem o endereço dele? — perguntou Hunt.

Tremont fez que sim e repetiu de memória.

— Ele está lá já faz uns três anos.

— Nós encontramos dois corpos nesse endereço — disse Hunt. — Uma mulher branca, na primeira metade da casa dos 30. Um homem negro, aproximadamente 45 anos. Nós os encontramos ontem. Eles estão mortos há quase uma semana.

Hunt esperou um momento para que a informação fosse absorvida.

— Você conhece um tal de Clinton Rhodes?

— É ele o cara morto?

Hunt fez que sim.

— Não é um dos meus casos — disse Tremont. — Mas ele entra e sai da cadeia faz um bom tempo. Sujeito mau. Violento. Ele eu poderia imaginar cometendo um assassinato. Não Levi.

— Nós temos bastante certeza.

Tremont se remexeu em sua cadeira.

— Levi Freemantle está cumprindo três meses por violação de condicional. Ele não sairá em menos de nove semanas.

— Ele fugiu de um trabalho designado oito dias atrás.

— Eu não posso acreditar.

— Ele partiu e não foi visto desde então, exceto por um bêbado acabado que mal sabe o próprio nome e por um jovem rapaz que o situa perto da cena de outro crime. Isso foi dois dias atrás. Então, veja bem, eu tenho três corpos, todos com alguma ligação com o seu garoto.

Tremont puxou o arquivo de Freemantle e abriu-o.

— Levi nunca foi condenado por uma infração violenta. Que diabos, ele nunca foi nem acusado de uma. Invasão de domicílio, furto de mercadorias.

Ele fechou o arquivo de um só golpe.

— Veja — disse ele —, Levi não é o cara mais genial do mundo. A maioria desses crimes, que diabos... Se alguém disser: "Levi, vá até ali e me traga uma garrafa de vinho", ele simplesmente caminha loja adentro e a pega. Ele não tem senso de consequência.

— A maioria dos assassinos também não tem.

— Não é a mesma coisa. Levi... — Ele meneou a cabeça. — Ele é infantil.

— Eu tenho uma mulher branca morta. Início da casa dos 30. O que você acha disso?

— Ele estava envolvido com uma tal de Ronda Jeffries. Ela é branca, gosta de festas. É conhecida por fazer um programa ou dois de vez em quando, para reforçar o orçamento. Por diversão, ela gosta de homens grandes e maus. Especificamente, gosta de homens grandes, maus e negros. Ela se envolveu com Levi por causa da aparência dele. Ela o mantém por perto porque ele é fácil de lidar e faz o que ela diz. Ele ganha alguns dólares e dá para ela. Cuida da casa. Faz com que ela pareça estar na legalidade. Quando precisa de um tempo, ou de outro homem, ela geralmente encontra um jeito de pôr Levi atrás das grades por uns dias. É como eu disse, ele faz qualquer coisa que ela mandar. Da primeira vez que foi preso, foi por furto em loja. Ela pegou um vidro de perfume de uma vitrine e disse para ele carregar; depois passou pelos seguranças e saiu pela porta da frente.

— Eles são casados?

— Não, mas Levi acha que sim.

— Por quê?

Um sorriso.

— Porque eles dormiam juntos, e porque... — As palavras morreram. — Ah, merda.

— O que foi?

— Quem está tomando conta da criança deles?

Hunt sentiu um calafrio.

— Criança?

— Uma garotinha. Tem 2 anos.

Hunt pegou o celular.

— Ela tem um sorriso de derreter o coração.

CAPÍTULO 26

O hospital forçou Katherine a deixar o quarto de Johnny às nove daquela noite. Em certo sentido, foi difícil para ela, mas em outro foi uma bênção. Ken Holloway havia telefonado quatro vezes para o quarto, recusando-se a desligar até que ela concordasse em se encontrar com ele. Holloway foi insistente, mas ela havia sido forte, recusando-se todas as ocasiões, explicando que agora, finalmente, tinha de pôr o filho em primeiro lugar. Por fim, fora forçada a desligar na cara dele. Duas vezes. Depois disso, ela se encolhia de medo cada vez que a porta se abria ou um ruído se fazia ouvir muito bruscamente no corredor.

E depois havia a fissura. Ela tentou ser forte, mas sentiu-a em cada parte de seu corpo.

A ânsia.

Ela se deixou ficar ao lado do leito por um último momento. O filho estava adormecido, e o rosto dele, como sempre, parecia-se com o da irmã. A mesma boca. Os mesmos traços. Ela o beijou na cabeça, depois encontrou seu táxi na entrada dos fundos do hospital.

A viagem para casa foi tensa. Eles passaram por três lojas anunciando cerveja e vinho, dois bares diferentes. Ela apertou a mandíbula e cravou as unhas nas palmas das mãos. Quando as luzes do centro ficaram para trás, ela se permitiu respirar. Havia a rua escura, o constante zumbido dos pneus no asfalto negro. Ela estava bem. Repetia isso.

Eu estou bem.

O táxi começou a descer a última ladeira, e ela viu a casa a 700 metros. As luzes se derramavam de todas as janelas, tingiam o quintal em padrões amarelos e pretos como uma abelha.

Ela havia deixado o lugar às escuras.

Depois de descer do táxi, ela começou a se dirigir à porta, mas hesitou. Sua mão encontrou o celular na bolsa. Chegou até a varanda, mudou de ideia e recuou. Tudo estava tão imóvel: o jardim, as árvores, a rua.

Foi quando ela viu o automóvel. Estava estacionado 60 metros rua abaixo, avançando por cima da calçada. Estava escuro demais para distinguir a cor. Preto, talvez. Um grande sedã que ela não reconheceu. Olhou-o fixamente, deu um passo na direção dele e percebeu que podia ouvir o motor ligado.

Deu mais dois passos, e as luzes do carro se acenderam de súbito. Cuspindo poeira e cascalho, o veículo fez uma curva fechada, cantando pneus, e voou estrada acima, os faróis traseiros diminuindo até desaparecer no ponto em que a rua descia por trás da colina.

Katherine tentou respirar mais devagar. Era só um carro. Apenas um vizinho. Ela se virou novamente para a casa e viu que a porta da frente estava entreaberta, uma longa fatia amarelada que se alargou quando ela empurrou.

Dentro, uma música tocava.

"*Have yourself a merry little Christmas...*"

Tenha um feliz Natal.

Era final de maio.

Ela desligou a música e seguiu pelo corredor. A casa *parecia* vazia, mas a música a deixou perturbada. Era a mesma canção, posta para tocar repetidas vezes. Ela verificou primeiro os quartos, mas não encontrou nada fora de lugar. O banheiro estava em ordem também.

Encontrou os comprimidos na cozinha.

O frasco alaranjado estava pousado exatamente no centro da mesa de fórmica. Era vívido e reluzente, e seu rótulo era uma tira perfeitamente branca. Katherine contemplou-o e sentiu sua língua ficar espessa. Os comprimidos chocalharam quando ela ergueu o frasco para ler o rótulo. Tinha seu nome nele, com a data daquele dia.

Setenta e cinco pílulas.

OxyContin.

Num acesso de fúria, escancarou a porta e atirou o frasco no quintal. O trinco se enroscou em seus dedos quando ela o fechou. Verificou cada janela e cada porta, depois sentou-se no sofá junto à janela da frente. Manteve as costas eretas e sentiu o frasco lá fora, uma presença na escuridão. Ela cerrou os dentes e amaldiçoou o nome de Ken Holloway.

Não ia ser tão fácil.

Johnny deixou o hospital ao meio-dia do dia seguinte. Levaram-no em uma cadeira de rodas até a calçada, e ele se levantou com cuidado.

— Você está bem? — perguntou a enfermeira.

— Acho que sim.

— Aguarde um minuto.

A 10 metros dali, câmeras clicavam e zumbiam. Repórteres gritavam perguntas, mas os policiais os mantinham a distância. Johnny observou-os, uma das mãos apoiada no teto da van de tio Steve. Viu as novas caminhonetes das estações de Charlotte, também as de Raleigh.

— Estou pronto — disse ele, e a enfermeira ajudou-o a entrar no veículo.

— Não faça nada muito estressante — instruiu-lhe ela. — Dois desses cortes foram bem fundos.

Ela deu um último sorriso e fechou a porta. Atrás do volante, Steve olhou as câmeras com atenção. Ao lado dele, a mãe de Johnny mantinha uma das mãos erguida para esconder o rosto.

Hunt foi até a janela depois que Johnny já estava acomodado no banco de trás. Quando falou, foi sobre o acordo que havia negociado com o Serviço Social:

— Isso só vai funcionar se todos vocês jogarem conforme as regras. — Ele percorreu cada um dos rostos e parou no de Steve. — Eu preciso saber se você consegue lidar com isso.

Steve deu uma olhada para Johnny pelo espelho retrovisor.

— Acho que sim. Desde que ele faça o que eu disser.

Hunt olhou para Johnny.

— Isso é um presente, Johnny. Considerando tudo o que aconteceu.

— Quanto tempo ele tem de ficar fora? — perguntou Katherine.

— Agora é com o Serviço Social.

— Isso é besteira — resmungou Johnny.

— O que você disse?

Johnny chutou o tapete do veículo.

— Nada.

Hunt balançou a cabeça.

— Foi o que pensei. — Ele deu um passo atrás e falou com Steve. — Siga logo atrás de mim. Por todo o trajeto.

O percurso durou vinte minutos, e ninguém falou. Na casa, Hunt estacionou na grama. Johnny e a mãe desceram da van. Ela fitou um poste distante, tocou a garganta uma vez, depois foi para dentro. Johnny seguiu-a até seu quarto. Suas roupas estavam sobre a cama, dobradas com cuidado. A voz de Katherine estava tomada por um tom de desculpas.

— Eu as pus aí na noite passada. Não sabia o que você iria querer levar.

— Eu arrumo a mala.

— Tem certeza? — Ela apontou para o peito enfaixado.

— Eu posso fazer isso.

— Johnny...

O garoto olhou-a, viu como ela parecia tensa. Ela sempre havia sido forte, mas então, depois do sequestro, tornou-se exatamente o oposto. O rosto dela agora parecia diferente, como se os seus dois lados estivessem engajados em alguma luta feroz.

— Eu não deveria ter mentido para você — disse ela. — Jamais deveria ter-lhe dito que ele escreveu.

— Eu entendo.

— Eu não queria que você soubesse que estávamos tão sozinhos. Pensei...

— Eu disse que entendo.

Ela passou a mão pelos cabelos dele.

— Tão forte — disse. — Tão reservado.

Johnny enrijeceu, porque aquelas eram as palavras que ela um dia usara para descrever o pai dele. Johnny havia surpreendido uma rara discussão, cuja origem ainda lhe era desconhecida. Mas aquelas haviam sido as palavras de sua mãe: *Você não precisa ser sempre tão reservado!* Ele simplesmente sorrira e a beijara, e esse havia sido o fim da discussão. O pai de Johnny era bom a esse ponto. Quando decidia sorrir, ninguém conseguia continuar zangado com ele. Para Johnny, mesmo no presente, a reserva e a força eram uma e a mesma coisa. Não reclamar. Fazer o trabalho até o fim. Ele fazia isso em plena medida. O que carecia era do mesmo sorriso fácil. Se nunca o havia tido, ou se havia se esquecido da sensação, não sabia mais dizer. A vida, para Johnny, tornara-se uma questão de reserva. Ele apanhou um par de jeans e enfiou-o numa mochila.

— Vamos fazer isso de uma vez.

Ela deixou o cômodo, e ele ouviu a batida da porta do quarto da mãe, o pequeno rangido das molas da cama. Não sabia qual dos lados dela havia finalmente vencido, a brandura ou a força, mas a experiência lhe dizia que ela estava debaixo das cobertas, com os olhos bem fechados. A súbita presença dela na porta, momentos depois, tomou-o de surpresa. Ela estendia uma fotografia emoldurada, um instantâneo colorido do dia de seu casamento. Nele, sua mãe tinha 20 anos, toda sorrisos, e o sol vertia uma tonalidade perfeita em seu rosto. O pai de Johnny estava parado ao lado dela, o mesmo sorriso despreocupado traçando curvas em suas feições. Johnny se lembrava daquela fotografia. Pensava que ela a havia queimado com o restante.

— Leve isso — disse ela.

— Eu vou voltar.

— Pegue.

E Johnny obedeceu.

Depois ela o abraçou com grande ternura; quando retornou ao próprio quarto, a porta ficou fechada.

Johnny parou atrás da porta de tela, a mochila pesando num dos ombros. Do lado de fora, as folhas rodopiavam num vento vacilante. Hunt estava de pé com a cabeça baixa, as mãos enfiadas nos fundos

dos bolsos. Ele espiava com olhos fundos, contemplando a casa. Não viu Johnny; seu olhar pousou primeiro numa das janelas e depois em outra, a cabeça permaneceu imóvel, a testa formando rugas no centro. Mudou de posição quando Johnny empurrou a porta com um dos pés.

— Você não deveria estar carregando isso. — Ele ergueu a mochila do ombro de Johnny. — Vai acabar abrindo esses pontos.

— Eles parecem em ordem.

Johnny saiu para o jardim, e Hunt parou ao lado dele.

— Antes de irmos.

— Sim?

— Quando você viu Levi Freemantle... — Hunt hesitou. — Havia alguém com ele?

Johnny considerou a pergunta, à procura de perigo. Ele havia rejeitado todas as perguntas de Hunt, mas não via como aquela poderia lhe causar problemas com o Serviço Social. Ele discerniu a esperança no rosto do detetive e viu-a se apagar quando meneou a cabeça.

— Só o baú.

Os olhos de Hunt estavam torturados, a voz embargada.

— Ninguém mesmo?

Hunt não podia completar a pergunta: *Nenhuma criança? Nenhuma garotinha capaz de derreter um coração?*

Johnny tornou a balançar a cabeça.

Hunt fez uma pausa, depois pigarreou.

— Tome. — Ele estendeu um de seus cartões, e Johnny o pegou. — Você pode me ligar a qualquer momento. Não precisa nem mesmo de motivo.

Johnny virou o cartão, depois enfiou-o no bolso de trás. Hunt olhou uma última vez para a casa, depois forçou um sorriso. Sua mão tocou o ombro do menino.

— Seja bom — disse ele, e jogou a mochila de Johnny no banco de trás da van.

Johnny observou o carro de Hunt sair para a rua, depois dar a volta. A porta da van rangeu quando ele a abriu. Ele entrou, e os lábios de Steve se contorceram numa saudação forçada.

— Acho que agora somos só nós dois.

— Isso é besteira — disse Johnny.

O sorriso de Steve desapareceu. Ele deu a partida no carro e saiu do acesso de veículos. Molhou os lábios e olhou de esguelha para a direita.

— Você pode me contar o que aconteceu?

Ele estava falando de Tiffany Shore.

— Eu não salvei ninguém.

Era automático agora, metálico. Johnny manteve os olhos afastados da casa. Temia a própria reação se olhasse para a concha onde deixara sua mãe, aquele vácuo envolvido por pintura descascada e madeira podre.

Steve acelerou.

— Mesmo assim, seu pai ficaria orgulhoso.

— Talvez.

Johnny arriscou um último olhar enquanto a casa diminuía atrás dele. O telhado afundado pareceu se endireitar, seus defeitos se apagaram, e por um instante a casa brilhou como uma moeda.

— Nós vamos nos dar bem com isso? — perguntou Johnny. — Eu ficar com você. Não foi ideia minha, você sabe.

— É só você não se meter nas minhas coisas.

A van venceu o topo da colina, e Steve contorceu sua mandíbula como se ela tivesse sido deslocada da articulação. A estrada mergulhou em sombras.

— Quer comprar um doce, um gibi ou alguma outra coisa?

— Doce?

— É disso que os garotos gostam, não é?

Johnny não disse nada.

— Tenho a sensação de estar devendo algo a você.

— Bem, você não me deve nada.

Steve inclinou a cabeça para o porta-luvas, mais relaxado.

— Pegue meus cigarros aí dentro.

Papéis e outros refugos atulhavam o porta-luvas. Maços de cigarros. Recibos. Bilhetes de loteria. Johnny tirou meio maço amarrotado de Lucky Strikes e entregou-o ao tio. Depois encontrou a arma. Estava comprimida no canto do fundo, enfiada por baixo do manual do proprietário e de um mapa de Myrtle Beach manchado de café. A coronha era de madeira castanha, a arma, niquelada, e o metal azulado tinha um brilho prateado no cão. Rachaduras descoloriam o coldre de couro ressecado. Ao lado da arma repousava uma caixa de papelão desbotado com balas, com os dizeres: *.32 hollow point.*

— Não toque nisso — disse Steve com tranquilidade.

Johnny fechou o porta-luvas. Ele observou as árvores barbadas marcharem ao lado deles. Os espaços escuros entre elas sugeriam homens gigantescos da cor de fumaça.

— Você me ensina a atirar?

— Não é tão difícil.

— Ensina?

Steve olhou-o de lado, avaliando-o, depois jogou um pouco de cinza pela janela. Johnny manteve sua expressão impassível e orgulhou-se disso, porque impassibilidade não era o que sentia. Ele estava pensando em sua irmã, num homem gigantesco com a face derretida e um sobrenome *mustee.*

— Para quê? — perguntou Steve, e Johnny exibiu o mais inocente dos olhares.

— Só para saber.

CAPÍTULO 27

Steve conduzia sua van pela cidade. Passou por fachadas de lojas e mansões com colunas, pela praça da cidade, que lembrava um parque, os grandes carvalhos de troncos retorcidos e a estátua erigida mais de um século antes em honra a um confederado morto, do qual o condado se orgulhava. Johnny viu um tufo de visco numa árvore e pensou numa garota que um dia ousou beijar, cujo rosto ele agora mal lembrava.

Uma vida diferente.

Depois de passar pela praça e pelo campus raiado de sol da universidade local, Steve entrou na via de quatro pistas que levava ao shopping center. Era o shopping de Ken. Ele era o dono.

— Para onde estamos indo? — perguntou Johnny.

— Eu tenho de parar no trabalho. Não vai demorar.

Johnny afundou no banco. Steve percebeu.

— O Sr. Holloway não estará lá — disse. — Ele nunca aparece.

— Eu não tenho medo de Ken.

— Posso levar você antes para a minha casa.

— Eu disse que não tenho medo.

Um meio sorriso.

— Tudo bem.

Johnny obrigou-se a sentar mais ereto.

— Por que ele faz tanta questão da minha mãe?

— O Sr. Holloway?

— Ele a trata como lixo.

— Ela é a mulher mais bonita dessa parte do estado, ou você não havia notado?

— É mais do que isso.

Steve deu de ombros.

— O Sr. Holloway não gosta de perder.

— Perder o quê?

— Qualquer coisa.

A confusão de Johnny transpareceu, e Steve viu isso. Ele apertou os olhos e soprou fumaça por entre os lábios.

— Você não sabe, não é? — Ele meneou a cabeça. — Ai, caramba.

— O quê?

— Sua mãe costumava sair com Ken Holloway.

— Eu não acredito nisso.

— Bem, é melhor acreditar. — Steve deu outra tragada, prolongando o momento. — Ela estava com 18 anos, talvez 19. Era só uma menina, na verdade. — Ele novamente, contraiu os lábios. — Mais fulminante que uma pistola carregada, a sua mãe. Podia ter ido para Hollywood, talvez. Nova York, certamente. Nunca foi, é claro, mas poderia ter ido.

— Eu ainda não acredito.

— Ele era mais velho, mas mesmo assim era o homem mais rico das redondezas. Não como é agora, veja bem, mas bastante rico. Seria difícil para uma garota bonita resistir ao tipo de atenção que ele podia dedicar se estivesse disposto a isso, e sua mãe não era diferente da maioria das outras garotas. Flores. Presentes. Jantares chiques. Tudo em que ele pudesse pensar para fazê-la se sentir importante.

— Ela não é assim. — Johnny estava zangado.

— Hoje não é. Mas as pessoas jovens gostam de se sentir maiores do que o lugar de onde vieram. Isso durou alguns meses, eu acho. Até seu pai voltar para a cidade.

— Voltar de onde?

— Do serviço militar. Quatro anos. Ele é o quê? Seis anos mais velho do que ela? Sete? De qualquer forma, ela era apenas uma menina quando ele partiu, mas isso mudou. — Steve riu e deu um assobio baixo. — Menino, mudou mesmo.

Johnny olhou pela janela, e Steve continuou.

— O seu velho caiu por ela como uma tonelada de aço.

— E ela também? Por ele, quero dizer?

— A sua mãe era como uma borboleta, Johnny. Linda, leve e delicada. Seu pai adorou isso nela, cultivou esse sentimento. Ele foi gentil e paciente como é preciso ser para que uma borboleta pouse na sua mão.

— E Holloway?

Steve atirou o toco do cigarro e cuspiu pela janela.

— Holloway só queria botá-la num vaso.

— E ela percebeu isso?

— Você devia tê-lo visto quando ela falou que estava deixando ele pelo seu pai.

— Raiva?

— Raiva. Ciúmes. Ele a perseguiu com tudo, tentou fazê-la mudar de ideia, mas três meses mais tarde seus pais já estavam casados. Você veio um ano depois. Foi a rejeição mais dura que já vi, não sei se Holloway algum dia conseguiu superar isso.

— Mas papai trabalhou para Holloway. Todas aquelas casas que ele construiu. Holloway esteve presente o tempo todo.

— Seu pai vê coisas boas em todo mundo. Em parte é isso o que faz ele ser tão legal. Mas Holloway só estava esperando para enterrá-lo.

— Papai não sabia?

— Eu o avisei, mas seu pai sempre achou que poderia lidar com ele. É orgulhoso a esse ponto.

— Confiante — disse Johnny.

— Arrogante.

O asfalto deslizava sob o veículo. A transmissão produziu um ruído repentino e agudo.

— Você trabalha para Holloway.

— Nem todos temos escolha, Johnny. Essa é uma lição de vida para você. De graça.

Steve parou a van num sinal de trânsito. A distância, o shopping de Holloway se erguia como um navio de batalha. Johnny observou a expressão de Steve. Quando falou, tinha a ver com sua mãe:

— Você queria sair com ela?

Os olhos de Steve estavam apertados como os de uma cobra.

— Que diabos, filho. — O sinal ficou verde. — Todo mundo queria.

O estacionamento estava fechado, o que recordou a Johnny que era sábado. Steve estacionou perto da entrada de funcionários, no fundo. Quando abriu a porta, seu espelho refletiu o sol nos olhos de Johnny.

— Vamos — disse ele.

— Posso esperar na van?

— É perigoso demais aqui atrás. Sem-tetos. Usuários de drogas. Deus sabe mais o quê.

Johnny observou Steve tocar os objetos no seu cinto: cassetete, rádio, algemas.

— Venha. Vou mostrar uma coisa legal a você.

Dentro do edifício, um cartão magnético liberou o acesso a uma porta estreita, uma escada metálica e um corredor no terceiro andar que levava a um escritório com a palavra: "SEGURANÇA na porta". Steve passou seu cartão e empurrou com o ombro.

— Garotos nunca chegam a ver isto.

O escritório da segurança era grande e complexo, com um conjunto de monitores que cobriam uma parede inteira. Dois guardas estavam sentados em cadeiras giratórias pretas, as mãos postas em teclados e joysticks, mudando as imagens nas telas, aproximando-as e afastando-as, observando. Eles se viraram quando Johnny entrou, depois olharam uma segunda vez.

Um deles tinha 20 e poucos anos e era gordo, com cabelos aparados curtos e rosto escanhoado. Seu sorriso era ao mesmo tempo assombrado e desdenhoso.

— É o garoto?

Steve pôs uma das mãos nas costas de Johnny, empurrando-o sala adentro.

— Meu sobrinho. Ele mesmo.

O guarda gordo ofereceu sua mão carnuda, e Johnny examinou-a com cuidado antes de apertá-la.

— Bom trabalho, garoto. Queria ter estado lá.

Johnny olhou para o tio, que ofereceu duas palavras:

— Tiffany Shore.

O guarda fez um movimento como se atirasse.

— Pum!

— Eu não quero falar sobre isso — disse Johnny.

Mas o guarda estava empolgado.

— Está vendo isto? — Ele apanhou um jornal de cima da bancada. — Primeira página. Dê uma olhada.

A fotografia era de Johnny, tirada pela janela do carro de sua mãe quando ele estava sentado no banco da frente. Suas mãos ainda seguravam o volante. Sua boca estava aberta, o rosto tinha uma expressão chocada e vazia. Sangue cobria tudo, escuro onde estava seco e num tom vivo quando escorria pelo peito de Johnny. Penas e chocalhos reluziam negros contra sua pele, o crânio com uma umidade amarelada como uma pedra embebida em mel. Tiffany estava inclinada no assento ao lado dele, o sol batendo tão forte no rosto que a luz se estilhaçava em seus olhos. Homens com roupas limpas e longos braços estendiam suas mãos pela porta a fim de puxá-la para fora, mas ela reagia, a boca contraída, os dedos agarrando-se desesperados ao braço de Johnny.

A legenda sob a fotografia anunciava: "Criança raptada descoberta, pedófilo morto."

A voz de Johnny saiu num sussurro sufocado:

— Onde eles conseguiram essa fotografia?

— O segurança do hospital tirou com o celular. Estão usando a mesma foto na CNN. — O guarda gordo balançou a cabeça. — Provavelmente ele ganhou uma fortuna.

Steve deu um passo na frente de Johnny e arrancou o jornal.

— Ele não precisa ver isso.

O guarda mudou de posição enquanto prestava atenção no rosto de Johnny, viu como as sombras se multiplicavam nos espaços encovados.

— Não foi minha intenção.

— O chefe está? — interrompeu-o Steve.

O guarda apontou um dedo para uma porta de escritório, mas manteve os olhos em Johnny. O garoto seguiu o olhar de Steve e viu uma janela e cortinas brancas cobertas de poeira. O olho de alguém espiou para fora, e as cortinas se fecharam.

— Merda — murmurou Steve. — Ele perguntou por mim?

— Deveria?

Steve deu de ombros, mas parecia nervoso.

— Alguma agitação?

— Um ladrão de loja. Dois B-Ds.

Steve explicou.

— Bêbados desordeiros.

Ele deu um tapinha no ombro de Johnny e cruzou a sala.

— Venha aqui — disse, e Johnny o seguiu passando pela bancada de monitores até uma parede de vidro com 2,5 metros de altura e o dobro disso de comprimento. A vista dava para a praça de alimentação. Steve bateu no vidro. — É espelhado — informou.

Johnny espiou pela vidraça e pôde ver tudo se estendendo abaixo dele: fachadas de lojas e lanchonetes, escadas rolantes, pessoas. O guarda gordo se aproximou a passos lentos, posicionou as mãos em concha e suspirou fundo.

— Deve ser assim que Deus se sente — disse ele. Johnny quis rir do absurdo do comentário, de sua pura insignificância.

Então viu Jack.

Ruborizado, humilhado e constrangido Jack.

Estava parado à margem da multidão, um garoto pequeno e bronzeado com um braço mirrado e sem qualquer sinal de maldade em todo o corpo. Ele estava parado, aguentando aquilo, porque reagir não o levaria a lugar algum e porque se afastar implicaria que ele de fato se importava com a vergonha que lhe estava sendo imposta. Os garotos que o importunavam eram mais velhos, magros e musculosos, com sorrisos arrogantes.

Johnny se encolheu de repugnância quando viu o cuspe atingir as costas da camisa de Jack, mas sua raiva atingiu um pico quando viu o irmão de Jack, que estava parado a 3 metros dali e não fazia nada para deter aquilo. Estava rodeado de garotas bajuladoras, pelo menos quatro.

Johnny apontou.

— Está vendo aquilo?

Steve se inclinou para a frente.

— Gerald Cross? Sim, estou vendo. As garotas estão assim desde que assinou com a Clemson. Ele será profissional dentro de um ano. Seu contrato será de 10 milhões, no mínimo.

— Não estou falando dele.

— Do que, então?

— Posso ir lá embaixo?

Steve deu de ombros.

— Vá. Fique. Não sou seu pai.

Johnny desceu as escadas pisando firme, atravessou a porta da segurança e se enfiou na multidão. Sentiu cheiro de pizza e bife chamuscado, da aglomeração de corpos superaquecidos e, em algum lugar, de uma fralda que precisava ser trocada. Tomou a direção de Jack e ouviu seu nome ser sussurrado. Dedos apontados.

É aquele cara.

Levou um minuto para que Johnny entendesse, mas por fim compreendeu.

A história estava por toda parte.

No momento em que atravessou a praça de alimentação, uma dúzia de pessoas olhou para ele, que não se importou. Um dos veteranos estava dando golpes com a mão esticada como lâmina no braço enfermo de Jack, atingindo-o sob a porção carnuda do ombro, bem onde o osso poroso era menos protegido. Jack estava tentando disfarçar, mas Johnny viu que o amigo estava prestes a chorar.

Johnny abriu caminho como um touro entre o grupo e socou o mais velho o mais forte que pôde. Acertou a boca do garoto e sentiu pelos de bigode, dentes e a maciez madura de um lábio partido. O rapaz cambaleou para a esquerda, recuperou o controle e suas mãos subiram, com os punhos fechados. Ele recuou para desferir um soco, então reconheceu Johnny.

— Puta merda — disse.

Johnny fitou os olhos castanhos alarmados do rapaz, os dentes manchados e os cabelos compridos espetados com gel. O garoto cuspiu sangue e se afastou.

— Aberração maldita.

Johnny tremia de raiva, pelo silêncio de um longo ano e por todas as coisas que havia reprimido desde que acordou num quarto de hospital manchado de sangue. O veterano tomou o tremor por medo e começou a sorrir, olhando por sobre a cabeça de Johnny para a multidão que de repente os observava. Ele abaixou as mãos, tentou dissipar tudo aquilo com um riso.

— Calma, Pocahontas.

Ninguém mais riu. Johnny era uma celebridade do tipo mais sombrio, um menino estranho e selvagem com olhos bravios e negros. Ele vira coisas que nenhum garoto deveria ver. Havia perdido uma irmã gêmea, encontrado Tiffany Shore e talvez matado um homem.

Era fogo e estava pintado para a guerra.

Insano.

Johnny levantou um dos dedos, depois olhou nos olhos brilhantes e marejados do amigo.

— Vamos sair daqui.

Ele começou a se virar, mas viu Gerald, que estava parado a três fileiras de bancos dali, alto e corpulento, com cabelos louros-escuros e pele cor de argila temperada. Johnny puxou Jack atrás de si, e a multidão abriu alas. Ele parou diante de Gerald e viu como as garotas bonitas recuaram, e como Gerald parecia nu sem elas.

Johnny arrastou Jack e enlaçou-lhe o pescoço com um braço. Não viu como o amigo abaixou os olhos e curvou a coluna, não notou a vergonha, o medo e o breve tique nervoso. Gerald avultou-se sobre Johnny, 25 centímetros mais alto e 50 quilos mais pesado. Ele evocava suor de verão e a grama verde do campo esportivo, um herói em formação, mas ninguém que estivesse olhando poderia duvidar de quem estava no comando.

Johnny levantou o mesmo dedo e cutucou Gerald na carne do peito.

— Ele é seu irmão, babaca — disse ele. — Qual é o seu problema?

Os meninos seguiram através da aglomeração de pessoas silenciosas. Johnny olhava diretamente em frente e tentava evitar contato visual, mas viu uma pessoa que reconheceu, outro veterano, alto, com cabelos platinados e olhos grandes. Era o filho do detetive Hunt, Allen. O cara do rio. Sozinho, calçando botas com biqueira de aço e vestindo uma jaqueta jeans, estava encostado numa coluna no fundo da multidão. Um palito de dentes rolava entre seus lábios, e ele protegia os olhos. Quando Johnny olhou para ele, não piscou nem se moveu. Somente o palito de dentes. De um lado para outro.

A porta dos seguranças aceitou o cartão magnético que Steve havia lhe dado. Ela se abriu com um clique, e Johnny empurrou-a para entrar numa área fresca e aberta, que cheirava a umidade e cimento. Degraus subiam à direita, e debaixo deles havia um espaço baixo e cinzento. Jack atirou-se no chão, com as costas apoiadas na parede, os pés recolhidos. Johnny sentou-se ao lado dele. Chiclete deixava marcas escuras no chão. Um dos sapatos de Jack estava desamarrado e seu jeans, até os joelhos, tinha manchas de capim.

— Bem — disse Johnny. — Aquilo foi um saco.

Jack pôs seu rosto sobre os joelhos, e Johnny olhou para cima. Seus dedos exploraram um rebite, depois uma linha de solda. Quando a cabeça de Jack se ergueu, Johnny viu pontos úmidos que haviam tornado as manchas de capim negras.

— Como você entrou aqui?

— Tio Steve.

Jack inspirou rápido duas vezes, então enxugou o muco no braço ruim.

— Aqueles caras são uns babacas — disse Johnny.

Jack fungou.

— Comedores de merda.

— É. Cuzões.

Jack riu, expulsando o nervosismo, e Johnny relaxou.

— O que foi aquilo? — perguntou ele.

— Ele queria que eu dissesse algo — explicou Jack. — Eu não disse.

Johnny perguntou com o olhar, e Jack deu de ombros.

— Os campeões mandam, os aleijados mamam.

— O cuzão do Gerald. Como está seu braço?

Jack girou o braço à altura do ombro, depois pressionou-o junto ao peito. Ele apontou para o peito de Johnny. Ataduras eram visíveis acima dos botões.

— Você está sangrando, cara.

— Eu abri uns pontos.

Jack contemplou as bandagens.

— É da outra noite?

As ataduras escureceram. Johnny fechou mais a camisa.

— Eu devia ter ido com você, Johnny. Quando você me pediu ajuda, eu deveria ter ido.

— Não teria feito diferença — disse Johnny.

Jack bateu um punho na perna.

— Eu sou um mau amigo.

O punho soou como um martelo na carne.

— Eu sou... — Ele fez uma pausa, batendo novamente: — ... um mau amigo.

— Pare com isso.

— Eu não fiz nada por Alyssa.

— Você não podia.

— Eu vi acontecer.

— Não havia nada que você pudesse fazer, Jack.

Mas ele não escutou.

— Eu não fiz nada por você.

Bateu novamente, com mais força.

— Pare, Jack.

Jack parou.

— É verdade? — Ele olhou para Johnny. — As coisas que estão dizendo de você? Você sabe? — Ele fez um movimento diante do rosto, agitando os dedos.

Johnny sabia a que ele se referia.

— Algumas delas, eu acho.

— Que diabos, Johnny?

Johnny olhou para o amigo e soube, sem sombra de dúvida, que Jack jamais poderia entender a sua necessidade desesperada de acreditar em algo mais poderoso que suas duas mãos. Jack nunca experimentou o sentimento de perda ou medo. Ele nunca viveu o pesadelo que a vida de Johnny havia se tornado, mas não era estúpido, tampouco.

Johnny tinha de lhe dizer algo.

— Você se lembra daquele livro que lemos nas aulas de inglês? *O senhor das moscas*? Sobre aqueles meninos na ilha deserta e como eles se tornaram selvagens sem adultos por perto para lhes dizer para não agir assim. Eles fazem lanças e se pintam com sangue. Correm desvairados pela selva, caçam porcos, batem tambores. Você se lembra?

— Lembro. E daí?

— Um dia eles eram normais, no outro, as regras já não importavam. Eles fizeram suas próprias regras, suas próprias crenças. — Ele fez uma pausa. — Às vezes eu me sinto como aqueles meninos.

— Aqueles garotos tentaram matar uns aos outros. Eles ficaram loucos.

— Loucos?

— É.

Johnny deu de ombros.

— Eu realmente gosto daquele livro.

— Você é um idiota.

— Talvez.

Jack pegou um fio solto do seu jeans, olhou em volta para o concreto e os degraus.

— Pensei que você odiasse o seu tio Steve.

Johnny explicou sobre o Serviço Social e o detetive Hunt.

— É por isso.

— Eu não acharia aquele policial nada de mais — disse Jack.

— O que você quer dizer?

Jack acenou uma das mãos.

— Coisas que ouvi do meu pai. Coisas de policiais.

— Como o quê?

— Dizem que ele está caído pela sua mãe. Que eles têm... Você sabe.

— Besteira.

— É o que o meu pai diz.

— Então o seu pai é um mentiroso.

— Provavelmente é.

Um silêncio caiu sobre eles. Sentiam-se pouco à vontade um na companhia do outro pela primeira vez.

— Quer passar a noite lá em casa? — perguntou Johnny. — É só a casa do Steve, mas, você sabe...

— Meu pai não vai me deixar ficar com você.

— Por que não?

— *O senhor das moscas*, cara. Ele acha que você é perigoso.

Jack inclinou a cabeça contra a parede. Johnny fez o mesmo.

— Perigoso — continuou Jack. — Perigoso é legal.

— Não se não podemos andar juntos.

Eles caíram em outro longo silêncio.

— Eu realmente gostava do seu pai — disse Jack. — Ele me fazia sentir como se o braço não importasse.

— E não importa.

— Eu odeio minha família.

— Não, não odeia.

Jack abraçou os joelhos, e seus dedos ficaram brancos de tão forte que ele os apertava.

— Você se lembra do ano passado? Quando quebrei meu braço?

O braço era fraco, fraturava com facilidade. Johnny se lembrava de pelo menos três vezes que Jack usara gesso. No ano anterior, porém, havia sido grave, com fraturas em quatro lugares. Para curá-lo foram necessárias mais cirurgias: parafusos e pinos e outras peças de metal.

— Eu me lembro.

— Foi Gerald quem fez aquilo. — A mão mirrada dançou na ponta do punho estreito. A voz de Jack ficou cavernosa. — Foi por isso que meu pai me deu a bicicleta nova.

— Jack...

— Por isso eu nunca a pedalei.

— Que merda, cara.

— Eu odeio a minha família.

CAPÍTULO 28

Hunt estava parado no escritório do Chefe. Bandeiras enfeitavam os cantos da sala, e numa parede havia retratos de seu chefe com vários funcionários do estado: o vice-governador, um ex-senador, um ator barato que parecia vagamente conhecido. Fotografias de seus filhos estavam distribuídas a intervalos sobre o aparador. O jornal local estava largado em cima da mesa. Também os jornais de Wilmington, Charlotte e Raleigh. O retrato de Johnny estava na primeira página de cada um deles. Cara pintada e penas, sangue e ossos.

Um índio selvagem.

O Chefe preenchia sua cadeira, recostado, as mãos cruzadas sobre a barriga. A raiva escavava rugas profundas nos cantos de seus olhos. Estava cansado, com cabelos sujos que reluziam em sua testa. O xerife do condado, um homem magro na faixa dos 60, com a pele rachada nos nós dos dedos e bolsas sob os olhos, estava encostado na parede. Ele era xerife havia quase trinta anos e era temido por seu temperamento tanto quanto respeitado por suas habilidades. Ele estudava Hunt com seus olhos escuros e impenetráveis e não parecia mais feliz que o Chefe.

Hunt recusou-se a vacilar.

— Você faz ideia — começou o Chefe — de quantas pessoas trabalham para esse departamento? Quantos oficiais, quantos aspirantes?

— Eu estou bem inteirado.

O Chefe apontou para o xerife.

— E no departamento do xerife? Alguma ideia?

— Muitos, tenho certeza.

— E como você acha que essas pessoas se sentiriam se deixássemos você fuçar seus arquivos pessoais? Suas informações pessoais confidenciais?

— Eu tenho motivos para acreditar...

— Nós vimos os seus motivos. — A voz do xerife cortou o ar da sala. Ele mudou de posição, mas manteve o ombro na parede, os polegares enfiados no cinto preto e pesado. — E nenhum de nós pode entender *o que* aquela palavra quer dizer. Talvez seja "policial", mas talvez seja outra coisa. Talvez esse garoto esteja equivocado.

O Chefe se inclinou para a frente.

— Ou completamente errado.

— Ou louco como um rato de privada.

Hunt fitou o xerife.

— Eu respeitosamente discordo.

— Você é algum perito agora? — O Chefe bateu com um dedo nos jornais. — É só olhar para ele.

A fotografia condenava o garoto ao julgamento precipitado: penas, cabelos revoltos, Tiffany congelada de terror, e os olhos dele chocados até a completa estupefação.

— Eu entendo o que a aparência indica, mas esse é um garoto esperto. Se ele acha que viu um policial, há uma razão para isso.

O xerife interrompeu.

— O garoto alega que fantasiou. Você mesmo disse. Ora, é só isso que eu realmente preciso saber.

— Ele está preocupado que o Serviço Social o tire da única família que lhe restou. Ele acha que um policial estava envolvido com Burton Jarvis. — Hunt não conseguia conter sua frustração. — Ele está aterrorizado. Está se protegendo.

— Você tem algum outro motivo, além desse garoto, para pensar que um dos nossos, um policial, pelo amor de Deus, possa estar envolvido nessa sujeira profana?

— As algemas de Tiffany Shore eram propriedade da polícia.

— E podem ser encontradas em qualquer loja de armas decente — afirmou o xerife.

— É uma forte evidência circunstancial, especialmente combinada com as observações de Johnny.

— Nós terminamos de discutir as observações daquele garoto — disse o Chefe.

— Há alguma coisa que ligue as algemas de Tiffany Shore a algum departamento? — O rosto do xerife mal se moveu. — Números de série? Qualquer coisa?

— Não.

— Alguma coisa na cena do crime? No passado de Jarvis? Na propriedade dele?

— Não. Mas, na pior das hipóteses, o garoto identificou um predador perigoso que até então havia se esquivado à detecção. Os arquivos são um lugar lógico para começar. Se ele estiver certo, então nós tiramos um cara mau das ruas. Se estiver errado, nenhum dano será feito.

— Nenhum dano? Pelo amor de Deus, Hunt. — O Chefe espalmou as mãos carnudas sobre a mesa. — Dar acesso a você àqueles arquivos iria irritar cada funcionário que tenho e provavelmente violar mais leis trabalhistas do que me dou o trabalho de contar. Sem mencionar o problema de imagem que teríamos se isso vazasse.

— E vazaria — disse o xerife.

— O garoto já me fez parecer um imbecil em cadeia nacional, e você, meu chefe de detetives, meu braço direito, ou pelo menos foi o que me disseram, você conseguiu arrastar esse departamento para uma demanda judicial com um dos mais respeitados homens de negócios dessa cidade.

— Aquele processo é uma bobagem, e você sabe disso.

O Chefe contou nas pontas dos dedos.

— Brutalidade policial. Constrangimento. Inflição intencional de estresse emocional. Falsa detenção. Algo mais? Estou ficando sem dedos.

— Pode haver um pedófilo com um distintivo correndo solto por esse condado. Essa é a questão, e deveria preocupar vocês dois. Ignorar tal possibilidade põe crianças em futuros riscos. *Vocês* — Hunt salientou a palavra e repetiu-a —, *vocês* estariam pondo crianças em futuros riscos.

O Chefe levantou-se da cadeira.

— Se você repetir qualquer coisa parecida com isso fora desse escritório, eu vou comer seu fígado.

— Ignorar o problema não vai fazer com que ele desapareça.

— Já basta.

— Se outra criança sumir por preocupações com conveniências de relações públicas...

— Por que estamos ouvindo esse filho da puta? — intimou o xerife. — Se perdermos outra criança, será por causa da incompetência dele. Isso é o fim da picada, e todo mundo sabe disso. É só olhar para ele, pelo amor de Deus.

Hunt ficou indignado, e o Chefe tentou acalmar os ânimos de todos.

— Jarvis está morto. Tiffany está a salvo. É isso que importa.

O xerife deu uma gargalhada.

— Graças a uma menina de 12 anos e a um vagabundo de 13.

— Da minha gente trato eu — disse o Chefe, e encarou o xerife. — Fui claro?

O xerife retornou ao seu posto e apontou o dedo para Hunt.

— Bem, diga ao seu superpolicial para ficar de olho na bola. Porque acho que ele a está perdendo. Acho que ele está tentando melhorar a própria imagem atirando outros policiais na lama. Minha gente. Sua gente. Nós, pelo que posso ver.

O Chefe levantou uma das mãos e falou com Hunt, e um rubor subiu pelo seu pescoço quando fez isso.

— Estamos claros sobre esse assunto de policiais pedófilos? Eu não quero ouvir uma maldita palavra sobre isso.

— Acho que o seu argumento está dolorosamente claro.

— Ótimo. Porque você deveria estar investigando as circunstâncias da morte de David Wilson, Levi Freemantle e os associados *conhecidos* de Jarvis. Não devaneios. Nenhum talvez. *Conhecidos*, no sentido real. Se alguém mais está envolvido com Jarvis, esse é o meio de descobrir. Eu quero todas as pontas soltas amarradas. Vamos reconsiderar o seu pedido de examinar os arquivos pessoais se e quando Johnny Merrimon decidir falar a respeito do que viu.

— Se é que viu — disse o xerife.

— Se é que viu — concordou o Chefe. — O que viu. Como aconteceu. Todas as coisas costumeiras que nós, policiais, gostamos de ouvir antes de sairmos por aí apontando a arma. Está claro, detetive?

— Sim.

— Então caia fora daqui.

Hunt não se moveu.

— Há mais uma coisa, acho.

— Você acha? — O sarcasmo do xerife era pronunciado.

— O caso Freemantle.

— Você o encontrou? — perguntou o Chefe.

— Ainda não.

— Então o que há?

— Temos a identificação dos corpos: a namorada de Freemantle e um cara com quem ela provavelmente estava dormindo. Estamos bastante convencidos de que Freemantle fez isso. A entrada não foi forçada. Parece intempestivo. Crime passional, talvez. Achamos que ele entrou e os surpreendeu.

— Intempestivo — disse o xerife. — Palavra difícil.

— Freemantle deixou um trabalho designado naquela manhã. Com certeza foi diretamente para casa e os apanhou em flagrante. Seu agente de condicional diz que a namorada era uma bela piranha.

— Ótimo. Um caso bom e tranquilo. Eu gosto disso.

Hunt inspirou fundo.

— Eles tinham uma filha.

— E daí? — O corpo inteiro do Chefe se inflou.

— Ela está sumida.

— Não. — O Chefe se levantou. — Não, não está.

— O quê?

O Chefe manteve a voz calma e uniforme, mas havia uma ferocidade nas entrelinhas.

— Ninguém registrou ocorrência de pessoa desaparecida. Ninguém nos chamou para pedir ajuda.

— Isso não significa que não seja verdade.

— Ela poderia estar com parentes, uma avó, uma tia. Levi Freemantle provavelmente está com a garota. Ele é o pai, não é? Ele não perdeu o direito de custódia ainda.

Hunt se levantou, enraivecido.

— Você vai simplesmente ignorar isso?

— Ignorar o quê? — O Chefe virou as palmas das mãos para cima. — Não há nada a ignorar. Não há um caso.

— Entendi — disse Hunt.

— Entendeu mesmo? — A ferocidade tornou-se uma ameaça implícita.

— Ninguém quer outra criança desaparecida, por isso você vai enterrar isso. Você varre a poeira para baixo do tapete e finge que não existe problema.

— Se você deixar escapar uma só palavra a respeito de outra criança desaparecida...

— Eu já estou farto das suas ameaças.

O Chefe se empertigou.

— Não está farto do seu distintivo?

— Quero que pense bem nisso — disse Hunt.

— E se eu não pensar?

Hunt olhou para o xerife, depois para o Chefe.

— Acho que seria ruim para todos nós.

CAPÍTULO 29

Johnny foi para o apartamento de dois quartos do tio Steve. Era um lixo, até mesmo visto do lado de fora. Steve abriu a porta e pareceu constrangido.

— Isso serve? — perguntou ele.

Johnny sentiu cheiro de cerveja e roupas sujas.

— Claro.

Steve mostrou o quarto a Johnny e fechou a porta quando ele pediu. O quarto tinha uma cama de solteiro com mesinha e abajur. Um armário. Uma cômoda. Mais nada. Johnny largou a mochila e a abriu. Pôs a fotografia dos pais em cima da mesa, depois abriu a camisa e examinou as ataduras. Pontos vermelhos haviam se infiltrado numa linha diagonal de 20 centímetros. Era o pior dos cortes, mas o sangue estava seco, e Johnny supôs que ficaria bem. Ele se abotoou.

Ao anoitecer, Steve pediu uma pizza, e eles comeram diante de um *game show* que ele descreveu como de natureza educativa. Depois disso, Steve pôs as mãos nos joelhos, parecendo constrangido.

— Eu tenho uma amiga...

Seus dedos se mexiam no tecido da sua fina calça de *polyblend*.

— Eu ficarei no meu quarto. Ou você pode sair, se quiser. Eu não vou me importar.

— Sair?

— Claro.

— E quanto ao Serviço Social?

— Se eles vierem, não vou atender a porta. Podemos dizer que saímos para jantar.

Steve olhou para o telefone, depois para a porta. Johnny facilitou as coisas para ele.

— Já fiquei sozinho um monte de vezes. Você não precisa se preocupar.

O alívio suavizou as linhas duras da boca de Steve.

— Só vou sair por algumas horas.

— Eu tenho 13 anos.

Steve se levantou e apontou. A unha de seu dedo estava castanha e quebrada.

— Fique longe das minhas coisas — disse ele.

— Claro.

— E não deixe ninguém entrar.

Johnny fez solenemente que sim com a cabeça e viu que Steve ainda precisava de ajuda.

— Eu provavelmente vou apenas ler. Dever de casa, você sabe.

— Dever de casa. Boa ideia.

Steve saiu, e Johnny observou-o até chegar na calçada. Depois foi examinar as coisas do tio. Metodicamente. Com cuidado. Não sentiu culpa nem remorso. Se Steve fosse ficar chapado ou bêbado, Johnny queria saber. O mesmo valia para armas, facas e bastões de beisebol.

Johnny queria saber onde estavam.

Se a arma estava carregada.

Ele encontrou vodca no freezer, uma trouxa de maconha numa caçarola. O computador era protegido por senha, o arquivo de gavetas, trancado. Ele descobriu uma faca de caça no chão do guarda-roupa e um manual de sexo na prateleira. Uma porta interna dava da cozinha para a garagem, onde ele encontrou uma picape com pneus carecas e riscos na pintura branca suja. Johnny parou sob a luz forte e passou as mãos pela capota, pelos para-lamas encrostados de lama. A caminhonete era velha, batida, mas tinha ar nos pneus, e o ponteiro do mostrador subiu quando ele girou a chave para consultar o combustível. Parou em meio ao cheiro de garagem e pensou intensamente nas coisas que provavelmente não deveria fazer; mas dois minutos depois estava sentado na mesa da cozinha, com a chave da caminhonete diante dele e a lista telefônica aberta.

Levi Freemantle estava na lista.

Johnny conhecia a rua.

Ele apanhou a chave, mas deu um salto quando o telefone tocou. Era sua mãe, e estava perturbada.

— Você está sendo um bom menino?

Johnny apanhou a chave e examinou-a sob a luz.

— Sim.

— Essa situação é apenas temporária, querido. Você precisa acreditar nisso.

Johnny ouviu um ruído na linha, um estrondo.

— Eu acredito.

— Eu amo você, filho.

— Eu também te amo.

Outro som.

— Eu tenho de ir — disse ela.

— Você está bem?

— Seja um bom garoto.

Ela desligou.

Johnny contemplou o fone, depois colocou-o no gancho. A chave estava quente na sua mão.

Ninguém precisava saber.

CAPÍTULO 30

Katherine pôs o telefone no chão, perto de sua perna. Em contato com as suas costas, a porta da frente era dura e fria. Fazia força contra ela, ao mesmo tempo em que um punho a esmurrava pelo lado de fora.

— Vá embora, Ken!

Acima dela, a fechadura se manteve firme. Outro golpe, mais baixo. Um chute.

— Você é minha namorada. Essa é minha casa.

— Eu mudei as fechaduras!

— Abra a maldita porta!

— Eu vou ligar para a polícia. Juro que vou.

A porta estremeceu com sucessivos golpes; a maçaneta girou, mas continuou firme.

— Eu só quero conversar!

— Estou discando.

Era mentira.

Silêncio, súbito e completo. Ela prendeu a respiração e escutou. Imaginou o ouvido dele próximo à porta, as pontas dos dedos pressionadas até ficarem brancas contra a pintura suja. O silêncio se prolongou. Dez segundos. Um minuto. Ela gritou quando ele chutou a porta uma última vez. Depois sentiu as vibrações enquanto ele descia os degraus. O carro dele deu a partida, e os faróis apunhalaram as cortinas de renda esfarrapadas quando ele contornou o terreno e acelerou pela estrada.

Ela desabou de encontro à porta, tremendo tão violentamente que sua mandíbula doeu. Ele estava bêbado ou chapado de cocaína. Mas ela havia tomado uma decisão. Johnny em primeiro lugar. Nada de bebidas, nada de comprimidos. E isso significava nada de Ken Holloway.

Katherine mordeu o pulso. Pelo menos Johnny não estava ali. Pelo menos ele estava em segurança.

Ela esperou até seu coração desacelerar e sua respiração se acalmar. Cinco minutos. Talvez dez. Ela estava prestes a se levantar quando ouviu um movimento furtivo no jardim: pés sobre as pedras, terra nua sendo raspada. O medo a paralisou tanto que ela literalmente não conseguia respirar. Do lado de fora, uma velha tábua se curvou ao som do vento numa árvore seca. Peso na varanda. Um baque surdo na porta, muito abafado. Katherine ouviu o degrau debaixo ranger e depois o silêncio.

Total e aterrorizante silêncio.

Ela segurava o telefone, mas decidiu que a polícia não era boa o bastante. Queria Hunt, confiava nele. Mantendo-se abaixada, ela foi até a cozinha. O cartão dele estava na gaveta de cima. Ele respondeu ao primeiro toque. Ela falou num sussurro.

— Não abra a porta — disse ele. — Não importa o que aconteça. Eu farei com que um carro chegue aí antes que você perceba.

Ela manteve o telefone na mão mesmo depois que os dois desligaram. Rastejou até a janela e arriscou uma olhadela. Viu sombras e árvores, o atrito entre luz e escuridão enquanto nuvens baixas corriam diante da lua nascente. Nada na rua. Nada no quintal. Ela se inclinou para a direita e encostou a face no vidro. Viu parte da varanda, mas não o suficiente. Novamente na porta, ela apurou o ouvido e escutou o som de algo arranhando, como um garfo em papel encerado. Ouviu isso duas vezes, fracamente, depois o inconfundível som de um choro abafado. Tênue. De algum modo familiar.

Ela escutou novamente. Vinha do lado de fora da porta. Na varanda.

Katherine olhou para o telefone, depois ouviu o choro novamente. Por um segundo intenso, achou que fosse um bebê. Alguém havia deixado um bebê na varanda; mas isso era loucura, ela sabia. Porém o som veio novamente, e sentiu seus dedos no trinco, um das mãos na maçaneta.

Ela gelou, pensando em Ken.

A distância, um motor deu a partida. O som aumentou e depois vagou para o sul. O choro veio novamente, e ela sentiu o ar soprar no rosto enquanto a porta se abria até o comprimento da corrente de segurança. Ela não se lembrava de ter tomado a decisão de abri-la.

Na varanda, havia uma caixa de papelão selada com fita adesiva. Um envelope estava pousado em cima dela. A caixa se mexeu, e o som partiu de dentro dela com mais clareza. O nome de Johnny estava escrito no envelope.

— Ah, meu Deus.

Ela examinou o jardim, que estava vazio, e deu um passo para fora. O envelope não estava fechado e havia um único pedaço de papel dentro. A mensagem era impressa e sem assinatura.

Você não viu ninguém. Não ouviu nada. Mantenha a maldita boca fechada.

Katherine fitou a caixa com terror. Ajoelhou-se e descolou a faixa de fita prateada, que saiu com um som rasgado. Dentro havia um gato. Vivo.

Suas costas estavam fraturadas.

Katherine caiu dentro da casa, paralisada de medo, e um pensamento preencheu sua mente.

Johnny.

Ela teclou com força o número do apartamento de Steve, mas errou. Tentou novamente, com os dedos desajeitados.

— Por favor, meu Deus — disse.

O telefone tocou seis vezes, dez, mas ninguém respondeu. Sentindo um medo mortal, ela desligou. Depois ligou novamente para Hunt.

CAPÍTULO 31

Johnny abriu a porta da garagem e deu a partida na caminhonete. Funcionou a custo e exalou fumaça azul, mas era dirigível. Ele se manteve nas ruas secundárias até atingir a via de quatro pistas, depois pisou no acelerador e a caminhonete sacolejou sob ele. Diminuiu a marcha ao se aproximar da Main Street, então virou à direita por uma rua de mão única para evitar o tráfego.

Dirigiu devagar. Os bairros se tornavam empobrecidos à medida que ele se aproximava dos trilhos. Johnny ouviu música e vozes altas, assim como o estrondo de uma porta mal-alinhada sendo fechada. Encontrou a Huron Street e virou à esquerda. Carros estacionados atravancavam a rua estreita, e vidros cintilavam na sarjeta. O mato crescia alto nas rachaduras da calçada, e um cão explodiu contra ele, saído da escuridão. Era um trecho de terra sobre o asfalto, uma linha entrecortada que se interrompia bruscamente ao final de seu percurso. Johnny seguiu em frente, mas havia outros cães em outros quintais. Ele imaginou dedos puxando cortinas delgadas, pessoas tingidas pelo azul da televisão enquanto se curvavam para espiar pelas janelas imundas. E não era apenas imaginação. À esquerda, um homem atravessou a porta da frente e saiu para a varanda. Tinha pés muito brancos, usava jeans sem camisa e tragava o cigarro preso entre os lábios. Johnny não se importou com ele e prosseguiu.

A casa de Freemantle materializou-se à frente e à direita. Era um volume sem luz cravado num lote escuro. Atrás dela, cascalho sem cor se derramava pelo barranco que levava aos trilhos. Johnny sentiu cheiro de creosoto, poeira de rocha e óleo. Ele estacionou no meio-fio e desligou o motor. Atrás dele, numa casa cor de mostarda, um bebê chorou.

Johnny saiu do carro, e o bebê ficou quieto. Os cães se acalmaram. Ao pisar no quintal de Freemantle, viu a fita amarela pendurada entre as vigas que sustentavam o telhado da varanda. Depois de passar por baixo dela, pôs as mãos em concha em volta do rosto e tentou enxergar o lado de dentro. Nada. Mais escuridão. Johnny abaixou mais fitas amarelas. A porta se abriu ao seu toque. Johnny entrou, mas não havia ninguém. A casa estava vazia. Ele acendeu as luzes e viu sangue na parede.

Isso o assustou.

Era real.

O sangue era preto e formava raias. Pó cinzento manchava os interruptores e as maçanetas. No quarto dos fundos, o sangue era pior, assim como o cheiro. Oleoso e espesso, grudava na garganta. Sangue seco estendia-se como um deserto sobre o assoalho. Fitas demarcavam onde os corpos haviam caído.

Dois corpos.

Um deserto de sangue.

Johnny virou-se e correu para a porta da frente. O corredor se estreitou, e sua sombra se distorceu enquanto ele corria. A porta estava aberta, um vazio inclemente e negro com uma fita amarela que estapeou seus braços. Ele saltou para fora da varanda, caiu de mau jeito e esfolou a pele das palmas. Tropeçou mais uma vez, depois engatou a marcha da caminhonete e caiu fora dali. Os cães se alvoroçaram para mandá-lo embora.

Hunt atravessou a cidade como uma bala. Venceu a última colina a 130 quilômetros por hora e sentiu o carro se levantar nos amortecedores; depois desceu a ladeira, o pé no acelerador até o ponteiro subir para 140. Ele deu uma freada brusca no acesso de veículos de Katherine, virou à direita e parou.

Havia luzes acesas na casa. A escuridão se avolumava entre as árvores.

Não havia nenhum carro de polícia.

Hunt desembarcou correndo, a luz azul piscando atrás da grade do radiador de seu carro. Ele examinou a linha das árvores e o quintal, uma das mãos na arma guardada no coldre. Estava tudo quieto e imóvel; a varanda parecia oca sob seus pés. Ele bateu forte na porta, sentiu movimento dentro da casa e deu um passo para trás, examinando mais uma vez o quintal às suas costas. O trinco foi desengatado e a porta se entreabriu, depois se escancarou. Katherine Merrimon parou sob a luz, borrada de lágrimas e com uma faquinha de desossar de 20 centímetros presa entre dedos apertados até os ossos.

— Katherine...

— Alguma notícia de Johnny?

Hunt cruzou a porta.

— Já mandei um carro ao apartamento de Steve. Provavelmente já está lá. — Hunt estendeu a mão. — Posso ficar com a faca?

— Desculpe.

Ela a entregou, e Hunt colocou-a sobre o balcão.

— Você está bem — disse ele. — Tenho certeza de que Johnny também está.

— Ele não está bem.

— Ainda não temos certeza de nada.

— Eu quero ir até a casa de Steve.

— E iremos. Prometo. Apenas sente-se por um minuto.

Ele a levou até o sofá e depois endireitou o corpo. A caixa estava sobre a mesa.

— É aquela? — perguntou Hunt.

Ela fez que sim.

— Acho que o bicho está morto agora.

Hunt se aproximou da caixa, viu a fita adesiva rasgada e, ao lado dela, um envelope e uma folha de papel.

— Eu não pude deixá-lo lá fora — disse Katherine. Hunt usou uma caneta para levantar as abas da caixa. Um véu embaçava os olhos do gato. Sua língua estava projetada para fora.

— Está morto.

Hunt fechou as abas, depois leu o bilhete: *Você não viu ninguém. Não ouviu nada. Mantenha a maldita boca fechada.*

Katherine atravessou a sala e se pôs ao lado dele, olhando para baixo. Estava tremendo.

— Você acha que Ken fez isso? Apareceu dez minutos depois que ele partiu.

— Eu duvido.

— Você parece ter certeza.

— Não tenho, mas não parece certo. Por que sair e depois voltar? Por que se anunciar daquele jeito? E por que fazer isso, em primeiro lugar?

— O que isso quer dizer? — perguntou Katherine.

Hunt leu as frases novamente.

— Acho que tem a ver com Burton Jarvis.

— O quê?

— A cobertura dos jornais foi extensa. — Ele a olhou nos olhos. — Você viu as anotações de Johnny?

— É claro.

— Ele esteve lá, Katherine, na casa de Jarvis. Não importa o que ele queira que eu acredite, Johnny esteve lá várias vezes.

— Alguém pensa que foi visto por Johnny?

— Johnny identificou cinco dos seis homens que visitavam Jarvis com frequência. Apenas cinco.

— E o sexto?

— O sexto foi cuidadoso. Ele mudou as placas do automóvel três vezes, pelo que sabemos. Está preocupado que Johnny possa identificá-lo.

— Você está falando do policial?

— Nós não sabemos se ele era um policial.

— Johnny acha que era.

— Ele está enganado. Tem de estar.

— Mas e se não estiver?

Hunt não tinha resposta. Em lugar de uma, ele ofereceu a mão.

— Vamos encontrar o seu filho.

Era tarde quando Johnny entrou no condomínio de Steve. Ele deu voltas entre os edifícios, fez a última curva à esquerda e parou 100 metros antes. A van de Steve estava de volta. Havia carros de polícia estacionados na rua diante de seu apartamento. O carro de Hunt estava ali também. Isso significava o Serviço Social.

Johnny amaldiçoou a si mesmo. Devia ter voltado mais rápido. Não devia ter saído, para começar. Eles o levariam embora para sempre agora. Tão certo quanto a morte. Tão certo quanto se pode estar.

Ele desligou o motor e abriu a porta. Um grupo de pinheiros se erguia à direita da via, a meio caminho do edifício. Johnny encostou o ombro no metal quente, moveu-se entre automóveis estacionados até que as árvores estivessem próximas, depois correu a toda para se esconder. Mergulhou num leito de espinhos, ergueu-se e se arrastou para o bolsão mais escuro que conseguiu encontrar.

Jack já estava lá.

— Que droga, Johnny! Você me assustou.

Johnny sentiu cheiro de bourbon no amigo e viu a garrafa agarrada ao peito dele.

— O que você está fazendo aqui, Jack?

Jack mudou de posição, sentando-se encostado no tronco de um pinheiro.

— Onde mais eu estaria?

— Você sabe o que está acontecendo?

Jack apontou para os carros de polícia.

— Quando cheguei aqui, foi isso que encontrei.

— Como você chegou aqui?

— Andando.

— São 6 quilômetros.

Jack deu de ombros.

— Você está bêbado? — perguntou Johnny.

— Você está me pregando um sermão?

— Não.

— Está parecendo um pouco carola.

Johnny ignorou a zombaria.

— Minha mãe está aí?

— Acho que a vi uma vez. A verdade é que não sei com certeza. Estava só esperando você.

Johnny se aproximou da beira das árvores. Jack assobiou para ele.

— Não faça isso, Johnny. Pelo que sei, meu velho está lá também. Eu não posso aguentar isso.

— O seu pai?

— Ele está tentando causar boa impressão. Trabalhando além do horário, e tudo mais. Ele quer ser detetive de primeiro escalão quando Gerald virar profissional. — O garoto tomou um gole da garrafa. — Como se importasse.

Johnny deslizou de volta para a obscuridade. Jack estava falando enrolado, escorregando do tronco. Mal podia sentar-se ereto.

— O que há com você? — perguntou Johnny.

— Nada.

Mal-humorado. Johnny voltou sua atenção de novo para o apartamento.

— Se quer saber... — falou Jack alto demais.

— Quieto, Jack! Meu Deus.

Jack abaixou a voz.

— Se você quer saber, eu tive uma briga com meu pai. Alguém ligou para ele contando o que aconteceu no shopping.

— Me deixe adivinhar. Ele ficou do lado de Gerald.

Jack fez que não.

— Eu esperava isso, de qualquer forma. Foi a respeito de você. Ele disse que não podíamos mais ser amigos, disse que aquilo era um alerta oficial. O último alerta.

Jack fez um gesto de desprezo com a mão e levantou-se cambaleando.

— Mas não se preocupe. Eu disse para ele ir se foder.

— Você não fez isso.

Ele levantou a garrafa.

— Fiz algo tão bom quanto.

Johnny observou a janela com atenção.

— Se eu entrar lá, eles vão me levar embora de verdade.

— Quem?

— O Serviço Social. Eles vão me tirar da casa de Steve e me trancar com algum arrogante metido a salvador da pátria que vai me fazer tomar banho três vezes ao dia e me impedir de sair de casa.

— Isso ou alguém atrás de um cheque do governo. Eles vão alimentar você a pão e água. Vão fazer você dormir no chão. Vão fazer você de escravo.

— Cale a boca, Jack.

— Estou falando sério.

— Não, você não está.

Jack cambaleou para mais perto e espremeu os olhos para as janelas. Quando voltou a falar, foi realmente sério:

— Eles devem estar preocupados. Sua mãe e todos os outros.

— Eu não posso pensar nisso agora.

— Por que não?

Johnny pegou Jack pela camisa e puxou-o.

— Venha — disse.

— Aonde?

— Apenas venha.

Ele marchou com Jack até a caminhonete.

— Espere aqui.

— Cara...

Mas Johnny não deu ouvidos. Ignorando os carros de polícia, ele tentou abrir a porta da van de Steve. Trancada. No jardim, pegou um tijolo solto da beira da calçada. Caminhou diretamente para a van, com o tijolo na mão direita. Espatifou a janela da van, enfiou a mão dentro dela e abriu o porta-luvas.

Na caminhonete, arrancou a garrafa das mãos de Jack e atirou-a no escuro. Entregou a Jack a caixa de balas.

— Segure isso.

— O que é?

— E isso.

Ele enfiou a pistola nas mãos do outro.

— Ah, merda.

Johnny abriu a porta e dirigiu um olhar duro para o amigo.

— Você vem dessa vez?

— Ai, cacete — disse Jack, e Johnny deu a partida na caminhonete.

Johnny respeitou o limite de velocidade, depois estacionou no alto da colina. Atrás deles, a estrada estendia-se até a casa do menino.

— O que estamos fazendo?

— Preciso pegar algo.

— Você acha que tem alguém lá?

— Só há um jeito de descobrir.

Eles desceram a ladeira, e a casa surgiu à direita. Algumas luzes acesas. Nada na entrada da garagem. Ele diminuiu a marcha e desligou o motor. O ar da noite estava parado. Nada se movia na casa.

— Parece vazia. — Johnny desembarcou e tentou usar sua chave na porta da frente. — Não serve — falou.

— É a chave certa?

Johnny tentou novamente.

— Ela deve ter trocado as fechaduras.

— Por quê?

— Holloway, eu acho.

— Isso é bom, não é?

— Se for isso mesmo.

— Bem... — Jack olhou em volta, e Johnny atirou uma pedra na vidraça. — Meu Deus, Johnny! Da próxima vez me avise.

— Desculpe.

— Quem é que atira uma pedra na própria janela?

Johnny virou-se para o amigo, e sua voz soou intensa:

— Você não entende? — Ele apontou para a estrada, na direção de onde tinham vindo. — A polícia sabe que eu fugi da casa de Steve, portanto com certeza chamaram o Serviço Social. Eu não quero nem pensar onde eles vão me pôr. Vão me trancar lá e pronto. Não tem volta.

— Hã? — Jack estava bêbado.

Johnny agarrou os ombros dele e apertou-os.

— Essa pode ser minha última chance de encontrá-la. Você acha que eu me importo com a janela de Ken? Com a van de Steve? Nada disso importa.

Johnny soltou o amigo com tanta força que ele cambaleou. Então, apanhou um galho quebrado e usou-o para tirar os estilhaços da janela. Quando atirou o galho fora, garantiu que Jack soubesse quem estava no comando.

— Espere aqui — disse. — Fique de olho aberto.

Ele pulou a janela quebrada e acendeu a luz. O lugar parecia o mesmo, mas provocava uma sensação diferente. Uma pontada de perda atingiu-o no coração, mas ele a ignorou. Indo primeiro ao quarto de sua mãe, abriu a gaveta da mesa de cabeceira e tirou o dinheiro que encontrou ali. Duzentas pratas, mais ou menos. Pegou duas notas de 20 e pôs o restante de volta. No seu quarto, abriu sua mochila e enfiou nela roupas e um cobertor. Do armário, tirou duas jaquetas, uma de jeans e a outra de sarja. Voltando-se para a cama, apanhou seu exemplar de *História ilustrada do condado de Raven*. O livro caiu aberto na página dedicada a John Pendleton Merrimon, cirurgião e abolicionista. Por um segundo, tocou o retrato do homem de quem herdara o nome, depois virou a página. O título dizia: "O Manto da Liberdade: o Primeiro Escravo Liberto do Condado de Raven." Era a história de Isaac Freemantle, e havia um mapa.

No mapa havia o rio e uma trilha.

A trilha levava a certo lugar.

Johnny fechou o livro e enfiou-o na mochila.

A arma ficou em cima do volume encadernado

Na cozinha, encontrou comida enlatada e manteiga de amendoim, uma grande lanterna e uma caixa de fósforos. Apanhou pão da prateleira, duas latas de refrigerante de uva da geladeira. Por um instante, considerou a possibilidade de escrever um bilhete para a mãe, mas o momento passou. Se ela soubesse o que ele estava planejando, se preocuparia ainda mais. Ele foi para fora e atirou a jaqueta de sarja para Jack.

— Tome.

Johnny vestiu a jaqueta de jeans. Jack estava começando a ficar sóbrio. Johnny viu isso em seu rosto úmido e consternado, no modo extenuado com que olhou para aquele trecho solitário de estrada.

— Você não precisa ir — disse Johnny. — Eu posso fazer isso sozinho.

— Johnny, cara. Eu nem mesmo sei o que você está fazendo.

Johnny olhou para a mata densa atrás da casa. Pensou na arma que fazia peso na mochila.

— Eu contarei quando você estiver sóbrio. Então, se ainda quiser, poderá ir comigo.

— Para onde vamos agora?

— Acampar.

Jack ficou pasmo, e Johnny pôs uma das mãos no seu ombro. Sua boca era uma linha reta, seus olhos, muito brilhantes.

— Pense nisso como uma aventura — completou.

CAPÍTULO 32

Hunt parou junto à lareira e observou, atento, Katherine Merrimon. Ela estava sentada no sofá da sala de estar de Steve, trêmula e ansiosa. A cada intervalo de alguns minutos, ela se levantava e olhava fixamente pela janela. Yoakum estava na cozinha. Cross também estava lá. Steve andava de um lado para o outro e lançava olhares assustados para Hunt. Ele tentou falar com Katherine, mas ela o estapeou.

— É culpa sua — disse ela.

— Aquele maldito garoto.

Ela o estapeou novamente.

— Eu vou lá para fora — disse Steve. — Preciso fumar.

— Não volte. — Ela sequer o encarou.

— Katherine...

Ela contemplava a escuridão, então Hunt se manifestou:

— Vá fumar o seu cigarro, Steve. Dê-nos alguns minutos.

Ele abriu a porta.

— Está bem. Como quiserem.

Hunt esperou que a porta se fechasse, depois tomou Katherine pelo braço e levou-a ao sofá.

— Nós o encontraremos.

— Você não sabe.

— Eu farei tudo o que puder para trazer o seu filho para casa. Isso é uma promessa.

Ambos reconheceram a natureza vazia da promessa. Katherine entrelaçou as mãos sobre o colo.

— Nada importa mais para mim, nesse momento — disse Hunt. — Você acredita em mim?

— Eu não sei.

— Eu prometo, Katherine. Eu juro.

Ela fez que sim, de ombros caídos, as mãos ainda cruzadas como um pequeno e perfeito embrulho.

— Você acha que alguém o levou?

Hunt mal conseguiu ouvi-la.

— Não — disse ele. — Absolutamente, não.

— Talvez alguém tenha achado que uma ameaça não bastava.

Hunt virou-se no sofá.

— A porta não foi forçada, não havia sinais de luta. A caminhonete de Steve foi levada. Johnny sabe dirigir. Ele tinha acesso às chaves.

— Preciso dele de volta. Você entende?

— Entendo.

— Preciso do meu filho em casa.

Hunt observou-a olhar pela vidraça. Yoakum apareceu na porta da cozinha.

— Clyde — falou, acenando para ele com um dedo.

Hunt foi até a cozinha.

— O que é?

Yoakum levou Hunt para a cozinha e parou próximo à pequena mesa.

— Está vendo algo que o incomoda aqui?

Hunt olhou para a mesa. Estava quase nua. Havia algumas revistas, correspondências, o jornal do dia anterior e uma lista telefônica aberta. Ele estava para balançar a cabeça quando Yoakum disse:

— A lista telefônica.

Levou um segundo, então Hunt viu. Levi Freemantle, Huron Street, 713.

— Ah, merda.

— Por que ele se importaria com Levi Freemantle?

— Ele acredita que Freemantle sabe onde Alyssa está.

— Por que ele pensaria isso?

— Ele acha que David Wilson pode ter contado a Freemantle antes de morrer. — Hunt fechou a lista. — Isso é culpa minha.

— Ninguém poderia adivinhar que ele faria uma coisa dessas.

— Eu poderia. — Hunt esfregou o rosto com as mãos. — O garoto é capaz de quase qualquer coisa. Foi estúpido da minha parte pensar que ele deixaria por isso mesmo.

— Consigo chegar lá em oito minutos.

— Não. O garoto confia em mim, de certa forma. Melhor que eu vá.

— Bem, é melhor você se apressar.

Voltaram para a sala de estar, mas Steve entrou correndo antes mesmo que eles conseguissem cruzar o tapete. Ele apontou um dedo para Katherine, depois fechou a mão em punho. Seus lábios estavam retorcidos, o rosto vermelho. Abriu e fechou a mão, como se tentasse controlar sua irritação.

— O que foi? — perguntou Hunt.

Steve desviou os olhos para o detetive. As palavras saíram entrecortadas, e ele apontou um dedo para a rua.

— Aquele merdinha roubou minha arma também.

Dez minutos depois, Hunt já havia percorrido cada aposento da casa de Freemantle. Ele ligou para Yoakum da sala de estar.

— Eu o perdi.

— Algum sinal de que ele esteve aí?

Hunt saiu para a varanda de Freemantle e manuseou a fita amarela rasgada. Rua acima, cães uivavam.

— A fita derrubada. A porta aberta.

— Devemos dar um alerta geral para a caminhonete?

Hunt refletiu.

— E se Johnny estiver certo? E se o sexto homem for um policial?

— Eu não vejo como isso seja possível.

— Mas e se for? E se nós emitirmos um alerta geral e o policial errado o encontrar?

— Você acha que devemos manter isso em segredo?

— Eu não sei. Pensar nisso parece vinte vezes errado.

— Estou com você. Espere um segundo. O quê?

O telefone foi coberto. Hunt ouviu vozes abafadas, depois Yoakum voltou.

— Ah, merda.

— O que foi?

— Cross diz que já emitiu o alerta.

— Ninguém autorizou isso.

— Ele diz que um garoto fugitivo numa caminhonete roubada e carregando uma arma roubada não permite pensar duas vezes. Francamente, não posso discordar dele, em especial quando...

Yoakum fez uma pausa, e Hunt imaginou-o se afastando de Katherine.

— Especialmente quando o quê?

Uma porta se fechou. Yoakum falou num sussurro:

— Quando ele saiu à procura de um assassino a sangue-frio.

Johnny teve de percorrer duas ruas para encontrar a entrada da fazenda de tabaco abandonada. O portão estava destrancado, a trilha, coberta de ervas daninhas e arbustos baixos. Jack fechou o portão atrás deles. Ele nunca havia estado no velho celeiro.

— Para onde estamos indo?

— Você vai ver — respondeu Johnny.

Os faróis cortavam a escuridão. Ramos de pinheiros entravam nos fachos de luz e passavam de negros a verdes. Resina reluzia nos troncos nodosos e se apagava depois que eles passavam.

Eles sacolejaram sobre os sulcos e valas profundas causadas pelas chuvas da primavera. Quando saíram da mata para os campos abandonados, o céu se abriu acima deles: distantes estrelas solitárias e um vestígio da lua por trás do tecido de nuvens.

— Isso foi uma grande plantação um dia — disse Johnny. — Depois virou apenas um punhado de fazendas.

A trilha seguia direto, em linha reta, depois se dividia. Johnny tomou a esquerda.

— Ainda se pode ver onde a casa grande se incendiou. — Ele apontou com a cabeça. — Ali. Pedras de chaminé empilhadas. A haste do velho poço.

— É?

— Está cheio de mato agora. Eu a encontrei seis meses atrás.

O celeiro erguia-se à frente, uma parede de toras envelhecidas sobre um alicerce de granito talhado. Asclepiadáceas cresciam, rosadas e verdes, e dedos de hera se agarravam por toda a extensão do canto dos fundos. Escuridão se revelava nos pontos em que frestas haviam se desfeito em pó. Johnny manobrou para o outro lado e parou. A porta de entrada estava escancarada. Madeira chamuscada e cinzas marcavam o local da fogueira. Johnny estacionou a caminhonete.

— Me dê a bolsa.

Jack retirou-a do carro.

— Não desligue o motor até eu mandar.

Johnny largou a bolsa no chão e tirou a lanterna. Ele desapareceu dentro do celeiro, encontrou a mochila azul bolorenta e três tocos de vela.

— Agora — disse ele.

Jack desligou o motor, e os faróis oscilaram e se apagaram. A noite desabou sobre eles, restando apenas um raio de luz espasmódico que lampejava em pele branca, olhos bem abertos e roupas imundas.

— A casa de Ken é por ali. — Johnny apontou com o facho da lanterna. — Depois das árvores. Não é longe.

— Como você descobriu isso tudo?

Johnny se agachou e procurou os fósforos na bolsa.

— Saindo de casa quando as coisas ficavam ruins. Procurando cobras.

— Quanto às cobras...

— Segure isto.

Johnny entregou a lanterna para Jack, depois pôs as velas numa laje de granito e acendeu-as. Jack observou e não disse nada, mas Johnny sentia-o ali.

— Eu dormi aqui umas boas vezes. Não é ruim. Dentro está cheio de aranhas. Os mosquitos são piores aqui fora.

— Eu prefiro os mosquitos.

— Eu também.

Jack dirigiu a luz para a mochila azul.

— O que é isso?

— Vamos acender uma fogueira.

Johnny se levantou e começou a coletar lenha. Jack o ajudou. Eles reuniram gravetos e galhos caídos. O fogo ainda estava fraco quando Jack encontrou o fragmento da Bíblia. Era um couro rugoso, preto; fazia parte da lombada, tinha 5 centímetros de comprimento e estava chamuscado. Algumas das letras douradas ainda podiam ser vistas. Jack segurou-o por um longo minuto, e Johnny pôde ver que o amigo sabia o que aquilo era. Observou os dedos pequenos de Jack traçarem as letras, depois ficou de pé, tirou o fragmento dele e atirou-o no fogo. Balançando-se nos calcanhares, Johnny observou-o. Jack não era o que a maioria das pessoas chamaria de um bom menino, mas Johnny tinha por certo que ele acreditava no diabo.

— Eu não vou arder no inferno, se é isso que você está pensando.

O braço pequeno de Jack se moveu. Ele apontou para o fogo.

— O que você está fazendo, Johnny?

A cabeça dele mudou de posição, e a luz vermelha preencheu seus olhos.

— Tenho sido bom e ficado calado. Sobre tudo isso. — Ele passou os dedos pelo rosto novamente. — Sobre o que eles disseram nos jornais. As coisas que você vinha mantendo em segredo. Cobras, amuletos e merdas de vodu. — Ele meneou a cabeça. — Mas isso não está certo. Seja lá o que estiver acontecendo, você não pode sair por aí queimando Bíblias. Até eu sei disso.

— É só um livro.

— Retire o que acabou de dizer.

Johnny ergueu a voz.

— É só um livro e não serve pra nada. Não faz a menor diferença.

A boca de Jack se abriu, mas Johnny abafou suas palavras.

— O pastor disse que faria, mas ele só dizia merda também.

— Acho que vou vomitar.

— Bem, vá até ali se for fazer isso. — Johnny apontou um dedo para a escuridão. — Eu vou comer algo, e não preciso sentir o cheiro do seu vômito.

Jack fechou os olhos, e quando os abriu, sua aparência era melhor, seu rosto parecia menos enjoado. Quando falou, Johnny soube que ele havia decidido mudar de assunto:

— O que é aquilo? — perguntou Jack, apontando para a mochila.

Um redemoinho de fumaça soprou contra a face de Johnny, e ele apertou os olhos.

— Você quer mesmo saber?

— Eu perguntei, não foi?

Johnny desengatou as tiras e derramou o conteúdo da mochila no chão. Separou os feixes de plantas. Havia quatro deles, cada um amarrado com um barbante. Colocou-os em fileiras, olhou Jack nos olhos e tocou cada um dos feixes, sucessivamente.

— Cedro — disse ele. — Pinho. Abeto. Louro.

— É? E daí?

— São considerados sagrados.

Tocou-os novamente, um por vez.

— Sabedoria. Força. Coragem. Perseverança. Você deve queimá-los.

— Isso é coisa de índios?

— Índios. Entre outros.

Johnny recolheu os feixes e atirou-os no escuro atrás do fogo. Eles caíram ruidosamente, e Johnny cuspiu na terra.

— Está com fome? — perguntou ele. — Eu estou.

Eles comeram sanduíches de manteiga de amendoim e beberam refrigerante de uva. Jack mantinha os olhos no amigo, mas desviava-os quando Johnny o surpreendia fitando-o. Johnny não fez caso. Não queria conversar sobre o que havia feito e com toda certeza não iria deixar que o outro o julgasse. Limpou os dedos sujos de manteiga de amendoim na calça e apanhou a arma. Era pesada e lisa. Verificou-a e viu que estava carregada.

— Não tem trava de segurança — disse Jack. — Cuidado para onde aponta.

Johnny fechou o cilindro com um estalo.

— Você entende de armas?

Jack deu de ombros.

— Papai é policial.

— Você sabe atirar?

— Com pontaria razoável, eu acho.

Johnny enfiou a arma de volta no coldre. Os meninos ficaram em silêncio, e os sons da noite se ergueram à volta deles. Mariposas dançavam ao redor das chamas das velas e suas sombras lambiam o solo. Jack atirou sua lata no fogo para vê-la queimar; a pintura formava bolhas e estourava.

— Johnny?

— Sim.

Jack manteve os olhos no fogo.

— Você acha que a covardia é um pecado?

— Você está com medo?

— Você acha que é pecado? — insistiu ele. Sua mandíbula se apertou.

Johnny atirou a própria lata no fogo. Longos segundos se passaram, e ele ficou sem piscar até sentir seus olhos totalmente secos.

— Aquele homem no rio. David Wilson. Ele sabia onde minha irmã estava. Ele sabia, mas eu fugi antes que ele pudesse me dizer. — Johnny olhou para o amigo. — Portanto, sim, eu acho que a covardia é um pecado.

— Com Deus ou sem Ele. — Os olhos de Jack estavam bem abertos e parados.

— Isso mesmo.

Jack contemplou a escuridão e envolveu os joelhos com os braços.

— O que estamos fazendo aqui, Johnny?

Johnny atiçou o fogo com um graveto.

— Se eu contar, você não vai poder amarelar. Nada de voltar atrás. Por isso precisa me dizer agora se está nessa ou não.

— Isso é difícil, sem saber do que estamos falando.

Johnny deu de ombros.

— Eu levo você para casa agora mesmo, mas não se souber o que eu vou fazer.

— Meu Deus, Johnny. Eu não contaria a ninguém.

— Está nessa ou não?

Do outro lado da fogueira, além da cortina de fumaça e do ar abrasador, Jack esfregou um antebraço no nariz. Uma incandescência alaranjada iluminava seus olhos até que ele virou a cabeça, então a cor desapareceu e ele era só um garoto sujo com um bronzeado esmaecido e cabelos espetados em todas as direções.

— Você é praticamente a única coisa boa que eu tenho, Johnny. Acho que não vou ter como voltar atrás.

Ele se virou novamente, e seus olhos eram tão simples e castanhos que fizeram Johnny pensar nos olhos de um cão.

— Você pode me contar — disse ele.

— Venha aqui.

Johnny cavoucou a mochila trazida de casa. Ele tirou o livro sobre o condado de Raven, mas não o abriu. Jack contornou a fogueira, sentou-se na terra, e Johnny explicou do início: David Wilson caindo da ponte e o que ele disse; Levi Freemantle, como ele havia agarrado Johnny na beira do rio; o sangue que Johnny havia encontrado na casa de Freemantle.

Jack balançou a cabeça.

— Caramba, Johnny. Isso estava nos jornais também. No mesmo dia que você. Não o nome dele, acho que não, mas encontraram corpos naquela casa. Duas pessoas com as cabeças esmagadas.

— Imaginei que alguém havia morrido quando vi o sangue.

O rosto de Jack se enrugou.

— Havia muito?

— Estava por toda parte, como tinta.

Os garotos ficaram em silêncio por um minuto.

Como tinta.

Então Jack balançou a cabeça.

— Eu não entendo o que isso tem a ver conosco.

Johnny acendeu a lanterna e abriu o livro na página sobre Isaac Freemantle. Ele apontou para o mapa.

— Aqui é a cidade. — Ele moveu seu dedo para o norte, fazendo um movimento circular. — Isso é principalmente pântano. — Moveu ligeiramente o dedo. — Aqui é onde o granito se eleva e você tem aquelas enormes faixas de floresta onde estão aquelas velhas minas. Lembra?

— Lembro. A saída de campo da quarta série. Eles nos fizeram andar de mãos dadas para que ninguém se afastasse e caísse num buraco.

Ele estava constrangido pela lembrança, Johnny sabia. Ninguém quis segurar a mão defeituosa de Jack. Houve empurra-empurra. Alguma garota dissera que ela era nojenta.

Johnny traçou o mapa com o dedo para o sul, até os trilhos que corriam ao lado do rio.

— Foi aqui que eu esbarrei nele, exatamente por aqui. Aqui está a ponte.

— Entendi.

Johnny continuou percorrendo o caminho ao longo do rio. Seu dedo parou perto da beira do pântano. Havia duas palavras ali: Recanto Calado.

— É para cá que ele estava indo. É aqui que o encontraremos.

— Você me perdeu, cara.

Johnny fechou o livro.

— Isso é história antiga, certo? Vem desde o tempo dos escravos.

— O quê?

— O tempo dos escravos. Se concentre. Veja, os escravos vieram com as próprias religiões. Coisas africanas. Coisas tribais. Deuses animais e espíritos na água, talismãs, amuletos. Trabalho de raízes, como eles chamavam. Tabu. Mas isso era bom para os brancos, muito bom, na verdade, porque ninguém queria que eles aprendessem sobre Jesus, Deus e esse tipo de coisa. Eles não queriam um bando de escravos pensando que eram iguais aos olhos de Deus. Está entendendo? Se você é igual, então ninguém deveria ser seu dono. Esse pensamento era perigoso se você tivesse escravos.

— Então não queriam que os escravos aprendessem.

— Mas eles aprenderam. Escravos africanos, escravos índios. Eles aprenderam a ler e se ampararam na Bíblia, mas tiveram de fazer isso em segredo, porque também sabiam do perigo que havia nisso. Eles eram mais espertos do que seus senhores achavam. Eles sabiam que seriam punidos por sua fé. Vendidos. Mortos, talvez. Por isso realizavam seus cultos nas florestas e nos pântanos. Lugares secretos. Esconderijos. Entende?

— Não.

— Pense nesses lugares ocultos como igrejas. Eles chamavam esses lugares de "recantos calados", e iam até lá para louvar em segredo, para ocultar sua fé dos brancos que não queriam compartilhar a religião deles.

— Recantos calados? Como o lugar no mapa.

Johnny fez que sim.

— Eles eram espertos demais para construir uma igreja, porque sabiam que alguém iria encontrá-la. Mas matas são só matas, um pântano é apenas lama, água, cobras e dejetos. Por isso foi para lá que eles foram. Eles cantavam suas canções para Deus, dançavam na terra e atestavam sua nova fé.

— Isso está no livro?

Johnny desviou os olhos, hesitante.

— Uma parte. Não tudo

— O que não está?

— Havia um escravo chamado Isaac, que era uma espécie de pregador. Ele ensinava aqueles que não sabiam ler. Ele propagou a palavra, mesmo sabendo o perigo que isso representava.

Johnny estapeou um mosquito, rolou-o para fora do seu pescoço e espremeu sangue entre o polegar e o indicador.

— Eles acabaram sendo descobertos, e três escravos foram linchados bem ali, no recanto calado, pendurados nas árvores que serviam de igrejas. Iam enforcar Isaac também, mas seu proprietário interveio. Ele enfrentou a turba com uma arma numa das mãos e uma Bíblia na outra. Dizem que invocou Deus dos céus e ameaçou atirar no primeiro homem que desse um passo. Ninguém teve coragem de arriscar. Ele salvou a vida daquele escravo.

Jack estava cativado.

— O que aconteceu em seguida?

— Ele levou Isaac para casa e escondeu-o por três semanas, esperou que a turba se acalmasse, esperou que algum sentimento de culpa se instalasse, eu acho. Depois concedeu a liberdade àquele escravo e deu-lhe a terra onde seu povo havia feito seu culto.

— E tinha sido linchado.

— Também.

— E você quer encontrar esse cara lá?

— Isaac Freemantle viveu ali pelo resto de sua vida. Talvez os Freemantle ainda vivam. Há uma trilha que vai direto ao lugar. Provavelmente é por ela que eles vêm para a cidade e voltam para lá.

Jack franziu o cenho.

— Como você sabe de tudo isso? Você disse que não está no livro.

— O nome do meu trisavô era John Pendleton Merrimon. Temos o mesmo nome.

— É. E daí?

— Ele era o homem com a arma e a Bíblia. — Johnny atirou um graveto no fogo. — Foi ele quem libertou Isaac.

— Mentira.

— É sério.

— E você quer ir até o pântano para encontrar o bisneto desse cara ou coisa parecida, um assassino, para perguntar a ele sobre Alyssa?

Johnny fez que sim com absoluta certeza, e Jack meneou a cabeça.

— Você acha que ele lhe deve algo?

— Não acho que ele saiba quem eu sou.

— Você é um idiota. Quero dizer, você está completamente pirado, porra.

— Completamente pirado. — A voz de Johnny continha amargura.

— Isso é estúpido, Johnny. É coisa de débil mental.

— Nada de voltar atrás. Foi o que você disse.

Jack se levantou com esforço, e fagulhas pipocaram na fogueira.

— Meu Deus, Johnny. Essa cara acabou de matar duas pessoas. Ele vai nos matar também. Disso eu tenho certeza.

Johnny também ficou de pé.

— Foi por isso que eu trouxe essa coisa.

Ele puxou a arma de Steve do coldre, e labaredas dançaram no metal.

— Você é louco.

— E você vai comigo.

Jack olhou em volta, como se buscasse ajuda; mas não havia nada ali. A luz expulsava a escuridão, mas o céu era opressivo. Jack abriu as mãos e implorou com os olhos.

— Já faz um ano, Johnny.

— Não diga isso!

Jack engoliu em seco, lançando um olhar desesperado para os arbustos além da fogueira, então falou:

— Ela está morta, cara.

Johnny golpeou-o com toda a sua força. O soco atingiu o lado do rosto de Jack, e ele caiu na poeira. Johnny parou sobre ele, a respiração parecendo vidro em sua garganta, a arma como um peso morto na mão. Naquele instante, seu mais antigo companheiro não era um aliado, mas um inimigo; Johnny se perguntou por que havia pensado que poderia ser algo além disso. Então reconheceu o terror na face do amigo.

A raiva abandonou Johnny, e ele prestou atenção no céu, subitamente escuro e imenso. Viu-se pelos olhos de Jack, e soube, *desgraçadamente*, que o louco era ele. Mas isso não mudava nada.

— Tenho que ir.

O punho de Johnny se abriu. Jack recuou de encontro à terra.

— Por favor, não me faça ir sozinho.

CAPÍTULO 33

Hunt conduziu Katherine Merrimon de volta à pequena casa na periferia da cidade. Tentou iniciar uma conversa, mas ela não respondia. Ao parar no acesso de veículos, ele espiou pelo vidro e franziu o cenho.

— Quando você viu o carro estranho na rua, na outra noite, onde ele estava estacionado?

Katherine apontou e Hunt olhou adiante na rua, depois da lâmpada afastada.

— Ele estava apenas parado ali. O motor estava ligado. Nunca o tinha visto antes.

— Que tipo de carro era?

— Eu achei que fosse um carro de polícia.

— Por que um carro de polícia? O que a faz pensar isso?

— Tinha aquela aparência. Um grande sedã. O modelo. Parecia um carro de policial.

— Luzes no teto?

— Não. Foi só o modelo. — Ela apontou para o automóvel em que eles estavam sentados. — Como este.

— Um Crown Victoria?

— Apenas se parecia com este. Americano. Grande. Eu não sei. Era escuro. Eu não ligo para automóveis. Não sei nada sobre eles.

— E quando ele arrancou?

— Quando comecei a andar na direção dele.

— Para que lado foi?

Ela apontou, e Hunt franziu o cenho novamente.

— Acho que você não deveria ficar aqui, com isso tudo acontecendo.

— Onde mais eu poderia ficar? — Ela esperou uma resposta. — Na sua casa?

— Eu não sou desse tipo, Katherine.

— Todos os homens são assim. — Ela não conseguia esconder a amargura.

Ela o olhou em desafio, e Hunt ficou impressionado com a intensidade do olhar. Tão desgastado e extenuado... *Maldito Ken Holloway*, pensou Hunt. *Maldito seja por tê-la tornado assim.*

— Eu estava pensando num hotel. Algo anônimo.

Katherine deve ter ouvido a mágoa na voz dele.

— Desculpe — disse ela. — Isso foi injusto. Em momento algum você deixou de ser correto.

— Então fará isso?

— Pode ser que Johnny venha para casa. Preciso estar aqui se isso acontecer.

— Katherine...

— Não.

— Então eu quero uma viatura na rua.

— Também não quero isso.

— Não é seguro aqui — disse Hunt. — Há coisas acontecendo que não entendemos.

— Um carro de polícia assustaria Johnny. Se ele fugiu, quero que saiba que pode vir para casa. Como ele saberá isso se policiais estiverem estacionados na frente da casa? — Katherine abriu a porta do carro. — Obrigada, detetive. Ficarei bem a partir daqui.

Hunt saiu do carro e apoiou a mão na capota.

— Eu gostaria de inspecionar a casa.

— Eu preciso ficar só.

Hunt examinou a rua, porque o sofrimento dela o estava matando. Vira a coragem daquela mulher antes, e vira essa coragem falhar. Era como assistir a uma sequoia cair ou um rio morrer. Ele olhou para a casa escura, depois para ela.

— Por favor — pediu ele.

— Se você insiste.

Hunt encontrou a janela quebrada três segundos depois.

— Volte para o carro — disse ele, e sacou a arma. — Volte para o carro e tranque as portas.

Ela saiu em disparada para a porta da casa.

— Katherine!

— Eu mudei as fechaduras. Você não está entendendo? É Johnny.

Hunt alcançou-a na escada e puxou-a para trás.

— Espere — disse ele. — Espere um pouco. — Então ele chamou: — Johnny? — Experimentou a porta. Abriu com facilidade. — Johnny? É o detetive Hunt e sua mãe. — Nada. Hunt levantou a mão. — Espere aqui.

Dentro da casa, Hunt acendeu as luzes. Estilhaços de vidro cintilaram no tapete. Ele verificou os quartos dos fundos. Acendeu todas as luzes. Quando voltou pelo corredor, encontrou Katherine na sala de estar. Ele guardou a arma.

— Ninguém. Está vazia.

Ela sentou-se no sofá e ficou imóvel.

— Há alguma coisa faltando? — perguntou Hunt.

Ela não disse nada, e Hunt se aproximou.

— Alguma coisa foi roubada?

Ela ergueu o rosto, com os olhos úmidos e inexpressivos.

— Eu vou verificar o quintal — disse Hunt. — Preciso que você dê uma olhada e me diga o que vê.

— Isso não vai levar a nada. Eu não *vejo* nada há quase um ano. Não saberia se algo está faltando.

Hunt entendeu o comentário, mas deixou passar.

— Veja o quarto de Johnny. Comece por lá.

— Certo.

Ela seguiu pelo corredor. A lâmpada de Johnny se acendeu. Ela ouviu Hunt sair da casa, depois parou na entrada do quarto do filho. Deu-se conta, ao olhar para dentro, que não era familiar para ela. Quantas vezes havia entrado naquele quarto?, perguntou-se. Três vezes? Cinco? E quantas vezes sóbria? Nenhuma, pensou. O ano que havia passado era uma sucessão de dias indistintos. Ela comeu. Ela dormiu. Ken Holloway veio e se foi.

O quarto do filho era-lhe estranho.

Seu filho, ela constatou, era-lhe estranho.

Ela verificou o guarda-roupa, mas não sabia o que deveria estar ali. O mesmo com as gavetas e prateleiras. Não havia lembrança de comprar roupas, nem de lavá-las. Johnny fazia tudo isso, ela constatou. Ele cozinhava. Ele limpava. Ela cobriu a boca com a mão, consternada.

Onde estava seu filho?

Ela encontrou a mala debaixo da cama. Era velha e surrada, vagamente familiar. Arrastou-a para fora e colocou-a sobre a cama. Abriu-a e sentiu-se gelar.

O rosto de Alyssa.

O de Johnny e o de seu marido.

Fotografias cobriam a parte interna da tampa. Era uma colagem de alegrias e de seus filhos; vida, como uma promessa. Seus olhos arderam, sua garganta se fechou, e ela tocou uma das fotografias.

Alyssa.

Tinha um dos braços enlaçando o pescoço do irmão. Eles sorriam como pestinhas.

Johnny.

Na mala, ela encontrou um retrato 20 x 25 do marido. Ele vestia uma camiseta azul e um cinto de ferramentas. Estava de lado para a câmera, um homem forte e anguloso, com um sorriso largo e cabelos tão pretos que reluziam. Óculos escuros escondiam seus olhos, mas ela sabia como eles eram, azuis, penetrantes e seguros. Por um momento, ela foi dominada pelo remorso diante da culpa que havia depositado sobre dele, pelas coisas horríveis que disse. Depois a raiva a espicaçou: *era* culpa dele! Sua filha nunca deveria ter voltado para casa sozinha.

Mas a raiva se dissipou.

— Onde está você, Spencer?

Não havia resposta para isso. Ele se fora.

Os dedos dela tocaram os outros itens da mala; coisas de Alyssa. Seus bichos de pelúcia, seu diário.

Como?

Havia queimado aquilo, todas aquelas coisas. Queimado tudo durante três péssimas semanas de insanidade causada pelas drogas. Ela levantou um carneiro de pelúcia do fundo da mala e pressionou o rosto contra ele, tentando encontrar algum cheiro que tivesse persistido.

— Katherine.

A voz de Hunt era uma coisa distante. O brinquedo ficou molhado.

— Vá embora — disse ela.

— O terreno está limpo.

Ele estava no corredor. Seus passos imprimiram uma vibração na madeira, e essa vibração chegou aos joelhos de Katherine.

— Não entre aqui.

Ele parou na porta.

— Não entre.

Ela sentiu uma ruptura em algum lugar profundo, um fluxo de memórias tão agudo e forte que pôs abaixo todos os muros que ela havia construído. Sem as drogas, estava nua naquele rio.

— Katherine...

— Deixe-me só. — O carneiro era macio em suas mãos. — Estou implorando.

Hunt recuou, e ela ouviu a porta da frente se fechar. Olhou para o carneiro: os olhos brilhantes e pretos, a lã tão branca que podia ser uma nuvem num dia perfeito. Ela afundou o rosto e inspirou fundo, mas não restava qualquer traço do perfume da menina. Havia o odor de uma mala velha e do espaço empoeirado debaixo de uma cama vazia.

Ela esperou que o carro de Hunt partisse, depois se levantou sobre as pernas dormentes e abriu a porta. O ar da noite era uma neblina com gosto de mato. Ela cruzou o acesso de veículos até a beira do terreno, até as altas ervas daninhas onde vira pela última vez o vislumbre de branco e laranja. Levou vários minutos para encontrar o frasco de OxyContin e levá-lo de volta para dentro. Ela trancou a porta. Seus dedos tremiam, e os comprimidos rolaram para fora do frasco. Selecionou quatro deles, jogou-os na língua e engoliu-os a seco. Depois voltou para a cama de Johnny, aninhou o carneiro debaixo de um braço e deitou-se por cima das cobertas. Ela contemplou as fotografias e por dez longos minutos suportou a dor; depois um toque suave e pesado pressionou-a de encontro ao colchão e; levou-a para um lugar onde ela suportava tocar os retratos que seu filho havia escondido tão bem e por tanto tempo. Poderia dizer os nomes deles sem ferir-se, e, com os olhos de sua mente, poderia vê-los se moverem.

Hunt dirigiu devagar por aquela área. Escrutinou as ruas secundárias e as entradas de veículos, mas não viu nada que parecesse fora de lugar. As casas estavam tranquilas e imóveis, suas garagens atravancadas de caminhonetes, veículos utilitários e automóveis extenuados. Nenhum grande sedã com o motor ligado. Nenhuma silhueta atrás dos vidros.

Quando ele manobrou novamente para a rua de Katherine, escolheu um ponto com cuidado: longe o suficiente da casa dela para ser discreto, perto o bastante para ver se alguém apareceria. Ela não queria uma viatura patrulhando a rua. Muito bem. Mas ele se recusava a deixá-la sozinha, ali no limite escuro das coisas. Estacionou fora da estrada, baixou sua janela e desligou o motor. Consultou o relógio. Era tarde.

Reprimindo uma ponta de culpa, discou para o filho e lhe disse para trancar a casa e ligar o alarme.

— Você não vem para casa hoje à noite?

— Lamento, Allen. Hoje não. Você jantou?

— Não estou com fome.

Hunt olhou para o relógio novamente. Praguejou contra sua esposa por partir, depois lembrou-se das coisas que o filho havia dito. Talvez *fosse* sua culpa. Ali estava ele novamente, outra noite longe da família por causa do trabalho.

Ele se corrigiu.

Não era por causa do trabalho.

Não inteiramente.

Ele olhou a estrada no ponto em que o acesso de veículos da residência de Katherine derramava pedregulhos no asfalto quente. Viu luzes entre as árvores e se perguntou se estaria ali, observando, se a vítima fosse outra. Se fosse qualquer outra pessoa que não ela.

— Ouça, Allen...

Mas a ligação foi cortada. Não havia ninguém na linha.

Hunt desligou o telefone e se afundou no assento. Estava atento a carros estranhos e a Ken Holloway. Pensou nela sozinha naquela casa de telhado abatido, e quando, horas depois, cochilou, sonhou que a tirava dali. Eles estavam em seu carro, com as janelas abertas, e ele a viu como um dia ela havia sido. O vento fustigava-lhe os cabelos. Katherine pôs uma das mãos em seu rosto, disse o seu nome, e a luz fez verter uma água clara e doce dos olhos dela. Era um sonho bom, mas ele acordou dolorido e infeliz. O sol estava baixo, batendo em seu rosto, e o sonho era falso como um truque de luzes. Seu telefone estava tocando.

— Sim.

Hunt esfregou o sono dos olhos e sentou-se mais ereto.

— É Yoakum.

O sol cortava sem piedade. Hunt abaixou seu quebra-sol.

— O que foi, John?

Hunt consultou as horas: 7h21.

— Estou na casa de Burton Jarvis. — Yoakum fez uma pausa, e Hunt ouviu uma voz ao fundo. Um cão latiu duas vezes. — Você precisa vir para cá.

Os dedos de Hunt encontraram a chave na ignição.

— Pode me contar.

— Nós temos um corpo.

— É Alyssa Merrimon?

Yoakum limpou a garganta.

— Acho que temos um monte de corpos.

A casa de Jarvis estava escura e silenciosa quando Hunt entrou pelo acesso de veículos. Nenhum carro-patrulha. Nada dos outros detetives. Havia Yoakum, pálido e com a barba por fazer, tirando pastilhas de hortelã de uma latinha. Seus sapatos estavam emplastrados de lama, a calça molhada do joelho para baixo. Ao lado deles estava Mike Caulfield, um dos poucos oficiais do departamento dedicados à unidade canina. Um veterano com trinta anos de serviço, ele era alto e curvado, com mãos grandes e calosas e cabelos tão pretos que só podiam ser tingidos. Vestia um macacão à prova de rasgões, igualmente úmido e enlameado. Numa correia, ao seu lado, estava sentado o mesmo vira-lata que ele havia usado na busca pela propriedade de Levi Freemantle. Eles receberam Hunt assim que ele desceu do carro.

— Yoak. — Hunt fez um cumprimento de cabeça, então olhou para o tratador de cães. — Mike.

Eles pareciam sobrecarregados, os dois. O cão não se moveu nem piscou. Ele olhava atentamente para o seu tratador.

— Vocês ainda não chamaram o apoio?

Yoakum fechou a tampa de sua lata de pastilhas.

— Eu queria que você visse isso primeiro.

Eles começaram a caminhar em direção à mata atrás da casa.

— Conte a ele, Mike.

A cabeça de Mike se moveu.

— Acordei cedo essa manhã. Normalmente, quando faço isso, gosto de ir caçar; mas decidi dar uma última olhada nesse lugar. — Ele apontou à frente. — Estive trabalhando de acordo com uma grade, entende, seguindo um padrão iniciado no galpão. Mas decidi mandar isso às favas, só dessa vez, para esticar as pernas. Parti daqui às cinco e segui em linha reta até o rio. São cerca de 3 quilômetros.

Eles passaram pelo galpão, ainda com as fitas amarelas penduradas. Mike seguiu sem hesitação, esquivando-se de galhos, falando enquanto se movia.

— Eu havia caminhado pouco mais de 1,5 quilômetro quando Tom começou a levantar as orelhas. Mais 100 metros e ele virou uma fera. — Mike desviou a cabeça novamente, constrangido. — Falando em sentido figurado.

— Eu estava na delegacia mais cedo — disse Yoakum. — Recebi a ligação.

Eles forçaram a passagem pelo meio de um matagal, atravessaram um riacho estreito que corria rápido e límpido por um leito de granito exposto. O sol passava entre troncos de casca cinzenta. A temperatura subiu. Yoakum escorregou uma vez e caiu sobre um joelho.

— Que cheiro é esse? — perguntou Hunt. Era untuosamente adocicado e furtivo. No começo apenas uma sugestão; um fedor marcante e forte logo depois.

— A desova é por ali. — Mike apontou. — São 2 ou 3 quilômetros. Você pode sentir o cheiro quando o vento bate.

Eles caminharam mais longe, e Hunt viu as orelhas do cão levantarem. Sua cabeça se ergueu, o focinho para cima e farejando; depois ele afundou o focinho no chão e começou a cavar. O tratador olhou Hunt nos olhos.

— Está vendo o que eu disse?

Eles atravessaram um último matagal e entraram numa depressão larga e rasa. Árvores de troncos sólidos erguiam-se como monumentos. Folhas mortas, úmidas e em estado de apodrecimento formavam um tapete no chão da floresta. Três bandeiras alaranjadas sobressaíam da terra. Eram pequenas, montadas em arame fino e rígido. Tirando isso, a terra estava intocada.

— Tem certeza de que são cadáveres? — perguntou Hunt.

Mike fez um sinal com a mão para o cachorro e ele sentou-se, os olhos intensos, as narinas dilatadas, mas tirando isso, perfeitamente imóvel.

— Trinta anos, detetive Hunt, e esse é o melhor cão que já adestrei. Você encontrará restos humanos sob estas bandeiras.

Hunt fez que sim e contemplou as bandeiras, tão vivazes e pequenas na ampla depressão do terreno. Estavam bem espaçadas, talvez 1,5 metro uma da outra.

— Mais três. Droga.

Mike e Yoakum trocaram olhares. Hunt percebeu.

— O que foi?

— Eu só tinha três bandeiras — disse Mike.

— E o que isso significa?

Mike afagou o cão.

— Significa que eu vou precisar de mais.

Hunt olhou o adestrador rijo e de face enrugada. Suas orelhas eram nós pendentes de cartilagem, seu nariz longo, recurvo e corado. Seus lábios pendiam com uma imobilidade inatural, e Hunt percebeu que ele estava esperando a pergunta.

— Você está me dizendo que há mais corpos aí?

Mike assoou seu nariz num grande lenço colorido. Balançou a cabeça uma vez, e a pele de seu pescoço formou pregas.

— Acho que sim.

Hunt olhou para Yoakum.

— Há quanto tempo Jarvis possuía essa propriedade?

O rosto de Yoakum estava desolado.

— Vinte e quatro anos.

— Meu Deus.

— O que você quer que eu faça? — perguntou Yoakum.

Hunt olhou para o alto, viu folhas que se moviam e recortavam frestas de azul.

— Emita um chamado. Traga todo mundo aqui.

Yoakum se afastou e abriu o celular. Mike assoou o nariz uma última vez, depois enfiou o lenço de volta num bolso.

— E quanto a mim? — perguntou.

— Ponha o cachorro para trabalhar — disse Hunt. — Improvisaremos alguma bandeiras.

— Sim, senhor.

Mike fez um movimento com a mão, e o animal se moveu sem hesitar. Com o focinho baixo, a cauda levantada, partiu numa linha reta e decidida.

Hunt sentiu uma brisa em seu pescoço.

O cheiro da desova se elevou.

CAPÍTULO 34

O sol era menos que um indício por trás das árvores quando Johnny cutucou Jack com um dos pés. A fogueira estava morta e cinzenta, o cobertor, pesado de orvalho.

— Está na hora — disse Johnny.

Jack piscou para Johnny, que estava vestido e pronto. Ele coçou o pescoço.

— Fui devorado vivo — disse.

— Eu também. — Johnny estendeu uma das mãos e ajudou-o a ficar de pé. — Quer comer alguma coisa?

— O que temos?

— Salsichas em lata ou manteiga de amendoim. Estamos sem pão.

— Sobrou refrigerante de uva?

— Não.

Jack meneou a cabeça.

— Eu estou bem.

Johnny bateu a terra do cobertor, depois urinou ao lado do celeiro de tabaco. Suas mãos estavam manchadas pela fuligem da fogueira. Ele pensou em coisas sagradas que não eram sagradas no final das contas, e na arma enfiada sob a sua jaqueta. Ficara acordado até tarde girando o tambor, inclinando o cano contra a luz. Havia esfregado um polegar molhado na mira, apontado para o fogo e tentado manter os braços firmes sob o peso da arma. Pensou em Levi Freemantle e disse consigo mesmo que sabia o que estava fazendo, mas decidiu que realmente não importava. No final, somente Jack tinha uma escolha.

— Você não precisa vir.

Jack deu de ombros sob a jaqueta.

— Você é o meu melhor amigo.

— Eu estou falando sério — disse Johnny.

— Eu também.

Johnny enfiou o cobertor na mochila, depois cingiu as fivelas.

— Obrigado, Jack.

— Não banque o maricas comigo.

— Não estou. Só estou dizendo...

— Eu sei o que você está dizendo.

Johnny abriu a porta da caminhonete.

— Está pronto?

— Vamos nessa.

Johnny dirigiu pelo campo abandonado e sob as árvores circundantes. Ao sair da mata, eles passaram pelo mesmo portão, depois seguiram a rodovia de duas pistas para o norte rumo à divisa do condado. Johnny se manteve nas estradas que conhecia, depois seguiu para o leste, atravessou um parque de trailers até uma estrada desconhecida que se afastava, numa lenta curva, da cidade e do tumulto que a circundava. Eles rodaram por pequenos vinhedos e muros de pedra, aprofundaram-se no campo aberto ainda pontilhado de mansões anteriores à Guerra Civil, encarapitadas acima de campos ondulantes. Em certo momento ele parou. Comparou o mapa do livro com um mapa rodoviário do condado de Raven.

— Você sabe onde estamos? — perguntou Jack.

Mas Johnny não respondeu. Ele começou a seguir pela estrada, depois deu meia-volta por um trecho de asfalto velho e rachado que se estreitava cada vez mais. Consultou as placas duas vezes, depois virou à esquerda para uma pista simples que era uma extensão de asfalto e descia por alguns quilômetros até fazer uma curva brusca à direita e terminar numa estrada de cascalho. Johnny parou. A não ser pelos corvos num fio elétrico, nada em volta deles se movia.

— Está sentindo esse cheiro? — perguntou Johnny.

— Não.

— É o rio. Ele vira para leste logo ao sair da cidade, depois faz o caminho de volta. Acho que estamos a cerca de 30 quilômetros ao norte da cidade. Talvez um pouco para leste. — Ele apontou para a estrada de cascalho. — Acho que é aqui.

Jack olhou as árvores em volta, os campos, o silêncio varrido pelo vento.

— Você acha que o que é aqui?

— Vamos ver.

Johnny virou à direita, e os pneus cuspiram cascalho. Pouco mais de meio quilômetro depois, ele passou por uma placa amarela com marcas de tiros e os dizeres: *FIM DA MANUTENÇÃO ESTADUAL.* Imediatamente, a floresta fazia pressão sobre a pista. O cheiro do rio se intensificou. A estrada voltou a virar para o norte. Johnny apontou para a direita.

— O rio é por ali. Estamos seguindo paralelamente a ele.

Ele dirigiu por mais 1,5 quilômetro e passou pela primeira porteira. Estava aberta, mas a placa era inequívoca. *PROPRIEDADE PARTICULAR. NÃO ENTRE.*

Johnny ignorou-a.

A segunda porteira estava fechada, porém sem cadeado. Era de alumínio e estava manchada pelo tempo, curvada no meio como se tivesse sido atingida por um caminhão em marcha a ré. Havia sido afixada a um poste de cedro, e parte da borda de baixo raspava na estrada no ponto em que fora amassada.

— Abra o portão.

Jack saiu da caminhonete e arrastou a porteira até abri-la. O capim se curvou debaixo dela na beira da estrada, e Johnny a atravessou. Jack fechou-a depois que ele passou.

Eles chegaram na planície aluvial, viram o rio, escuro e vagaroso como um fluxo de óleo, e Johnny apontou para uma ampla carreira de capim achatado onde o curso havia transbordado de suas margens na última grande tempestade.

— Vai virar um pântano.

A rodovia se afastava do rio, e o pântano começava a se fazer sentir de ambos os lados. A estrada subia alguns metros até se tornar uma alta faixa acima da terra mole e da água escura que cintilava pelas frestas entre as árvores. Johnny fez uma curva e quase atropelou uma tartaruga mordedora que tomava sol no meio da estrada. Sua carapaça tinha 60 centímetros de lado a lado, escurecida pelas algas secas. Ele desviou dela, e o réptil abriu a boca em bico quando eles passaram.

A estrada descia uma última vez, depois subia até um trecho elevado que atravessava uma ampla extensão de água estagnada. Eles rodaram para o meio da baixada e subiram o monte de terra. Dos dois lados estendia-se a água rasa, com sua superfície desfigurada por árvores caídas, meio submersas, e touceiras de capim que brotavam à tona onde o fundo se elevava. Do outro lado da via elevada terra seca se desprendia do pântano. Era uma espécie de ilha, 1,5 quilômetro de madeira de lei e cipós. Johnny parou a caminhonete. À frente deles, o cascalho tornava-se esparso, depois inexistente à medida que a estrada se transformava num tendão de terra preta sulcada, que atravessava o brejo e desaparecia na floresta. Galhos gigantescos varriam o solo, e raízes se estendiam à altura de um homem antes de mergulhar na terra.

Johnny atravessou o trecho elevado, parou no último retalho de sol e desligou o motor. O ar ficou silencioso por um momento, depois os sons do pântano começaram a retornar. Iniciaram-se baixos e cresceram como notas de uma flauta. À beira d'água, uma garça apunhalava a lama com o bico, que retornava vazio. Ela avançou alguns metros, depois congelou, um dos olhos voltado para a água. Os garotos desceram da caminhonete. Johnny viu a placa a 3 metros. Meio coberta por madressilvas e algumas outras trepadeiras, parecia tão antiga quanto tudo mais que havia ali, tábuas gastas pelo tempo pregadas a uma árvore. Johnny afastou as trepadeiras. As palavras estavam entalhadas na madeira sob a vegetação, em cortes fundos, enegrecidas embaixo, como se tivessem sido queimadas.

RECANTO CALADO, 1853.

— É aqui. — Johnny deu um passo para trás.

— O lugar onde enforcaram aquela gente.

— Foi há muito tempo.

— Esse é um lugar morto, Johnny. Não deveríamos estar aqui.

— Não deixe a sua imaginação viajar muito.

— Ela está com as rédeas soltas.

Johnny ignorou o comentário por um longo momento. As madressilvas conferiam um aroma adocicado ao ar, e ele pôs dois dedos nas letras toscamente esculpidas.

— É só um lugar — mentiu Johnny. A garça fisgou um sapo, arrancando-o da lama. — Só um lugar.

Jack fez uma pedra ricochetear na superfície, espalhando ondulações na água cor de alcatrão. A garça levantou voo, com o sapo ainda estrebuchando em seu bico.

— Você acha realmente que alguém vive aqui? — perguntou ele.

Johnny olhou para cima e balançou a cabeça.

— Não há energia elétrica. Nada de linhas telefônicas. Talvez não.

— Essa é a melhor notícia que ouvi o dia inteiro.

Johnny espiou sob as árvores. Passou por baixo dos galhos e sentiu a temperatura cair. As copas se erguiam numa catedral silenciosa.

— E a caminhonete?

Johnny olhou para trás. Seu amigo se demorava sob a luz do sol, uma das mãos apoiada na lataria quente.

— Muito barulho. Vamos deixar aí.

— Sério?

— Sim.

Jack caminhou para a sombra.

— Agora fique quieto — disse Johnny. E a floresta os engoliu.

Policiais invadiram a cena de crime na propriedade de Jarvis: policiais municipais, os oficiais do xerife. Alguém mencionou a polícia estadual, mas Hunt descartou isso. Em 17 anos, ele não vira nada além de conflitos e discórdia quando dedos demais tentavam se meter no mesmo pote. Mantenha restrito. Mantenha coeso. Mas eles tinham sete bandeiras agora, e era demais para o legista local. O Dr. Moore aproximou-se de Hunt com olhos lamentosos, toda a sua exuberância esmagada. Calçava luvas de látex manchadas por uma substância escura. Por mais de duas horas ele havia aberto caminho por entre camadas de terra num único local assinalado por uma bandeira. Encontrara ossos e dentes, alguns pedacinhos de pano apodrecido. Hunt manteve todos a distância, com exceção de Yoakum. Eles circulavam pela beira, falando em tons sussurrantes enquanto o sol subia.

— Doutor. — Hunt indagava o médico com o olhar.

Moore balançou a cabeça, depois esfregou o rosto com um lenço manchado de lama.

— É uma criança — disse ele. — Menina. De 9 a 10 anos, eu estimaria.

Hunt voltou um olhar significativo para Yoakum.

— Quanto tempo?

— Há quanto tempo ela morreu? Anos. Não posso dizer com certeza. Não ainda.

— Causa da morte?

O homem se encolheu no lugar. Seus ombros caíram. Seus lábios se viraram para baixo.

— Há um orifício no crânio. — Ele gesticulou para a curva óssea atrás de sua orelha direita. — É muito cedo para dizer algo mais.

— Ferimento de bala? — perguntou Yoakum. — Traumatismo contuso?

— Ambos. Nenhum dos dois. É cedo demais.

— E os outros sítios?

Moore dirigiu olhos tristes para as bandeiras.

— Preciso de ajuda. Já liguei para o chefe dos médicos-legistas de Chapel Hill. Ele está mandando gente.

— O que mais podemos fazer por você? — perguntou Hunt.

Moore inclinou a cabeça, indicando os policiais aglomerados na beira da cena do crime.

— Livrar-se deles.

— Eles estão atrapalhando?

— Não estão ajudando.

Hunt concordou. Moore estava certo.

— Farei isso.

— Obrigado.

Moore acenou com uma das mãos, depois caminhou pesadamente até a cova rasa.

— Quer que eu faça isso? — perguntou Yoakum, fitando o Chefe.

Hunt permitiu-se um sorriso forçado.

— Acha que eu não consigo?

— Acho que ele está esperando uma desculpa para dispensar você e trazer a polícia estadual. Isso limparia a barra, tiraria a pressão de cima dele, do departamento. — Yoakum apontou para o campo de bandeiras. — Não se pode culpá-lo. Isso aqui é grande, talvez grande demais para permanecer como assunto local. Você é o principal detetive dele. Demiti-lo daria a ele uma desculpa legítima para lavar as mãos e trazer o SBI, o Bureau Estadual de Investigação. Política, Clyde. Negócio sério. Você devia me deixar falar com ele.

— Não. — Hunt apontou para o legista. — Fique aqui. Cuide para que ele tenha qualquer coisa de que precisar.

— O funeral é seu, irmão.

Hunt deixou Yoakum com os restos mortais da vítima desconhecida e se dirigiu ao Chefe. O rosto do homem estava vincado e ruborizado. Ali na mata, no local de crime e fora de seu meio, ele se parecia ainda mais com um político em vez de um policial. À medida que Hunt se aproximava, oficiais uniformizados se punham de lado para que um corredor se abrisse. O Chefe falou antes que Hunt tivesse a oportunidade:

— O que o legista diz?

Hunt olhou sucessivamente para o Chefe e o xerife. Ambos pareciam incomodados, e Hunt adivinhou que seu rosto trazia a mesma expressão. Lembranças do último encontro deles intoxicavam o ar.

— Ele disse que quer essas pessoas longe daqui.

— Estou falando do cadáver. O que ele disse?

— Menina. De 9 a 10 anos. Tempo e causa da morte ainda indeterminados.

— É Alyssa Merrimon?

Hunt olhou para o xerife e balançou a cabeça.

— Essa está no solo há anos.

O Chefe examinou a baixada. As rugas embaixo de seus olhos retrocediam de forma a exibir semicírculos de um rosado brilhante.

— Mais seis ali — disse ele. — Talvez tenhamos sorte.

— Eu não chamaria isso de sorte — alegou Hunt.

Os lábios do xerife se contraíram nos cantos.

— Você ainda acha que vai encontrá-la com vida, acha?

Hunt devolveu o olhar duro.

— Talvez.

O xerife disse:

— Você não passa de um escoteirinho, Hunt. Juro por Deus.

— Já ouvi o suficiente das suas cr...

— Chega — disse o Chefe. — Vocês dois.

Hunt forçou a tensão a abandonar sua postura.

— Você me autorizará a tirar essas pessoas daqui? — pediu ele.

O Chefe concordou.

— Segure os que você precisar, mande o resto embora.

— Não preciso de ninguém do escritório do xerife.

Hunt esperou uma reação do xerife. A casa de Jarvis ficava dentro dos limites da cidade, mas ali, no fundo da mata, eles estavam situados bem na fronteira do município. Se ele quisesse reivindicar a jurisdição, poderia fazê-lo. Porém, o xerife cedeu primeiro.

— Perkins.

Ele estalou os dedos, e um agente desconhecido veio até o seu lado.

— Reúna os nossos homens. Tire-os daqui.

Ele sorriu para Hunt, inclinou o chapéu para trás da cabeça e falou em voz baixa:

— Quando você foder com isso e tiver partido, eu ainda estarei mandando nesse condado.

— Não conte com os ovos.

Outro sorriso frio.

— Tenha um bom dia, detetive.

Hunt observou-o se afastar. O Chefe o estava aguardando quando ele tornou a se virar, mas seu rosto não exibia nada da animosidade que

Hunt esperava. Em vez disso, ele parecia diminuído, perturbado. Ergueu o chapéu da cabeça e passou a manga da camisa pela testa. Apontou a cabeça para as bandeiras e falou com voz suave:

— Se tudo aquilo são crianças... — Sua voz foi sumindo. — Que Deus nos ajude.

— Talvez Ele já tenha ajudado. Jarvis está morto.

— Você acha que Jarvis fez isso? — Ele indicou de novo as bandeiras com um gesto de cabeça. — Tudo isso?

Hunt observou Trenton Moore começar a escavação do segundo sítio.

— Talvez. — Uma pausa. — Talvez ele tenha tido ajuda — completou Hunt.

— Você ainda acredita no envolvimento de um policial?

— Você soube do gato morto? A ameaça alertando Johnny Merrimon a não falar?

— Soube.

— A mãe dele diz que, antes disso acontecer, ela voltou para casa vindo do hospital e viu um carro estacionado perto da residência. Tarde da noite. Com o motor ligado. Ele simplesmente estava parado ali.

— Isso dificilmente poderia ser considerado contra a lei.

— Não há nada lá. Algumas casas, um trecho de estrada deserta. Não havia razão legítima para alguém estar ali. Quando ela se aproximou do carro, ele acelerou e partiu. Isso foi logo depois de Johnny ter sido identificado na história de Burton Jarvis. O nome dele estava em todos os jornais, em todos os canais. O retrato dele, como você sabe. Não seria difícil encontrá-lo.

O Chefe virou as palmas das mãos para cima, a impaciência atravessando seu rosto.

— E daí?

— Ela diz que parecia um carro de policial.

O rubor subiu à face do Chefe, mas Hunt não se importou.

— Seja lá quem Johnny viu aqui com Jarvis...

— Se é que ele viu alguém.

Hunt elevou a voz.

— Quem quer que Johnny tenha visto aqui teve a presença de espírito de pôr placas roubadas em seu carro. Se um policial tivesse algo a esconder, é isso que ele faria.

— Isso é o que qualquer um faria.

— Eu quero acesso aos arquivos dos funcionários.

— Não posso fazer isso.

— Gostaria que você reconsiderasse.

O Chefe hesitou.

— Vou pensar a respeito.

— Quando terei a resposta?

— Me dê um dia. Certo? Me dê um dia e um pouco de paz de espírito.

— Preciso de mais uma coisa. Se houver corpos sob aquelas bandeiras, e forem todos de crianças...

— Prossiga.

— Não há possibilidade de serem todos do condado de Raven. Nem mesmo se considerarmos um período de duas décadas. — Ele meneou a cabeça. — Nós teríamos ficado sabendo.

— Concordo.

— Preciso de pessoas para entrar em contato com os condados adjacentes, as áreas metropolitanas próximas.

O Chefe já estava fazendo sim com a cabeça.

— Precisamos procurar outras crianças desaparecidas — concluiu Hunt.

Eles ficaram em silêncio, cada um sozinho com seus pensamentos. Hunt visualizou pais enlutados em quartos transformados em museus, cercados de animais cor-de-rosa, trajes de fantasia e fotografias emolduradas, cuidadosamente protegidas da poeira. Ele esperava proporcionar-lhes um desfecho, alguma pequena medida de paz. Queria entregar-lhes os restos mortais de seus filhos, contar-lhes que o monstro responsável por aquilo estava morto, tirado deste mundo não pelo tempo, uma doença ou a polícia, mas por uma de suas vítimas, uma garotinha com a força necessária para puxar o gatilho. Hunt via poesia nisso. Talvez eles também vissem.

Os pensamentos do Chefe eram mais básicos.

— A imprensa vai devorar isso. Espero que você gerencie esse problema, Hunt. Nada de vazamentos. Nada de fontes anônimas. Mantenha seus homens de boca fechada. Mantenha essa merda sob controle.

— Deixe Yoakum e dois policiais fardados aqui. Ponha algumas unidades na estrada para desencorajar a imprensa ou qualquer curioso.

O Chefe franziu o cenho e enxugou o suor da testa com a palma da mão.

— Isso vai virar um circo.

— Mais um motivo para tirar todo mundo daqui.

Hunt ouviu passos se aproximando e virou-se a tempo de ver Cross chegar rapidamente pela descida. Ele deu uma olhada na área isolada, depois seguiu em linha reta até Hunt e o Chefe. Seu rosto estava corado, seu colarinho escurecido de suor.

— Hunt — cumprimentou ele. — Chefe. — Estava ansioso, agitado.

— O que você está fazendo aqui? — perguntou Hunt.

— Procurando você.

— Bem, já me encontrou. O que há?

— Localizamos a caminhonete de David Wilson — disse ele.

— Onde?

— Ao norte. Atirada numa ravina.

— Me mostre.

Hunt deixou o Chefe sozinho numa coluna de luz amarelada, com a cabeça baixa, os dedos brincando com a aba do chapéu. Hunt olhou para trás duas vezes, o Chefe pequeno e imutável, até que as intermináveis fileiras de árvores marcharam entre eles. Os dois homens saíram da mata e passaram pelo galpão, a casa vazia. Hunt não olhou para nenhuma das duas construções.

— Como a encontramos?

— Alguém ligou avisando.

— Quem?

— Não deu o nome. Ele a descobriu no início dessa manhã, uma hora antes do nascer do sol, talvez. Parecia bêbado. Quando perguntei, ele admitiu que esteve praticando caça ilegal de veados à luz de lanternas. Disse que os faróis funcionaram muito bem.

— Temos alguém no local?

— Eu vim direto ver você. Sabia que você iria querer assim.

— Temos certeza de que é o carro dele? — perguntou Hunt.

— O informante deu o número da placa. Está registrado em nome da universidade. Tem que ser esse.

— Nós temos o telefone do informante?

— Telefone público numa loja de conveniências.

— É uma pena. Sabe se ele tocou no veículo? Um bêbado caçando veados ilegalmente às cinco da manhã... Duvido que hesitasse em surrupiar alguma coisa.

— Não se sabe. Ele forneceu o local, depois praticamente desligou na minha cara.

Eles saíram da floresta para o luminoso sol da manhã. Hunt parou na beira da estrada.

— Você podia ter me telefonado.

— Tinha a esperança de que você me levasse junto.

Hunt examinou o policial mais jovem. Seu rosto era intenso, determinado.

— Você é candidato à promoção, certo?

— Uma recomendação sua ajudaria muito.

Hunt refletiu.

— Eu não dormi muito — disse ele. — Você dirige.

CAPÍTULO 35

Os meninos avançavam vagarosamente. A estrada amolecia sob seus pés, as árvores eram animadas por pássaros e jogos de sombra. Cipós desciam até o chão, cinzentos, lisos e grossos como o pulso de um homem grande. Não longe dali, um pica-pau martelava em busca de seu desjejum.

— Esse lugar me dá arrepios — disse Jack.

— É só ficar de olhos abertos.

A floresta escureceu, e os ruídos diminuíram com o sol.

— Me dá um cagaço.

— Cale a boca, Jack. Meu Deus!

Eles caminharam por vinte minutos. Nenhuma das marcas de rodas na estrada parecia recente, mas isso não queria dizer nada. Freemantle estava a pé quando Johnny o viu pela última vez. Depois de passar pelo meio das árvores, a estrada se alargava, ficava plana, e a floresta começava a se abrir. Eles passaram por um pomar abandonado, cheio de macieiras cobertas de botões. Videiras muscadínias rastejavam sobre uma treliça desmoronada.

— Estamos nos aproximando — disse Johnny.

— Do quê?

— Do que houver lá.

A estrada dava numa porteira aos pedaços, depois virava à direita e desaparecia por trás de uma curva com espinheiros e matagal denso. A arma deixou o coldre, e Johnny a inclinou desajeitadamente.

— Isso tem trava de segurança?

— Não. Eu já falei.

— Caramba, olhe para onde aponta isso.

— Desculpe.

Johnny apontou o cano para o chão. O vento erguia as folhas, fazendo-as exibirem suas porções inferiores, foscas e prateadas. Na curva da estrada, havia postes de granito onde a porteira caíra. O portão em si estava no chão, com grama crescendo entre as estacas, a madeira macia apodrecendo lentamente. A pintura branca ainda era visível entre os veios.

Johnny olhou por trás do granito, depois afastou bruscamente a cabeça.

— O que foi? — perguntou Jack.

— Nada.

Johnny parou no lugar.

— Vamos — disse então.

Eles passaram entre os postes de granito, e a floresta se afastou numa curva. Viram carcaças de construções e uma casa que havia sido queimada até os alicerces. Havia madeira escurecida, o esqueleto de uma chaminé. Um degrau de granito encontrava-se onde havia sido a porta da frente. Uma banheira com pés em forma de garra estava tombada para o lado, derramando carvão e brotos verdes de alguma planta selvagem. A armação de ferro de uma cama sobressaía-se no meio do entulho. Também outros itens muito difíceis de queimar: louça espatifada, uma panela, o cabo de ferro de uma bomba de poço enferrujada. Johnny apanhou uma dobradiça e viu marcas de martelo no metal.

— Que bagunça — falou Jack por ambos.

O celeiro ainda estava de pé, assim como um defumadouro com a porta aberta e ganchos de aço que pendiam de correntes vermelhas de ferrugem. Johnny viu um cadeado na porta de um barracão. Outra edificação erguia-se ao lado. Tinha uma única porta, janelas estreitas e duas pequenas chaminés. Como na casa principal, um único bloco de pedra fazia as vezes de degrau para a porta. Estava gasto e liso no centro. Espiando pela vidraça, eles viram uma lareira e um forno de tijolos. Uma mesa simples e utensílios de cozinha em ferro.

— Essa era a cozinha — disse Johnny. — Eles costumavam construí-las separadas da casa para reduzir o risco de incêndio.

— Isso é irônico.

Johnny recuou um passo e olhou para a casa queimada.

— Não há eletricidade aqui, portanto deve ter sido causado por uma vela.

— Ou um raio.

— Talvez.

— Dê uma olhada naquilo — apontou Jack.

Johnny virou-se. Viu um poste, com 2,5 metros de altura e um sino de bronze esverdeado pelo tempo.

— Que estranho.

— O quê?

Johnny abriu caminho pelo meio do mato, que chegava à sua cintura.

— É um sino de escravos. Eu vi um exatamente assim no museu dos direitos civis em Wilmington. Eles tocavam esses sinos para chamar os escravos de volta dos campos.

— Por que um escravo liberto guardaria um sino de escravos?

Johnny olhou o sino por baixo.

— Eu não sei. Uma recordação?

— Cagaço, cara. — Isso saiu num sussurro.

Johnny examinou o interior do celeiro. Tirando os instrumentos agrícolas que ele já esperava ver — todos empoeirados e sem uso —, estava vazio. Ele testou a tranca do barracão e espiou pelas frestas da porta.

— Só lixo.

— Podemos ir?

Johnny examinou a área. Tudo se distinguia na severa luz do sol. As árvores formavam um muro em volta da clareira.

— Ainda não.

Ele apontou para a extremidade mais afastada da clareira, onde um corte dividia as árvores.

— Por ali — disse Johnny.

Eles avançaram com cautela. As árvores se avultaram, e logo eles estavam debaixo delas. Uma trilha avançava por 50 metros até outra clareira. Ao final dela, a luz do sol iluminava um muro de pedra à altura dos quadris e, além dele, indícios de grama verde. Na pedra havia outro portão de madeira. Ele encontrava-se em boas condições. Sua pintura reluzia, branca e perfeita.

— Nunca me senti tão infeliz ao ver tinta fresca — sussurrou Jack.

Eles se aproximaram sorrateiramente, ouviram um pássaro pousar de repente e depois fugir, sentiram as folhas comprimindo-se sob os seus pés.

— O que foi isso?

Um som úmido, um chiado.

Johnny meneou a cabeça.

— Não sei.

Eles se abaixaram, correram os últimos metros e se agacharam sob o muro. A pedra estava quente, o som era próximo. Vinha de trás do muro. Johnny espiou por entre as ripas do portão. Viu grama aparada e fileiras de pedras entalhadas.

Tornando a se agachar, ele disse:

— É um cemitério.

— O quê?

Johnny segurou a arma junto ao peito e sentiu o coração palpitar contra o aço. O fôlego ficou preso em sua garganta.

— É um maldito cemitério.

— Ele está lá dentro?

Um aceno de cabeça com os olhos arregalados, o mais baixo dos sussurros.

— Sim.

Jack umedeceu os lábios, que estavam brancos como giz.

— Nós temos de sair daqui — disse o garoto.

— Ele só está sentado lá.

— Fazendo o quê?

Johnny olhou por cima das pedras. O cemitério era pequeno. Quarenta lápides, talvez. Um gigantesco carvalho se erguia no centro, magnólias em cada um dos cantos do fundo. As lápides se estendiam em fileiras, algumas cinzentas, outras pretas, todas cobertas de líquen e musgo.

Levi Freemantle estava sentado no centro, as pernas abertas diante de si. Suas roupas estavam imundas e rasgadas. Crostas de sangue apareciam nos joelhos e nas pregas de suas mãos, e havia uma mancha ensanguentada no lado direito de sua camisa e de sua calça. Um dos sapatos havia saído, largado na grama vívida e limpa. Seu pé e tornozelo estavam inchados a ponto de parecerem um só apêndice fundido. Seu dedo estava intumescido pela infecção causada pela mordida de Johnny. Estava enrolado num pano manchado de amarelo. A pele estava tão tensionada que brilhava. Ele tinha uma pá no colo. Ao seu lado estava um caixão.

— O que ele está fazendo?

Johnny não respondeu de imediato. A luminosidade era tão perfeita que ele podia ver cada detalhe: serpentinas de fita adesiva prateada, que haviam se tornado foscas e adquirido um tom de chumbo; lama seca em placas sobre o caixão, entalhes na madeira, manchas de umidade. Os joelhos de Freemantle estavam esfolados até quase o osso. A umidade cintilava em seu rosto arruinado. Algo se projetava ao lado de seu corpo. Johnny deslizou muro abaixo e pressionou as costas contra as pedras.

— Ele está enterrando um corpo.

— Ah, merda.

— E chorando como uma garotinha do quinto ano.

Jack fechou os olhos. Johnny levantou a arma até que o tambor pressionasse sua testa. Sentiu o cheiro do óleo lubrificante, e seus lábios se moveram sem produzir som: *A arma é poder. Eu tenho a arma. A arma é poder.*

Eu tenho a arma.

Ele começou a se levantar, mas Jack puxou-o para baixo.

— Não faça isso.

Jack apertou com mais força e implorou:

— Não faça isso, cara.

— Que porra está acontecendo com você, Jack? — Johnny livrou o braço com um safanão. — Acha que isso é uma brincadeira? Está pensando que todo esse ano foi uma brincadeira? Foi para isso que viemos.

O terror de Jack era tão evidente em seu rosto quanto a sujeira. Todo o seu corpo tremia, mas ele concordou e baixou a mão.

— Certo, Johnny.

— Eu não tenho escolha.

— Eu disse que está certo.

Por um segundo, Johnny foi detido pelo completo e silencioso pânico no rosto do amigo, depois se pôs de pé e segurou a arma do modo como faziam nos filmes: duas mãos no cabo, o cano o mais reto e firme que conseguia. Levi Freemantle se levantou, segurando a pá em sua mão, mas sequer notou Johnny. Sua cabeça pendeu para o chão, e ele contemplou a cova rasa que havia raspado na terra.

Freemantle mantinha seu pé ruim afastado do chão, de forma que a pá sustentava grande parte do peso. Suas lágrimas eram evidentes, e Johnny observou-o enquanto tentava cavar um buraco para o caixão. Ele se sustentou sobre o pé bom e usou o enfermo para empurrar a pá, mas a dor contorceu o seu rosto. Passou o peso para o outro pé, mas o tornozelo cedeu.

Ele caiu.

Voltou a ficar de pé.

Tentou novamente.

Johnny abriu o portão e entrou no cemitério. Estava a 5 metros de distância, depois 3, Freemantle alheio a ele. Johnny arriscou um olhar para o caixão. Era pequeno, um caixão de criança. Ele se aproximou, e Freemantle olhou para cima. Seus olhos úmidos saltaram do rosto de Johnny para o lugar exposto no chão. Ele claudicou um passo, erguendo a lâmina da pá, depois cravando-a novamente na terra. Johnny viu tristeza e dor, terra e sangue, e o que parecia um pedaço de madeira projetado do lado do corpo dele.

— Pare — disse Johnny.

Freemantle fez o que lhe foi dito, depois levantou uma das mãos, com a palma aberta e voltada para cima. Ele gesticulou para o lugar onde havia raspado a terra, então finalmente olhou para a arma. Olhou-a por um longo tempo, como se não tivesse certeza do que era ou de por que estava apontada para o seu peito. Quando falou, suas palavras saíram densas.

— Você veio pra me ajudar?

— O quê?

— Eu tava pedindo ajuda, mas Ele não quer falar comigo.

— Quem?

— Ele tá conversando com você?

— Não sei do que você está falando.

As cicatrizes se retorceram no rosto do homem. Um dos olhos tinha um ponto leitoso no centro.

— Eu não consigo cavar o buraco.

Johnny arriscou um olhar para o muro. Jack balançou a cabeça. Johnny olhou para o caixão.

— Você se lembra de mim?

Um movimento de cabeça em confirmação.

— Você tava correndo e eu o segurei.

— Por quê?

— Deus mandou.

— Deus mandou você me segurar?

Outro movimento de cabeça.

— Por quê?

— Ele não disse.

— Johnny.

Era Jack, mas Johnny ignorou.

— Que mais Deus lhe disse?

— Ela é o meu bebê. — Freemantle apontou para o caixão. No seu rosto arruinado, as lágrimas brotaram e caíram. — Eu não consigo cavar o buraco.

Johnny olhou para Jack.

Depois baixou a arma.

CAPÍTULO 36

Cross dirigiu com destreza pela periferia da cidade, depois tomou a direção norte. Hunt viu passarem os bairros residenciais, depois as indústrias leves. Seus pensamentos não estavam no carro encontrado nem em David Wilson, mas nas sete bandeirinhas e em Alyssa Merrimon. Ele não conseguia expulsar a imagem dela sob aquela terra úmida. Sua jovem vida encerrada, sua família destruída. Os pensamentos estenderam-se, também, ao inferno pessoal de Hunt: um ano de noites insones e angústia, 12 meses de fracasso, sua própria família reduzida a ruínas. Todo aquele tempo e ele nunca havia sido capaz de deixar para trás. Era trabalho? Era pessoal?

Quando seu telefone tocou, ele olhou para o identificador de chamada e sentiu-se profético.

— Alô, Katherine.

— Alguma notícia de Johnny?

Ela parecia mal.

— Não. Nada.

— Ele deveria ter telefonado a essa altura. Johnny teria telefonado.

— Temos unidades na rua à procura dele. Johnny é um garoto esperto. Nós o encontraremos. — Ele fez uma pausa, ciente da presença de Cross no automóvel. — Lamento não ter ido até aí para discutir isso pessoalmente. Eu teria ido, mas...

— Ele já deveria ter telefonado.

— Katherine? — Havia preocupação na voz dele. Ela percebeu.

— Foi uma noite ruim — informou Katherine.

— Você está bem?

— Estou melhor agora, mas preciso do meu filho.

— Nós o encontraremos — disse Hunt.

Ela hesitou e, quando falou, sua voz saiu num tom baixo e suave:

— Se você me prometer, eu acredito.

Hunt entendeu o desespero que aquelas palavras implicavam. Ele fechou os olhos e imaginou-a naquela casa. Sentada na cama de Johnny, um dos lábios entre seus dentes de porcelana. Ela estaria contendo a respiração, os dedos crispados, cílios longos e negros sobre a pele debaixo dos olhos.

— Eu prometo — disse Hunt.

— Jure.

— Nós o encontraremos.

— Obrigada, detetive. — A respiração dela viajou pela linha telefônica. — Obrigada, Clyde.

Ela desligou, e Hunt fechou seu celular. Ele esfregou os olhos e sentiu como se houvesse areia sob as pálpebras.

Cross ultrapassou um veículo, depois virou cuidadosamente à direita.

— Era a mãe de Johnny? — perguntou ele

— Sim.

Eles seguiram em frente, deixaram o distrito comercial para trás e rodaram no campo aberto. Cross conservou a mão firme no volante. Ele pigarreou.

— Você deveria saber que boatos estão circulando.

Hunt olhou-o fixamente.

— Na delegacia — continuou Cross. — As pessoas estão falando.

— Que boatos?

— Que você acha que havia um policial envolvido com Burton Jarvis. Envolvido com as crianças mortas. Talvez com Alyssa Merrimon.

— Boatos podem ser perigosos.

— Eu só estou dizendo...

— Eu entendo o que você está dizendo.

Uma centena de metros passou sob os pneus. Quando Cross falou, foi com cautela.

— O Chefe disse para o pessoal administrativo não deixar você chegar nem mesmo perto dos arquivos pessoais. Você, especificamente. Foi a partir disso que o boato começou. Eu só achei que você deveria saber.

Hunt olhou o campo, o céu. Pensou nas muitas maneiras que gostaria de punir o Chefe.

— Temos alguém no carro de David Wilson?

— É jurisdição do condado, por isso tivemos de incluir o xerife. Um dos agentes dele está no local. Ele sabe que não deve tocar em nada.

— Espero que você esteja certo.

— Não estamos muito longe.

O veículo era um Toyota Land Cruiser modelo recente, preto. Estava inclinado, com a dianteira para baixo, numa ravina coberta de arbustos e rochosa, que tinha pelo menos 10 metros de profundidade. O trailer ainda estava acoplado, embora houvesse capotado e estivesse caído sobre o teto.

— Alguém já desceu lá?

O agente negou.

— O xerife disse para eu cooperar, e é isso que estou fazendo. Ninguém esteve lá.

Hunt analisou a rota de descida. Era rocha solta e solo fino. Árvores cresciam ao longo da borda, ervas e arbustos.

— Você tem uma corda no nosso carro, Cross?

— Sim.

— Pegue-a.

Hunt amarrou a corda e largou-a no declive. Ele e Cross desceram, o terreno xistoso deslizando sob os pés. Hunt foi o primeiro a chegar. Uma faixa de água serpenteava pela grota e corria sob o carro. O teto havia desabado sob o peso do trailer. A parte da frente estava danificada, a pintura, arranhada dos lados. Uma teia de rachaduras se estendia por todo o para-brisa.

— Não toque em nada.

Cross espiou pela janela.

— As chaves estão na ignição. — Ele mudou de ângulo. — Ainda estão na posição de ligar.

Hunt usou um lenço para abrir a porta do passageiro. Calor escapou. Cheiro de carro abafado. O couro do assento estava lustroso de tão gasto no lado do motorista. Os bancos traseiros estavam abaixados, o compartimento de carga, abarrotado de equipamentos de escalada. Hunt viu uma jaqueta de motocross e botas enlameadas. Um galão de gasolina estava encaixado atrás do banco do motorista. Nenhum sinal do sangue que haveria em um acidente.

— Parece que alguém se livrou do carro.

— Um bom lugar para isso — comentou Cross.

Hunt usou o mesmo lenço para abrir o porta-luvas. Consultou os papéis com o auxílio de uma caneta, depois fechou-o. Examinou o piso, depois perscrutou entre os assentos.

— Olá — disse ele.

— O quê?

Hunt estendeu a caneta sob o banco e tirou uma cápsula de bala. Exibiu-a e Cross se aproximou.

— Quarenta e cinco.

Hunt tirou um saco para evidências de um dos bolsos e depositou a cápsula dentro dele. Segurou-o sob a luz que se infiltrava até lá embaixo.

— Vamos trazer algumas pessoas para cá.

Hunt e Cross esperaram que os peritos chegassem. Eles se posicionaram na saliência de cascalho, contemplando o veículo avariado. Levou vinte minutos: dois furgões da perícia criminal, quatro peritos.

— Quero que ele seja examinado onde está. Impressões digitais, fibras. Tudo o que vocês puderem fazer aqui e agora, quero que façam. O tempo é crucial. Quando tiverem terminado, podem guinchá-lo e levá-lo sob custódia.

O líder dos peritos considerou o veículo e a escarpa.

— Você está falando sério?

— Há uma corda. Vocês conseguem. — Hunt olhou para o céu. Nuvens negras se formavam ao sul. — Mas tirem-no daqui antes da chuva. Não quero outro dia como aquele último.

Hunt observou os peritos iniciarem o trabalho, depois ligou para Yoakum e o inteirou de tudo.

— É um bom achado — disse Yoakum.

— E aí, como estão as coisas?

— O Dr. Moore confirmou um segundo corpo.

— E então?

— Outra criança. Não é Alyssa Merrimon.

Hunt forçou os dedos a relaxarem.

— Está vindo chuva.

— Eu sei. Estão falando em três horas, talvez quatro.

— A imprensa apareceu?

— Não, ainda não.

Hunt olhou para o Toyota destruído, debatendo consigo mesmo onde sua presença seria mais útil. Os técnicos da perícia estavam examinando o carro. O legista tinha os corpos.

— Sinto que estou deixando passar alguma coisa.

— Não brinca.

— Algo óbvio.

— O que você quer fazer? — perguntou Yoakum.

— Espere onde está. Eu estou indo até aí. — Hunt desligou.

Uma voz partiu da grota.

— Detetive.

O perito estava de pé no fundo da ravina, perto da porta aberta do lado do motorista. Hunt gritou para baixo:

— Sim.

— Parece que o carro foi limpo. — Ele apontou para dentro. — O volante, a maçaneta interna da porta, o câmbio de marcha. — Ele deu de ombros. — Acho que foi limpo.

— E quanto à cápsula?

O perito apontou um dedo para o furgão.

— Michaels está com ela.

Hunt olhou na direção apontada por ele. As portas de trás do primeiro furgão estavam abertas. Havia equipamentos montados dentro dele, uma pequena mesa aparafusada à lataria. Um dos peritos estava com a cápsula sobre uma folha de papel branco limpo.

— Michaels?

— Só um segundo.

Ele continuou trabalhando. Quando endireitou o corpo, disse:

— Temos uma impressão digital.

Hunt deixou Cross na rua e retornou à propriedade de Jarvis no momento em que o legista estava escavando o solo do terceiro corpo. Yoakum estava parado ao lado, com as mãos nos quadris, os lábios contraídos. Ele era um homem grande, com o pescoço curvado, mas na baixada úmida e tomada por sombras parecia pequeno e deprimido.

— Número três — disse ele.

Hunt olhou para os dois sacos de corpos já arrumados e prontos para o transporte. Pareciam achatados e quase vazios.

— Vamos sair daqui.

Ele deu meia-volta, mas Yoakum não o seguiu. Estava contemplando os corpos, as supostas sepulturas com corpos ainda a serem exumados.

— Alguém devia morrer por isso — disse Yoakum.

Hunt recuou. Em todos os anos que havia trabalhado com Yoakum, jamais vira uma brecha na armadura. Yoakum era brutalmente eficiente, contava piadas. Ele não demonstrava sentimentos.

— Alguém já morreu — disse Hunt.

O rosto do homem era todo ângulos na luz da floresta.

— Você acha que Jarvis estava sozinho nisso?

— Eu não sei.

— Eram apenas bebês.

— Pare com isso, John. Vamos fazer nosso trabalho.

Yoakum meneou a cabeça, e Hunt sabia o que ele estava pensando. *Alguém devia morrer.*

Eles subiram o declive com esforço e saíram da mata. Na estrada, com os motores em ponto morto, havia mais dois furgões. Estavam estacionados bloqueando as viaturas oficiais e a van do legista. Yoakum os viu primeiro.

— Cinegrafistas — disse ele.

— Merda.

O Chefe havia deixado dois patrulheiros fardados na rua. Estavam parados com os braços abertos, tentando ignorar as câmeras e microfones enfiados em seus rostos. Quando os jornalistas viram Hunt, começaram a lhe dirigir perguntas.

— É verdade que vocês localizaram mais corpos?

— Sem comentários.

— Por que o legista está no local?

Hunt e Yoakum abriram caminho pelos policiais uniformizados. Hunt ergueu a voz:

— Ninguém passa — disse ele.

— Detetive Hunt... — Era a repórter do Channel Four. — Detetive Hunt.

Hunt recusou-se a interromper a marcha. Ele se dirigiu a seu carro, e a repórter foi em seus calcanhares, os câmeras na esteira dela.

— É verdade que vocês estão à procura de Johnny Merrimon?

Hunt se voltou, inseguro e repentinamente furioso. Ela empurrou o microfone, mantendo o rosto de perfil para a câmera, os olhos brilhantes e ávidos.

— É verdade que ele está desaparecido?

Hunt olhou para além dela. Outro furgão de reportagem vinha descendo a estrada.

— Sem comentários.

Ele pôs sua mão na porta do carro e a abriu.

— E sobre as alegações de envolvimento policial com Burton Jarvis?

— O que você disse?

Ela repetiu a pergunta, e Hunt sentiu a cor se esvair de seu rosto.

— Traga mais unidades para cá — disse ele a Yoakum. — Você — ele apontou para a repórter —, venha comigo.

O sorriso dela se alargou, e ela apontou para a equipe.

— Só você — disse Hunt. Ele não esperou uma resposta. Caminhou 6 metros estrada à frente, sabendo que ela o seguiria. Quando se virou, ela estava três passos atrás dele, bem penteada e impecável num suéter vermelho justo. Atrás dela, a terceira equipe jornalística chegou e começou a se preparar para filmar. — Por que você fez essa pergunta?

Ela não recuou.

— É verdade?

— Não posso comentar uma investigação em andamento. Por que fez essa pergunta?

— Minhas fontes são sigilosas.

Ela levantou seu queixo perfeito, pôs as mãos nos quadris.

Hunt se avultou sobre ela.

— Eu preferiria que você não espalhasse esse tipo de boato. — Ele fixou os olhos azuis famintos da repórter. — É contraproducente.

— Você nega, então?

Hunt pensou nas anotações de Johnny Merrimon, no decreto do Chefe sobre os arquivos pessoais, nas algemas policiais usadas para prender Tiffany Shore. Pensou no sedã escuro estacionado na rua da casa de Katherine, no gato com as vértebras esmagadas. Na ameaça destinada a calar Johnny.

— Sua fonte está enganada.

— Posso citar você nisso?

— Pode tatuar na sua testa.

Hunt se afastou, e ela o seguiu. Outra van estacionou enquanto Hunt se juntava a Yoakum. Era do escritório do chefe dos legistas de Chapel Hill.

Os repórteres formaram um enxame, disparando perguntas.

As equipes de cinegrafia devoravam tudo.

Hunt atirou-se atrás do volante de seu carro, e Yoakum se deixou cair ao lado dele. O motor potente pegou, e Hunt esperou que os repórteres deixassem seu caminho antes de arrancar. Yoakum percebeu seu humor.

— O que há?

— Eles sabem de Johnny.

— Como?

— Eles sabem que um policial pode estar envolvido.

— Que diabos! Como?

Hunt manteve os olhos na estrada.

— Alguém está dando com a língua nos dentes.

CAPÍTULO 37

Yoakum acompanhou Hunt até a delegacia. Pessoas pararam de trabalhar quando eles entraram no escritório. Caiu um silêncio, e Hunt abriu caminho por entre os olhares fixos, a tensão crescente, e Yoakum seguiu seu rastro. Eles entraram na sala de Hunt, e Yoakum fechou a porta.

— Isso foi constrangedor.

— Não posso culpá-los. A Court TV está estacionada na Main Street.

Yoakum olhou pela vidraça embaçada, e seu cavanhaque parecia amarelado na claridade suja.

— Não se trata disso — falou ele.

— Não? Passamos de um sequestro para um múltiplo homicídio em questão de horas. Temos crianças mortas e a imprensa nacional. Há pessoas comentando e pessoas assustadas. Estamos bem no meio disso, você e eu. Por que eles não nos olhariam?

— Isso tem a ver apenas com duas coisas.

— É mesmo? — Hunt estava zangado e frustrado, mas Yoakum recusou-se a recuar.

— Aquilo foi por você estar investigando um policial, um deles, pelo menos, e por você ter interferido.

— Interferido em quê?

— Johnny Merrimon.

Dessa vez foi Hunt quem olhou pela vidraça.

— Ninguém falou nada...

— Falarão, se o garoto não aparecer logo. A imprensa está envolvida agora. Eles sabem que o menino está desaparecido. Acabarão descobrindo que você manteve o Serviço Social afastado, e todos saberão a respeito de você e da mãe daquele garoto.

— Não existe nada ali.

— Você pode acreditar nisso, mas eu não. De qualquer forma, não importa. Livrar Johnny do Serviço Social foi coisa sua. Os motivos não vão importar se alguma coisa acontecer a ele. Você será crucificado.

— Acho que você está enganado.

— Porque você conhece o garoto. As outras pessoas não. Eles sabem que a vida dele é uma merda. Sabem que ele perdeu a irmã gêmea e o pai. Sabem que a mãe dele é uma viciada e sabem o que viram nos jornais. Você viu as fotos. Johnny aparece como se tivesse enlouquecido, como se qualquer pessoa mentalmente sã devesse interná-lo para sua própria segurança.

— Em oposição a quê?

— Em oposição a entregá-lo a um parente boçal que trabalha como segurança e que não consegue cuidar da própria vida. Droga, Clyde, você não vê? Se algo de ruim acontecer àquele garoto, não há nada que faça as suas decisões parecerem razoáveis. Ken Holloway dará um jeito de garantir isso. Assim como o Chefe, a imprensa, o promotor público. — Yoakum levantou um dedo áspero e caloso. — É melhor você rezar para que aquele garoto apareça ileso.

Hunt observou atentamente o amigo. Ele parecia velho, enrugado.

— Preocupação não cai bem em você, John.

— Eu espero o pior, e o pior raramente decepciona. Você sabe disso. É por isso que trinta anos nessa merda nunca me afetaram.

— E esse caso? — Hunt sentia a diferença em seu amigo, a raiva contida.

Uma pausa.

— Esse caso é diferente.

— Porque são crianças?

— Porque todas elas juntas não somam uma só de mim. E porque isso vem acontecendo há anos bem no nosso quintal. Vou dizer a você, Clyde, eu nunca me senti desse jeito.

— Que jeito?

— Desejando que alguém morresse. Por isso... — As feições de Yoakum se consumiram, e ele golpeou a ponta do dedo contra a superfície da mesa, então levantou a voz. — ...alguém deveria morrer.

— Abaixe o tom.

— É verdade.

— Até onde sei, ainda existe pena de morte na Carolina do Norte.

— Advogados de defesa. — Yoakum fez com que a expressão parecesse suja.

Um silêncio caiu entre eles, e, quando Hunt falou, manteve a voz baixa:

— E se Johnny estiver certo? E se um policial estivesse envolvido com Burton Jarvis? E se um policial o estivesse protegendo? Ajudando-o?

— De jeito nenhum.

— Sete crianças...

— Eu não consigo acreditar nisso.

— Alguém está falando com a imprensa, John. Se eu fosse um policial corrupto e quisesse prejudicar uma investigação, esse seria um bom jeito de começar: espalhar boatos e levantar poeira, distrair as pessoas que estariam olhando para mim.

Yoakum pensou a respeito.

— Digamos que haja um segundo perpetrador, alguém envolvido com Jarvis e com aquelas crianças. Johnny poderia identificá-lo?

— Talvez. Ele não quer falar comigo.

— E quanto a Tiffany Shore?

— Não há motivo para pensar que uma segunda pessoa estivesse envolvida com o sequestro dela, mas poderia estar. No momento ela está sedada, mais ou menos catatônica. Porém, os médicos estão otimistas. Talvez amanhã.

— Ela está sob guarda?

— Não.

— Talvez devesse estar. Se houver um policial envolvido.

— Talvez devesse.

Hunt olhou para sua mesa. O arquivo de Alyssa ainda estava aberto no canto, bem ao lado do de Tiffany Shore. Ele folheou o primeiro arquivo e viu a fotografia de Alyssa, os olhos e os cabelos escuros, o rosto que se parecia tanto com o de seu irmão gêmeo.

— É possível? Um de nós?

— A escuridão é um câncer do coração humano, Clyde. Você sabe que eu acredito nisso.

Hunt levantou a segunda pasta e estudou as feições de fina ossatura de Tiffany Shore. Ele tocou uma das fotografias, depois a outra.

— Não posso ficar aqui sentado — disse ele.

— O quê?

— Você não precisa se envolver.

— Com o quê? — perguntou Yoakum, mas Hunt o ignorou. Ele saiu do escritório e se dirigiu para o corredor estreito que dava para o fundo do edifício. Pessoas encaravam, olhavam para o outro lado, mas depois ele teve o corredor somente para si. Após atravessar uma porta corta-fogo, ele desceu a escada, dois degraus de cada vez. O nível do porão tinha chão de concreto e portas de metal que davam para o corredor principal. O depósito. A sala de evidências. Uma salinha no fundo guardava os arquivos do departamento pessoal. Policiais. Equipe de apoio. Manutenção. Os registros eram mantidos em armários à chave atrás de uma porta destrancada.

Andando rápido, Hunt parou um momento para puxar um extintor de incêndio de seu suporte na parede. A sala dos arquivos tinha 2,5 metros por 3, e era de concreto escovado e banhada pela luz branca da lâmpada fluorescente. O armário que ele queria ficava no centro da parede do fundo. Hunt olhou para a tranca da gaveta de cima. Era barata. Iria ceder.

Hunt levantou o extintor, mas parou quando Yoakum entrou na sala atrás dele.

— Eu disse para você não se envolver.

— Não. — Yoakum fechou a porta. — Não foi isso que você disse.

Hunt olhou novamente para a gaveta trancada, hesitando.

— Vá em frente — disse Yoakum.

Hunt virou a cabeça apenas um pouco, focalizou um dos olhos no parceiro. Um fluxo de rubor tingiu a face de Yoakum, e a lâmpada fluorescente punha pontos luminosos em seus olhos.

— Vá em frente — repetiu Yoakum. — Ferre o Chefe. Ferre a cadeia de comando.

Hunt abaixou o extintor, e Yoakum se aproximou por suas costas.

— Vá em frente por Alyssa.

— Você está me instigando? — perguntou Hunt.

— Vá em frente por Johnny. Pela mãe dele.

— O que você está fazendo, John?

Yoakum se aproximou ainda mais.

— Lembrando você que existe uma diferença entre fazer seu trabalho e agir de modo pessoal.

— Às vezes o trabalho é pessoal. — Hunt encarou o parceiro até que Yoakum deu um passo para trás. — Não tente me manipular.

Antes que Yoakum pudesse responder, a porta que dava para o corredor se abriu e uma escriturária, jovem e feminina, entrou, mas parou quando os viu. Seus olhos perceberam o extintor nas mãos de Hunt, a tensão entre os dois homens.

— Eu volto mais tarde — disse ela, retirando-se.

No silêncio repentino, Yoakum exibiu o polegar e o indicador, a menos de uma polegada um do outro.

— Às vezes falta isso — disse ele.

— Para quê?

— Para ser demitido por algo estúpido.

Os dois se encararam por longos segundos, depois Hunt, ainda zangado, foi para o corredor. Ele encaixou o extintor de volta no suporte, e, quando se virou, Yoakum estava esperando-o.

— Não me odeie pela minha beleza — disse ele, e Hunt sentiu um peso sair de seus ombros.

— Por que Johnny pensaria que era um policial? — perguntou Hunt.

— Porque era?

— Por que um garoto pensaria que alguém é policial? O que poderia fazer com que um menino de 13 anos acreditasse nisso? Um distintivo? Algo que o sujeito disse? Alguma coisa que fez?

Hunt segurou as algemas de seu cinto com as pontas dos dedos.

— Algemas? Uma arma?

— Um uniforme? — disse Yoakum.

Eles pararam em meio ao cheiro úmido de concreto, pensando naquela questão. Johnny era um garoto estranho, mas tinha bons instintos e era esperto. Isso era o que ninguém parecia entender. Se Johnny achava que um policial estava envolvido, tinha de haver um motivo. Hunt tentou imaginar a cena: tarde da noite, dois homens num barraco, Johnny olhando pela janela...

— Você leu os relatórios sobre as placas roubadas? — perguntou Hunt.

— O quê?

— Placas de automóvel.

— Li. E daí?

— Seja lá quem Johnny viu na casa de Jarvis, a pessoa usou placas furtadas em seu carro. Três delas, até onde sabemos. Das três que foram roubadas, um dos proprietários não fazia a menor ideia de quando ou onde a havia perdido. Os outros dois tinham bastante certeza.

Algo estalou no fundo da mente de Hunt e Yoakum percebeu.

— O que foi?

— Duas das placas foram furtadas de automóveis estacionados no shopping.

— É um bom lugar para roubar placas.

— Assim como o aeroporto, o hospital ou uma dúzia de diferentes áreas comerciais.

Os olhos dos dois se encontraram, e ambos tiveram o mesmo pensamento ao mesmo tempo. Algemas. Armas. Uniforme.

Um segurança.

CAPÍTULO 38

Johnny cavou a terra. Ele sentiu suas suturas serem forçadas, mas ignorou a dor. Estava fazendo aquilo por um motivo. Dizia isso a si mesmo. Repetia. Levi Freemantle estava sentado com os lábios flácidos, uma das mãos aberta sobre o caixão de pinho rústico, os olhos postos atentamente em Johnny e em cada pá de terra que saía do solo. Ele balançou a cabeça quando o menino atingiu uma rocha, extraiu-a e afastou-a.

— Obrigado.

Johnny mal escutou, mas não importava. Já ouvira isso vinte vezes, pequenos oferecimentos que vinham enquanto ele trabalhava. Apenas balançou a cabeça e cavou. O sol batia sem piedade enquanto nuvens de tempestade se acumulavam ao sul. Johnny olhou para Jack e ofereceu a pá.

— Quer revezar?

— Não, obrigado. Eu estou bem.

Por dez minutos Jack havia ficado de pé com a arma erguida. Quando finalmente a abaixou, apenas Johnny notou. Agora ele estava sentado no muro de pedra, com a arma no colo. Estapeava mosquitos e parecia entediado.

De certo modo, Johnny sentiu-se contente por Jack se recusar a cavar. Johnny não sabia nada sobre Levi Freemantle, nem por que ele estava ali ou como sua filha havia morrido, mas entendia a perda do homem de um modo que Jack jamais poderia entender.

Portanto ele cavou e aguentou a dor. Pensou nas coisas que David Wilson havia dito na ponte: *Eu a encontrei. A garota raptada.* Johnny tinha corrido em pânico e terror cego antes que Wilson pudesse lhe dizer o que queria. Mas Freemantle havia estado lá depois disso. Johnny olhou para o homem corpulento, deixando a pá cair, depois tirando-a mais pesada.

Ele havia estado lá depois daquilo.

Se Freemantle encontrou David Wilson com vida, então talvez o homem tivesse dito a *ele* onde havia encontrado a menina. Talvez Freemantle soubesse.

Johnny atirou terra para fora, e Freemantle deixou pender sua cabeça.

Talvez.

Johnny ouvia essa palavra enquanto cavava.

Talvez.

Após mais de uma hora, dois corvos pousaram num ramo baixo do carvalho que se erguia no centro do cemitério. Johnny só os notou porque Freemantle ficou imóvel, depois debruçou-se sobre o caixão. Ele olhava fixamente para os pássaros pretos, com medo e ódio no rosto. Uma das aves se lançou até uma lápide, uma mancha negra que esticou as asas somente no último momento. Ela inclinou a cabeça para o caixão, depois eriçou as penas oleosas enquanto as esfregava com o bico. De repente, Freemantle ficou de pé. Ele avançou contra o pássaro, cambaleando e gritando. Jack teve um sobressalto, e a arma se ergueu.

Havia palavras no grito, Johnny teve certeza disso, mas não as entendeu. O pássaro adejou para outra árvore, e Freemantle retornou ao local em que estivera sentado. Ele fitou longamente a ave, depois fechou os olhos e fez o sinal da cruz.

Johnny olhou para Jack, que meneou a cabeça, lívido, e agarrou-se desesperadamente à arma.

Mais dois corvos pousaram nas árvores, depois outros três. Johnny retornou ao trabalho, e os minutos se prolongaram enquanto um novo vento levantava poeira. O solo era fofo e fácil de cavar, e Johnny escavou fundo. Ele ignorou a dor nas mãos, a pele gordurosa e descascada que vertia um líquido claro e de cheiro adocicado. Ignorou suas costas, o repuxar das suturas, o suor que incomodava seus olhos. Tinha o dia inteiro para conseguir o que queria, por isso planejou: a melhor abordagem, as perguntas que faria depois que a filha daquele homem grande estivesse debaixo da terra.

Johnny olhou de lado para Freemantle.

A pá mordeu o solo.

Ele cavava a terra quente e arenosa, enquanto nuvens de chuva se avolumavam acima das árvores coalhadas de corvos.

Quando Johnny saiu da cova, o sol estava escondido atrás das primeiras nuvens de tempestade. As copas das árvores estavam agitadas. Um cheiro de ozônio pairava no ar.

— Está chegando — disse Jack.

A cova não era tão funda quanto poderia, mas era do tamanho certo, da forma certa.

— É o que temos — disse Johnny. — É tudo o que eu posso fazer.

— Eu tenho corda. — Freemantle apontou para o caixão.

— Certo.

Eles deslocaram o caixão até a beira da sepultura. Uma vez ali, passaram a corda pelos pequenos pegadores metálicos e baixaram o caixão. Parecia lastimável no buraco bruto e rude. As cordas saíram com um som raspante, e Freemantle recolheu-as e dobrou-as com suas mãos grandes e hábeis, porém vagarosas.

— Eu gostaria de fazer a última parte sozinho. — Ele abaixou a cabeça. — O galpão tá seco, se vocês quiserem descansar.

Freemantle olhou para o céu purpúreo e opressivo, as folhas que haviam se tornado prateadas.

— Ela nunca gostou de tempestades.

Ele voltou para trás, levantou a pá, e uma luz amarela pulsou no ventre das nuvens.

— Raios — disse Johnny.

Mas o homem grande não se apressou. Ele largou um punhado de terra na sepultura. Folhas alvoroçavam ao vento.

— Raios caem — disse Freemantle.

Ele largou mais terra sobre o caixão da filha. O vento aumentou. Jack já estava atravessando o portão, mas Johnny não teve vontade de segui-lo. Freemantle contemplou o caixão, sem se mover.

— Deus tem uma voz parecida com a do meu pai.

— É mesmo?

Freemantle fez que sim.

— Não é como a outra voz.

— Outra voz?

— Como chocolate derretido pelo sol. Doce e pegajoso. Difícil de engolir. — Ele olhou para a tempestade. — Eu o escuto quando os corvos se aproximam.

Freemantle apanhou uma pedra e atirou-a contra um grupo de corvos nos galhos baixos do carvalho. Ele chegou mais perto, mas depois parou por um longo tempo, porém Johnny não o apressou. O homem era doido varrido. Johnny procurou Jack, mas seu amigo se fora.

— Eu tenho medo de raios — disse Freemantle. Ele ergueu o rosto para a tempestade, mas não parecia assustado, apesar do que havia dito. — Deus não fala mais comigo.

A tristeza era tangível. A perda.

— Veja. Espere. — Johnny tomou a pá da mão de Freemantle e caminhou até o carvalho. Os corvos emitiram um crocitar rouco, depois levantaram voo, e Johnny usou a lâmina da pá para traçar um círculo na casca da árvore. — Isso deve proteger você dos raios. Mas só funciona em carvalhos. Não faz diferença em qualquer outro tipo de árvore.

O homem grande ficou ereto, solene e tenso, com seu olho bom movendo-se da casca ferida para o menino.

— Magia negra.

— Não.

— Quem diz?

— Os celtas. Eles já estão mortos. Mortos há muito tempo.

— Como você sabe que funciona se todos esses celtas morreram?

— Eu li em algum lugar. Não importa.

Freemantle meneou a cabeça, a dúvida por toda a sua face torturada.

— Raios caem — disse ele novamente. — A única coisa que você pode fazer é rezar a Deus pra que eles não caiam em você.

Ele voltou o rosto para o monte de terra recém-cavada.

— Ela deveria receber algumas palavras enquanto a terra assenta.

Ele se virou, sua expressão era plena de esperança e inexplicável confiança.

— Você tem uma Bíblia?

— Não tenho. — De repente, Johnny sentiu-se constrangido. — Mas conheço algumas palavras.

O garoto não via razão para compartilhar suas opiniões do assunto, não ali, com aquele homem estranho e seu medo de corvos, raios e vozes açucaradas.

— Eu as direi para você.

Uma rajada de chuva sibilou nas copas das árvores. A face de Freemantle se retorceu de alívio enquanto Johnny se aproximava e sentia a grande altura do homem ao seu lado. As cicatrizes eram rugosas e cinzentas, o olho ruim ficava iridescente quando a luz amarelada irrompia. Johnny se lembrou das longas noites de leitura da Bíblia, das horas de oração fervorosa de sua mãe e de sua própria busca por um sentido. Por longos momentos, sua mente esteve vazia, depois ele disse as únicas palavras de que conseguia se lembrar.

— Pai nosso que estás nos céus...

A chuva fria caiu com força.

— ... Santificado seja o Teu nome.

Levi Freemantle chorou enquanto sepultava a filha.

Johnny postou-se sob a chuva e esperou que um raio caísse.

CAPÍTULO 39

Hunt e Yoakum aguardavam no lobby do primeiro andar do grande edifício no centro da cidade. O escritório de Ken Holloway ficava no quinto andar, mas a recepcionista, uma mulher de expressão dura beirando os 50, estava dificultando. Do lado de fora, o dia ficava mais escuro a cada minuto. Sujeira era soprada pelo vento e arranhava a calçada, depois se erguia e rodopiava no ar.

— Não precisamos marcar hora. — O distintivo de Hunt preenchia a palma de sua mão em concha.

A mulher se levantou por trás de um imponente balcão de teca, uma central de telefones num dos lados, com os botões piscando em vermelho e verde. A empresa de Holloway ocupava todo o edifício. Um olhar para os ramais mostrava a sua abrangência. Comércio imobiliário, incorporação, construção comercial, consultoria, administração de imóveis. Holloway possuía o shopping, vários dos maiores edifícios do centro, todos os três cinemas, dois campos de golfe; e isso era apenas naquela cidade. Os interesses de Holloway estendiam-se por todo o estado.

— Isso é um assunto criminal — disse Hunt. — Eu posso voltar aqui em vinte minutos com uma intimação e um mandado.

O telefone da mulher tocou e ela atendeu. Quando desligou, sua voz soou fria e entrecortada, seu rosto inflexível.

— O Sr. Holloway é uma das pessoas mais gentis dessa cidade, e todos aqui têm conhecimento do assédio moral que você vem praticando.

Não serão poucos os que testemunharão contra você se isso acontecer aqui novamente hoje.

A máscara mudou, e ela sorriu.

— O Sr. Holloway o verá agora. — Ela estendeu um braço. — O elevador está à sua direita.

Eles cruzaram o piso de mármore e entraram no elevador. Yoakum apertou o botão e as portas se fecharam.

— Maravilhosa — disse ele.

— A recepcionista?

— Um doce de mulher.

O escritório de Holloway ocupava a maior parte do andar. Hunt viu uma sala de conferências, alguns escritórios de menor importância, mas o resto era um amplo espaço aberto. Holloway estava de pé atrás de sua mesa. À sua direita, encontrava-se o seu advogado; à esquerda, um segurança uniformizado, armado. Três paredes de vidro ofereciam uma visão que abrangia a maior parte do centro da cidade, incluindo a delegacia, que parecia suja e diminuta. Daquela altura, a tempestade era um muro púrpura e negro que se aproximava com rapidez.

— Detetives — cumprimentou Holloway.

Hunt pisou num tapete oriental e passou por uma mesa de conferências que custava mais do que o seu automóvel. Ele parou diante da mesa. O sorriso de Holloway era forçado, as pontas de seus dedos estavam esbranquiçadas sobre a mesa conforme recebiam o peso dele.

— Você deve se lembrar do meu advogado. Esse é Bruce. — Ele indicou o segurança.

Hunt fitou Bruce até ele desviar o olhar. Estava na faixa dos 40, era alto e negro e usava um uniforme azul impecável com um emblema dourado no peito e dragona correspondente num dos ombros. A face do homem não revelava qualquer expressão. A arma era uma semiautomática.

— Você tem porte de arma, Bruce?

— Ele tem — disse Holloway.

— Ele não pode responder por si mesmo?

— Não.

— Ele é um homem crescido.

— Não enquanto trabalha para mim.

Hunt ergueu uma sobrancelha para Bruce, inclinou a cabeça para o lado e deu de ombros.

— Estamos investigando uma possível ligação entre um assunto criminal e um de seus empregados. Precisamos dos nomes e históricos profissionais de todos os seus seguranças, em especial os do shopping.

— Que tipo de assunto criminal?

— Gostaríamos dos nomes.

O advogado se curvou por sobre a mesa.

— Eu aconselhei meu cliente a não responder a qualquer pergunta na ausência de uma ordem judicial para isso.

Holloway levantou as mãos para mostrar que não tinha escolha, e Hunt olhou o advogado nos olhos.

— É a última palavra?

— Sim — disse o advogado.

— Você aconselhará seu cliente a não interferir de qualquer modo na nossa investigação?

— É claro.

— Ele não deve alertar ninguém sobre essa visita. A investigação está em andamento.

Holloway vestiu seu sorriso profissional.

— Não temos nada para discutir fora do tribunal, detetive Hunt. Nem sobre meus empregados, sua investigação ou suas decisões incomumente pífias. Nem sobre Katherine Merrimon e o pequeno canalha perturbado que ela tem como filho.

Hunt enfrentou o olhar, depois girou nos calcanhares.

— Ah, mas antes — disse Holloway —, acho que você deveria saber que Katherine Merrimon recusou-se a tornar a me ver. Mudou as fechaduras. Histérica. Como de costume.

Hunt parou, caminhou de volta até a mesa.

— É mesmo?

— Nós entramos com os papéis de despejo essa manhã. Ela estará na rua em trinta dias.

— Ela dará um jeito — disse Hunt.

— Dará?

A visão de Hunt se contraiu até que a única coisa que via era o sorriso untuoso de Holloway. Ele sentiu um puxão em seu paletó e se deu conta de que era Yoakum.

— Vamos, Clyde.

Yoakum deu as costas, mas Hunt não se moveu. Ele olhou Bruce, depois Holloway.

— Todos os seus seguranças portam armas? — perguntou ele.

— Eu não vou responder às suas perguntas — disse Holloway. — Achei que havia deixado isso claro.

Hunt olhou para o segurança.

— Ele não lhe dirá nada também.

Bruce manteve a boca fechada, as costas retas; mas quando Holloway parou de olhar para ele, pousou um dos dedos no cabo da arma.

O advogado inclinou a cabeça.

— Tenham um bom-dia, detetives — disse ele. — A recepcionista terá prazer em validar seu cartão de estacionamento.

Eles atravessaram a sala, seus passos soando suaves no tapete, altos quando os sapatos atingiram a madeira. As portas do elevador se abriram, depois se fecharam.

— Belo escritório — disse Yoakum. Hunt continuou em silêncio, as unhas cravadas nas palmas das mãos. — Bela vista.

Eles passaram pela recepcionista, que os fuzilou com o olhar, mas foi ignorada. Visto da calçada, o edifício erguia-se alto e escuro sobre eles. A eletricidade deixava o ar carregado, e a voz de Hunt parecia carregar muito da mesma energia bruta.

— Você viu?

— Vi.

— Os seguranças dele portam armas.

— Não todos.

— Mas um deles porta.

— É.

— Um deles porta.

Eles caminharam até o carro, e o vento fez com que as barras de sua calça se agitassem e tremulassem. Um uniforme, um distintivo e uma arma. Um garoto de 13 anos poderia tomar aquela pessoa por um policial.

Mais fácil impossível.

Fácil como andar para a frente.

Junto ao carro, Yoakum pôs as mãos no teto. Hunt estava do outro lado, com a rua deserta atrás dele.

— Preciso dizer algo — falou Yoakum. — E não quero que você perca a cabeça por causa disso.

— O que é?

— Não precisamos ver os registros dos funcionários.

— Eles podem ajudar.

— Mas não *precisamos* deles.

Hunt deu de ombros.

— Eu queria vê-lo. Queria que ele soubesse que eu estou de olho.

— Isso não é motivo suficiente.

— Provavelmente você tem razão.

— Então por que vir até aqui? Por que envolver Holloway se não há necessidade? Você sabia que ele não iria responder suas perguntas. Ele odeia você.

Hunt devolveu-lhe o olhar, com os olhos semicerrados.

— Ah, merda.

— Entre — disse Hunt.

Eles deslizaram para dentro do carro; o ruído do vento cessou.

— Ele vai avisar seus homens — disse Yoakum. — É o jeito dele.

Hunt deu a partida.

— Provavelmente já está ao telefone agora.

— Talvez. — Hunt engatou a marcha, consultou o tráfego e arrancou do meio-fio.

— Você armou para ele — prosseguiu Yoakum. — Ele vai avisar os seus homens, e você vai acusá-lo de obstrução.

Hunt manteve a boca fechada.

Ele dirigiu até o shopping.

O shopping era um monolito de concreto e reboco. De paredes retas e despojadas, ele se erguia contra o céu escuro. Portas de vidro refletiam tons de cinza a violeta à medida que as pessoas saíam em fila, ávidas para chegar em casa antes da tempestade. Hunt manobrou em meio ao trânsito e se dirigiu aos fundos. Dobrou a esquina, e algumas gotas pesadas se chocaram contra o para-brisa. Eles passaram por caçambas de lixo, plataformas de carga e descarga e veículos velhos.

Estavam na metade do caminho quando Hunt pisou nos freios. Sua porta se abriu com um estardalhaço, e ele já estava fora do carro antes que Yoakum gritasse:

— O que você está fazendo?

Mas Hunt já estava em movimento.

— Senhora? — Hunt chamou uma mulher que estava de pé, curvada, na borda mais externa da plataforma de carga mais próxima. — Senhora?

A mulher estava na faixa dos 60 e era vistosa. Cabelos platinados cortados à altura do colarinho do seu vestido caro. Hunt dirigiu-lhe o seu melhor sorriso.

— Olá. Sou o detetive Hunt. — Ele exibiu o distintivo. — Desculpe incomodá-la.

— Posso ajudá-lo?

Ela era esguia e elegante. O diamante em sua gargantilha parecia ter dois quilates e ser autêntico.

Mais algumas gotas atingiram o macadame.

— Eu não pude deixar de notar... — Hunt apontou para o que ela tinha na mão.

— Atum.

Ela exibiu a lata, envergonhada. A tampa estava aberta, o atum estava estragado. Ela apontou para a beira da plataforma, onde havia posto uma lata nova.

— Há um gatinho muito querido. Não suporto vê-lo revirando a caçamba de lixo.

— O gato enjoou do atum? — Ele apontou com a cabeça para a lata estragada.

— Eu não o vejo há alguns dias

— Como é esse gato?

A perplexidade dela transpareceu, assim como sua hesitação, por isso Hunt deu-lhe seu sorriso mais afável.

— Se a senhora não se importar. Eu também adoro gatos.

O rosto dela se iluminou, e ela chegou mais perto.

— Castanho tigrado, com olhos dourados e duas patinhas brancas. — Ela ergueu os ombros, com um sorriso radiante. — Tão cheio de vida.

Hunt subiu na plataforma de carga.

— Podemos entrar pela sua loja?

— Eu não sei...

— Eu tenho de insistir.

A loja vendia roupas. Hunt e Yoakum abriram caminho pelo depósito, depois passaram pelos provadores. Mulheres olharam-os, alarmadas, mas Hunt as ignorou, dirigindo-se às escadas rolantes.

— Clyde. Mais devagar.

A multidão ainda era grande, apesar da tempestade. Famílias, crianças — uma onda de cor e barulho.

— Clyde!

Hunt passou pela aglomeração, com Yoakum seguindo na sua esteira.

— Esse é o cara — disse ele.

— Que cara? Do que você está falando?

— É o mesmo gato da casa de Johnny. Castanho tigrado com duas patas brancas. É o nosso cara.

— Quem?

— O guarda que estiver armado.

— O policial de Johnny.

Hunt subiu a escada rolante correndo. Saiu na praça de alimentação, abriu caminho pelo meio de um grupo de consumidores e seguiu em direção à porta com a placa que dizia SEGURANÇA. Estava trancada. Hunt apertou o botão do interfone.

— Segurança.

Hunt reconheceu a voz.

— Steve. Aqui é o detetive Hunt. Abra a porta.

— Algum problema?

Hunt bateu com a palma da mão no metal frio.

— Abra a porra da porta.

A porta deu um zumbido, e Hunt subiu dois degraus por vez. Yoakum pisava o concreto atrás dele. Eles dobraram o primeiro lance, de armas na mão. Steve recebeu-os no topo da escada, com a porta entreaberta atrás dele.

— Afaste-se, Steve.

— Ei. O que é isso?

As mãos de Steve se ergueram quando ele viu as armas.

Entraram na sala da segurança. O guarda gordo estava nos monitores enquanto outro encontrava-se de pé diante das vidraças que davam para a praça de alimentação. Ambos estavam alarmados, assustados. Nenhum deles portava arma.

— O escritório — disse Hunt, então viu a porta fechada, a janela com persianas. — Você. — Ele apontou um dedo para o guarda que estava de pé. — Sente-se.

O guarda apressou-se até a cadeira mais próxima. Hunt gesticulou para a porta do escritório, e Yoakum posicionou-se ao lado dela. Steve parecia desnorteado.

— Há alguém aí dentro? — perguntou Hunt.

— O Sr. Meechum? Ele saiu.

— Quem é Meechum?

— O chefe.

Hunt acenou para que Steve se afastasse da porta, depois olhou para Yoakum e contou até três. A porta se abriu com facilidade, e eles entraram no escritório vazio.

— Eu já disse... — Steve ocupou a porta aberta. — O Sr. Meechum acabou de sair.

— Quando?

— Uns cinco minutos atrás, talvez.

— Descreva-o — disse Hunt.

— Eu não sei. Sessenta e cinco. Magro, mas forte. Cabelos ralos, nariz quebrado. Um tanto ranzinza.

— Ele anda armado? — perguntou Hunt. — Usa uniforme?

— Geralmente veste jeans. Uma espécie de camisa safári. Mas carrega pistola no cinto. É o único aqui que tem autorização para isso.

— De que tipo?

— Hum?

— A arma. Que calibre?

— Quarenta e cinco, eu acho.

Hunt trocou um olhar com Yoakum, e ambos entenderam. *O mesmo da cápsula encontrada no carro de David Wilson.*

— Ele carrega algemas? — perguntou Yoakum.

— Todos carregamos.

— John.

Hunt apontou para a escrivaninha no escritório. Era velha e gasta, sem nada de especial. Havia um conjunto de monitores adaptados à superfície e ligados ao sistema de vigilância do shopping. Três dos monitores mostravam imagens de câmeras voltadas para a praça de alimentação. Todas exibiam a mesma coisa: uma mesa com jovens garotas, talvez 14 anos, talvez menos. Os enquadramentos estavam em zoom. Hunt pôde ver aparelhos ortodônticos, covinhas, o riso fácil, o atirar de cabelos.

— É o nosso cara.

Yoakum se aproximou.

— Filho da puta.

— Por que Meechum saiu? — perguntou Hunt, e havia uma certeza terrível com ele.

Steve não hesitou.

— Ele recebeu uma ligação do Sr. Holloway. Não sei sobre o que eles conversaram, mas fui eu mesmo que transferi a ligação.

— Quando?

— Agora há pouco. Logo antes de vocês chegarem aqui.

— Steve — chamou Hunt. — Nós vamos precisar do endereço de Meechum.

— Eu não sei o endereço, mas você pode chegar andando até a casa dele em dois minutos.

— Como assim? — perguntou Hunt.

— Ele mora atrás do shopping. Alguns arbustos, uma ou duas valetas, e você está na porta dos fundos dele.

— Me mostre — disse Hunt.

— Agora?

— Nesse minuto.

Steve lambeu os lábios, lançando um olhar nervoso em volta da sala.

— Sério?

— É. — A mão de Hunt caiu pesadamente no ombro dele. — Sério.

A chuva fria tamborilou no rosto de Hunt quando ele abriu a porta do carro para os fundos; ela fustigava inclinada, desfazia-se numa névoa sobre o asfalto. A visibilidade estava prejudicada, como se a própria luz tivesse sido sugada para fora do ar. Um automóvel passou por eles, com o para-brisa embaçado, os limpadores atirando a água para fora do vidro em amplos arcos cristalinos.

— Onde é? — Hunt ergueu a voz.

Steve apontou. A porta pesada bateu ruidosamente atrás dele.

— Ali. Entre aquelas árvores.

Hunt viu as árvores, dois cedros raquíticos brotando da beira de uma vala do outro lado do terreno.

— Há uma trilha. Não é longe — disse Steve.

— Eu preciso que você me mostre.

— Ah, cara. — Steve ergueu os olhos para a chuva. — Você vai me fazer ficar molhado *e* desempregado.

Ninguém riu.

— Agora — disse Hunt.

Eles correram por sobre o pavimento inundado, passaram entre um Suburban estacionado e um Ford batido com cobertura de plástico sobre uma das janelas. Atrás dos carros, a trincheira já estava alagada. A água escura carregava embalagens de fast-food, sacolas plásticas e caixas de cigarro correnteza abaixo. A trilha começava nas árvores e continuava estreita e reta por entre os altos arbustos de um terreno baldio. A mão de Yoakum caiu sobre o ombro de Hunt.

— Apoio? — Ele mostrou seu rádio.

— Não vamos esperar.

— Ótimo. — Yoakum guardou o rádio no bolso e, seguindo o mesmo movimento, segurou sua arma. — Eu odeio esperas.

— Qual é a casa?

Steve inclinou-se para a esquerda de modo a enxergar entre as duas moitas de cedro. Uma fileira de pequenas casas recuava até o campo de ervas daninhas. Hunt viu jardins estreitos e cercas aos pedaços, algumas bicicletas. Steve apontou de novo.

— Está vendo aquela casa cinza com a bicicleta vermelha no pátio de trás?

— Estou.

— É a terceira à esquerda dela.

Hunt fez a contagem para a esquerda, viu um rancho baixo com a pintura descascando e um azevinho morto no canto. Não havia luzes acesas ou movimentação. O detetive apontou isso para Yoakum.

— Ele mora sozinho? — perguntou Hunt.

— Acho que sim.

— Você fica aqui.

Então Hunt consultou Yoakum.

— Está pronto?

— Certo como a chuva.

Eles saltaram a vala e deslizaram para o campo, curvados até a cintura, as armas expostas e apontadas para baixo. O mato havia crescido muito e punha seus dedos longos e molhados neles enquanto avançavam. Um trovão explodiu. A trilha estava úmida e escorregadia.

Eles pararam no último trecho coberto antes do pátio aberto que circundava a casa de Meechum. Um cheiro pairava no ar, um odor químico que não vinha de lugar algum.

Correram os últimos 20 metros e se puseram de costas para a parede sob a janela maior. A água descia como um lençol das calhas entupidas. O cheiro químico ficou mais forte, algo queimando. Hunt arriscou uma olhada na janela. As cortinas estavam cerradas, mas havia uma fresta aberta no meio. Era a sala de estar, um espaço sombrio com mobília velha e teto baixo. O tapete era amarelo alaranjado, as paredes, com painéis de pinho baratos. Meechum era como Steve o havia descrito. Magro e curvado, estava inclinado sobre seu computador, a camisa escura de suor. Na lareira, CDs estavam empilhados e em chamas.

— Ele está queimando evidências — disse Hunt, abaixando-se, seguindo para a porta dos fundos. — Você vai pela frente. Entramos em sessenta segundos.

Yoakum moveu-se até a frente e deixou Hunt sozinho na chuva. Ele arriscou outra espiada pela janela dos fundos. Os cabelos estavam revoltos na cabeça de Meechum. Ele dedilhava o teclado, depois deu um tapa na lateral do computador, outro tapa. Hunt não viu o machado até que Meechum o apanhou. Estava apoiado na escrivaninha, cabo de nogueira e uma lâmina preta de ferrugem exceto no gume, que reluzia num brilho prateado. A ferramenta subiu e a face de Meechum se travou, os lábios arreganhados, os olhos apertados; então o machado desceu com um grunhido, um estalo de plástico e vidro estilhaçado.

O computador.

Droga.

Hunt deixou a janela e disparou até a porta. Ele tentou a maçaneta. Trancada. Ele jogou seu ombro contra a madeira, descobriu que era frágil e barata. O batente partiu sob o seu peso e ele entrou na cozinha, sentindo o linóleo escorregadio sob os pés enlameados. Uma sugestão de movimento através da porta que dava para a sala de estar e a arma de Hunt estava apontada quando ele entrou.

— Polícia! Polícia, merda!

O computador estava partido na parte de cima, Meechum parado sobre ele, o machado erguido e congelado ao fitar a pistola apontada. Hunt viu pânico nos olhos dele.

— Não faça isso.

Hunt avançou um passo sala adentro, liberando sua linha de fogo. A sala fedia a plástico queimado.

Meechum balançou a cabeça, uma língua de lagarto apontando para fora da boca.

— Apenas largue o machado — disse Hunt.

O rosto do homem se contorceu. Seu peito ofegou enquanto a fumaça preta serpenteava chaminé acima. Hunt viu a decisão firmemente tomada na expressão de Meechum no mesmo instante em que o movimento trepidou na porta atrás dele. Hunt viu um lampejo metálico, Yoakum, a arma apontada entrando na sala.

A cabeça do machado subiu ao mesmo tempo em que as costas de Meechum se curvaram.

— Não — gritou Hunt, mas era tarde demais.

Meechum brandiu o machado, e Yoakum baleou-o no coração.

O corpo caiu com o rosto para baixo, um pequeno espasmo em dois dedos dobrados. Hunt foi até a lareira e chutou os CDs para fora das chamas. Apanhando o atiçador, cavou mais fundo, espalhou o plástico em labaredas para fora e tentou salvar o que podia. Por fim, Yoakum ajudou-o. Cinco CDs estavam incólumes, outros 12 chamuscados. Dez estavam arruinados sem qualquer esperança de recuperação.

Hunt recuou. Seus sapatos estavam enegrecidos, sua garganta ardendo. Ele fitou Yoakum, cuja face estava plácida.

— Você tinha de matá-lo? — perguntou Hunt.

Yoakum olhou para o corpo.

— Ele avançou contra você com um machado.

— Ele avançou contra o computador.

O rosto de Yoakum não manifestava desculpas ou remorsos.

— Eu vi de um ângulo ruim. Minha visão de você estava obstruída. Eu não podia ver se você estava segurando a arma ou não. O machado estava descendo quando entrei na sala. Pensei que ele estava atacando você.

— Gostaria que você não o tivesse matado.

— Foi um tiro limpo.

Hunt pausou, muito imóvel.

— Eu nunca disse o contrário.

— Foi limpo.

O cheiro de sangue tomou a sala. Yoakum guardou a arma no coldre, com os olhos escuros e vidrados.

— Muito limpo — disse ele, e saiu.

Cinco minutos depois o apoio chegou, e com ele veio o Chefe, e as perguntas, nenhuma delas fácil de responder. Policiais inundaram a casa. A tempestade continuava. Ao entardecer, o corpo já se fora, os discos haviam sido embalados e remetidos para o melhor técnico de informática do departamento. O Chefe chamou Hunt e Yoakum até a cozinha.

— Pela última vez. Me digam que esse é o cara.

— Nós achamos que ele estava associado a Burton Jarvis.

— Por quê?

— Placas roubadas. O gato morto vindo do shopping. As anotações de Johnny Merrimon...

— Não me fale das anotações daquele garoto.

— As descrições dele conferem — insistiu Hunt. — Idade, altura, cor do cabelo. Repassamos isso três vezes.

— Faça novamente.

Então ele fez. Hunt explicou tudo. O Chefe não o interrompeu. Ele mal piscou.

— Salvamos alguns dos discos — concluiu Hunt. — O disco rígido parece intacto. Ele deve nos revelar algo mais.

O olhar do Chefe foi de um homem ao outro.

— Quero vocês dois na delegacia — disse ele. — Quero os seus depoimentos. Além disso, não quero que nenhum de vocês diga uma palavra a ninguém sobre isso, nem mesmo um ao outro, nem às suas namoradas ou a qualquer outro policial, não antes que os depoimentos estejam na gaveta trancados. Estamos esclarecidos?

— Sim.

O Chefe apontou para a porta.

— Depoimentos. Agora.

— Eu estou seco por uma cerveja — respondeu Yoakum. — Que tal darmos os depoimentos amanhã?

O Chefe não achou graça.

— Depoimentos — disse ele. — De vocês dois. Separadamente. Depois quero que vocês vão para casa e durmam um pouco. Amanhã preciso ver o que fazer dessa trapalhada.

— Trapalhada — repetiu Yoakum, com certa aspereza na voz.

— Como você chamaria isso? — O Chefe recusou-se a ceder.

— O tiro foi limpo.

O Chefe pôs as mãos nos quadris e projetou o queixo mole e redondo.

— Um homem foi baleado na própria sala de estar. É melhor que tenha sido.

Hunt dirigiu o próprio carro, mas Yoakum recebeu a ordem de pegar carona com um patrulheiro.

— Não estou gostando disso — havia dito Yoakum, mas ambos entenderam. O Chefe não queria que discutissem os depoimentos enquanto dirigiam. Queria-os sem ensaio ou qualquer tipo de preparo.

Hunt não viu Yoakum quando chegou. Ele foi recebido na porta por um oficial dos assuntos internos chamado Matthews. Ele era novo naquela jurisdição, por isso Hunt conhecia-o apenas de vista e de reputação. Era tido como um sujeito inteligente e digno. Tinha olhos abatidos e uma boca de desaprovação; mancava ligeiramente enquanto conduzia Hunt a uma sala de conferência vaga. Inicialmente as perguntas seguiram o padrão, do tipo que se perguntava depois de qualquer troca de tiros, e se foram mais extensas do que de costume, mais complexas, era porque o tiro foi fatal. Hunt respondeu-as sem dificuldade. Ele havia passado por aquilo antes.

As perguntas tomaram um rumo inesperado trinta minutos depois.

— Você e o detetive Yoakum são amigos, correto?

— Somos parceiros.

— Isso não responde a minha pergunta, detetive.

— John Yoakum é meu amigo.

— Alguma vez viu o detetive Yoakum disparar sua arma com raiva?

— Não. É claro que não.

— Alguma vez usou excesso de força?

— Quanta força usar é uma questão de julgamento. O detetive Yoakum sempre exerceu um julgamento impecável.

— Na sua opinião.

— Sim.

— Como amigo.

— Como detetive-chefe da divisão de crimes graves. — Hunt sentiu um calor subir-lhe por sob a camisa. — Como um oficial com 17 anos de experiência. Já acabamos?

— Mais algumas perguntas.

— Prossiga com elas, então.

Matthews tamborilou com a ponta de um lápis na mesa e se reclinou em sua cadeira.

— O detetive Yoakum esteve no seu escritório mais cedo?

— Sim.

— O que vocês discutiram?

A paciência de Hunt evaporou.

— Nós temos mais do que uma coisa ou outra para discutir ultimamente.

Os lábios de Matthews se viraram para cima, mas o sorriso não chegou aos olhos.

— É claro. — O lápis tamborilou. — Tiffany Shore. As crianças assassinadas.

Ele poderia estar falando de um traficante de maconha ou do policiamento de trânsito.

— Vou lhe dar exatamente um minuto mais — disse Hunt. — Depois sairei daqui.

Matthews inclinou-se para a frente.

— Enquanto estava no seu escritório hoje, o detetive Yoakum disse que alguém deveria morrer pelo que foi feito àquelas crianças?

Hunt não respondeu nada.

— Ele disse isso?

— Acho que acabamos. — Hunt se levantou.

— Você não respondeu à minha pergunta.

Hunt manteve a voz contida.

— O que foi ou não foi dito na minha sala não tem relação com o que aconteceu hoje. Meechum tinha um machado. Yoakum fez o que achou que tinha de fazer.

— Você tem certeza, detetive? — Matthews inclinou sua cadeira para trás até tocar na parede, e Hunt viu que não havia alegria no rosto do homem. — Pense nisso.

Hunt não falou com ninguém ao sair da delegacia. Seu relógio marcava sete horas quando ele saiu do edifício para a chuva intensa. Ele caminhou com indiferença até o carro. Dentro do veículo, no ar úmido e abafado, suas mãos encontraram o volante, a ignição. Ele olhou em volta à procura das equipes de reportagem, mas não viu nenhuma. Talvez fosse o clima.

Alguém ouviu.

Através de sua porta fechada, alguém ouviu o que Yoakum falou.

Hunt apertou o volante e relembrou o tiro certeiro de Yoakum. O machado estava erguido, e Yoakum entrou na sala quando a lâmina começou a descer. Parecia a mesma cena, mas a sensação era outra.

Ou não?

Depois de um minuto, Hunt ligou para seu filho em casa. Tocou sete vezes, depois ele ouviu música ao fundo. Hunt tentou disfarçar a fadiga, a natureza inquieta.

— Ei, Allen.

— O que é?

— Você já jantou?

— Eu estou fumando crack e assistindo a pornografia. Você se importa?

Hunt reprimiu sua emoção.

— Estarei logo em casa. Quer que eu leve algo?

Do lado de fora, Yoakum emergiu pela porta da frente da delegacia. Ele olhou uma vez para Hunt, depois levantou a mão e imitou uma arma com os dedos. Hunt acendeu os faróis. Yoakum puxou o gatilho, depois caminhou para o próprio carro, tão alheio à chuva quanto Hunt havia estado.

— Comida chinesa — sentenciou Allen —, mas traga-a daqui a uma hora.

Yoakum abriu sua porta, depois fechou-a. Eles estavam em lados opostos do estacionamento. De frente um para o outro.

— Por que daqui a uma hora?

— Porque estou fazendo umas coisas.

Hunt estava muito cansado do muro que havia entre eles, da inflexibilidade desse muro, de como ele ficava mais alto a cada dia.

Yoakum entrou no seu carro, e Hunt sentiu quando o motor deu a partida.

— Que tal um filme depois de comermos? Como costumávamos fazer.

— Acho que não.

— Simples assim?

— É. Assim mesmo.

Yoakum saiu do estacionamento no instante em que o garoto desligou. Hunt fechou o telefone e observou-o partir. Eles deveriam ter conversado, mas Hunt não estava preparado para isso. Não ainda. Nem perto disso. Ele tinha uma hora. Katherine ficava a apenas dez minutos dali. Ele pensou a respeito, depois deu a partida. Dirigiu 8 quilômetros abaixo do limite de velocidade, com o carro bem aderido à superfície vítrea das ruas, mas, à medida que a periferia da cidade se aproximava, ele se viu dirigindo mais rápido. Queria vê-la, constatou. Naquele minuto, com a chuva massacrando a via até torná-la um rio de névoa escura, ele queria isso mais do que qualquer outra coisa.

Seu carro subiu a ladeira, depois desceu, as luzes cortando a noite, pequenas casas enfileiradas abaixo. Eram bem espaçadas, e indícios de claridade e de cores monótonas enfiavam-se por entre as árvores; mas a casa de Katherine não era assim. Hunt diminuiu a marcha e abaixou a cabeça para enxergar através de um para-brisa ligeiramente embaçado. O acesso de veículos estava vazio, o automóvel dela ainda se encontrava apreendido, mas os furgões de imprensa se enfileiravam na rua. Nove deles. Uma dúzia.

A cabeça de Hunt virou-se enquanto ele passava pelos veículos. CNN. FOX. WRAL. Vários outros. Ele entrou no acesso de veículos, passando perto dos furgões mais próximos, e portas se abriram derramando equipes de reportagem para o meio da tempestade. Eram espertos demais para entrar no terreno de Katherine, mas gritaram perguntas da rua tão logo Hunt saiu para a chuva.

Vocês já encontraram Johnny?

É verdade que ele os levou até um assassino em série de crianças?

As câmeras estavam preparadas para o mau tempo. Os repórteres usavam impermeáveis, mas ficaram rapidamente molhados e sujos. As perguntas continuaram. Sem ordem. Sem fingir decoro. Eles haviam esperado na chuva, mas Hunt já estava se dirigindo à casa.

Detetive, é verdade que a contagem de corpos chega a sete?

Esse era o Channel Nine. Hunt conhecia o rapaz.

Alyssa Merrimon está entre os mortos?

Mais alto.

Detetive? Detetive?

As perguntas vinham mais rápido, gritadas acima do ruído da chuva. Hunt deu-lhes as costas. Katherine atendeu à segunda batida, pequena, pálida e linda.

Sra. Merrimon...

Um alvoroço. Hunt se pôs entre ela e as câmeras. O sorriso dela não foi tão forçado quanto Hunt esperava que fosse.

— Posso entrar? — perguntou ele.

Ela o admitiu e fechou a porta.

— Johnny?

— Ainda não.

Ela se pôs de lado, e Hunt tirou o casaco molhado. Havia somente uma luz acesa na casa. Katherine entreabriu a cortina e espiou para fora. Uma xícara de café frio jazia sobre a mesinha ao lado do sofá.

— É verdade? — Ela exibiu um olhar sombrio, depois olhou para fora novamente. — O que estão dizendo?

— O que estão dizendo?

— Que vocês encontraram uma vala comum. Que jamais a teriam descoberto sem Johnny?

— É verdade.

— Não consigo suportar a pergunta.

— Não temos razão para crer que o corpo de Alyssa esteja lá. Porém...

— Porém o quê? — Ela se virou da janela, com olhos frágeis, o queixo inclinado.

— Ainda não exumamos todos os corpos. A chuva nos forçou a parar.

— Então amanhã?

— Amanhã saberemos.

Ela se envolveu nos próprios braços.

— Posso lhe oferecer um pouco de café? Ou chá? Eu não tenho nada forte.

— Café seria ótimo.

A voz dela soava terrível, Hunt pensou, mas ela estava se portando melhor do que ele havia esperado.

— Eu só tenho alguns minutos — disse o detetive.

— Café.

Ela foi buscá-lo.

— Obrigado, Katherine.

Ela serviu o café numa caneca e entregou-a a ele.

— Então não há nada? Nenhuma notícia?

Katherine estava perguntando a respeito de Johnny.

— Não — disse ele. — Lamento.

Ela olhou para a janela e a tempestade do lado de fora. Depois sentou-se no sofá, e Hunt sentou-se ao lado dela.

— Ele é um garoto forte — disse Hunt. — Estamos procurando.

— Não podem fazer mais? Qualquer coisa? Um Alerta Amber?

— Isso nunca é usado a menos que haja clara evidência de um sequestro, e nós não acreditamos que ele tenha sido sequestrado. Todas as evidências são de que ele saiu por conta própria. Para algum lugar. Considerando o comportamento pregresso dele...

Katherine fechou os olhos e bateu com os punhos nas coxas.

— Johnny... — Ela balançou a cabeça. — Droga, Johnny. Onde você está?

— Ele é esperto, Katherine. Ele ficará bem. Nós o encontraremos.

Quando ela abriu os olhos, seu rosto era como vidro, e Hunt podia ver que ela estava levando a conversa adiante.

— Ken veio três vezes hoje.

Hunt escondeu sua preocupação súbita.

— Pensei que ele tivesse seguido em frente com sua vida. Foi o que ele disse.

— Isso não é o que Ken Holloway faz. Se ele disse isso a você, estava mentindo.

— Ameaças? — perguntou Hunt.

— Ele bateu na porta, sussurrou algumas coisas horríveis.

— Ele fez alguma ameaça? — insistiu Hunt. Poderia indiciar Holloway por proferir ameaças. Iria bem com a acusação de obstruir a justiça. Eram acusações pequenas para um homem como Holloway, mas o poriam trancado, mesmo que por pouco tempo. Elas o manteriam longe de Katherine.

— Podemos apenas sentar? — pediu ela. — Podemos apenas sentar em silêncio?

Hunt não insistiu, engoliu a raiva e a preocupação.

— É claro — disse ele, e ficaram sentados enquanto o seu café esfriava e as equipes de reportagem desistiam e voltavam para dentro dos furgões. Após um momento, Hunt notou que ela apertava algo nas mãos, pressionava as palmas juntas e as apertava entre as pernas.

— Eu estava no quarto de Johnny mais cedo. Você sabe...

A voz dela sumiu e Hunt podia vê-la ali, tocando as coisas do garoto, esforçando-se para suprimir o medo e as dúvidas.

— Eu encontrei isso.

Ela abriu as mãos, e Hunt viu um maço dos seus cartões de visitas. Estavam amarrotados, manuseados e úmidos. Ela ergueu o rosto e olhou-o nos olhos.

— Dezenove cartões.

Uma clareza chocada iluminou o rosto dela, e Hunt sentiu um estranho e repentino constrangimento.

— Eu queria que Johnny soubesse que havia alguém para quem ligar — disse Hunt. — Se as coisas ficassem ruins.

Ela fez que sim, sem surpresa.

— Depois que descobri esses, procurei pela casa e encontrei todos os que você me deu. Joguei muitos fora, eu sei, mas ainda encontrei mais uma dúzia.

— É o meu trabalho — disse Hunt.

A clareza não vacilou em momento algum.

— É mesmo?

Hunt desviou os olhos.

— Você sempre esteve presente por nós — disse ela.

— Qualquer bom policial teria feito o mesmo.

— Acho que não.

Os ombros dela roçaram uma vez nos de Hunt, e ele sentiu uma descarga elétrica, uma centelha azul que brotou súbita como uma pontada.

— Obrigada — disse ela, e ficaram sentados em silêncio, ambos, lado a lado. Ela levantou as pernas no sofá, enfiou as mãos entre elas novamente e pousou a cabeça no ombro dele. Hunt sentiu a fragilidade do braço dela pressionado contra o seu, o calor da pele dela enquanto a chuva fria batia na janela.

— Obrigada — disse ela novamente.

E Hunt sentiu-a ficar imóvel.

CAPÍTULO 40

A tempestade estava tão intensa que Johnny não viu sinal algum do sol quando ele se pôs por trás do horizonte. A chuva caía, pungentemente fria, e a temperatura caiu com ela. O ar passou de cinza a azul e depois a quase negro, mas Johnny não se moveu, nem mesmo quando o raio caiu num clarão branco e quente que partiu o ar com um som igual ao de pedras se quebrando. Ele se encolheu. Sentou-se encostado no muro e observou Levi Freemantle raspar a última pá de terra encharcada para dentro da sepultura, depois alisá-la com a ferramenta e sentar-se. A água descia por aquele homem grande em cortinas, e ele se assentou na terra molhada como se a lama subisse à sua volta. Nada parecia real. Johnny mal se mexeu quando Jack se inclinou por cima do muro e chamou:

— Johnny.

Os segundos se passaram.

— Você tinha me deixado — disse Johnny.

Jack se inclinou mais por cima do muro e aproximou sua cabeça.

— Você vai acabar se matando aqui — disse ele.

— Raios caem.

— O que isso quer dizer?

— Nada. Eu não sei.

O céu se acendeu. Johnny apontou para o velho carvalho.

— Aquela é a árvore em que eles foram enforcados.

Jack olhou para a árvore nodosa, seus galhos gigantes estendidos e agitados, negros com o cair do raio.

— Como você sabe?

Johnny deu de ombros.

— Você não consegue sentir?

— Não.

— O cemitério foi construído em volta dela. Três lápides em sua base. — Ele levantou um dedo. — Veja como são pequenas. Como foram talhadas de um jeito tosco.

— Não consigo ver merda nenhuma.

— Eles estão ali.

— Você está perdendo o juízo, Johnny.

Johnny não disse nada.

— Há uma estufa no celeiro. Eu acendi o fogo.

Johnny fitava Freemantle.

— Eu não posso ir.

— Você está aqui há horas. Esse homem não vai a lugar algum. Olhe para ele.

— Não posso correr o risco.

— Você pensou nisso? Realmente pensou bem nisso? Ele está enterrando a filha, cara, e a julgar pela aparência do caixão, eu diria que ele a estava enterrando pela segunda vez. Isso significa que ele a desenterrou de outra sepultura. Você ao menos sabe como a menina morreu? Ou por que ele a carregou por todo esse caminho para enterrá-la sem ninguém por perto para ver?

— Nós vimos.

— Não sabemos nem mesmo se é de fato filha dele.

A luz se derramou de uma nuvem distante.

— Olhe para ele.

Os garotos olharam para Freemantle, mergulhado em si mesmo, estilhaçado por uma dor tão verdadeira que não havia como não reconhecê-la.

Jack abaixou a voz.

— Você já se perguntou por que ele está coberto de sangue ou como ele se feriu? A verdadeira razão por que ele o agarrou naquele dia?

— Deus disse a ele para fazer isso.

— Não banque o esperto comigo, cara. Quando esse sujeito sair da chuva, vamos ter que decidir o que fazer com ele. Não quero ser o único a pensar nisso.

— Eu só tenho uma pergunta, e assim que ele acabar com isso — Johnny apontou a chuva, a sepultura, a lama —, eu vou fazê-la.

— E se ele não responder?

— Ajudei a enterrar a filha dele.

Jack levantou a voz.

— E se ele não responder?

— Me dê a arma — disse Johnny.

— Se você o ameaçar, ele vai nos matar.

Johnny estendeu a mão. Jack olhou o gigante na lama, depois largou a arma no colo de Johnny. Ela estava fria, molhada e pesada.

— Estou tão perto... — disse Johnny.

Mas Jack já se fora.

Johnny observou o homem, a chuva e a lama que subia, silenciosa. Depois de um minuto, ele procurou algo no bolso. Quando sua mão saiu, surgiu com uma pena pequena, branca e amassada. Ele a segurou por um longo tempo, viu-a amolecer sob a chuva intensa. Pensou muito em jogá-la fora, mas no final fechou os dedos e esperou, com a arma numa das mãos e a última pena na outra.

Horas depois, os raios se extinguiam ao norte. A floresta gotejava. Freemantle ergueu os olhos para as nuvens que passavam em correria, os indícios da lua por trás delas. Foi a primeira vez que ele se moveu depois de nivelar a terra sobre a filha. Não havia mais sinal de Jack ou das súplicas para sair da chuva. Houvera a lenta marcha das horas, os relâmpagos e trovões, a tempestade que despejava a água gelada para a terra. A rocha dura às costas de Johnny. E havia eles dois, a 6 metros um do outro e imóveis. Isso em momento algum havia mudado.

Johnny enfiou a pena de volta ao bolso e pôs a arma sob a camisa.

Freemantle se pôs de pé com esforço e contemplou a partida da tempestade.

— Achei que eu ia ser atingido.

No escuro, seus olhos eram como tinta derramada, sua boca um talho de surpresa e desapontamento. Passava da meia-noite, o tempo era uma estrada íngreme que ficara para trás deles. Freemantle apanhou a pá, seu sapato descartado. Usando a ferramenta como muleta, ele passou por Johnny.

— Não importa. Tá feito.

— Eu preciso conversar com você — disse Johnny.

— Eu acabei.

O portão branco arqueou nas dobradiças silenciosas. Freemantle moveu-se lentamente, e Johnny seguiu atrás dele.

— Por favor.

— Eu tô cansado.

Cansado, pensou Johnny. E doente. Podia sentir o cheiro de infecção no odor que exalava daquele homem imenso. Ele tropeçou uma vez ao se aproximar do celeiro. Johnny estendeu a mão, mas foi como tentar segurar o peso de uma árvore. A pele dele era dura e quente. Ele quase foi ao chão.

— Cansado — disse Freemantle, e em seguida eles estavam no celeiro.

Do lado de dentro, Johnny viu poeira, palha, ferramentas de metal e dois grandes lampiões pendurados por correntes. O calor rolou sobre eles quando atravessaram a porta. No canto mais afastado, uma estufa de ferro assentada sobre lajes de ardósia. Os lados eram arredondados, e brasas reluziam por trás da grelha. Jack estava deitado num monte de palha, a jaqueta dobrada à guisa de travesseiro. Ele deu um salto quando Freemantle fechou a porta.

— Está tudo bem — disse Johnny, se aproximando.

Os olhos de Jack refletiam o brilho da estufa.

— Você está chorando? — perguntou Johnny.

— Não.

Era mentira, mas Johnny deixou por isso mesmo. No ambiente fechado do celeiro, as sombras se alongavam. Freemantle parecia imenso e perigoso. Johnny manteve a pistola fora de vista.

— Meu nome é Johnny. Esse é Jack.

Freemantle olhou-os fixamente. Seus olhos estavam tingidos de amarelo, os lábios com rachaduras fundas o bastante para exibir indícios de carne

— Levi.

Ele tirou a camisa e pendurou-a num prego perto da estufa. Seu peito e braços eram forrados de músculos. Havia cicatrizes longas e finas que pareciam feridas de faca, um caroço duro e compacto que podia ser consequência de uma bala. O galho no lado de seu corpo era preto e cheio de lascas.

— Isso parece grave — disse Johnny.

— Só dói quando tento tirar.

Um cheiro se ergueu, úmido e terroso. Onde Levi havia ficado, água gotejara nas pedras, reduzira-se a uma nódoa escura, depois havia evaporado sob o efeito do calor. As pálpebras dele caíram.

— Quase lá — disse ele.

— O quê?

Ele abriu os olhos.

— Eu esqueci onde estava.

Johnny abriu a boca, mas Jack falou primeiro.

— Por que você trouxe o caixão até aqui?

Freemantle perfurou-o com seus olhos amarelados e febris.

— Por que eu carreguei ele até aqui?

— Foi o que eu acabei de perguntar.

— Eu não sei dirigir. Mamãe disse que dirigir é pra outra gente. — Os olhos dele se fecharam, e seu corpo se inclinou para a esquerda; ele cambaleou para evitar uma queda. — Mamãe disse...

— Você está bem, senhor?

Os olhos dele se abriram num sobressalto.

— Quem quer saber?

— Meu nome é Johnny, lembra?

— Não conheço ninguém chamado Johnny.

— Você precisa ir a um hospital. Precisa de um médico.

Freemantle o ignorou e coxeou até uma prateleira na parede mais afastada. Johnny viu óleo de maquinário, veneno para ratos, ferramentas de metal em forma de gancho e farrapos enrijecidos pelo tempo. Freemantle apanhou um estilete e uma garrafa plástica coberta de teias de aranha. Ele se sentou próximo ao fogo e cortou as pernas da calça, atirou os trapos no chão junto à estufa. A tampa da garrafa saiu, e ele derramou um líquido castanho nas feridas dos joelhos.

Jack se aproximou de Johnny.

— Aquilo é para animais — sussurrou.

— Bobagem.

— Diz que é exclusivo para uso veterinário.

Ele apontou para o frasco, e os dois garotos observaram. Fosse o que fosse, doeu quando Levi derramou na ferida.

— Você está bem? — finalmente perguntou Johnny. Freemantle fez que sim, depois virou a garrafa sobre o ferimento do lado do corpo. — Você precisa de antibióticos.

Freemantle não lhe deu atenção. Tentou tirar o trapo do dedo, mas a carne estava tão inchada que o tecido feria como arame. Ele o cortou, e Johnny viu a ferida dentada que sua mordida havia produzido. Desviou o rosto quando Freemantle verteu mais líquido no dedo. Duas vezes. Três vezes. Os músculos do homem enrijeceram, relaxaram, depois ele se deitou na pedra.

— Vocês, meninos, não deviam tá aqui.

— Eu só quero conversar.

— Eu acabei — disse Freemantle.

— Como sua filha morreu?

— Meu Deus, Jack. Cale a boca. — O sussurro de Johnny foi furioso. O homem estava ali, agora, e Jack ia ferrar tudo.

— Disseram que você matou aquelas pessoas. — A voz de Jack saiu embargada. — Se você teve uma boa razão, então não vou ficar com tanto medo que você nos mate.

Jack já estava pronto para sair em disparada. Já estava posicionado num ângulo voltado para a porta.

Levi Freemantle levantou-se vagarosamente. Seus olhos pareciam ainda mais amarelados, sua pele, cinzenta.

— Matei que pessoas?

Ele sabia quem eram as pessoas. Johnny via isso de forma tão clara quanto o dia. Uma expressão de cautela passou pelos olhos do homem. Uma tensão renovada se apoderou de seus ombros. Os dedos de Johnny se fecharam em torno da pistola sob a camisa. Freemantle viu o movimento, e os olhos dos dois se encontraram. Ele se lembrava da arma. Johnny percebeu isso.

De repente, tudo se dissolveu. Freemantle desmoronou.

— Eles podem me levar agora. Atirar em mim. Não me importo.

A mão de Johnny se afastou da arma.

— Porque você já a enterrou — disse ele.

— Porque ela se foi.

— Como ela morreu?

Freemantle tirou um envelope molhado do bolso da frente da calça. Estava amassado, tão úmido que o papel estava quase reduzido a uma massa. Grande parte da tinta havia manchado, mas Johnny reconheceu o nome de Freemantle. O endereço era do Departamento Correcional. Freemantle atirou o envelope e Johnny o apanhou. Dentro havia um recorte de jornal. Pedacinhos de papel se desprenderam nos dedos de Johnny.

— Alguém teve que ler pra mim — disse Freemantle.

— O que é? — perguntou Jack.

Mas Johnny estava tentando ler. A notícia era bem clara. "Bebê morre asfixiado em automóvel."

— Os pequeninos são presentes. — Freemantle inclinou a cabeça para o lado, e o olho defeituoso refletiu o fogo. — O que resta de verdadeiro.

— Eles deixaram a filha dele no carro. — Johnny estreitou os olhos. — Foram beber em algum bar na praia e a deixaram no veículo.

— Minha mulher — disse Freemantle. — O namorado dela.

— Houve uma investigação. Os policiais consideraram a morte acidental.

— Eles a enterraram sem uma oração, apenas a puseram na terra junto de gente sem nome nem família. Minha mulher nem mesmo me contou. Eu não tava lá pra me despedir.

Ele fez outra pausa, depois sua voz se quebrou.

— Sofia foi pra baixo da terra sem o papaizinho dela estar lá pra dizer adeus.

— Quem mandou isso a você? — Johnny mostrou o recorte. Era de um dos jornais do litoral.

Mas Freemantle havia voltado a ficar ausente, com os olhos desfocados, as mãos viradas para cima sobre os joelhos.

— Eu deixei um retrato para a minha bebê, pra que ela não sentisse a minha falta. Desenhei no guarda-roupa dela, pra que pudesse ver todos os dias e não ficar triste porque o seu papaizinho foi embora. Ela gostava de brincar no guarda-roupa. Tinha uma boneca bebê com sapatinhos brancos.

Ele levantou dois dedos, separados por alguns centímetros.

— Tinha uns gizes de cera para colorir, alguns papéis que levei de uma loja pra casa, um dia. Foi por isso que desenhei nós dois no guarda-roupa, porque ela se sentia bem ali, porque era onde ela brincava.

Ele inclinou a grande cabeça para o lado.

— Mas um desenho não pode tomar conta de ninguém. Um desenho não pode manter uma bebê em segurança.

— Lamento. — Johnny foi sincero.

— Quem mandou o recorte? — perguntou Jack.

Freemantle passou os dedos pelo rosto.

— Uma vizinha que também tinha dois bebês. Ela nunca gostou da minha mulher. Descobriu o que aconteceu e me mandou isso na cadeia. Foi por isso que fugi, pra poder visitar a sepultura da minha filha e ver se ela tinha sido enterrada do jeito certo e apropriado, mas só havia terra nua com um morrinho no meio. Sem flores, nem pedras. Eu me sentei e pus minha mão na terra. Foi quando Deus me disse.

— Disse o quê?

— Foi quando Deus me disse pra matá-los.

Os meninos se olharam, e ambos tiveram o mesmo pensamento.

Maluco.

Louco de pedra.

— Deus me disse pra trazer minha bebê pra cá.

Freemantle ergueu a cabeça, e nova vida se agitou no deserto do seu rosto.

— Os pequeninos são presentes. — Ele juntou as gigantescas mãos massacradas em concha. — O que resta de verdadeiro. Foi por isso que Deus me mandou segurar você.

— O quê?

— A vida é um círculo. Foi isso que ele me disse pra te contar.

— Johnny... — falou Jack, um mero sussurro. Mas Johnny fez um gesto de silêncio.

— Deus disse para você me contar o quê?

— Agora eu me lembro.

— O que isso quer dizer?

— Johnny...

A voz de Jack tinha um toque de pânico. Johnny tirou os olhos de Levi Freemantle. Seu amigo estava pálido e rígido. Johnny seguiu o olhar dele até a pilha de panos imundos perto da estufa. Os trapos da calça. A espiral da atadura tirada do dedo infeccionado. Jack apontou e Johnny viu. Uma etiqueta com um nome costurada no pano que Freemantle havia usado como bandagem. Uma etiqueta com um nome. Um nome.

Alyssa Merrimon.

Johnny olhou para Freemantle, que desenhou uma forma no ar com um dos dedos.

— Um círculo — disse ele.

E Johnny puxou a arma.

CAPÍTULO 41

Hunt chegou tarde em casa. O jantar estava frio na embalagem, mas Allen não fez qualquer comentário. Comeram na cozinha, juntos, mas em silêncio, e a tensão irradiava deles em ondas. Na porta do quarto do filho, Hunt pediu desculpas.

— É esse caso — disse ele.

— Claro.

Hunt viu seu filho chutar fora os calçados esfarrapados.

— Logo vai estar encerrado — disse o detetive.

— A faculdade começa em três meses.

O rapaz tirou a camisa e atirou-a perto dos calçados. Pelos finos compunham a textura de seu peito, crescendo a partir da base de seu pescoço. Seu filho estava quase crescido, Hunt constatou, tão próximo de um homem feito quanto era possível para um rapaz, mas ainda com muito de menino. Hunt fez uma pausa, sabendo que não havia nada que pudesse dizer para melhorar a situação.

— Filho...

— Ela nunca telefona.

— Quem?

— Mamãe — disse ele, e não havia nada além do menino na expressão em seu rosto.

— Eu não sei o que dizer.

— Não diga nada.

Um garoto magoado, enraivecido.

— Allen, eu...

— Só feche a porta.

Hunt não conseguiu se mover.

— Por favor — disse Allen, e a expressão no rosto dele era um soco no estômago, um golpe de martelo. Uma pedra tomou lugar no coração de Hunt e trouxe consigo o peso de um milhão de expectativas frustradas, a certeza de que a vida de seu filho não deveria ser assim. — Por favor — repetiu Allen, e Hunt não teve escolha.

— Boa noite, filho.

Hunt fechou a porta, depois desceu a escada. Enfiou as caixas de papelão e sacos de papel na lixeira, depois serviu-se de uma dose de uísque que sabia que nunca iria terminar. O dia ainda estava presente nele: morte e homens desprezíveis, vidas de crianças interrompidas e um punhado de perguntas ainda sem resposta. Ele queria uma chuveirada e dez horas de sono. Sob seus dedos, seu rosto parecia a face de um velho. Ele foi até seu escritório, destrancou a gaveta da escrivaninha e tirou o arquivo do caso Alyssa Merrimon. Contemplou por um longo tempo a fotografia dela, passou os olhos pelas anotações, pelas questões rabiscadas às pressas, mas sua mente estava em Yoakum. Ele recapitulou o momento em que Meechum morreu, o cheiro da fumaça da arma e a mão firme de Yoakum, seus olhos muito vidrados e fixos.

O telefonema chegou à meia-noite e meia.

— Está acordado? — perguntou Yoakum.

— Sim.

— Bêbado?

Hunt fechou o arquivo de Alyssa.

— Não.

— Eu estou.

— O que há, John? O que você está pensando? — Hunt sabia a resposta.

— Há quanto tempo estamos nisso? — perguntou Yoakum.

— Um bom tempo.

— Parceiros?

— E amigos.

Um silêncio se prolongou, a respiração de Yoakum era audível na linha.

— O que você disse a eles? — perguntou o outro, por fim.

— Eu lhes contei o que aconteceu.

— Não foi isso que eu perguntei, e você sabe.

Hunt visualizou o amigo, viu-o em sua casa pequena, na sala de estar, com um copo na mão e contemplando as cinzas da lareira há muito apagada. Yoakum tinha 63. Ele era policial havia trinta anos; era tudo o que tinha. Hunt não respondeu à pergunta.

— Você é meu amigo, Clyde. Ele estava indo para cima de você com um machado. O que eu deveria fazer?

— Foi por isso que atirou no coração?

— É claro.

— Não foi por ódio? Para dar o troco?

— Por quê? — Um outro tipo de raiva estava despertando.

— Você sabe o porquê.

— Me diga, Clyde. Me diga você o porquê.

— Por aquelas crianças. Por sete covas num trecho lamacento da floresta. Por anos de merda feita no nosso próprio quintal.

— Não.

— Todo esse tempo, Yoak. Todo esse tempo e eu nunca vi você fazer qualquer coisa por motivo pessoal. Hoje pareceu pessoal.

— Um assassino atacando meu parceiro com um machado. Ele atacou meu amigo. Você poderia dizer que isso foi pessoal, mas também poderia dizer que foi o meu trabalho. Agora, o que você contou a eles?

Hunt hesitou.

— Você disse a eles que foi um tiro limpo?

— Nós nos ativemos aos fatos. Eles pediram minha opinião, mas eu não dei.

— Mas dará.

— Amanhã — disse Hunt. — Amanhã eu darei.

— E o que dirá a eles?

Hunt apanhou seu uísque. No copo baixo de cristal, uma pequena luz ardeu na superfície do líquido. Ele recapitulou o momento em sua mente, o machado começando a descer, Yoakum entrando na sala. *Como* a cena pareceria do ângulo dele? Ele tinha mesmo de dar um tiro fatal? O computador estava afastado para o lado, mas a que distância? Hunt se pôs na pele de Yoakum. Achou que poderia vê-lo, que poderia ter olhado para a máquina.

Mas Yoakum falou antes que Hunt pudesse fazê-lo:

— Você protocolou aquela acusação de obstrução contra Ken Holloway?

Depois do tiro em Meechum, Hunt havia quase esquecido o telefonema de Holloway.

— Não — disse ele.

— Mas irá protocolar?

— Sim.

Um silêncio invadiu a linha telefônica, e foi um silêncio horrível. Hunt largou o copo com força. Sabia aonde aquilo iria levar, e rezou para que não levasse.

— Nada disso teria acontecido se tivéssemos deixado Holloway de fora — falou Yoakum finalmente. — Teríamos apanhado Meechum com facilidade no shopping. Nada de tiros. Nada de discos queimados. Foi você, Clyde, sua culpa. *Aquilo* foi pessoal.

O telefone pareceu zunir na mão de Hunt.

— Boa noite, Yoakum.

Uma pausa sufocante.

— Boa noite, Clyde.

A linha ficou muda.

Hunt serviu-se de mais uísque.

CAPÍTULO 42

Freemantle olhava fixamente para a arma. Ela tremia nas mãos de Johnny. A voz do garoto também estava trêmula.

Jack chegou mais perto, alarmado.

— Johnny, o que está fazendo?

— Onde está a minha irmã?

— Eu não conheço a sua irmã — respondeu Freemantle. Uma brasa estalou na estufa. — Não conheço você.

Johnny se abaixou para apanhar o retalho de tecido com o nome de Alyssa. Ele o estendeu para Levi.

— Essa é minha irmã. O nome dela é Alyssa Merrimon. Esse é o nome dela.

Freemantle manteve os olhos fixos no rosto de Johnny.

— Olhe — disse o menino.

Freemantle deu de ombros e olhou.

— Eu não sei ler.

— Ela foi levada um ano atrás. Esse é o nome dela.

— Acho que ele não sabe — disse Jack.

— Tem que saber.

— Eu diria se soubesse.

— Ele não sabe — declarou Jack.

— Onde você conseguiu isto? — Johnny empurrou o pano manchado de sangue contra Freemantle. — Onde? Quando?

Os ombros do gigante se encolheram, seus músculos se retesaram sob a pele.

— Eu peguei do homem quebrado. Logo depois que você me mordeu.

— Quem?

— O homem quebrado. — Ele disse isso como se fosse um nome. — O homem quebrado tava perto da ponte. Eu peguei isso da mão do homem quebrado. Ele tava segurando.

A arma se abaixou por um momento.

— Depois que você me segurou?

— Deus me disse pra ver do que você tava fugindo, então eu fui.

— David Wilson — disse Johnny. — Ele estava vivo quando você o encontrou?

A cabeça de Freemantle se inclinou para o lado, e ele fechou seus olhos, pensando.

— Abaixe a arma — sussurrou Jack. Johnny hesitou. — Você realmente acha que esse homem está com Alyssa? Vai acabar matando alguém.

Johnny deixou o cano descer até apontar para o chão empoeirado.

— O homem quebrado estava vivo?

Os olhos de Freemantle continuaram fechados.

— Tinha vozes no rio. Sussurros. As palavras dos dentes-de-leão. — Ele fez um movimento de flutuação com os dedos. — Eu tava tão cansado...

— Vozes? — Johnny se apegou à palavra. — O homem quebrado disse alguma coisa? Qualquer coisa?

— Eu não lembro.

— Tem que lembrar.

As grandes mãos viraram suas palmas para cima.

— Os corvos tavam chegando. Eu tava com medo.

Eles estavam a meio metro um do outro, o menino e o homem.

— Eu diria se pudesse. — Freemantle se deitou no chão de pedra. — Talvez eu saiba de manhã. Isso acontece, às vezes. — Ele fechou os olhos. — Lamento pela sua irmã. Agora eu tô acabado.

Johnny fitou Freemantle. Fitou-o até suas pernas ficarem dormentes. Sentiu um desespero, como fome, e quando finalmente desviou o olhar, Freemantle já estava roncando.

Johnny pôs a arma numa prateleira. Olhou para as vigas, os postes e pedaços de metal afiado. Voltou a cabeça para o teto, enquanto um poço escuro se abria em seu peito. Ele estava dilacerado e, depois, vazio. O poço era um vácuo.

Foi Jack quem rompeu o silêncio.

— Por que ele tem medo de corvos?

— Ele acha que ouve a voz do diabo quando os corvos se aproximam.

— O diabo?

— Ele escuta uma voz. Por que não a outra?

— E se for verdade? — Jack abraçou os joelhos. Ele balançou o tronco e não conseguiu olhar Johnny nos olhos. — E se ele realmente ouve a voz de Deus? E se ele realmente ouve... Você sabe.

— Ele não ouve.

— Mas e se ouvir?

— Ninguém ouve.

Jack apertou mais os joelhos. Sujeira manchava o seu rosto.

— Também não gosto de corvos. Eu me assusto com eles desde que era pequeno. E se for por isso?

— Ora, vamos, Jack.

— Você sabe como se chama um grupo de corvos em inglês? — A voz dele estava sumida e tensa.

Johnny sabia.

— *Murder* — disse ele. — *Murder of crows.*[1]

— Talvez haja uma razão para isso. — Jack olhou para Freemantle. — E se Deus o mandou aqui por um motivo?

— Ouça, Jack. Esse cara matou duas pessoas porque deixaram a filha dele morrer num carro fechado. Se ele quer pensar que Deus lhe disse para fazer isso, se isso torna mais fácil viver com esse fato, então

[1] Em inglês, a palavra *murder* significa "assassinato", mas também é um substantivo coletivo que indica especificamente um bando de corvos. (*N. do T.*)

acho que foi isso que ele teve de fazer. Os corvos, a outra voz... Isso é só a consciência dele se manifestando.

— É?

— É. — Os dois se encararam. — Mas ele sabe de algo.

— Eu estou com medo, Johnny.

Os olhos de Johnny reluziram. Ele observou Freemantle perto do fogo e balançou a cabeça enquanto a noite se rarefazia.

— Ele sabe de algo.

Jack caiu num sono agitado, enquanto o vento suspirava através das frestas, uma pequena voz que, por duas vezes, trouxe em suas rajadas imagens de algo terrível. O fogo havia ficado mais fraco. Johnny passou da raiva à tristeza, e dessa a um sono indesejado que o dominou intensamente. Sonhou com uma floresta fétida e com olhos amarelados e penetrantes, com uma dura queda por entre membros partidos e com o sorriso esperançoso da irmã. Ela estava agachada na poeira de uma cela baixa: pele imunda, roupas em farrapos. Uma vela solitária ardia, e ela olhou para cima, alarmada. *É você?*, perguntou ela, e Johnny acordou sobressaltado com um grito preso por trás dos dentes.

Por um instante, não sabia onde estava ou o que havia acontecido, mas soube que havia algo errado. Sentiu isso no ar abafado e quente.

Havia algo errado.

Levi Freemantle estava sentado na terra com as pernas cruzadas, a menos de 1 metro dele. Estava pingando de suor, sombras cinzentas na pele escura. Suas mãos estavam postas em concha no colo, a arma entre elas. Ele a contemplava, apontada para a estufa. Seu dedo encontrou o gatilho.

— Está carregada — disse Johnny.

Quando Freemantle ergueu os olhos, Johnny teve a sensação de que sua doença havia se espalhado, que pouca consciência restava por trás dos olhos vagos. Ele virou a arma e fitou o interior do cano. O momento se alongou. Johnny estendeu a mão.

— Posso ficar com isso?

Freemantle não lhe deu atenção. A mão envolveu a coronha.

— Eu fui baleado uma vez — disse ele. Johnny mal podia ouvi-lo. Freemantle tocou a cicatriz do projétil na barriga. — Garotinhos não deveriam portar armas.

— Quem baleou você?

— Minha mulher.

— Por quê?

Ele olhou para a arma.

— Só porque teve vontade.

— Posso ficar com isso? — Johnny se inclinou para mais perto e Freemantle entregou-lhe a arma. Como se fosse uma maçã ou um copo d'água. Johnny a pegou e apontou-a para o rosto de Freemantle. Estava assustado. O sonho ainda o dominava.

— Onde está minha irmã?

O cano estava a 50 centímetros dos olhos de Freemantle.

— Onde está ela?

Mais alto. Trinta centímetros. Vinte e cinco. A arma, dessa vez, estava mortalmente firme, mas Freemantle parecia tão despreocupado quanto um boi fitando uma pistola de abate.

— Quando ela me baleou — ele falava em voz baixa —, disse que foi porque eu era estúpido.

Quinze centímetros. Uma das mãos segurando a outra em concha, o dedo tenso no gatilho.

— Não se deve chamar as pessoas de estúpidas — disse Freemantle. — Xingar pessoas é cruel.

Johnny hesitou, e Freemantle deitou-se. A arma continuou apontada para o espaço onde os olhos dele haviam estado, os olhos manchados de amarelo, injetados de sangue, olhos de abatedouro.

CAPÍTULO 43

Hunt acordou às cinco horas, agitado, ainda cansado. Tomou banho e barbeou-se, percorreu a pequena casa, parou na porta do quarto do filho e escutou os sons da sua respiração profunda e regular. Era um mau dia que começava. Sentiu isso em cada fibra, cada osso do corpo. Para que aquele dia acabasse bem, pensou, seria necessário um milagre.

No andar de baixo, a cozinha estava excessivamente quente e cheirando a uísque. Hunt raramente bebia. Estava de ressaca e desapontado consigo mesmo.

Maldito Yoakum.

Maldito telefonema, aquele.

Mas isso não era justo. Por mais que odiasse admitir, o homem estava certo. Hunt pôs os eventos em marcha assim que tirou o pé do elevador e entrou na sala de Holloway. A morte de Meechum era culpa sua. Daria no mesmo se fosse ele quem tivesse puxado o gatilho.

Hunt abriu a cortina e olhou para fora. Não havia estrelas no céu, mas também não havia prenúncio de chuva. Tirariam os últimos corpos naquele dia. Talvez um deles fosse o de Alyssa. Talvez não. Talvez Johnny aparecesse. Por outro lado...

Onde está você, Johnny?

Hunt abriu a janela para deixar o ar frio se derramar sobre suas mãos e seus pés. Um alento úmido lambeu sua face, e por um momento a ressaca cedeu. Ele olhou mais uma vez para a grama encharcada, a água que persistia em poças rasas e espelhadas. Depois fez café e esperou que o sol se descobrisse no céu revolto do condado de Raven.

Seu filho ainda dormia quando ele saiu.

Uma névoa pálida se acumulava entre as árvores escuras.

O Chefe havia marcado a reunião para as nove horas — tarde para os padrões da polícia —, mas Hunt não podia esperar tanto. O sol ainda estava abaixo do tribunal quando ele desceu a Main Street, depois dobrou à esquerda e rodou até a delegacia. O meio-fio já estava tomado pelos furgões de reportagem. Cinegrafistas batiam os pés. Repórteres conferiam suas maquiagens. Eles sabiam que os policiais logo começariam a se movimentar. Seguiriam numa longa e vagarosa fila até as florestas escuras na periferia da cidade, onde os últimos corpos seriam retirados do solo úmido e ganancioso.

A história aumentaria.

O dia estava repleto de oportunidades.

Hunt contornou o quarteirão até o pequeno estacionamento nos fundos. Ainda não eram sete horas, mas Yoakum estava lá, esperando. Estava sentado na beira de uma barreira de concreto no lado sul do estacionamento. Suas costas estavam pressionadas contra um cercado de correntes, que se curvava para fora com o seu peso. Atrás dele, homens de aspecto desgastado usando capacetes comiam biscoitos de fast-food enquanto escavadeiras e gruas jaziam ociosas, úmidas e inertes numa luz cinzenta tão débil que fazia com que a terra revolvida parecesse congelada. Um banco surgiria ali, Hunt pensou. Talvez um edifício de escritórios. De propriedade de Holloway, provavelmente. E as engrenagens do comércio se poriam a rodar.

Yoakum estava com uma aparência desleixada, a barba por fazer; um cigarro pendia no canto de sua boca. Ele deu uma tragada e atirou-o através do cercado enquanto Hunt saía para o ar que começava a se aquecer e caminhava os últimos 6 metros.

— Bom dia, John.

Hunt soou neutro, na defensiva. A amizade deles era algo de conhecimento mútuo, e aquela dúvida entre ambos era terreno não trilhado.

— Clyde.

Yoakum pescou outro cigarro, rolou-o entre os dedos. Não o acendeu, e teve dificuldade em olhar Hunt diretamente no rosto. Pôs os olhos sobre o telhado da delegacia, depois nos sapatos que ainda exibiam traços da lama do campo atrás da casa de Meechum.

Hunt esperou.

— Sobre ontem à noite — começou a falar Yoakum. — Eu estava bêbado. Eu estava errado.

Hunt manteve a face imóvel.

— Simples assim?

Yoakum acendeu o cigarro.

— Eu não estava em meu perfeito juízo.

Olhos de aço. Dúvida. Hunt não disse nada, e Yoakum mudou de assunto.

— Viu isto? — Ele levantou uma pilha de jornais dobrados da barreira onde estava sentado.

— Ruim?

Yoakum deu de ombros e lhe entregou os papéis. Hunt folheou-os. As manchetes eram sensacionais. Havia fotografias das viaturas dos legistas emolduradas pela floresta profunda e secreta, fotos dos finos sacos de corpos sendo introduzidos pelas portas escancaradas dos veículos. Repórteres especulavam sobre a contagem de corpos, sugeriam incompetência da polícia. Falavam de um segurança baleado por um policial anônimo. Recapitularam a história de como Tiffany Shore havia sido encontrada, e todos faziam a mesma pergunta: *onde está Johnny Merrimon?*

— Eles sabem que temos um aviso geral de busca para Johnny. — Hunt meneou a cabeça.

— O garoto é um maldito herói.

Havia algo na voz de Yoakum, e Hunt não conseguiu identificar se era amargor ou apenas outra ressaca.

— O menino está desaparecido.

— Eu não quis dizer nada de ruim com isso. — Yoakum gesticulou para os jornais. — Só que aparecemos como idiotas.

— Risco profissional nestes dias.

— Não brinca.

— Eles já estão amontoados lá na frente. Uma dúzia de furgões. Você viu?

— Ainda não sabem meu nome. — Yoakum estava falando de Meechum, do tiro. — Eu não passaria pela porta da frente nem que você me pagasse para isso.

Hunt não o culpou. A história iria crescer. Yoakum seria comido vivo no processo.

— Eles saberão em breve — disse ele.

Yoakum fez que sim, olhou para o fundo da delegacia, uma parede de concreto manchada pela umidade.

— Vamos encarar isso.

Os dois atravessaram o estacionamento juntos, mas a tensão permanecia entre eles, a presença do telefonema da noite anterior, de coisas ditas e não ditas. Na porta, Yoakum parou.

— Na noite passada, Clyde. — Ele parecia constrangido. — Eu não estava em um bom momento. Você entende?

Hunt começou a falar, mas Yoakum o interrompeu, abriu a porta e apoiou-a com um ombro.

— Faça o que tiver de fazer — disse ele, então deu as costas.

Do lado de dentro, uma energia deixava o ar carregado; Hunt viu isso nos movimentos rápidos, nos olhos que dançavam pelo caminho deles. Yoakum foi tratado como herói. Apertos de mão. Tapinhas nas costas. Policiais odeiam pedófilos, e a casa de Meechum revelou-se um tesouro de evidências terríveis, a mais assustadora das quais era um maço de fotografias tiradas pelas câmeras de vigilância do shopping. As garotas tinham idades entre 10 e 15 anos, de rostos jovens e desengonçados. As fotos mostravam-nas sentadas na praça de alimentação, subindo as escadas rolantes. Meechum havia feito nítidas anotações com marcador preto: *Rachel, Jane, Christine.* Alguns nomes ele não tinha certeza. Estes eram acompanhados por sinais de interrogação: *Carly? Simone? April?*

Algumas fotografias tinham endereços anotados nos cantos inferiores. Elas moravam em ruas calmas e residenciais. Outras fotografias tinham as idades rabiscadas com marcador escuro, sob os nomes e os rostos: *Rachel, 12. Christine, 11.* Elas haviam saído da gaveta inferior trancada à chave da escrivaninha de Meechum e deixaram Hunt enojado e furioso quando as viu. Mais do que isso — a visão daquilo havia-lhe despertado uma gana assassina. Certo ou errado, matar o canalha havia sido uma boa coisa. Havia, até mesmo, uma certa beleza no modo como o caso se desenrolara. Burton Jarvis morreu na rua, seminu e implorando por sua vida, abatido por uma de suas vítimas. Meechum foi baleado em sua própria casa, com um tiro no coração disparado por um dos mais experientes detetives do departamento.

Beleza.

Justiça.

A maior parte dos policiais estava sorrindo, mas não o Chefe. O Chefe estava lívido, com vivos pontos escarlate no meio das bochechas carnudas. Estava parado na porta de sua sala, olhando para fora. Eram sete e quinze, e ele já estava manchado de suor. Atrás dele, sombras se movimentavam. Hunt viu homens no escritório do Chefe. Homens desconhecidos usando ternos escuros. Homens que pareciam policiais.

— Cinco minutos — disse o Chefe, depois fechou a porta.

— Vamos entrar mais cedo — disse Hunt.

Yoakum deu de ombros.

— Eu vou fumar.

O detetive Cross observou Yoakum abrir caminho pela sala cheia, depois levantou-se de sua mesa e se aproximou de Hunt

— Posso conversar com você em particular?

Hunt levou Cross à sua sala e fechou a porta. Cross parecia maltrapilho, a camisa manchada de café e amarrotada. Ele não havia se barbeado, e Hunt notou que a maior parte dos fios do bigode estava ficando branca.

— O que o preocupa?

— Alguma notícia do menino Merrimon?

— Temos esperanças.

— Mas nada ainda?

— Há algum problema? — perguntou Hunt.

— Meu filho, Jack. Não consigo encontrá-lo.

— Como assim, não consegue encontrá-lo?

Cross passou os dedos grossos pelos cabelos espetados.

— Nós tivemos uma briga. Ele fugiu de casa.

— Quando?

— Na noite passada. — Uma pausa. — Talvez duas noites atrás.

— Talvez?

— Não tenho certeza quanto à primeira noite. Talvez tenha fugido nela, talvez tenha sido na manhã seguinte. Eu saí de casa cedo e não o vi. Com tudo o que está nos jornais, você sabe, minha esposa está preocupada. Mais do que costuma ficar. Ela não lida muito bem com a preocupação.

— Ela está preocupada, mas você não.

Cross se inquietou, e ficou claro para Hunt que ele estava mais do que preocupado. Estava genuinamente assustado.

— Você conhece minha esposa, detetive?

— Eu a encontrei alguns anos atrás.

A cabeça de Cross se moveu.

— Ela é uma mulher mudada. Os últimos anos...

Ele fez uma pausa, conflituoso.

— Ela se tornou muito religiosa. Esteve na igreja durante a maior parte das últimas trinta horas, sem comer ou dormir de verdade, apenas rezando, principalmente por Jack. Ela está preocupada que ele possa estar com o garoto Merrimon. Se eu pudesse dizer a ela que ele não está...

— Por que a preocupação dela é *essa*? Por que com Johnny?

Cross lançou um olhar apreensivo pelo recinto. Ele abaixou a voz.

— Ela alega ver trevas na alma de Johnny. Uma mácula.

Ele se encolheu ao dizer isso, como se pedisse desculpas.

— Eu sei, eu sei, mas é isso. Ela acha que Johnny é ruim para Jack. Está mais preocupada com isso que com qualquer outra coisa. Ela não está bem, você entende.

Ele semicerrou os olhos, inclinou a cabeça para o lado.

— Ela está lutando — completou Cross.

— Lamento ouvir isso. — Hunt fez uma pausa. — *Você* está preocupado com Jack?

— Ah, ele já fez esse tipo de coisa antes. Besteira normal de adolescente. Mas duas noites, se é que são duas noites... Isso é incomum.

— Qual foi o motivo da briga?

— Jack idolatra aquele garoto Merrimon. Quero dizer, de verdade. Como um irmão. Como um santo, até. Eu não posso tirar isso dele.

— E foi por isso que vocês brigaram?

— Jack é um garoto fraco, mais parecido com a mãe do que com o irmão. Ele é assustadiço e facilmente influenciável. Irracionalidade da minha esposa à parte, Johnny *é* uma má influência. Um infrator. Perturbado, você sabe. Eu falei para Jack se afastar dele.

— Johnny é um bom garoto, mas está desorientado com tudo isso.

— Exatamente. Ele é problemático.

— Ele está traumatizado.

— Foi o que eu disse.

Hunt enterrou sua frustração. Nem todos viam Johnny como ele.

— O que posso fazer por você, Cross? Quer que o nome de Jack seja incluído no alerta geral?

— Não. Deus, não. Apenas me conte se souber de algo. A mãe dele está transtornada, não está pensando direito. Ela me culpa. Quanto antes eu contar a ela que ele está bem...

— Entendo.

— Obrigado, Hunt. Eu lhe devo uma.

Cross se retirou. Hunt parou na porta e viu Yoakum voltando para dentro. O rosto dele não havia perdido nem um pouco da raiva. Mal ele havia entrado, a porta da sala do Chefe se escancarou.

— Hunt. Yoakum.

O Chefe os precedeu. Ele contornou sua mesa, mas continuou de pé. Hunt entrou primeiro. À direita, viu os dois homens desconhecidos. Ambos estavam na casa dos 50, eram altos e fortes, com rostos vincados e inflexíveis. Um deles tinha cabelos platinados, o outro, castanhos. Não havia gordura neles. Mãos grandes. Calosas. Distintivos pendurados nos cintos. Armas. Hunt avançou sala adentro, deu uma olhada mais atenta nos distintivos. Eram do SBI. A julgar pelo aspecto deles, eram veteranos no bureau, profissionais, homens endurecidos.

Yoakum entrou atrás de Hunt. Ele se moveu para a direita, pôs-se entre Hunt e os policiais estaduais. Estava quente no escritório, abafado. Todos os cinco eram homens grandes. Todos sabiam que havia algo errado. O problema era que alguns sabiam mais do que os outros.

O Chefe fez as apresentações.

— Detetives Hunt e Yoakum. Estes são os agentes Barfield e Oliver...

— Agentes especiais — corrigiu Oliver.

Ninguém estendeu a mão. Sobre a mesa havia cópias do depoimento de Hunt sobre o tiro do dia anterior. O de Yoakum estava ali também.

— Os agentes especiais Barfield e Oliver vieram do escritório de Raleigh. Eles fizeram a gentileza de viajar até aqui tão cedo hoje de manhã.

— Hoje de manhã — disse Barfield, sem sorrir. — Isso é engraçado.

— Por que é tão engraçado? — perguntou Hunt com frieza.

— Estava mais para ontem à noite do que hoje de manhã — disse Barfield.

Hunt olhou para o Chefe. Se eles eram de Raleigh, deviam ter pegado a estrada antes do alvorecer.

— Por que estamos conversando com o SBI?

— Apenas fiquem calmos — disse o Chefe. — Vocês todos. Nós vamos fazer isso do jeito certo.

Ele olhou para os detetives. Hunt estava desconfiado. Yoakum parecia entediado.

— Preciso das suas armas.

As palavras foram ditas em tom tranquilo, mas caíram na sala como uma granada. Elas tinham poder, aquelas quatro palavras, o poder de arruinar vidas, disseminar danos colaterais. Ninguém se moveu. O momento se prolongou, até que Yoakum quebrou o silêncio.

— Perdão?

— Eu preciso das suas armas. — O Chefe pôs um dos dedos sobre a mesa. — E preciso delas agora.

— Isso é besteira. — Yoakum não conseguia mais fingir desinteresse.

— Apenas obedeça.

Hunt manteve os olhos travados no Chefe, mas tirou sua arma de serviço e depositou-a sobre a mesa. De má vontade, Yoakum o imitou.

Ele observou os policiais do estado, que continuavam com olhares indiferentes e impassíveis.

— E agora?

O Chefe apanhou as armas e colocou-as num balcão próximo à parede do fundo. Foi um momento eloquente. As armas estavam fora do alcance. Ao se virar de volta, o Chefe estava claramente contrariado.

— Estudamos os seus depoimentos — disse ele. — Ambos muito decorosos. Ambos muito contidos. Mas eu preciso saber se foi um tiro limpo. — Ele olhou diretamente nos olhos de Hunt. — E preciso que você me conte.

Hunt sentiu a súbita atenção de Yoakum. A sala estava em silêncio.

— Isso é altamente incomum. — Hunt olhou dos policiais do estado para o Chefe. — Não é assim que se faz.

— Por favor.

A voz do Chefe estava surpreendentemente suave.

Hunt tentou pensar com clareza, recordar cada detalhe do disparo: como aconteceu, por que aconteceu. Mas o que lhe veio foram sentimentos sobre John Yoakum. Mais de trinta anos em serviço. Quatro anos trabalhando lado a lado. Eles eram parceiros, amigos e colegas.

E Meechum merecia morrer.

O Chefe aguardou, com uma expressão aborrecida e infeliz, enquanto Yoakum olhava fixamente para um ponto na parede.

— O tiro foi limpo — disse Hunt.

A rigidez se esvaiu de Yoakum. Um traço de sorriso tocou seus lábios.

— Você tem certeza? — perguntou o Chefe. — Não tem dúvidas?

— De onde Yoakum estava, parecia que Meechum avançava contra mim com um machado. Ele tomou sua decisão numa fração de segundo. Foi a decisão certa.

O agente especial Barfield falou:

— Ainda temos de fazer aquilo.

— Do que ele está falando? — perguntou Hunt.

O Chefe meneou a cabeça, os olhos ligeiramente fechados. Fosse lá o que o agente queria dizer, Hunt podia ver que o Chefe concordava.

— Detetive Yoakum, eu preciso pedir-lhe que acompanhe estes oficiais.

— O quê? — A raiva de Yoakum explodiu.

— Até Raleigh. Eles têm algumas perguntas. E é melhor que não perguntem aqui.

Yoakum deu um passo para trás.

— Eu não vou para Raleigh.

Barfield levantou sua mão, os dedos estendidos.

— Não há motivo para não fazermos isso com calma. Discretamente.

— Por que você não enfia a discrição no seu rabo? — falou Yoakum. — Eu não vou a lugar nenhum até que alguém me diga o que está acontecendo.

O Chefe se pronunciou.

— Essas perguntas precisam ser feitas por alguém não afiliado a esse departamento. Convidei o SBI para nos assistir.

— Manipulação — disse Hunt com desgosto.

O Chefe meneou a cabeça. Barfield pousou uma das mãos no ombro de Yoakum. Não era um movimento ameaçador nem agressivo. Yoakum livrou-se com um safanão.

— Não me toque.

— Ninguém o está prendendo.

— Me prendendo! Que diab...

— Acalme-se, John.

— Vá se foder, Clyde. Que perguntas são essas?

Barfield estendeu a mesma mão, mas parou antes de tocar em qualquer coisa. Ele inclinou o corpo para o lado, indicando a porta. Yoakum afastou a mão dele com um golpe.

— Não até eu saber que perguntas são essas.

Barfield deixou seu braço cair.

— Sua arma particular é um Colt .45.

Não era uma pergunta.

— E daí?

— Onde está a arma agora?

— Isso não é da sua conta.

— O detetive Hunt recuperou uma cápsula de .45 dos destroços do automóvel de David Wilson.

— E daí?

Hunt arriscou um olhar para o Chefe. Ao ver o rosto dele, um vazio se abriu em seu estômago.

A face de Barfield não demonstrava qualquer emoção.

— A sua impressão digital estava nela. Gostaríamos de conversar com você a respeito disso. — Novamente Barfield levantou um braço, indicando que Yoakum deveria precedê-lo pela porta. — Podemos manter isso em sigilo.

Mas Yoakum afastou a mão dele com um tapa, um golpe estalado e doloroso; e num átimo tudo se pôs em movimento.

— Já chega — disse Barfield.

Ele e Oliver agiram em uníssono. Agarraram Yoakum e forçaram-no de encontro à mesa, com o rosto para baixo, o braço direito torcido atrás das costas. Hunt deu um passo adiante, com as mãos erguidas, tentando segurar o tecido do paletó de Oliver. Foi instintivo, pura e simplesmente.

— Fique fora disto, Hunt.

Voz alta. Tom de comando.

Hunt olhou para o Chefe e congelou, sentindo o ódio na face dele. Barfield estava torcendo o braço, com as algemas à mão. Oliver depositava todo o peso nas escápulas de Yoakum. Barfield fechou de um golpe uma algema no pulso de Yoakum, que lutou contra ela, com uma camada de sangue em seu lábio superior.

— Chefe.

— Cale-se, Hunt — disse o Chefe. Depois dirigiu-se aos agente do SBI. — Isso é realmente necessário?

— Ele atacou um policial do estado.

Depois de algemado, eles fizeram Yoakum ficar de pé. Hunt se pôs entre eles e a porta.

— Seja lá o que estiver acontecendo aqui, há uma explicação. Não o levem daqui assim. São os colegas dele que estão lá fora. A imprensa está por toda a rua.

— Afaste-se, detetive.

Barfield estava ruborizado. Oliver era o retrato da indiferença.

— Só estamos fazendo o nosso trabalho. Foi seu próprio chefe quem nos chamou aqui.

Yoakum estava parado entre os agentes do SBI. Sua camisa havia sido puxada para fora da calça. Um dos botões estava solto, e sua fúria era tangível.

— Tirem suas mãos de merda de cima de mim — disse ele.

Hunt olhou para o Chefe.

— Você vai deixar que eles o arrastem daqui algemado?

— Você prendeu Ken Holloway por menos que isso.

— Isso é diferente.

— É mesmo?

O Chefe não iria ajudar.

— Temos lugar para dois — disse Oliver, e a ameaça estava implícita.

Yoakum disse:

— Isso é uma bobagem, Clyde.

— Afaste-se, detetive. Eu não vou pedir novamente.

— Chefe. Que droga!

— Eles têm um trabalho a fazer, assim como nós.

Hunt firmou sua posição.

— Eu não vou permitir isso.

— Afaste-se, Hunt — disse o Chefe. — Ou juro por Deus que vou mandar prender você também.

— Você não faria isso.

— Saia do maldito caminho.

Hunt olhou para o amigo, que atirou o cabelo para trás e cuspiu uma saliva rosada no chão do Chefe.

— Não crie caso, Clyde — disse ele.

Hunt se recusou a mover-se.

— Saia da frente — completou Yoakum.

— John...

— Está um belo dia para um passeio — disse Yoakum, e Hunt sentiu-se dar um passo para a esquerda. A porta se abriu, e eles arrastaram seu parceiro para fora, algemado.

Atravessaram a delegacia.

Saíram pela porta da frente.

CAPÍTULO 44

Johnny observou o sol nascer da porta do palheiro. Suas pernas balançavam sobre um desnível escuro que cheirava a lama e capim amassado. Sentia sede e seu corpo estava todo dolorido. Não havia mais ninguém acordado, e o fogo se apagara há muito. O sol apareceu primeiro como uma linha rosada, depois como uma aresta amarela que se ergueu acima das árvores. Johnny se inclinou um pouco mais para fora e olhou para baixo.

— Não pule.

Era Jack, atrás dele.

Johnny se virou.

— Rá-rá.

Jack cruzou o palheiro e sentou-se ao lado do amigo. Havia feno preso em seus cabelos. Seus calcanhares retumbaram na madeira, depois ele também se inclinou para fora.

— Eu salvei sua vida — disse ele. — Você me deve.

— Eu lhe devo isto. — Johnny socou-o no ombro.

— Babaca.

Jack olhou os campos de ervas amassadas. A floresta ainda estava escura sob as folhas. Sons do pântano se ergueram numa brisa repentina.

— Estou com fome — disse Jack.

— Faminto.

— Deveríamos ir para casa.

Johnny olhou para a escada, para o alçapão que dava para baixo.

— Ainda acha que ele conversa com Deus?

— Acho que ele está morrendo.

— Mesmo?

— Sim. Acho mesmo.

Johnny se levantou e espanou as mãos na calça.

— Eu devo falar com ele.

Jack também se levantou.

— Está fedendo lá embaixo.

Era verdade. Freemantle estava deitado de lado, com os joelhos curvados para cima. Ele cheirava a morte. Seu braço enfermo estava estendido na poeira, e quando Johnny tocou sua pele, sentiu-a como papel quente e seco. Desviou os olhos da ferida no lado do corpo do homem para a mão inchada. A pele do dedo havia se partido com a pressão.

— A única coisa que eu fiz foi mordê-lo.

— A boca humana é uma coisa repulsiva.

— Você beijou aquela garota.

— É diferente. Além disso, você o mordeu até o osso, e faz dias. Ele estava carregando um cadáver, na floresta. E pôs remédio de animal em cima. Aquilo foi estúpido.

— Não acho que ele seja estúpido.

— Não?

— Essa não é a palavra certa.

Jack suspirou.

— Precisamos sair daqui, tipo agora, antes que esse cara acorde e nos mate.

E foi como se Freemantle o tivesse escutado.

Seus olhos se abriram de um átimo, grandes, escuros e bravios. Uma das mãos disparou e segurou Jack pelo pescoço. Sua voz era um grasnido, e ele puxou Jack mais para perto.

— Deus sabe.

Johnny sentiu a força das palavras e agarrou o braço dele, mas a pele de Freemantle queimava de febre. Seus dedos se cravaram nas partes moles do pescoço de Jack.

— Deus sabe — repetiu ele enquanto seus dedos se abriam e Jack cambaleava para trás.

— Tire ele daqui — gritou Jack. — Nossa. Mantenha esse louco filho da puta longe de mim.

Johnny estava paralisado. Ele ficou olhando fixamente até que a loucura deixasse o rosto de Freemantle.

— O que aconteceu? — Freemantle pareceu confuso, os olhos agora chocados e assustados, o peito ofegante. Ele levantou a mão arruinada e contemplou-a como se nunca a tivesse visto antes. Abaixou-a até o colo e rolou para o lado de novo. Ignorou os garotos e puxou os joelhos até o peito. — Onde estou?

Quando Johnny se virou, encontrou Jack do outro lado do celeiro, com as costas pressionadas contra a parede, sua mão mirrada na garganta, a boa fazendo o sinal da cruz. Seus lábios estavam descorados, os olhos brilhando.

— Temos que ir. Temos que ir agora — falou o garoto.

— Você está bem, Jack?

Mas Jack estava lívido e piscando rápido. As palavras morreram em sua garganta. Ele abriu a boca, fechou-a, e os dois meninos contemplaram Freemantle, cujos olhos estavam apertados até as lágrimas enquanto ele tremia sobre a pedra fria. Seus lábios moviam-se sem sentido, e um som escasso e seco passava por eles.

Jack fez o sinal da cruz novamente.

Marcas vermelhas de dedos apareciam em sua garganta.

CAPÍTULO 45

Quando Hunt voltou para a sala do Chefe, estava trêmulo e com uma ira tão crua que ele não tinha certeza de que poderia contê-la. Ainda via o frenesi dos repórteres e a atitude de Yoakum, que havia se recusado a piscar ou baixar a cabeça enquanto caíam como um enxame sobre ele. Hunt empurrou a porta, ouviu-a bater no caixilho, mas o Chefe não estava com muita paciência para a sua raiva. Ele desabou na cadeira, estendeu a mão para trás a fim de apanhar a arma de Hunt e colocou-a sobre a mesa. Empurrou-a para a frente.

— Aquilo podia ter sido mais fácil.

Hunt olhou para a arma.

— Eu devia apanhá-la e atirar em você.

— Não seja melodramático, Hunt. Se estivesse no meu posto, teria feito a mesma coisa.

Hunt apanhou sua arma de serviço e enfiou-a de volta no coldre.

— Aquilo foi uma emboscada, pura e simplesmente.

O Chefe fez um gesto brusco de mão.

— Foi você quem sugeriu que um policial poderia estar envolvido.

— Envolvido em quê?

— Jarvis. Meechum.

Hunt apontou para a porta.

— É isso que eles estão pensando? É sobre isso que querem conversar?

— Nós temos de nos proteger. Temos de proteger a investigação e a reputação desse departamento. Para fazer isso, temos de trazer alguém de fora, alguém imparcial, que tenha distanciamento. Eu não gosto disso, tampouco, mas é o que temos. É assim que se faz.

— A quem você está tentando convencer? A mim ou a você?

— Não me venha com essa, seu babaca hipócrita. Nada disso teria sido necessário se você tivesse mantido a imprensa de fora. Mantido os seus homens de boca fechada.

— Nenhum dos meus homens falou.

— Você é o principal detetive, Hunt. Qualquer um envolvido com esse caso é responsabilidade sua.

— Isso é bobagem.

— Não foi você quem alegou o tempo todo que havia um policial envolvido com Burton Jarvis? Foi o que o garoto viu, certo? O que estava nas anotações dele. Um policial na casa de Burton Jarvis.

— Um segurança. Não um policial. Concluímos isso ontem, no segundo em que eliminamos Meechum.

— Você fez isso?

— Fiz o quê?

— Você concluiu que era um segurança na casa de Jarvis?

— É óbvio.

O Chefe se reclinou em sua cadeira.

— De quem foi a ideia de ir ao shopping?

— De Yoakum.

— Quem surgiu com a ideia de que um segurança poderia ser confundido com um policial?

— Yoakum. Nós dois.

O Chefe tamborilou com os dedos pesados na superfície arranhada da mesa.

— Katherine Merrimon viu um automóvel estacionado na rua perto da casa dela. Pensou que alguém estivesse vigiando a casa. Pensou que poderia ser o carro de um policial.

— Aquele tinha de ser Meechum. Ele tem um sedã.

— Mas não um carro de polícia. Yoakum dirige um carro de polícia.

— Ela teve uma impressão. Só isso.

O Chefe se levantou de sua cadeira, com os olhos apertados, a pele enrugada nos cantos.

— Você nunca teria encontrado Meechum sem o raciocínio dedutivo de Yoakum. Isso não é verdade? Yoakum levou você ao shopping.

— Ele deveria ganhar uma medalha.

— Porém, e se não fosse raciocínio? E se ele soubesse?

— Soubesse o quê?

— E se ele estivesse envolvido com Jarvis e Meechum o tempo todo? Não dois homens trabalhando juntos, mas três.

— Isso é absurdo — disse Hunt.

— Você está se repetindo.

— Precisamos encontrar Johnny Merrimon. Ele poderia esclarecer isso num segundo.

— Se ele falar com você.

— Ele vai falar — disse Hunt. — Dessa vez, ele vai falar.

— Então encontre o garoto, e me avise quando conseguir. Me avise no segundo em que ele aparecer. Assim que ele disser que não era Yoakum na casa de Jarvis, eu ligarei para o SBI. Enquanto isso, Yoakum está na berlinda.

Hunt balançou a cabeça.

— Ainda está errado.

— Pare um segundo para pensar. Burton Jarvis está morto. Meechum sabia que estávamos perto porque Holloway telefonou a ele e lhe contou. Ele estava fugindo, assustado. Se tivéssemos apanhado Meechum com vida, ele teria falado. Entregar um policial traria bastante condescendência por parte da promotoria. Yoakum sabia disso, portanto tinha motivos para querer Meechum morto. — O Chefe finalmente se levantou. — Agora, eu vou perguntar de novo a você. O tiro foi limpo?

— Eu conheço Yoakum.

— O que eu lhe disse a respeito de envolvimento pessoal?

— Eu conheço John Yoakum.

— Conhece? Conhece, de verdade? — O Chefe esperou. — O que ele faz nos finais de semana? Para onde ele vai nas férias?

Hunt teve de admitir.

— Eu não sei. Ele nunca fala sobre isso.

— Ele nunca foi casado. Por quê?

— Qual é a relevância disso?

— Você sabe — declarou o Chefe. — Que diabos, todos sabemos. Ele dizia isso com bastante frequência.

Hunt conhecia as palavras. Yoakum as dizia sempre que o crime era particularmente cruel, a traição muito repulsiva.

A escuridão é um câncer do coração humano.

— Então ele é um cínico. A maioria dos policiais é.

O Chefe deu de ombros.

— Talvez ele estivesse falando de si próprio.

A chefatura reverberava as conversas à boca pequena, que cessaram rapidamente quando Hunt irrompeu para fora da sala do Chefe. A porta se chocou contra a parede, deslocando um retrato de sua posição centrada. Ele sentiu os olhares, as especulações; eram de um peso metálico, mas ninguém falou nada, ninguém perguntou nada, por isso Hunt tomou a iniciativa. Ele parou no meio da sala, com as mãos erguidas.

— O que acabou de acontecer foi uma sacanagem. Se alguém perguntar... A imprensa, familiares, seja quem for... Isso é o que vocês lhes dirão. — Ele girou num círculo completo e repetiu em voz alta: — Uma sacanagem.

A palavra persistiu no ar. Ninguém além de Cross conseguiu olhá-lo nos olhos, e até mesmo ele meneava a cabeça. Hunt engoliu palavras de raiva. Yoakum nunca havia procurado amizade no departamento, nunca havia feito qualquer esforço para isso. Ele era um solitário, um profissional. E daí? Qual o problema nisso? Ele fazia o trabalho. Vivia sua vida.

Hunt saiu pela porta dos fundos.

O orvalho já evaporava do asfalto, da ampla árvore solitária que derrubava suas folhas à margem da rua. Além do cercado, equipamento pesado vibrava e cuspia fumaça. O terreno cheirava a diesel, lama e metal aquecido. Hunt deslizou para dentro do carro, deu a partida e ligou o ar-condicionado no máximo. Cingiu o volante com as mãos, deixou que o ar frio secasse o suor de seu rosto e lembrou de Yoakum ao ser arrastado para fora algemado. Depois imaginou Johnny. A mãe de Johnny. Pensou no aspecto de Yoakum quando parou naquele lugar rebaixado e úmido perto do rio enquanto os corpos eram retirados. A raiva que havia sentido. Como estava enojado.

Não há a menor chance de Yoakum ter qualquer coisa a ver com aquilo.

De jeito algum.

Ele engatou a ré em seu grande carro, saiu bruscamente da vaga, depois engrenou a marcha. Não havia uma explicação, um motivo para que uma cápsula encontrada nos destroços do Land Cruiser de David Wilson tivesse a impressão digital de Yoakum. Se essa explicação estivesse em algum lugar, seria na casa de seu parceiro. Hunt tentou não pensar no outro lado da moeda: se Yoakum *tivesse* alguma ligação com as crianças desaparecidas, tal evidência seria muito provavelmente encontrada lá também. Hunt não tinha mandado nem a chave da casa, mas não se importou. Uma pedra na vidraça daria um jeito nisso. Um pé de cabra na porta. Aquilo não tinha a ver com a profissão de policial. Tinha a ver com amizade. Tinha a ver com fé, confiança e com a chama cáustica e ardente que se acendeu ao pensar na traição do Chefe. Ele vendeu Yoakum para limpar a imagem do departamento, para fazer o departamento parecer bem apesar de o caso estar descendo ainda mais pelo ralo.

— Sacanagem — murmurou Hunt entre os dentes.

Mas a impressão digital...

Ele balançou a cabeça.

A impressão digital era difícil de explicar.

Hunt costurou pelo trânsito, dobrou à esquerda na via de quatro pistas que atravessava a cidade. O bairro de Yoakum era antigo, cheio de casas térreas construídas em terrenos elevados acima das calçadas deformadas por raízes do tamanho de uma perna humana. A vizinhança estava passando por mudanças, mas era bem-conservada, sombreada e tranquila.

Hunt decidiu-se pelo pé de cabra.

Dobrou rapidamente à direita e, três quarteirões depois, à esquerda. A casa de Yoakum era de um andar, com telhado alto e telhas de cedro de um tom prateado tornado fosco pelo tempo. Cores vivas resplandeciam nos canteiros de flores. Os arbustos eram bem-aparados, as árvores, bem-cuidadas.

Havia uma perua com painéis azuis estacionada no acesso à garagem. Letras brancas sobressaíam-se contra a pintura.

SBI.

Hunt encostou o carro no meio-fio, ainda a um quarteirão de distância. Os vizinhos saíram para os quintais: mulheres desbotadas vestindo penhoares vistosos, homens velhos, algumas crianças de cabelos compridos que deveriam estar fazendo coisas mais proveitosas. Os rostos de todos exibiam o mesmo: surpresa, preocupação. Na casa de Yoakum, homens usando blusões com letras serigrafadas entravam e saíam pela porta da frente. Hunt não viu Oliver nem Barfield, mas isso não importava.

O SBI estava na casa de Yoakum.

Eles tinham um mandado.

CAPÍTULO 46

— Ele tentou me matar — disse Jack. — Você viu. Meu Deus. Esse grandalhão filho da puta tentou me matar mesmo.

— Se ele quisesse você morto, você estaria morto. — Johnny ajoelhou-se ao lado de Freemantle. — Não aja como uma garotinha.

— Não toque nele, Johnny. O que está fazendo?

— Eu não estou tocando nele. Fique frio. — Johnny se inclinou mais para perto de Freemantle. — Ele só está doente.

Os lábios de Freemantle se moviam, e havia palavras ali, Johnny pensou. Ele se inclinou e aproximou-se ainda mais.

— ... A casa tá pegando fogo... Mamãe tá se queimando...

As palavras escapavam. Johnny ergueu o olhar para Jack.

— Você ouviu isso?

— Não.

— Ele precisa de remédios ou ir para um hospital.

— Ótimo — disse Jack. — Vamos para casa e chamamos uma ambulância. Deixe que eles se preocupem com isso.

— Se nós chamarmos uma ambulância, eles avisarão a polícia e não descobriremos o que ele sabe.

— Deixe que os policiais perguntem. É o trabalho deles.

— Os policiais estão atrás dele por assassinato. Eles acham que Alyssa está morta. Não irão perguntar nada a ele. Não rápido o bastante, pelo menos.

Johnny sacudiu o ombro de Freemantle, mas o homem não se mexeu.

— Então, o que você quer fazer? — perguntou Jack.

— Eu não sei, cara. Está bem? Estou resolvendo as coisas conforme elas vão acontecendo. Preciso de mais uma chance. Algum tempo, só isso. Droga, Jack, apenas me ajude.

— Ótimo. O que você quer que eu faça?

— Cuide dele. Vou buscar a caminhonete.

— Isso vai levar vinte minutos.

Mas Johnny já havia saído. Jack olhou para os lábios rachados de Freemantle, os olhos que giravam por trás das pálpebras de papel.

— Isso é um saco — disse ele, e apanhou a pistola. Ele apontou para Levi Freemantle, depois sentou-se na terra.

Levi queimava num fogo negro. Sabia que era fogo porque já se queimara antes. Ele se queimara numa casa em chamas, com a mamãe nos braços, os cabelos dela acesos como uma tocha. Ele não sabia por que a casa havia incendiado ou por que estava nela agora. Parecia-lhe que aquilo havia acontecido muito tempo atrás.

Mas ele estava ardendo.

A dor era tão forte que chegava a senti-la sob a pele.

Ouvia vozes, ao longe, e tentou falar com elas.

... A casa tá pegando fogo... Mamãe tá se queimando...

Mas as pessoas não o escutavam. E não veio ninguém para ajudar.

Não veio ninguém.

A pele estava tão quente...

Ardendo...

Johnny correu por todo o caminho, e estava quase sem fôlego quando chegou à caminhonete. Ele entrou e fechou a porta. A chave escorregava em seus dedos, mas o motor pegou. Fumaça azul ondulou no ar estagnado. Música gospel tocava no rádio. Johnny dirigiu até o celeiro e deixou o motor ligado. Jack estava parado na porta e parecia infeliz.

— Como você vai levantá-lo?

Johnny não respondeu. Ele saltou da caminhonete, entrou no celeiro e ajoelhou-se ao lado de Freemantle. Chamou-o pelo nome, depois tocou seu braço e ergueu os olhos.

— Esse cara está pegando fogo.

— Não diga.

— Não. Está ficando pior. Ele está ardendo.

— Mamãe tá queimando... A casa tá pegando fogo...

— Que diabos? — Jack se inclinou mais. — Você ouviu isso?

Johnny apontou para a casa queimada.

— Acho que a mãe dele morreu naquele incêndio.

Johnny empurrou o ombro do homem uma última vez, sacudiu-o com força. Então recuou até ficar de joelhos.

— Não podemos levá-lo até a caminhonete sozinhos — disse.

— Ele acordou uma vez.

— Vamos jogar água no rosto dele.

— Isso só funciona nos filmes.

— Merda — disse Johnny.

— Eu digo que devemos deixá-lo aqui e sair logo.

Johnny sacudiu a cabeça.

— Nós vamos esperar.

— Já chega, Johnny.

— Eu roubei a caminhonete. Eu decido.

Portanto esperaram, com a fumaça azul no ar, gospel tocando no rádio.

CAPÍTULO 47

Hunt dirigiu duas vezes pelas vizinhanças de Yoakum, mas sempre que passou pela rua dele o furgão do SBI ainda estava estacionado no acesso de veículos, por isso desistiu. Ligou para Cross a fim de averiguar a situação na propriedade de Jarvis. Ele atendeu no quarto toque.

— Sim. O legista está aqui. O primeiro corpo deve ser tirado dentro de uma hora. Ele acha que teremos todos ainda hoje. No meio da tarde, talvez. Antes do pôr do sol, com certeza.

— E quanto à imprensa?

— Como seria de se esperar. Você está vindo?

— Há algo para se ver?

Cross fez uma pausa. Havia vozes abafadas ao fundo.

— Ainda não.

— Me ligue quando houver.

Hunt desligou. Ele estava no limiar da área mais pobre da cidade. As casas eram velhas, com frestas nas tábuas. Camisetas cinzentas secavam nos varais. Ele viu tambores de óleo enferrujados, alicerces de blocos de granito que sustentavam as vigas dos assoalhos acima da terra úmida. Anos de entulho acumulado sob a casa mais próxima, e Hunt viu um ponto plano na terra onde os cães entravam e saíam. Cem anos de meeiros arruinados haviam se estabelecido naquele lado da cidade, e isso era visível. Hunt estava a 1,5 quilômetro do cemitério dos escravos libertos, rodeado de pobreza e desesperança, a sombra persistente das injustiças passadas.

O sinal ficou verde.

Hunt não se moveu.

Algo estalou no fundo de sua mente. Um automóvel buzinou atrás dele, por isso ele avançou no cruzamento e estacionou no meio-fio enquanto o motorista atrás dele engatava a marcha e passava voando. Hunt viu neon sob o chassi, os aros das calotas e as cores de gangue penduradas no retrovisor. Olhos desconfiados de um rosto cauteloso encararam-no, música com baixos pesados saía dos alto-falantes, mas Hunt repeliu a imagem. Sua mente estava no passado.

Meeiros. Roupas úmidas.

A língua rosada de um vira-lata na sombra...

Ele recapitulou o último minuto.

E então pensou que havia entendido.

Apanhou o telefone para ligar para Yoakum, mas então lembrou-se de que o parceiro estava no banco de trás de uma viatura estadual a meio caminho de Raleigh. Em vez disso, discou para Katherine Merrimon. Ela atendeu, esperançosa, mas com voz cansada.

— Eu precisava ver se você estava em casa — disse Hunt.

Vivacidade súbita.

— Johnny?

— Ainda não. Estou indo até aí.

Levou 23 minutos por causa do trânsito. Ela usava jeans desbotados, cortados curtos, sandálias e uma camisa amarrotada que pendia dos ossos de seus ombros.

— Você parece cansada — disse Hunt. E parecia mesmo. Os olhos dela estavam fundos. Mais pálida que o normal.

— Ken apareceu às três da madrugada. Eu não pude voltar a dormir.

— Aqui? Ele veio aqui?

— Não deixei ele entrar, nem nada parecido. Ele bateu na porta, fez mais alguns comentários horríveis. Estava bêbado. Só sentiu necessidade de fazer bravata.

Uma rigidez raivosa assentou-se no fundo dos olhos de Hunt. Ele sabia reconhecer uma mulher que havia sido abusada e estava mentindo para si mesma.

— Não ouse criar desculpas para ele.

— Eu consigo lidar com Ken.

Hunt forçou-se a se acalmar. Ela estava na defensiva, e havia maneiras melhores de resolver o problema.

— Eu preciso entrar no quarto de Johnny — disse ele.

— Tudo bem.

Dentro da casa, ela o conduziu pelo corredor na penumbra até o quarto do filho. Hunt acendeu a luz e olhou para a cama do garoto. Como não achou o que queria, foi até a fileira de livros sobre a penteadeira. Passou os olhos pelas lombadas.

— Não está aqui.

— O que não está?

— Johnny tinha um livro de história sobre o condado de Raven. Assim. — Ele fez um gesto com as mãos, indicando o tamanho do volume. — Estava na cama dele alguns dias atrás. Você não sabe nada a respeito?

— Não. Nada. É importante?

— Eu não sei. Talvez.

Ele começou a andar.

— Você está indo embora?

— Eu entrarei em contato.

Na porta, ela pôs a mão no braço dele.

— Ouça. Quanto a Ken... Eu agradeço que você esteja tentando me proteger. Se ele se tornar agressivo, fizer ameaças ou coisa parecida, eu vou ligar para você. Certo? — Ela apertou ligeiramente o braço do detetive. — Eu vou ligar para você.

— Faça isso — disse ele, mas as engrenagens da sua mente já estavam rodando.

Ela continuou na porta aberta enquanto ele se afastava, e não entrou até que o carro dele estivesse na rua. A casa dela ainda continuava no retrovisor quando Hunt ligou para a oficial Taylor.

— Estou na casa de Katherine Merrimon - falou ele.

— Por que não estou surpresa? — disse ela.

— Eu preciso de um favor.

— Você está ficando sem créditos.

— É Ken Holloway. Verifique o escritório dele. Verifique a casa dele. Eu quero que você o encontre e que o prenda.

Seguiu-se um momento de silêncio. Hunt sabia que ela estava se lembrando da última vez, pensando no processo e em como ela queria o próprio nome fora do próximo papel protocolado no cartório.

— E qual o motivo?

— Obstrução. Ele avisou Meechum que iríamos interrogá-lo. Eu preencherei a papelada essa tarde, mas quero que você o trancafie agora, nesse momento. Se houver encrenca, eu enfrentarei, mas quero o canalha preso.

— Essa prisão é legítima?

— Uma semana atrás você não teria me perguntado isso.

— Uma semana atrás eu não teria sentido necessidade.

— Apenas faça.

Hunt desligou, depois ligou para o serviço de informações e perguntou o telefone da biblioteca pública do condado de Raven. A telefonista forneceu-lhe o número e depois completou a ligação.

— Balcão de empréstimos.

A voz pertencia a um homem. Hunt disse-lhe o que queria e ouviu o som de um teclado.

— Esse livro está emprestado — disse o bibliotecário.

— Eu sei disso. Você tem mais de um exemplar?

— Estou verificando. Sim, temos outro exemplar.

— Reserve-o para mim — disse Hunt. — E me dê seu nome.

Hunt desligou o telefone e seguiu para a biblioteca. Yoakum não estava mais em suas mãos. O terreno de Jarvis estava sob controle. Restava Johnny. Um garoto confuso. Um fugitivo com uma arma roubada.

Escravos libertos.

Freemantle.

Hunt conhecia o nome porque o havia visto no livro de Johnny. Tinha dado apenas uma olhada, mas agora juntava os pontos: "John Pendleton Merrimon, cirurgião e abolicionista." Havia outra fotografia na página seguinte. Ele mal a notara na época, mas lembrou-se então.

Isaac Freemantle.

E havia um mapa.

Hunt acelerou, as costas se pressionaram contra o banco de couro. Johnny sabia onde encontrar Freemantle, e Freemantle era um condenado fugitivo, um assassino.

Hunt acionou a sirene. Ele voou pela Main Street a 120 por hora, parou no estacionamento e deixou o motor ligado. Dois minutos depois, estava de volta com o livro. Ele folheou as páginas até encontrar a que queria. Estudou a testa de John Pendleton Merrimon: a testa larga, as pesadas feições masculinas. Vestia um sisudo terno preto e não se parecia nem um pouco com Johnny, a não ser pelos olhos, talvez. Tinha olhos escuros.

Hunt leu sobre Isaac, que adotou o nome Freemantle para simbolizar sua nova liberdade. Havia uma fotografia dele, um homem grande usando roupas rústicas e um chapéu inclinado. Tinha mãos maciças e uma barba irregular pontilhada de branco. Johnny havia dito a Hunt que Freemantle era um nome *mustee*, e Hunt pensou que podia haver traços indígenas na fisionomia de Isaac Freemantle. Algo nos olhos, talvez. Ou nos ângulos do rosto.

O mapa tomava a página seguinte. Havia o rio, o pântano, uma longa projeção de terra com água em três de seus lados.

Recanto Calado.

Hunt comparou o mapa do livro com o mapa rodoviário do seu porta-luvas. O Recanto Calado, fosse o que fosse, ficava na parte mais deserta do condado. Não havia nada ali a não ser floresta, pântano e rio. Não havia registro de que Freemantle possuísse um telefone ou propriedades no condado de Raven, por isso a informação podia ser insignificante, datada de um século e meio, mas Hunt precisava do garoto. Por uma dúzia de motivos, precisava do garoto.

Hunt pôs o carro em movimento.

O Recanto Calado ficava a noroeste.

CAPÍTULO 48

A oficial Taylor foi primeiro ao escritório de Ken Holloway. Ela dirigiu até o centro e entrou no grande estacionamento que margeava o edifício de Holloway por dois lados. Ela rodou devagar, procurando um Escalade branco com letreiro dourado. Não o encontrou. Após deixar a viatura na frente do prédio, Taylor conferiu seu cinto, então caminhou até a grande porta de vidro. Ela gostava do modo como o cinto se movia em seus quadris. Metal imponente. Equipamento para trabalho pesado. Taylor adorava ser policial. A autoridade que vinha com o distintivo. O uniforme azul que nunca amarrotava. Ela gostava de dirigir rápido. Gostava de prender pessoas más.

Seus sapatos faziam pequenos sons de borracha sobre o chão de mármore encerado.

Havia uma mulher sentada atrás de um grande balcão de recepção, e Taylor sentiu os olhos dela por todo o caminho através do espaço abobadado. A mulher era resoluta e bem-vestida; seu olhar era judicioso; sua voz, de superioridade.

— Pois não? — disse ela, e Taylor antipatizou com a mulher imediatamente.

— Eu estou aqui para falar com Ken Holloway.

Ela usou sua voz de policial, daquelas que diziam: *Não me faça repetir.*

A recepcionista arqueou uma sobrancelha. Seus lábios mal se moveram.

— A respeito de quê?

— A respeito de meu desejo de falar com ele.

— Entendo. — Ela apertou os lábios finos. — O Sr. Holloway não veio hoje.

Taylor apanhou seu bloco e uma caneta.

— E qual é o seu nome?

As pessoas odeiam o bloco e a caneta. Elas detestam ser registradas nas anotações de um policial. A recepcionista forneceu seu nome com relutância e Taylor o anotou.

— E você diz que o Sr. Holloway não está?

— Não. Quero dizer, sim. Ele não está.

A recepcionista havia empalidecido e adotado uma atitude submissa, mas Taylor nunca sorria quando recorria à sua autoridade. Ela usava uma linguagem baseada no mínimo de palavras e mantinha a expressão neutra.

— Quando foi a última vez que você viu ou falou com o Sr. Holloway?

— Ele não voltou aqui desde certo horário de ontem.

— E outras pessoas nesse edifício estariam dispostas a confirmar isso?

— Creio que sim.

Taylor fez um lento exame do ambiente: a arte nas paredes, a central de telefones, os elevadores. Ela depositou um cartão sobre o balcão.

— Por favor, faça com que o Sr. Holloway ligue para esse número quando chegar.

— Sim, senhora.

Taylor prolongou o contato visual, depois saiu por onde havia entrado, andando de forma vagarosa e constante, com uma das mãos no largo cinto de vinil. De volta à viatura, procurou em seu laptop os registros de todos os veículos de propriedade de Ken Holloway no Departamento de Trânsito. Além do Escalade, ele possuía um Porsche 911, um Land Rover e uma Harley-Davidson. Taylor fez mais uma varredura no estacionamento, mas não viu qualquer um desses veículos. Uma anotação foi feita no bloco, ao lado do nome da recepcionista: *Provavelmente dizendo a verdade.*

A casa de Holloway ficava num dos grandes campos de golfe no lado rico da cidade. O campo era particular, construído em volta da sede principesca de um clube, uma construção de pedras e com heras. Nenhuma casa na rua dele custava menos de 2 milhões de dólares, e a de Holloway era a maior, um monolito branco sobre 1,6 hectare de gramado bem-cuidado. Na metade do acesso de veículos, Taylor passou pela estátua de um negro de libré segurando uma lanterna e dando um sorriso largo.

Taylor desembarcou da viatura e subiu os largos degraus até a comprida varanda. A porta da frente estava aberta para um chão de ardósia laqueada. A princípio havia apenas silêncio, o canto de um pássaro; depois a oficial Taylor ouviu alguém chorando.

Uma mulher.

Dentro da casa.

A mão de Taylor desceu até a coronha da arma. Ela desabotoou a tira de couro, avançou até a porta aberta. Viu um machado no chão ao lado do que restava do piano. A tampa estava em pedaços. Golpes haviam estilhaçado o teclado, e as teclas de marfim estavam espalhadas pelo tapete. Tudo o mais parecia perfeito.

Taylor acionou o rádio e emitiu um comunicado. Ela forneceu sua localização e solicitou reforços; depois sacou a arma, anunciou-se e cruzou o umbral. Sentiu cheiro de bebida alcoólica e viu garrafas abertas sobre uma mesa de centro. Uma delas estava vazia, a outra pela metade.

O choro veio de algum lugar no fundo da casa. Da cozinha, talvez. Ou de um quarto. Taylor atravessou o pórtico em arco e entrou na sala de estar. Ao olhar para a direita, viu um espelho no sofá, carreiras do que parecia ser cocaína separadas em fileiras bem-distribuídas.

Cordas haviam sido arrancadas das entranhas do piano.

— Polícia — gritou Taylor novamente. — Eu estou armada.

Ela encontrou a mulher num corredor pequeno depois da sala de estar. Era jovem, talvez 19 anos, cabelos descoloridos com raízes escuras e pele impecável. Seus dentes eram tortos, porém brancos; suas mãos, ásperas e rubras. Ela estava sentada no chão, aos prantos, e Taylor viu que seus olhos eram azuis.

— Ele não fez nada. Eu estou bem.

Possuía sotaque do leste. Taylor tivera uma infância pobre, nas dunas, e conhecera dúzias de garotas exatamente como aquela, incultas e bonitas, desesperadas para encontrar uma posição melhor.

— Você consegue se levantar? — Taylor estendeu a mão. A garota usava uniforme de camareira, com o ombro do lado direito rasgado, botões da blusa arrebentados. Uma das bochechas estava inflamada de um vermelho quente, e a garota tinha marcas ferozes de dedos na parte macia de seu braço. — Está sozinha?

A garota não respondeu.

— Ken Holloway fez isso a você?

Ela confirmou.

— Ele me chamou de Katherine. Esse não é o meu nome.

— Como é o seu nome?

— Janee. Com dois ee.

— Certo, Janee. Você vai ficar bem, mas preciso que me conte o que aconteceu aqui.

Taylor olhou para a camisa rasgada, os botões arrancados. Sua voz era gentil.

— Ele a estuprou?

— Não.

Havia algo no modo como ela falou isso. A hesitação. Uma certa timidez.

— Você tem um relacionamento com o Sr. Holloway?

— Você quer dizer...?

Taylor não disse nada, e Janee fez que sim.

— Às vezes. Ele pode ser legal, sabe. E ele é, tipo, muito rico.

— Você fez sexo com ele?

Ela fez que sim e começou a chorar novamente.

— E ele bateu em você?

— Depois — disse ela.

— Continue.

— Ele me dá coisas finas, às vezes, e usa aquelas palavras lindas. — Ela fungou. — Você sabe o que eu quero dizer? Como um cavalheiro.

Ela balançou a cabeça e enxugou um dos olhos.

— Eu não devia ter dito a ele que me chamou por outro nome. Ele disse que não acreditava em mim, mas achei que ele apenas não havia gostado que eu o tivesse apanhado em flagrante desse jeito. Ele não queria que eu soubesse.

— Ele a chamou de Katherine? Usou um sobrenome?

— Não que eu tenha ouvido. Você viu o piano?

— Sim.

— Ele enlouqueceu a ponto de fazer aquilo. Foi como se aquele nome o tivesse feito perder a cabeça. Ele disse que se eu contasse a alguém, eu seria a próxima.

Ela comprimiu os lábios, e seus cabelos loiros descoloridos caíram por sobre os olhos.

— Uma vez ele me deu um iPod.

— Janee...

— Ele é um homem muito mau.

CAPÍTULO 49

Levi estava queimando. Os cabelos da mamãe estavam em chamas, e as labaredas cravavam garras ardentes no rosto de Levi enquanto ele corria em direção à porta. Doía, e ele gritou quando ambos se chocaram contra a tela e caíram na varanda, com a casa vindo abaixo atrás deles, tudo escuro, e o que não era escuridão estava em chamas. Levi pensou que talvez estivesse ardendo no inferno. Ele sabia que havia feito algo errado, mas isso foi mais tarde. Não foi? Não agora, não com sua mamãe queimada também. Ele estava confuso e assustado.

Quente como o inferno.

Grande como sempre foi.

Mas aquela era a casa incendiada, e Levi sabia onde estava, o único lugar onde sempre havia estado. Havia passado toda a sua vida ali e nunca partira. Sua mamãe disse que não havia nada fora dali além de dor, lugar algum para alguém como Levi. Por isso ele ficou. E era ali que ele estava. Ele estava em casa. Ele estava queimando no quintal...

... morrendo.

Ele abriu seus olhos para ver se havia corvos.

A luz do sol no celeiro.

— Ele está acordando.

Johnny se curvou sobre o rosto de Freemantle quando os olhos dele se entreabriram. Viu confusão e medo.

— Está tudo bem — disse Johnny. — Eu só preciso que você entre na caminhonete. Consegue se levantar?

Freemantle pestanejou. Havia lama nas rachaduras de seu rosto marcado. Ele olhou para as vigas, depois para a porta aberta.

— Está tudo bem — disse Johnny. Ele tomou o braço sadio de Freemantle e tentou ajudá-lo a se levantar.

As palavras sangravam umas sobre as outras, não faziam sentido, mas o garoto branco tinha olhos bons, escuros e profundos. Levi contemplou aqueles olhos, perguntando-se por que eles o faziam se sentir melhor. Como se os tivesse visto antes, como se devesse confiar neles. Levi sentou-se, e o calor atravessou seu corpo como um túnel, assim como a dor. Ele ainda estava confuso, assustado; então uma torre de ar fresco desceu em espirais de algum lugar alto e frio, e ele a ouviu novamente.

A voz.

A voz de Deus.

Tão clara e forte que ele quase chorou.

— Por que ele está sorrindo desse jeito?

Os olhos de Freemantle estavam muito apertados, os lábios tão esticados e largos que parecia que a pele rachada iria começar a sangrar. Jack se afastou.

— Talvez ele goste de gospel. Quem sabe? Vamos levá-lo até a caminhonete.

Johnny ajudou-o a ficar de pé enquanto Jack se mantinha afastado. Johnny abaixou a guarda traseira, e Freemantle sentou-se e rolou para trás.

— Vá até o fundo — disse Johnny.

— Até o fundo. — Foi um sussurro, um eco.

— Esse sorriso não é normal — disse Jack.

Freemantle estava deitado de costas, os joelhos dobrados, os braços sobre o peito. O sorriso era largo e jubiloso. *Inocente*. A palavra brotou na mente de Johnny. *Puro*.

— Entre logo na caminhonete — disse ele, e Jack embarcou. Ele fechou a porta e voltou as costas para a maçaneta, virando-se para observar Freemantle através do vidro traseiro da cabine. Johnny se enfiou atrás do volante.

— Os lábios dele estão se movendo — disse Jack.

— O que ele está dizendo?

Jack destravou a janela traseira e abriu-a. Abaixou o volume do rádio para que pudessem ouvir a voz de Freemantle.

— Corvos, não.

— Feche a janela — disse Johnny, mas eles ainda podiam ouvi-lo.

— Corvos, não.

CAPÍTULO 50

Hunt estava bem ao norte da cidade quando Cross ligou. Ele atendeu ao segundo toque.

— Qual é a novidade?

Houve um momento de silêncio ao telefone, ruído de estática, então Cross disse:

— É melhor você vir para cá.

Mais uma pausa, vozes indistintas ao fundo.

— O que foi? — perguntou Hunt.

— O primeiro corpo acabou de sair da terra.

— Não é o de Alyssa

Hunt sentiu as trevas ganharem terreno

— Não é o de Alyssa.

— Então...

— É do pai de Alyssa. — Um suspiro. — Do pai de Johnny.

Hunt parou no acostamento. Os pneus saíram do asfalto, e o mundo virou de ponta-cabeça.

— Você tem certeza?

Cross não disse nada. Hunt ouviu vozes alteradas ao fundo, gritos, então Cross, também berrando:

— Nada de repórteres, nada de repórteres. Saiam daqui. Agora. Tirem ele daqui.

— Cross?

Cross retornou à ligação.

— Você ouviu isso?

— Sim.

— É melhor você vir para cá.

Hunt olhou para a estrada estreita. O calor criava distorções no solo a distância e ele viu uma caminhonete surrada dobrar para o asfalto. Ela pareceu ficar perfeitamente imóvel, a parte de baixo semidissolvida na oscilação.

— Detetive Hunt...

O pai de Johnny.

— Detetive?

— Isole o local — disse Hunt. — Estou a caminho.

Ele deu meia-volta na estrada, sentindo o volante pesado. O que lhe havia sido informado não fazia sentido.

Spencer Merrimon estava morto.

O marido de Katherine.

Morto.

Hunt piscou os olhos por causa do sol. Nada daquilo fazia sentido, mas então, de súbito, passou a fazer. Hunt entendeu, e a sensação de piedade lhe subiu à garganta, de pesar e certeza. Ele meneou a cabeça enquanto atrás de si o asfalto se tornava metálico e dava lugar a uma brilhante névoa prateada por onde a caminhonete distante parecia flutuar.

CAPÍTULO 51

Freemantle ainda estava falando, erguendo a voz acima do vento e do ruído do motor. As mesmas palavras. Repetidamente.

— Esse cara está me deixando maluco. — Jack aumentou o rádio e começou a apertar os botões. Cada estação que encontrava tocava gospel ou cultos religiosos em tempo integral. Ele girou o seletor, murmurando entre os dentes, e Johnny ouviu-o dizer "... Cale a boca, cale a boca...". Dizia isso zangado e um tanto assustado. Ele girou nervosamente o botão até percorrer o dial de um lado a outro. — Isso aqui não toca porra nenhuma.

Ele desligou o rádio, afundou no assento, e Johnny manobrou para a trilha que partia dali. Eles seguiram por ela até chegar numa estrada, quando Jack abriu a porteira e depois fechou-a atrás da caminhonete. Ele manteve os olhos em Freemantle o tempo todo, mas aquele homem grande havia por fim ficado imóvel e calado, os dedos crispados.

— Ele apagou de novo.

Johnny olhou para trás uma vez, depois pôs a caminhonete em movimento. Eles entraram no asfalto liso, uma estrada serpenteante com uma faixa amarela contínua e gasta atravessando a superfície preta. À frente, um carro estava estacionado no acostamento. Parecia quase perdido no meio do calor, mas Johnny o viu arrancar, fazer um balão na estrada e acelerar.

— Quer que eu deixe você em algum lugar?

Jack pareceu tentado, por isso Johnny tentou não fazer caso da expressão contorcida do amigo, o modo como a mão direita dele tamborilou um ritmo desagradável no lado da porta. Jack estava assustado. Se queria sair, deveria sair; mas quando ele finalmente falou, foi um dar de ombros verbal:

— Ainda é cedo — disse Jack.

E foi só.

Jack estava dentro.

Eles seguiram seu caminho de volta à cidade, para fora daqueles ermos, passando por velhas mansões e campos de golfe, depois para o oeste rumo a outro trecho solitário de lugar nenhum, que avançava até os fundos da casa de Johnny. Ali ele encontrou a abertura estreita na longa fileira de pinheiros e voltou para a estrada de terra. Jack abriu outro portão, fechou-o, e eles entraram na fazenda de tabaco abandonada. Passaram pela rala fileira de árvores e tomaram a esquerda quando a estrada se bifurcou. Ele descia uma vez, depois subia e virava novamente para a direita, até onde o celeiro de tabaco se assentava em meio aos arbustos. Johnny fez a curva e parou a caminhonete.

Um corvo solitário estava pousado no topo do telhado. Ele abriu o bico e outros três pousaram ao lado dele. Johnny sentiu Jack ficar tenso ao seu lado, viu os dedos do amigo tocarem a camisa onde a cruz de prata encontrava-se em contato com a pele.

— Relaxe — afirmou.

Jack inclinou-se para a frente a fim de olhar pelo para-brisa. Um quinto corvo adejou até o telhado.

— Há painço selvagem nos campos — disse Johnny. — Amoras silvestres também. Montes de bolotas de carvalho. Isso não quer dizer nada.

— Você já os viu desse jeito antes? Aqui? Todos parados desse jeito?

Johnny examinou as aves. Ele nunca havia visto corvos no celeiro antes, não como aqueles. Estavam muito imóveis, todos eles, com os olhos de bolas de gude fixos na caminhonete, as penas reluzentes como vidro preto.

— São só pássaros — disse, abrindo a porta. Ele apanhou uma pedra e a atirou contra o telhado. Caiu ruidosamente a alguns centímetros das aves. Elas os observaram por mais alguns segundos e, quando ele se abaixou para apanhar outra pedra, levantaram voo em bando e se afastaram para as árvores distantes. — Viu?

Jack desembarcou. Eles abaixaram a guarda traseira da caminhonete e despertaram Freemantle o suficiente para tirá-lo do veículo e fazê-lo entrar no celeiro. Levou algum tempo, mas o estenderam no chão.

— Ele está fedendo mais — comentou Jack.

— A febre ainda está subindo.

— E agora?

Estavam parados do lado de fora, as árvores muito verdes agitadas pelo vento do outro lado do matagal, a terra escurecida onde a fogueira deles havia sido acesa duas noites antes. Johnny apontou.

— A casa fica depois daquela pedra grande, entre aquelas árvores. Pule um riacho e você vai vê-la.

A voz de Freemantle veio de dentro do celeiro.

— Pule um riacho e você vai ver...

Os garotos esperaram, mas Freemantle não disse mais nada. Ele ficou imóvel na escuridão do celeiro.

— Você vai falar com a sua mãe?

Johnny olhou para Freemantle.

— Não consigo pensar em mais nada para fazer — disse ele. — Talvez ela possa conversar com o detetive Hunt. Eu não sei, cara. Se ela não estiver lá, vou trazer um pouco de água fresca e comida. Remédios, se tivermos algum. Eu só preciso de um minuto. Um minuto para ele conversar comigo.

— Isso não é bem um plano, Johnny.

Ele deu de ombros.

— Se eu não conseguir fazer algo acontecer logo, chamaremos uma ambulância, a polícia, qualquer coisa.

Jack cavoucou a terra ainda úmida com a ponta de um dos tênis.

— E se ele morrer? Isso é pesado, cara.

Johnny fitou o interior cinzento do celeiro, mas não disse nada.

— E eu? — perguntou Jack. — O que eu faço?

— Alguém precisa ficar aqui.

— Eu quero ir com você.

— Não.

— Ele está dormindo, mesmo, Johnny. E se você se meter em problemas? Não haverá ninguém para ajudá-lo.

As palavras de Jack faziam sentido, mas Johnny sabia, na verdade, que seu amigo estava com medo. Ele tirou a arma da caminhonete, ofereceu-a, e Jack a apanhou.

— É só ficar fora do alcance dele — disse Johnny.

Jack fitou o celeiro e engoliu em seco.

— Você me deve uma — disse ele. — Quero que se lembre disso.

Mas Johnny já estava caminhando. Jack observou-o se enfiar entre as árvores e desaparecer, depois virou-se para o celeiro e obrigou-se a entrar.

Dois minutos depois, um corvo solitário pousou no telhado.

Em seguida outro.

CAPÍTULO 52

Hunt abriu caminho pelo meio da fila de repórteres sem graves incidentes. Talvez fosse algo em seu rosto. Talvez fosse o muro de fardas azuis que se ergueu em posição de sentido quando ele irrompeu entre eles. Um dos repórteres já havia furado o cordão de isolamento, e isso foi uma mancada. Uma vez mais e alguém seria demitido. Não havia dúvida. Hunt trataria disso pessoalmente.

Pouca luz solar tocava o chão da floresta, que continuava esponjoso e úmido. O próprio ar era uma sopa de umidade. Hunt arremeteu bruscamente declive abaixo.

Ao parar na borda da baixada, ele pôde sentir a diferença na atmosfera. Encontrar uma vítima adulta era inesperado, e ninguém sabia o que fazer diante disso. Encontrar o pai de Johnny elevava as coisas a outro nível.

As pessoas ainda estavam assimilando.

Hunt viu dois legistas do escritório de Chapel Hill aninhados sobre uma escavação recente na metade do caminho do outro lado da depressão. Aquele seria o próximo corpo. Ele os ignorou. À direita, um grupamento de pessoas tensas ao lado da mesa de campo de 2 metros, ligeiramente inclinada pela irregularidade do terreno. Cross. O Chefe. Trenton Moore, o legista do condado de Raven. Todos os três fitavam Hunt, esperando.

O saco para corpos que estava no chão parecia mais longo do que os outros.

Mais cheio.

Hunt se aproximou, parou a 1,5 metro do saco e se agachou. Ele se recordou de Spencer Merrimon, do modo como ele se manteve forte para sua esposa, do modo como ele reprimiu a culpa e fingiu que ela não o estava matando por dentro. Parecia ter sempre uma das mãos sobre o ombro do filho, uma palavra tranquila de agradecimento aos homens que estavam trabalhando para trazer a filha de volta. Hunt havia gostado daquele homem, talvez até mesmo o respeitado.

— Esse é ele?

Todos os olhos se voltaram para o saco.

— Achamos que sim.

— Como vocês sabem?

— Olhe ali — disse o Chefe.

Hunt se levantou, e todos se voltaram para a mesa de campo. Era de metal escovado, dobrável ao meio. Equipamentos atravancavam a superfície: laptops, uma bolsa para câmera e tripé, alguns cadernos, uma caixa de luvas de látex. Havia vários itens selados em sacos plásticos para evidências. O Chefe apontou para uma carteira manchada.

— Aquilo estava no bolso dele. É de náilon com fecho de velcro. Isso ajudou a preservar o conteúdo.

Junto da carteira, o conteúdo havia sido disposto, cada item em seu próprio saco para evidências. Carteira de motorista. Cartões de crédito. Algumas cédulas em mau estado, alguns recibos. Um comprovante de lavanderia. Alguns papéis dobrados juntos, mas agora abertos. Hunt viu uma fotografia de Katherine e das crianças. Elas também estavam manchadas, mas os rostos eram reconhecíveis. Johnny parecia tímido, mas Katherine estava radiante. Assim como Alyssa.

— Meu Deus — disse Hunt.

— Faremos o legista conferir os registros dentários para confirmar, mas não vejo razão alguma para duvidar que seja ele.

— Doutor? — Hunt olhou para Trenton Moore.

— O cadáver é masculino, idade condizente.

Hunt olhou para as bandeiras restantes, os homens curvados sobre o corpo semiexumado de alguma alma anônima. Agora era muito provável que um daqueles corpos fosse Alyssa Merrimon. Ele se virou novamente para a mesa e examinou os itens da carteira. Ele examinou os recibos — inexpressivos —, depois vieram dois pedaços de papel que haviam sido dobrados tantas vezes que tinham rasgado nos vincos. O primeiro era um desenho infantil, figuras de palito de um homem segurando a mão de uma criança. "Eu amo o meu pai" estava escrito numa caligrafia inábil. No canto inferior lia-se: "Alyssa, aos 6 anos."

Hunt voltou a atenção para o segundo papel.

— Endereços — disse Cross. — Nós os verificaremos quando chegarmos à delegacia.

Hunt viu nove endereços. A caligrafia era ruim, mas legível. Não havia nomes ou números telefônicos. Endereços. Mas Hunt sentiu um formigamento no fundo do crânio que lhe disse que estivera certo a respeito de Spencer Merrimon. Por que aquele corpo estava ali. Por que ele morrera, senão exatamente como. Hunt conhecia os endereços. Ele conhecia os nomes associados a eles.

Homens com histórico de agressões sexuais.

Os piores deles.

Cross apontou para o saco para corpos. Ele estava com a barba por fazer, os lábios voltados para baixo.

— Eu achei que esse tal Merrimon tivesse fugido.

— Não. — Hunt largou o papel sobre a mesa.

— Pensei que a esposa o havia culpado tanto que ele tinha abandonado a cidade.

Hunt olhou novamente para o campo de covas rasas. Ele pegou o desenho infantil. O giz de cera era vermelho. Corações assimétricos pairavam no espaço livre.

— Não — repetiu. — Esse homem bateu na porta errada.

Um silêncio absoluto se seguiu, e o coração de Hunt se inflou de respeito.

— Esse homem morreu procurando pela filha.

CAPÍTULO 53

Johnny entrou na mata e sentiu-se subitamente exausto. A mudança aconteceu em segundos. Ele estava confiante e concentrado, então Jack e o celeiro sumiram de vista, e ele se descobriu faminto e cansado, estranhamente desorientado. Caminhou por uma trilha que dobrava em lugares inesperados e que depois pareceu íngreme quando deveria ser plana. Era a trilha certa, mas parecia errada. Johnny sentiu calor, depois frio. Galhos de árvores arranharam-no, e o riacho corria rápido. Ele escorregou na lama duas vezes, depois parou à beira d'água. Mergulhou as mãos e levou-as, molhadas, ao rosto.

Sentiu-se melhor quando ficou de pé.

A casa deixou entrever sua pintura suja além das árvores.

O detetive Hunt estava na metade do caminho ladeira acima quando seu celular tocou. Era a oficial Taylor, que falou enquanto ele caminhava. Ela lhe contou sobre Ken Holloway: o dano inflingido ao piano, o abuso físico contra a faxineira.

— É o piano que Johnny atingiu com a pedra, certo?

— É.

— Bem, agora ele está arruinado.

Hunt estava respirando com dificuldade, o ar era abafado e úmido e ele sentia pressão em seus pulmões.

— Como está a faxineira? Com ferimentos graves?

— Não — disse Taylor. — E isso é um milagre. Você devia ver esse lugar.

— Muito ruim?

— O cara está fora de si. Álcool e coca, ao que parece. Ele chamou a faxineira de Katherine.

— E o que tem isso?

— Esse não é o nome dela.

— Ah, merda.

— Exatamente.

— Acrescente uma acusação de agressão e transmita-a o mais rápido possível. Vamos encontrá-lo antes que ele machuque mais alguém. E faça-me um favor: ligue para Katherine Merrimon e diga a ela para sair da casa. Peça para ela ir à delegacia. Eu a encontrarei lá. Avise-a que eu preciso falar com ela. Que é importante.

— Esse é o problema.

— O quê?

— Eu já tentei.

Hunt pressentiu o que viria.

— Ninguém atende na casa dela.

Johnny saiu da mata e pisou no velho pedaço de telha de zinco que estava jogado no quintal. O metal assava sob os seus pés, tão quente que ele conseguiu sentir através das solas de borracha do calçado. Ele desceu, e o metal produziu um estalo surdo. Ao se aproximar dos fundos da casa, ele averiguou as janelas. Seu quarto estava vazio, a janela, trancada. O mesmo com o quarto da mãe. Estava escuro, e a cama era um emaranhado de lençóis. Ele viu o corredor através da porta aberta, a luz fraca, o reboco avariado. Ele se encolheu ao dobrar o canto e avançou até a frente.

O Escalade de Ken estava no jardim. Não no acesso de veículos, mas no jardim. Ele correu pela linha de arbustos raquíticos e olhou de trás da única árvore do terreno. O para-choque frontal estava torcido, 60 centímetros de pintura riscada no lado do veículo. A porta do motorista estava aberta; o pneu direito tocava o primeiro degrau da varanda.

Johnny pôs a mão no capô. Ainda estava quente.

A casa estava totalmente fechada, mas ele ouviu com bastante clareza: um grito.

Sua mãe.

Johnny subiu dois degraus de cada vez.

Jack mantinha a mão atrofiada no cano, a boa na coronha. Ele observava Freemantle, que estava estendido no chão, movendo-se no sono, murmurando entre os dentes enquanto o peito subia e descia. Era um volume escuro no ar quente e estagnado.

Um assassino com medo de corvos.

Um louco falando no sono.

Deus sabe.

Nem mesmo dormindo ele parava de dizer isso.

Jack pressionou o aço quente contra seu rosto. Onde estava Johnny? Por que ele não voltava?

Deus sabe.

O homem não parava de dizer isso.

A mão de Johnny encontrou a maçaneta e girou-a, mas a porta foi puxada pelo lado de dentro. A força foi inesperada e imensa e arrastou Johnny pelo umbral e para dentro da sala. Ele viu a mãe no chão, com as mãos imobilizadas atrás das costas por fios de arame. Ela chamou seu nome, depois Holloway agarrou-o pela garganta. Tinha a mão grande, dedos grossos. Johnny não conseguia respirar. Não conseguia falar.

Holloway fechou a porta com um chute, depois arrastou Johnny pela sala enquanto fechava as cortinas com um safanão. O menino puxava os dedos dele. Seu rosto ficou quente, e a pressão se refletia nos olhos. Sua mãe chamou seu nome novamente. Holloway ergueu-o acima do chão, e ele viu o ódio.

— Agora eu te peguei, seu merdinha.

A grande mão se afastou, depois voltou de um golpe, e o mundo de Johnny vacilou. Quando sua visão ficou mais clara, Holloway largou-o.

Ele rolou sobre o peito, viu uma nesga de tapete e os sapatos perfeitamente engraxados de Holloway.

Sua mãe gritou novamente.

Levi parou na beira do rio. Sua mãe estava recém-enterrada, ainda havia terra de sua sepultura sob as unhas dele e nas profundas e calosas linhas que cortavam as palmas de suas mãos. Ele estava ensopado de suor, quente pelo esforço do enterro e pela dor, ardente pelas queimaduras sob a gaze em seu rosto. Havia caminhado até a cidade no dia anterior e encomendado a lápide que ficaria assentada sobre ela.

Creola Freemantle, seriam os dizeres.

Deus Sabe a Beleza de Sua Alma.

Levi examinou a terra em suas mãos. Era a terra de Deus, negra e fértil. A terra do Recanto Calado. A terra da família. Ele esfregou os dedos, depois caminhou para dentro d'água. Ela chegou gelada até os joelhos, depois ao peito.

— Deus sabe — disse ele.

E a água sustentou o seu corpo.

Levi sentou-se no celeiro. A arma estava apontada para o seu rosto, e o garoto atrás dela estava assustado. Ele lhe parecia familiar, mas Levi não estava enxergando bem. O mundo estava embaçado, torto. Ele viu pele branca e cabelos em desalinho. Olhos agitados.

Levi não sabia onde estava, mas sentiu a mudança como se soubesse que ela viria. Sentiu o ar acumular-se acima dele, seu frescor exercendo pressão para baixo. Então a voz o preencheu. *Só uma última coisa*, disse ela, e os dentes de Levi reluziram sua alvura na penumbra.

Ele se levantou, e a dor se tornou algo distante.

A dor se tornou uma lembrança.

Jack pressionou os pés no chão, empurrando-se de encontro à parede. Os olhos do homem exibiam uma luz insana, e a única coisa em que Jack conseguia pensar era nas pessoas que ele havia matado. Sangue como tinta, Johnny havia dito.

Como tinta.

Jack segurou a arma reta e ela tremeu. Ele não pôde evitar. Estava dizendo sua própria oração: *Não me faça matá-lo, não me faça matá-lo...*

Mas Freemantle não fez qualquer movimento para feri-lo.

— Depois daquela pedra grande, entre aquelas árvores. — As palavras saíram pastosas e lentas. — Pule um riacho e você vai vê-la.

Ele exibiu olhos de marfim raiados de vermelho, depois claudicou para fora. Apoiou-se na porta, disse uma última coisa para Jack, e em seguida a entrada estava vazia.

Por longos segundos Jack não se moveu, atordoado e assustado demais até para pensar direito. Quando conseguiu sair, foi a tempo de ver Freemantle parar na beira das árvores. Cheio de cicatrizes e curvado, ele não estava calçando sapatos nem vestindo camisa, e seus músculos contraíam-se e revolviam-se sob a pele manchada de sangue e sujeira. Uma das mãos estava inchada até quase a ruína, e 15 centímetros de madeira lascada se projetavam da ferida que a prendia do lado de seu corpo. Mas Freemantle parecia alheio a tudo. Ele se virou e sua cabeça pendeu para o lado, o olho bom erguido e mirando fixo. Jack seguiu a direção de seu olhar e sentiu uma porta se abrir para algum lugar frio no peito dele.

O sol ardia alto num céu impecável.

O telhado estava retinto de corvos.

A voz de sua mãe ainda ressoava nos ouvidos de Johnny quando o couro engraxado descreveu um arco. Ele sentiu o pé de Holloway na base de suas costas e depois em seu braço. Johnny se dobrou como uma bola, tentando proteger-se, mas Holloway chutou-o novamente e, enquanto o fazia, falava:

— Ninguém mexe com Ken Holloway.

Ele segurou Johnny pelos cabelos.

— Ninguém vai a lugar algum.

Ele empurrou Johnny para baixo novamente e depois desapareceu no corredor, entrando no quarto do garoto. Ouviu-se um som de algo sendo arrastado, algo pesado; e quando ele voltou, segurava o cano de chumbo que Johnny guardava perto de sua cama.

— Você achou que eu não sabia disso? Essa é minha casa.

Ele golpeou Johnny novamente, e o cano de chumbo atingiu a parte carnosa da perna do menino.

— Minha casa — repetiu ele. — Ninguém mexe comigo na porra da minha própria casa.

Ken se endireitou, e Johnny observou-o. O homem atravessou a sala, apanhou um rolo de fita adesiva de cima da mesa e rasgou um pedaço de 25 centímetros. Ele ergueu a mãe de Johnny pelos cabelos, e ela se debateu enquanto ele colava a fita em sua boca.

— Eu devia ter feito isso uma semana atrás — disse ele. Depois sua atenção se desviou dela. O espelho estava sobre a televisão. Ken apanhou uma nota enrolada, tapou uma narina e aspirou duas carreiras sobre o espelho. Quando se virou, seus olhos estavam imensos e negros. — Onde está o seu papaizinho agora?

Holloway cruzou a sala com o cano de chumbo erguido, mas Johnny chutou-o na canela, depois na rótula.

Sua mãe se debateu enquanto Ken levantava o cano.

Johnny gritou.

E então a porta da frente explodiu. Ela se chocou contra a parede, solta de suas dobradiças, e Levi Freemantle preencheu o umbral. Os olhos amarelados injetados de vermelho, ofegante, os ombros tão grandes que tocavam a madeira de ambos os lados. Ele olhou para o cano erguido, depois cruzou a soleira. Holloway encolheu-se em sua sombra, deu um passo para trás, e seu sapato perfeito tocou as costelas de Johnny.

Freemantle avançou sala adentro, e seu cheiro preencheu o ar. Não havia claudicação em seu passo, tampouco hesitação.

— Os pequeninos são presentes — disse ele, e Holloway brandiu o cano enquanto o gigante avançava contra ele. Porém, por mais alto que Ken fosse, era uma criança para Freemantle.

Não passava de uma criança.

Freemantle segurou o cano com uma das mãos, arrancou-o e brandiu-o desde a altura dos quadris, num golpe de baixo para cima que opôs 4 quilos de chumbo contra a garganta de Ken. Holloway cambaleou uma vez, depois desabou de joelhos diante de Johnny. Suas mãos se ergueram até o pescoço, e, quando ele caiu, os olhos dos dois estavam separados por meros centímetros. Johnny viu-o tentando respirar, e soube o que ele estava sentindo. Viu a constatação crescendo, a certeza, e depois o terror. Holloway agarrou a garganta mutilada. Seus calcanhares martelaram a parede, o chão, e depois ficaram imóveis. O que restava de luz foi retirado de seus olhos, e em seu lugar cresceu uma sombra, um bruxulear, um reflexo de asas.

CAPÍTULO 54

Hunt freou o automóvel, girou o volante para a direita e sentiu o último impulso. O carro era pesado, ainda movia-se rápido. Ele derrapou nos pedregulhos, depois estremeceu sobre a terra irregular. Hunt avistou o Escalade com o para-choque amassado, a porta da frente da casa escancarada, a escuridão em seu interior. Pôs a transmissão em ponto morto e venceu o jardim numa corrida cega, a arma ardendo em sua mão. A 3 metros da porta, um vento quente tocou seu rosto. Sombras esvoaçaram sobre o terreno.

Hunt transpôs o nível da porta e viu Katherine, amarrada, no chão. Fita adesiva cobria sua boca, e ela inspirava com dificuldade pelo nariz Johnny jazia no chão, imundo, lívido. Estava sangrando também, ferido, e a expressão em seu rosto era de puro terror. Holloway era um saco de ossos ao lado dele, morto ou perto disso. Freemantle estava de pé sobre eles, com um cano metálico de 60 centímetros na mão. Esfarrapado, sangrando e feroz, ele parecia um homem desesperado, um assassino. Para Hunt, a lógica era óbvia.

Cano de chumbo. Bloco de cimento.

A mesma coisa.

A arma seguiu seu trajeto para a direita.

— Não — disse Johnny.

Mas Hunt deu o tiro. Ele disparou um único projétil que acertou o alto à direita. Não foi um tiro para matar. Hunt queria-o derrubado, porém vivo.

A bala fez Freemantle vacilar. Ela o atirou para trás, mas ele continuou de pé. Hunt chegou mais perto, com a arma apontada, mas Freemantle não fez qualquer movimento agressivo. Uma estranha emoção passou por seu rosto, perplexidade, depois algo como alegria — luz solar, se tal coisa fosse possível. A mão dele se ergueu, com os dedos estendidos. Ele olhou para trás de Hunt, para o claro céu azul e o alto sol amarelo. Ficou de pé por tempo suficiente para dizer uma só palavra:

— Sofia.

Então dobrou os joelhos, morto antes de atingir o chão.

CAPÍTULO 55

Quando Hunt chamou o reforço, não houve meios de abafar o caso. Ele precisou de policiais, paramédicos, do legista. A notícia se espalhou como fogo em palha, e houve um êxodo em massa dos repórteres que se encontravam em frente à propriedade de Jarvis. Um condenado fugitivo morrera, assim como o homem mais rico da cidade. Os corpos estavam na casa de Johnny Merrimon.

Johnny Merrimon.

Novamente.

Hunt teve de isolar a rua. Ele se permitiu 400 metros de cada lado da casa e pôs viaturas atravessadas na rua estreita. Pediu barricadas e conseguiu que fossem erigidas. O dia avançou até o meio da tarde.

Hunt fez algumas perguntas necessárias, depois deixou Katherine e Johnny aos cuidados dos paramédicos. Ambos haviam sido espancados. Johnny mal podia ficar de pé, mas os paramédicos acharam que os dois ficariam bem. Sentindo dores por um longo tempo, mas bem. Hunt conservou os próprios sentimentos reprimidos: sua preocupação e seu alívio, algumas emoções mais fortes com as quais não estava preparado para lidar. Ele se certificou de que o cordão de isolamento estava seguro, depois voltou para dentro da casa.

Holloway estava morto.

Freemantle, morto.

Hunt pensou em Yoakum, e quis perguntar a Johnny se seu parceiro havia sido o homem que ele vira na casa de Jarvis. Mas não tinha uma fotografia de Yoakum, e o garoto ainda estava em choque, por isso deixou-o em paz. O detetive coordenou os fotógrafos, os peritos, e pela primeira vez em sua vida sentiu-se sobrecarregado. Ronda Jeffries, Clinton Rhodes, David Wilson. As crianças enterradas atrás da casa de Jarvis. O próprio Jarvis. Meechum. Agora Freemantle e Holloway. Tanta morte, tantas perguntas. Quando o Chefe chegou, olhou primeiro para Holloway, cujos lábios estavam retraídos sob olhos esbugalhados e vidrados, depois para Freemantle, que, mesmo na morte, parecia impressionante e incontrolável.

— Outro tiro fatal — disse o Chefe.

— Não dei um tiro fatal. Ele não deveria estar morto.

— Mas está.

— Então me demita.

O Chefe ficou parado por um longo minuto.

— Mais um condenado morto — disse.

— E quanto a Holloway?

O Chefe contemplou as feições inchadas de Holloway.

— Ele estava espancando o garoto?

— E a mãe — respondeu Hunt.

Tristeza passou pela face do Chefe, e desapontamento também.

— Acho que talvez Yoakum estivesse certo.

— Em quê?

— Talvez a escuridão *seja* um câncer do coração humano.

— Nem sempre — disse Hunt. — E não para todos.

— Talvez você esteja certo. — O Chefe deu as costas. — Ou não.

Uma hora depois, Hunt deu a notícia sobre o pai de Johnny. Falou antes com Katherine, porque achou que era o certo a fazer. Ela precisava aceitar a morte do marido para poder ajudar o filho a fazer o mesmo. Ela precisava estar presente para apoiar o garoto. Ele contou-lhe no jardim, perdido no alvoroço de policiais e paramédicos. Ela recebeu bem. Sem lágrimas ou lamentos. Um silêncio que durou cinco minutos completos; depois uma pergunta, a voz tão fraca que ele mal conseguiu ouvir:

— Ele estava usando aliança?

Hunt não sabia. Ele chamou o legista e conversou com ele em voz baixa enquanto Katherine olhava seu filho, que ainda estava sendo medicado na traseira de uma ambulância. Quando Hunt se aproximou, ela olhou-o nos olhos novamente, e parecia frágil como vidro.

— Sim — disse Hunt, e viu-a dobrar-se.

Quando Johnny já estava em condições, ela e Hunt levaram-no até o quintal dos fundos, a um lugar tranquilo, longe da visão de todos. Ela sentou-se ao lado dele na grama falhada e segurou sua mão enquanto Hunt contava-lhe o que eles haviam encontrado na mata atrás da casa de Jarvis.

— Ele estava procurando Alyssa — afirmou Hunt, depois fez uma pausa, um momento pleno de significados. — Assim como você.

Johnny não falou nada, seus grandes olhos se mantiveram negros e parados.

— Ele foi um homem corajoso — disse Hunt.

— E Jarvis o matou?

— É o que nós achamos. — Hunt olhou mãe e filho. Tão parecidos. — Se houver algo que eu possa fazer...

— Você pode nos dar um minuto? — pediu Katherine.

— É claro — concordou Hunt, e se retirou.

Eles o observaram desaparecer por trás da casa, e Katherine se aproximou do filho. Johnny fitava um ponto branco no fundo da casa. Ela passou uma das mãos nos cabelos imundos do menino, e levou um minuto para que Johnny percebesse que a mãe estava chorando. Ele pensou que havia entendido, mas estava errado.

— Ele não nos deixou — sussurrou ela.

Ela enxugou os olhos, repetiu aquilo para si própria, e então Johnny entendeu.

Ele não nos deixou.

Algo vasto e indizível passou entre eles, e ambos compartilharam aquela comunhão silenciosa, até que uma agitação de passos se fez ouvir na mata e Jack apareceu pela trilha. Estava enlameado, como se tivesse caído no riacho. Ele parecia muito pequeno, e seus olhos dardejaram sucessivamente a casa e o céu antes de vê-los, sentados tão imóveis à sombra. Ele perdeu o passo, depois parou 1,5 metro deles. Johnny abriu a boca, mas Jack levantou a mão, depois esticou as palmas.

— Eu sei onde ela está — disse ele.

Ninguém se moveu, e Jack engoliu em seco.

— Eu sei onde ela está.

CAPÍTULO 56

Hunt estava em dúvida. Ele olhava para o chão, mas Jack estava resoluto.

— Foi a última coisa que Freemantle disse.

— Me conte novamente.

Hunt cruzou os braços. Ainda estavam no quintal, fora de vista e perto da mata. Katherine estava em choque. Os músculos de Johnny estavam tensos, seu rosto, ruborizado.

— Ele estava dormindo no celeiro, então acordou e foi para fora. Eu o segui. — Jack olhou para Johnny, depois desviou rapidamente os olhos. — Eu o segui.

— Mas não até a casa — disse Hunt.

— Eu estava com medo.

Jack não falou nada dos pássaros. Ele não mencionou como eles cobriram o telhado do celeiro, atentos e imóveis. Seu temor dos corvos era intenso demais, pessoal demais.

Hunt meneou a cabeça.

— Ele podia estar falando de qualquer coisa.

Katherine segurou o filho com força, mas Johnny reagiu:

— Ele tinha a etiqueta com o nome dela quando nós o achamos. Era da camisa que ela estava usando quando desapareceu. Tinha o nome dela escrito.

— Você já me contou a sua história — disse Hunt. — Agora eu estou conversando com Jack. — Ele fez um gesto para o menino. — Freemantle mencionou Alyssa pelo nome?

— Não.

— Me conte exatamente o que ele disse.

Jack desviou os olhos de Hunt para Johnny, depois olhou novamente para Hunt. Ele engoliu em seco.

— Poço Crozet Norte. Foi o que ele disse.

— Palavra por palavra, Jack. É assim que eu quero.

Jack gaguejou uma vez, depois falou.

— Ela está no Poço Crozet Norte.

— E você tem certeza...

— Ele estava falando de Alyssa. — Johnny interrompeu. — Nós lhe perguntamos a respeito dela antes. Foi isso que ele quis dizer. Tem que ser isso.

Hunt franziu o cenho.

— Você também disse que Freemantle ouvia a voz de Deus na cabeça dele. Está entendendo o meu problema?

— Nós temos que tentar.

Hunt conhecia o Poço Crozet Norte. Todos o conheciam. Foi a última das grandes minas de ouro, a mais rica de todas as exploradas no condado de Raven. Escavada no início do século XIX por um francês chamado Jean Crozet, era um poço vertical que mergulhava 200 metros em linha reta antes de se ramificar para seguir os cursos dos veios. Estava localizada num trecho estéril de mato, numa parte afastada ao norte do condado. Hunt havia excursionado pela área uma vez e recordava-se de árvores altas e afloramentos de granito, depósitos de dinamite construídos nas encostas e dos poços, montes de poços. De todos os poços — e havia dúzias —, o Crozet Norte era o mais profundo e que tinha mais andares. Em operação contínua durante duas décadas, ele havia provocado a morte de quatro homens e fornecido a maior fortuna já escavada do solo da Carolina do Norte. Jean Crozet era uma lenda local. Havia ruas com o nome dele, uma ala da biblioteca.

A área inteira fora um dia aberta à visitação pública como sítio histórico, mas o estado a fechou três anos antes quando os poços começaram a desmoronar e um geólogo de Chapel Hill declarou a região inteira como perigosa. O Poço Crozet Norte não era longe de onde o corpo de David Wilson foi encontrado. Do poço à ponte eram vinte minutos em alta velocidade. Talvez quinze. Hunt olhou para o céu. O sol estaria se pondo em quatro horas.

— Está tarde — começou ele.

Katherine, contudo, pôs uma das mãos em seu braço.

— Por favor — pediu ela.

Hunt hesitou.

— Por favor.

Ele desviou o rosto do desespero nos olhos dela. Viu o legista deixando a casa e chamou-o:

— Espere.

Alcançou Trenton Moore num trecho ensolarado ao lado da casa.

— David Wilson — disse Hunt. — Você disse que ele era montanhista.

Moore apertou os olhos, vasculhando a mente de um caso para outro.

— Tudo era consistente com isso.

— Ele poderia ter as mesmas características físicas se explorasse cavernas? As pontas dos dedos? A musculatura?

— Espeleologia? Claro. Muitos montanhistas entram em cavernas. Mundos diferentes, desafios diferentes. — Ele deu de ombros. — Montanhistas sobem, espeleólogos descem. É tudo escalada.

Hunt retornou ao pequeno e ansioso grupo junto às árvores. Ele olhou para o céu, depois para o relógio. Katherine, ele podia ver, estava tentando não implorar. Johnny parecia que ia sair em disparada para o meio da mata se Hunt dissesse não.

— Uma rápida olhada — disse ele. — É só o que posso prometer.

— E quanto a mim? — perguntou Jack.

— Eu chamei o seu pai. Ele está vindo para cá.

— Eu não quero ver o meu pai.

— Eu entendo você — disse Hunt. — Ele está muito zangado. Sua mãe estava perturbada.

— Você não entende. — Jack tentou novamente.

— Eu porei você numa viatura, se for obrigado a isso. Serei obrigado?

Jack passou do medo ao mau humor.

— Não.

— Então fique.

Ele disse isso como se estivesse falando com um cão.

Jack observou-os partirem. Johnny olhou para trás uma vez e acenou com a mão. Jack fez o mesmo, e depois Hunt colocou-os no banco de trás de seu carro. O detetive inclinou-se para dentro, disse alguma coisa, e Jack viu Johnny e sua mãe se deitarem, provavelmente para passar pelos repórteres. Ele viu o carro virar para a barricada norte, viu-o atravessá-la e desaparecer. Ao sul, a segunda barricada se abriu e o pai de Jack passou por ela. O automóvel movia-se com uma lenta resolução, e o sol se refletia na pintura. Jack teve um vislumbre do pai pelo vidro, depois se enfiou novamente na mata e desapareceu.

Ele sabia o que estava por vir, e não conseguia suportar.

Não naquele momento.

Não sóbrio.

Johnny foi no banco de trás com a mãe. Ela manteve as costas retas e tensas. Suas mãos estavam pálidas. Hunt dirigiu para o norte e ligeiramente para oeste. O ar frio soprava pelas saídas do ar-condicionado, e ele olhava para os olhos de Katherine quando podia. Havia esperança ali, mas não muita. Jack estava certo ou errado. Fosse como fosse, o poço tinha 200 metros de profundidade, e sua parte mais baixa era inundada por água fria e negra.

Não havia muita chance de um final feliz.

Ele diminuiu a marcha quando cruzaram a ponte onde David Wilson havia sido morto. Johnny olhou pela janela, porém ninguém mais fez isso. O rio refletia o céu azul; as margens eram lamacentas e fecundas. Mais 1,5 quilômetro e a estrada começou a subir. Ela fazia uma curva para o lado oposto ao rio e seguia para as colinas baixas a partir das quais os campos ficavam para trás e as árvores se adensavam numa floresta impenetrável Não havia muitos pinheiros naquela parte do condado. A floresta era de madeira de lei e solo rochoso, deserta e primitiva. Isso não significa que não fosse bela — ela era —, mas o lençol d'água ficava muito abaixo do granito, e os poços eram caros. Ainda assim, algumas pessoas viviam ali. Eles passaram por um punhado de pequenas casas assentadas entre as árvores, um ou dois trailers, mas logo até mesmo eles se tornaram esparsos.

Hunt entrou numa rodovia estadual estreita e atravessou uma ponte de mão única que cruzava um pequeno riacho. Embrenhando-se na floresta, o céu havia sido reduzido a uma faixa estreita. Eram quase cinco horas. O sol iria se pôr às oito.

— Estamos quase lá — disse ele.

Katherine apertou o filho.

Eles passaram por uma placa dilapidada com os dizeres: SÍTIO HISTÓRICO DAS MINAS DO CONDADO DE RAVEN, 3 QUILÔMETROS. Alguém havia pichado a palavra "Fechado" com spray de tinta branca em cima da placa. Buracos de bala pontilhavam a superfície.

A rodovia cruzou outra pequena ponte, depois tornou-se uma estrada de terra. À direita, um trailer avariado sustentado por blocos de pedra sob as árvores. Era grande, velho, com uma velha caminhonete com tração nas quatro rodas estacionada na porta da frente. Um tanque de propano estava fixado à parte frontal do trailer. Cadeiras de jardim estavam postas num lugar plano à margem do riacho. Um homem bastante jovem estava debruçado sobre a guarda traseira da caminhonete. Na faixa dos 20 anos, com a barba por fazer, ele era magro e queimado de sol. Segurava uma lata de cerveja numa das mãos; a carroceria da caminhonete estava cheia de latas vazias. Johnny acenou com a mão quando eles passaram, e o homem levantou a sua também, apertando os olhos, mas amigável. Uma mulher jovem saiu pela porta do trailer atrás dele. Tinha uma expressão maldosa e era gorda. Johnny ergueu a mão novamente, mas ela o ignorou e encarou-os até que uma curva na estrada relegou-a de volta à mata.

— Certas pessoas não gostam de estranhos — disse Hunt. — E são poucos os que vêm até aqui. Não se preocupe.

Depois de 1,5 quilômetro, eles chegaram ao estacionamento abandonado. Ervas se infiltravam pelo meio dos pedregulhos. Havia um grande mapa sob uma área coberta, e Johnny começou a se dirigir a ele.

— Eu sei onde fica o poço — disse Hunt. — A trilha principal dá direto nele.

Eles caminharam por dez minutos, vagarosamente, depois passaram por uma série de placas de alerta antes que o terreno simplesmente se abrisse. O poço tinha 6 metros de diâmetro. Uma ferrovia abandonada se estendia mata adentro. Os trilhos eram de bitola estreita e estavam enferrujados, tomados pelo mato. Assentavam-se sobre dormentes podres que ainda cheiravam a creosoto e óleo.

Johnny se aproximou da beira do poço. Porções de terra haviam desabado da borda. O terreno era de cascalho e solto sob os pés.

— Não faça isso.

Ele olhou para a mãe e inclinou-se mais. O ar que atingiu seu rosto era fresco e úmido. Viu os lados de pedra alongarem-se abaixo rumo à escuridão.

— Nós viemos aqui com a escola — disse ele. — Havia cordas, na época, para manter os garotos afastados.

Os postes ainda estavam ali, fixados em concreto; mas as cordas haviam sumido, roubadas ou apodrecidas. Ele se lembrava daquele dia. Nublado. Frio. Os professores fizeram os alunos darem as mãos, e nenhuma das meninas quis segurar a de Jack. Johnny podia ver isso naquele exato momento. As crianças se inclinavam sobre as cordas de segurança, esperando que o professor desse as costas e então atirando pedras no poço.

Jack ficara parado bem ali.

— Johnny.

A voz dela tinha certo nervosismo. Envolvia a si própria com os braços, preocupada.

Johnny deu um passo para trás e deixou que o olhar vagasse até o lugar em que Jack havia ficado, triste. Foi perto da borda da mata, longe das outras crianças. Ele estava de costas para a turma e contemplava um pequeno quadrado de metal enferrujado afixado com rebites a uma laje de rocha nua. Jack ficara encarando a placa sem desviar o olhar, fingindo não estar chorando.

Hunt se aproximou da borda do poço, e Johnny caminhou até a placa. Era original e datava da época em que a mina estava em operação. As letras eram entalhadas no metal. Jack as estava traçando com um de seus pequenos dedos. Johnny lembrou-se de como o dedo ficou manchado de vermelho pela ferrugem.

— Eu vi grampos.

Hunt se inclinou, e Johnny percebeu que também os vira: 10 metros abaixo, o metal ainda reluzindo pelos golpes de martelo. Mas esse conhecimento estava distante, assim como a voz de Hunt.

Johnny contemplou a placa. Viu as letras gravadas no metal, enferrujadas, o dedo atrofiado de Jack, manchado na ponta. Ele sentiu o vento nas costas. Hunt estava ao telefone.

— É isso — disse Johnny, mas ninguém o escutou.

Ele contemplou a placa e levou o próprio dedo a ela. As letras marcavam a placa. A placa identificava o poço.

— Ela está aqui.

O nome do poço estava abreviado, e Johnny traçou as letras.

Croz. No.

O dedo dele retornou vermelho.

Corvos, não.[1]

---

[1] Trocadilho entre "Croz" e "crows", corvos em inglês. (*N. do E.*)

CAPÍTULO 57

Hunt recorreu a favores e fez isso de maneira discreta. Em menos de uma hora, tinha a seu dispor dois bombeiros em horário de folga, com seus veículos particulares carregados de equipamentos. Trenton Moore também engajou-se pessoalmente. Hunt caminhou de volta ao estacionamento e usou uma torquês de seu porta-malas para cortar o cabo que bloqueava a trilha. O primeiro bombeiro dirigia uma Dodge Ram azul. Ele a forçou trilha acima, galhos arranhando a pintura, depois deu meia-volta com a picape e fez com que ela voltasse de ré até quase a beira do poço. O segundo dirigia um jipe. Estavam descarregando as cordas quando o legista estacionou e desembarcou de uma *station wagon* estreita o bastante para ter sua pintura poupada. Hunt olhou para Katherine preocupado com o efeito que a presença do legista teria nela, mas ela já havia superado a fase da preocupação. Katherine observava os corpulentos bombeiros ajustarem as cadeirinhas e desenrolarem grossas bobinas de corda por sobre a boca do poço. Depois foi sentar-se ao lado do filho.

Hunt se juntou aos bombeiros à beira do poço. Eles eram homens jovens e fortes, mas a claridade estava agonizando rápido.

— Só entrem e saiam — disse Hunt. — Não sabemos o que há aí, por isso nada de heroísmos estúpidos.

O bombeiro mais velho estava na casa dos 30. Ele engatou um último mosquetão em sua cadeirinha. Usava lanterna de cabeça e carregava um segundo farolete enganchado à cadeirinha. Suas cordas estavam presas à traseira da Dodge. Ele forçou o peso sobre ambas para se certificar de que estavam seguras.

— Isso é um passeio no parque, detetive.

— O poço tem 200 metros.

— Eu já sei.

— Inundado no fundo.

O bombeiro balançou a cabeça.

— Um passeio.

Hunt recuou um passo, então eles desceram, poço adentro. Gritavam um com o outro enquanto desciam, as vozes se reduzindo a meros indícios, depois sumindo. Hunt inclinou-se sobre a borda e observou as luzes diminuírem aos poucos. Elas iluminavam o poço em arcos estreitos que se constringiam à medida que o buraco os engolia.

Hunt olhou para Johnny. Ele estava se balançando no lugar. Seus olhos estavam vidrados, e sua mãe chorava. Hunt os observou enquanto a corda acabava.

Não levou muito tempo.

O rádio de Hunt soou. Ele abaixou o volume e virou de costas.

— Prossiga.

— Temos algo aqui.

Era o bombeiro mais velho. Hunt olhou uma vez para Katherine.

— Pode me contar.

— Parece um corpo.

Johnny observava uma nuvem quando Hunt parou diante deles no crepúsculo que se adensava e contou o que os bombeiros haviam encontrado. A nuvem era alaranjada na base e tinha a forma de um submarino. O laranja se esmaeceu em vermelho. O vento transformou a nuvem em algo informe e achatado.

— Johnny?

Foi Hunt quem o chamou, mas Johnny não conseguia olhar para ele. Meneou a cabeça, e Hunt não falou mais nada. Johnny viu a nuvem se distorcer. Ouviu algo a respeito do poço ter desmoronado 40 metros abaixo, algo sobre pontos de estreitamento e rochas soltas. O lugar era instável. Ele captou isso. A cabeça de Johnny se moveu quando Hunt falou de um corpo que estava preso acima do gargalo. Falava-se em trazê-lo para cima.

Mas não podia ser Alyssa. Não podia ser desse jeito, não como havia sido com seu pai. Não era assim que as coisas deveriam acabar. Então Hunt falou:

— Não podemos fazer uma identificação ainda.

Isso era bom. Soava esperançoso.

Mas Johnny sabia.

Assim como sua mãe.

Ele desviou os olhos da nuvem, e Katherine apertou sua mão. Johnny se levantou. Ele observou a corda e viu que um peso era trazido por ela de algum lugar no fundo do solo. Havia um guincho na picape, e ele girava lentamente com um pequeno ruído de motor elétrico. Hunt tentou convencê-los a esperar no carro, a deixar que alguém os levasse para casa. A mão do detetive tinha um contato surpreendentemente cálido no braço de Johnny; mas o garoto se recusou a se mover. Ele escutou o vagaroso ranger do guincho; e era assim que a voz de Hunt soava, como um chiado, um zumbido. A mãe de Johnny devia ouvir assim também, pois eles estavam ali quando aconteceu

Ambos

Juntos

O corpo apareceu quando a última réstia de sol mergulhou por trás da árvore mais alta. Estava num saco de vinil que parecia vazio demais para conter um ser humano. Hunt permitiu que se aproximassem, mas manteve-se entre eles e o saco, mesmo quando ele estava sendo embarcado na traseira da *station wagon*. Um homenzinho com olhos expressivos olhou um momento na direção deles, depois fechou a porta de trás e ligou o motor para manter o interior fresco.

Johnny sentiu vertigens e náusea. As sombras se alongaram. Sua mãe permitiu que Hunt a pusesse no outro carro, e Johnny sabia que ela não tinha nada para oferecer-lhe. Ela estava lutando para respirar.

Mas Johnny, não. Johnny estava entorpecido. Contemplou o buraco enquanto a pesada corda voltava para dentro do poço. Ela vibrava por causa do guincho, mas então parou. Hunt ainda estava no carro com a mãe de Johnny quando a bicicleta saiu. Estava enferrujada e torta, mas Johnny a reconheceu. Era pintada de amarelo e com um selim banana. Se ele olhasse mais de perto, veria que tinha três marchas. Mas Johnny não precisava olhar; ele conhecia a bicicleta.

A bicicleta de Jack.

A que Jack afirmou que havia sido roubada.

CAPÍTULO 58

O corpo de Johnny ficou paralisado. Seu peito esqueceu de respirar, e a periferia de sua visão escureceu. Olhava fixamente a bicicleta e recordava-se de todas as vezes em que vira Jack nela, como ele se amargurava com o fato de que ela só tinha três marchas, como ele se sentava inclinado para compensar o braço pequeno. Ele a chamava de bicicleta mijada, por causa da cor. Mas a adorava.

Hunt estava misturado aos outros, próximo aos veículos. Ninguém estava olhando, por isso Johnny tocou a bicicleta. Era pequena, amarela. Tocou a ferrugem e o metal frio, os pneus de borracha rachados pelo apodrecimento.

A bicicleta era real.

Johnny virou-se e vomitou nos arbustos.

Tudo aquilo era real.

Hunt estava ouvindo um dos bombeiros.

— A bicicleta foi primeiro e entalou no gargalo. Parece que o corpo foi depois. Sem a bicicleta, ele talvez tivesse caído até o fundo. Mais 180 metros, toda aquela água... — O bombeiro balançou a cabeça. — Nós nunca o teríamos encontrado.

— É Alyssa? — Hunt olhou para o legista.

— É uma garota — disse Moore. — Aproximadamente da mesma idade. Eu vou comparar os registros dentários essa noite. Será a primeira coisa que farei.

— Você me telefona quando souber?

— Sim.

Hunt balançou a cabeça. Ele olhou em volta à procura de Johnny, a princípio não o viu, mas logo em seguida, sim. Estava de joelhos entre os arbustos.

— Ah, não.

Hunt limpou Johnny e colocou-o no carro. Ele mandou o legista partir com o corpo e fez com que os bombeiros envolvessem a bicicleta numa lona e a pusessem em seu porta-malas. Era ali que ela se encontrava agora, chacoalhando quando o carro atingia algum ponto irregular da estrada, uma pergunta no fundo da mente de Hunt. Ele balançou a cabeça enquanto dirigia.

— Eu não devia ter deixado vocês virem — disse, mas ninguém respondeu. Hunt sabia dos próprios motivos, mas sabia, ainda assim, que havia sido um erro. Ele estava próximo demais deles. Envolvido emocionalmente. — Eu não devia ter deixado vocês virem.

Estavam na metade do caminho de volta à cidade quando Johnny foi capaz de falar. Ele ouviu o vento, os pneus sobre o asfalto plano.

— É de Jack — disse ele.

Hunt virou-se enquanto dirigia. Johnny e Katherine eram figuras negras no fundo de seu carro. A estrada estava vazia.

— O que você disse, Johnny?

Johnny olhou para fora. Um campo se estendia sob muitas estrelas pequeninas e pálidas dispersas. O capim estava imóvel e parecia púrpura. Nada fazia sentido.

— A bicicleta é de Jack.

Hunt manobrou o carro para o acostamento e parou. Pôs o carro em ponto morto e desligou o motor. Johnny procurou o trinco, mas não havia um.

— Abra a porta — falou, depois teve nova ânsia. Mas não restava mais nada para vomitar. Ele estava vazio, exaurido. Hunt tirou-o do carro e caminhou com ele na beira da estrada.

— Respire — disse Hunt. — Apenas respire.

Após um minuto, Johnny se endireitou.

— Você vai ficar bem — disse-lhe Hunt, e sua voz era reconfortante. Ele caminhou com Johnny pela estrada e depois voltou. Conservou uma das mãos no braço dele, a outra em seu pescoço. — Você está bem. Certo? Você está bem.

Johnny estava trêmulo, mas fez que sim.

— Eu estou bem.

Eles voltaram para o carro, e Hunt ligou o ar-condicionado para Johnny. O menino aproximou o rosto da abertura de ventilação.

— Melhor?

— Sim, senhor.

— Me conte sobre a bicicleta.

Johnny sentou-se sob a luz do teto e olhou as sombras que vertiam da face de Hunt. A luz era dura, porém pequena, as sombras eram angulosas.

— Jack sempre teve aquela bicicleta. Ele a comprou já velha, usada. Ela desapareceu mais ou menos na época em que Alyssa sumiu. Ele disse que tinha sido roubada. Eu nunca havia pensado nisso, na coincidência, quero dizer.

— E você tem certeza de que aquela é a bicicleta de Jack?

— Sim — respondeu Johnny. — Eu tenho.

Hunt olhou de Johnny para Katherine.

— Jack foi o único que viu Alyssa ser puxada para dentro de uma van. Ele é a única testemunha do rapto. Agora nós temos essa bicicleta...

— O que você está dizendo? — Katherine estava tensa a ponto de explodir. Johnny tocou-a no braço e sentiu-a quente.

— Talvez não tenha sido um rapto.

Uma lufada de vento entrou pela janela aberta.

— Talvez Jack tenha mentido.

Hunt desligou a luz interna e voltou para a estrada. Ele ergueu seu vidro e isso fez o mesmo ruído de motor elétrico do guincho. Quando o telefone de Hunt tocou, ele contemplou por longos segundos o identificador de chamadas. Seu pé estava firme no acelerador.

— É o detetive Cross — disse ele, e abaixou o telefone enquanto seus olhos se erguiam para o retrovisor. — O pai de Jack.

— O que você vai fazer? — perguntou Katherine.

O carro corria macio.

— Meu trabalho.

Hunt atendeu ao telefone. Ele escutou por alguns segundos.

— Não — disse. — Estou tentando atar umas pontas soltas. Nada importante.

Johnny viu os olhos de Hunt pelo espelho. Ele estava olhando para a estrada. Calmo.

— Não — falou Hunt. — Não tenho qualquer informação sobre isso. Não. Ele estava na casa dos Merrimon da última vez que o vi.

Uma pausa. Johnny ouviu a voz de Cross pelo telefone. Indistinta. Outro zumbido.

— Sim — disse Hunt. — É claro que avisarei você.

Hunt se despediu e desligou o telefone. Os olhos no retrovisor. Luzes arremetiam contra o lado do seu rosto. Ele olhou Johnny nos olhos.

— Ele está procurando Jack — explicou Hunt. — Parece que seu amigo está desaparecido.

A mãe de Johnny ergueu a cabeça e apoiou uma das mãos no assento.

— O que isso significa? — perguntou ela. — Eu não entendo o que isso quer dizer.

— Eu ainda não sei, mas vou descobrir.

Katherine se acomodou, e eles rodaram em silêncio por um longo tempo. Johnny tentou ajustar-se àquela nova ideia, ao pensamento de que por algum motivo Jack tivesse mentido, de que soubesse de alguma coisa, qualquer coisa. Johnny sentiu-se traído. Ele sentiu raiva e depois dúvida. Não era possível, pensou. Jack andava estranho nos últimos tempos, assustado com Freemantle e com o comportamento recente de Johnny, com medo de corvos, pelo amor de Deus. Mas Jack era Jack. Jack de cabelos alisados e cigarros roubados. Era o melhor amigo de Johnny, cheio de lealdade, mágoas e vergonhas secretas, mas um amigo que sabia o que significava ser um amigo. Ele havia ajudado Johnny a procurar por Alyssa uma centena de vezes. Matava aulas. Ficava na rua com ele até tarde. Aquilo não poderia estar certo.

Mas a bicicleta.

Meu Deus, a bicicleta.

Johnny estudou o perfil de Hunt. Ele era um bom sujeito, mas era um policial; e Johnny também sabia o que significava ser um amigo. Por isso não disse nada a respeito do celeiro de tabaco ou da caminhonete estacionada na frente dele. Johnny precisava conversar com Jack primeiro.

Hunt rodou até a cidade, as luzes subindo pela margem da estrada, as estrelas se desvanecendo. O tráfego se adensou.

— Nossa casa fica para o outro lado — disse Johnny.

— É uma cena de crime. Está lacrada.

A rua se alargou, e Hunt entrou na via de quatro pistas que contornava a periferia da cidade. Ele entrou no estacionamento de uma cadeia de motéis baratos, e Johnny viu a *station wagon* de sua mãe parada perto da fachada.

— Eu consegui que fosse liberada da custódia — disse Hunt. — As chaves estão aguardando na mesa da recepção. O departamento está custeando o quarto.

Ele manobrou em direção ao pórtico e suas portas de vidro. Uma placa de neon vermelho dizia HÁ VAGAS.

— Vocês terão sua casa de volta em alguns dias.

— Eu não quero voltar lá. Nem uma vez sequer. Nunca mais.

— Nós arranjaremos algo — disse Hunt.

— E o Serviço Social? — A voz de Katherine estava fraca.

Hunt pôs o carro em ponto morto e desligou o motor. A luz vermelha brilhava sobre o vidro, e estava silencioso dentro do veículo. Hunt virou-se em seu banco e olhou para a mãe de Johnny.

— Vamos nos preocupar com isso amanhã.

Ela fez que sim.

— Vocês ficarão bem?

Hunt olhou para o rosto de um e depois para o de outro, e Johnny sentiu um nível de afeição que o surpreendeu. Ele não queria que Hunt fosse embora. Não queria ficar num motel vagabundo. Queria estar em casa. Não na casa de Ken. Em casa. Queria que Hunt dissesse, mais uma vez, que tudo ficaria bem.

— E o que acontecerá agora? — perguntou Johnny.

— Eu ainda não tenho certeza. Voltarei amanhã. Então já saberei de algo.

— Está bem. — Johnny levou a mão à porta.

Hunt o deteve.

— Eu preciso da arma, Johnny.

— Que arma? — Sua resposta foi instintiva.

Hunt falou com a voz suave:

— A arma do seu tio. A que você tirou da caminhonete dele. Ela não está com você ou eu a teria pedido antes. É necessário prestar contas dela.

Johnny quase mentiu, mas não o fez.

— Jack está com a arma.

— Tem certeza?

— Sim.

— Isso é uma infelicidade.

— Ele não vai fazer nada estúpido.

Hunt fez que sim, mas não foi um balançar de cabeça tranquilo.

— Boa noite, Johnny. Boa noite, Katherine.

Eles saíram do carro, sozinhos sob a luz neon.

CAPÍTULO 59

A delegacia estava quase vazia quando Hunt chegou. As patrulhas noturnas estavam na rua. O pessoal administrativo era o mínimo. O sargento de plantão era um homem mais velho chamado Shields, um policial esgotado que cumpria expediente reduzido. Ele não fez as perguntas que qualquer outro sargento teria feito para Hunt, pois não se importava com as coisas que haviam acontecido mais cedo naquele dia. Hunt pediu os registros telefônicos, e Shields os entregou a ele.

Hunt passou trinta minutos com os registros, mas não encontrou o que procurava. Ele estava na sua mesa, prestes a sair, quando Yoakum entrou. Usava as mesmas roupas e parecia cansado.

— Quem é vivo sempre aparece — disse Hunt.

Yoakum sentou-se em frente a Hunt e abriu uma lata de Pepsi.

— Eles retiraram a acusação de agressão.

— Isso é ótimo.

— Mas foi uma merda mesmo assim.

— Eles vasculharam a sua casa — contou Hunt. — Trouxeram uma equipe inteira para isso. Seis pessoas, talvez mais.

— Eles já se recuperaram do choque?

— Não custa ter esperança.

Yoakum deu de ombros.

— Não há muita coisa para ver na minha casa.

Hunt pensou no dia que Yoakum havia passado: arrastado em algemas, interrogado. Seu amigo. Um policial.

— O que aconteceu depois?

Yoakum tomou um gole de sua bebida, não se apressou.

— Raleigh é uma beleza de cidade.

— Eu devia ir para lá mais vezes.

— Garotas bonitas.

— Aposto que sim.

— Então. — Yoakum olhou em torno. — O que eu perdi?

— Não muita coisa.

Yoakum percebeu a mentira.

— Sério?

— Acho que eu sei como as suas digitais foram parar numa cápsula no carro de David Wilson.

— Você acha?

— Pode chamar de hipótese.

— Uma hipótese viria a calhar.

— É.

— Você está zombando de mim?

Hunt se levantou.

— Vamos dar uma volta.

Yoakum também ficou de pé.

— Eu tenho arrepios quando você diz isso.

Tudo no hotel era sem graça: lençóis, cortinas, o ar que passava pela única janela. O tapete era escuro, estampado e com cheiro de outras pessoas. Eles fizeram o check-in e não disseram nada um ao outro. Havia coisas demais a serem ditas, mas não o suficiente. Ela o beijou na testa uma vez, depois trancou-se no banheiro.

O chuveiro estava ligado.

As chaves do carro dela estavam na mesa.

Johnny parou na fatia de luz vermelha que passava entre as cortinas. Ele contemplou as chaves e pensou em Jack. Pensou nas coisas que ambos haviam compartilhado, e pensou também na bicicleta de Jack. Metal frio e enferrujado. Borracha completamente apodrecida.

Johnny olhou para fora. Uma meia-lua pairava no céu de noite clara. A luz vermelha tremulou. O que seu pai faria se fosse Johnny? E Hunt?

E se soubessem onde encontrar Jack?

Um amigo.

Um mentiroso.

Johnny ouviu a água do chuveiro correndo. Ele escreveu um bilhete para a mãe, depois atravessou a porta e trancou-a.

As chaves do carro pareciam pesadas em sua mão.

Hunt conversava enquanto dirigia. A cidade ficou para trás, e a escuridão se espalhou enquanto ele manobrava na direção das minas. Ele contou tudo a Yoakum, que prestou muita atenção. O que aconteceu na casa de Johnny. O cadáver no poço. A bicicleta de Jack. Tudo. Então apresentou sua hipótese. Quando acabou, Yoakum disse:

— Há furos no que você está dizendo.

— Não muitos, e não por muito tempo.

— É pura especulação.

— Mas fácil de se verificar. — Eles cruzaram o mesmo rio, a mesma ponte. — Eu estou cansado disso.

Yoakum franziu as sobrancelhas.

— Cross é um policial. Não posso comprar essa ideia.

Hunt dirigiu em silêncio.

— Quando o corpo de David Wilson apareceu, foi Cross quem chamou minha atenção para Levi Freemantle. Ele ficou debaixo daquela ponte com um mapa e me mostrou exatamente o que eu precisava ver. Eu parti numa caçada por um condenado fugitivo que não tinha nada a ver com tudo isso.

— Você tem certeza de que Freemantle não tinha nada a ver com isso? Foi ele quem falou ao filho de Cross onde encontrar o corpo. Ele falou a Jack sobre o poço da mina.

Hunt olhou-o de lado.

— Falou? Nós não sabemos o que aconteceu entre aqueles dois.

— Então Jack já sabia?

Os pneus golpearam um ponto irregular do pavimento.

— A bicicleta é dele — disse Hunt. — Eu estou apostando que sabia.

— Mas por que iria contar? Ele implicou a si próprio.

Hunt não tinha resposta para essa pergunta.

— Você acha que Cross matou David Wilson? — falou Yoakum. — Você realmente acredita que Cross o atirou por cima do parapeito? Atropelou-o para fora da ponte, depois pisou na garganta dele? Isso é barra-pesada, Clyde, assassinato premeditado. Cross não é meu cara favorito, mas ainda é um policial.

— Wilson tinha equipamento de escalada e uma motocicleta off-road. Acho que passou o dia fazendo trilhas e explorando diferentes sítios de minas. Acho que deixou o poço maior e mais profundo por último. Acho que encontrou o corpo de Alyssa e foi essa descoberta que o matou.

— É teoria fraca, Clyde.

— Quem encontrou o Land Cruiser de Wilson?

— Cross.

— Isso mesmo. Ele disse que foi um bêbado que tinha saído para caçar veados à noite. O bêbado ligou de um telefone público e falou com Cross. Sem identificação de chamada. Um telefone público. Conveniente, não acha?

— Policiais podem ter sorte. É o que faz o trabalho funcionar metade do tempo. Eu não vejo você se lamentando quando é a sua vez de tropeçar numa oportunidade.

— Alguma vez você viu Cross no estande de tiro?

— É claro.

— Você sempre usa sua arma pessoal no estande?

— Ah, merda.

— Ele poderia ter apanhado uma das suas cápsulas?

Yoakum não tinha uma resposta pronta. Visualizou o que acontecia no estande: protetores de ouvido, óculos de proteção, a concentração fixa, o alvo, e nada mais.

Hunt continuou, com voz cortante:

— A notícia de que eu estava à procura de um policial se espalhou. Por isso Cross me deu um policial. Ele me entregou o carro de David Wilson e uma cápsula com uma impressão digital. Ele me entregou você.

Yoakum não disse nada. Coisas pessoais provocavam esse efeito nele algumas vezes.

— Estamos perto.

Yoakum olhou para fora.

— O que você sabe sobre essas pessoas que estamos indo ver?

Hunt virou à direita, e a estrada tornou-se mais estreita. Adiante havia uma placa, com spray de tinta branca e a palavra "Fechado".

— Nós passamos por eles no caminho de ida, um homem e uma mulher. Ele gosta de cerveja. Ela é feia como o diabo. Eles moram num trailer caindo aos pedaços perto da entrada das minas. Havia um veículo quando estive aqui antes. Até onde posso afirmar, eles são os únicos moradores dos arredores da mina. Não sei nada além disso — falou Hunt.

— Nada?

— Nem mesmo os nomes deles.

— Então por que estamos aqui?

— Geografia. — Hunt cruzou uma ponte estreita sobre um pequeno riacho. — É a única coisa que faz sentido.

A rodovia tornou-se uma estrada de terra. Pequenas pedras estalavam e batiam contra o chassi do carro.

— Estamos chegando — disse Hunt.

— O Chefe ainda está com a minha arma.

— Olhe no porta-luvas.

Yoakum abriu o porta-luvas e tirou a arma pessoal de Hunt. Ele abriu o pente e verificou se estava carregada.

— Ótimo.

— Tente não matar ninguém dessa vez.

Hunt viu o velho trailer, a caminhonete cheia de latas de cerveja vazias. Havia luzes acesas por trás das janelas sujas. Alguém se moveu em seu interior. Hunt apagou os faróis e parou atrás da caminhonete.

Mantendo um olho no trailer, ele digitou o número da placa da caminhonete.

— Está registrada no nome de Patricia Defries. Algumas condenações por má conduta. Urinar em público. Bebedeira e desordem.

— Adorável.

— Duas acusações criminais.

— De que tipo?

— Cheque sem fundos e fraude. Mais um crime e ela vai se dar mal. Três incidências. Isso poderia dar poder a Cross se ele a tivesse pego em flagrante.

— Como agiremos?

— Com calma. — Hunt abriu sua porta. — Nós vamos mentir.

Yoakum guardou a arma enquanto eles subiam para a pequena entrada. Pela janela, viram um sofá longo e baixo com um homem nele, de pés erguidos. Parecia o mesmo para Hunt. Esquelético e barbado. Sujo. Tinha o peito fundo e pernas magérrimas, e o que podia ser a mesma lata de cerveja em sua mão. A televisão lançava uma luz azul em seu rosto. A mulher também era como ele recordava. Saia curta. Carrancuda. Pelo modo como estava posicionada, estava zangada com algo. Mãos nos quadris. Boca movendo-se sem parar. Ela se postou na frente da televisão, e o homem se inclinou para a esquerda.

— A felicidade doméstica — comentou Yoakum.

Hunt bateu na porta, e a televisão se apagou. Ele recuou um passo enquanto o andar pesado da mulher imprimia uma vibração na estrutura barata. O rosto dela preencheu a pequena janela: dentes castanhos, pele ruim.

— Fique quieta, meu coração — sussurrou Yoakum.

Hunt encostou o distintivo no vidro. Trincos se abriram do lado de dentro, e a mulher apareceu por trás da tela rasgada.

— Mostre de novo — disse ela.

Hunt ergueu o distintivo.

— O detetive Cross nos mandou.

A mulher acendeu um cigarro e soprou a fumaça. Os olhos dela percorreram Hunt, depois Yoakum de alto a baixo.

— O que ele quer agora?

— Podemos entrar?

Ela os examinou mais uma vez e deu outra tragada no cigarro.

— Limpem os pés.

Não havia caminhonete alguma na frente do celeiro de tabaco. Nem Jack. Na luz fraca do único farol do carro, Johnny viu uma solitária mancha colorida, sua mochila azul. Estava imunda, ainda manchada no fundo. Jack a havia posicionado cuidadosamente no centro da porta do celeiro. Johnny saiu do carro, mas deixou o motor ligado. A lua estava gigantesca e baixa, de um branco prateado. O ar cheirava a gasolina e óleo queimado.

Johnny apanhou a mochila, que parecia vazia. Ao abri-la, sentiu o odor da ave morta. No fundo havia um bilhete, escrito no verso de um recibo com o nome do tio Steve. A caligrafia era de Jack.

Me encontre naquele lugar.

Os últimos anos haviam sido cheios de lugares, mas Johnny sabia a qual ele se referia. Era aonde eles iam para beber cerveja e contar histórias, o lugar para onde iam a fim de escapar. Era o lugar em que David Wilson morreu caído na poeira. O lugar em que tudo aquilo começou.

Ele voltou pelo meio dos arbustos, e o carro deu um solavanco.

Johnny seguiu para o rio.

Passou por poucos automóveis. Era tarde. Grandes besouros estalavam contra o para-brisa, e a visão dele ficou borrada mais de uma vez. Estava exausto, tão exaurido que quase deixou passar a saída da estrada principal. A trilha estava coberta de mato e raízes, as ervas ainda amassadas pelos carros de polícia que tinham vindo buscar David Wilson. Ela descia de maneira íngreme até o rio, a ponte erguendo-se à esquerda. Barrancos faziam o volante virar na mão de Johnny à medida que a trilha se afastava da estrada. Ele viu a caminhonete a 12 metros, um fantasma no meio dos arbustos. A cabine estava escura e vazia. Johnny desligou as luzes do carro e desembarcou. Ele passou pela caminhonete e olhou para o rio. O luar batia na água, e as pedras eram lajes de um cinza prateado. A escuridão se concentrava sob a ponte.

Johnny desceu o barranco, chegou a um trecho de areia, depois caminhou até uma das pedras planas mais largas. A água corria, e alguma coisa escura passou flutuando. O salgueiro estava à sua direita, a ponte, à esquerda. Ele não viu Jack.

— Eu estou aqui, Johnny.

A voz veio de sob a ponte. A voz de Jack. Soando bêbada. Quando chegou debaixo da ponte, Johnny conseguiu vê-lo. Estava sentado à beira d'água. Um dos pranchões da ponte havia caído ali; dispunha de uma saliência estreita de concreto, e Jack estava sentado sobre ela, os pés mergulhados na água. Johnny parou a 6 metros dele. Jack estava indistinto, apenas a sugestão de um rosto. Ele ergueu a garrafa, e Johnny ouviu o gorgolejar da bebida.

— Quer um pouco?

— Que diabo está acontecendo, Jack?

Johnny queria manter a calma, mas já a estava perdendo. Alyssa estava morta e Jack bebia uísque. Jack escorregou do concreto. Chapinhou na água rasa, tropeçou uma vez e caiu sobre um joelho.

— Venha para onde eu possa vê-lo.

Johnny saiu de baixo da ponte. Parte dele queria conversar. A outra queria dar um soco no rosto de seu único amigo.

— Me desculpe, cara. — disse Jack. Suas palavras eram tão pastosas que Johnny mal conseguia entendê-las. — Johnny, cara.

Jack saiu para a luz da lua. Estava vestindo a jaqueta que havia pegado emprestado de Johnny. A calça estava molhada até a cintura. Ele vacilou novamente e derrubou a garrafa, que se espatifou nas rochas, e um cheiro de bebida se ergueu da lama. Jack sentou-se ao lado da garrafa quebrada.

— Eu lamento tanto.

— Lamenta o quê? — retrucou Johnny. — Me diga o que lamenta.

Jack balançou a cabeça e pôs o rosto entre as mãos.

— A covardia é um pecado.

Johnny olhava fixamente para o amigo, cuja voz saía em parte como um soluço.

— Você diria coisas boas sobre mim se alguém perguntasse? — Jack passou o antebraço sob o nariz. — Só uma suposição, Johnny. Se alguém perguntasse, você diria que sou um bom amigo? Eu tentei, sabe. Todas aquelas noites fora com você. Todas aquelas noites procurando. Eu te apoiava porque sabia que você não iria parar. Eu tentei afastar você das casas ruins, daquelas realmente ruins. Eu teria morrido se você se ferisse. A culpa teria me matado, Johnny. Ela teria me matado na mesma hora.

— E quanto ao restante da culpa, Jack? E quanto a Alyssa? Você sabia onde ela estava? Esse tempo todo?

— Mentiras e fraqueza. Também são pecado.

— Jack.

— Deus perdoa os pequenos pecados.

— Esse tempo todo.

— Eu tentei manter você a salvo. — Jack balançava sobre a pedra. — Ela estava morta. — Ele balançou a cabeça. — Ela já estava morta.

— O que aconteceu com a minha irmã? — Johnny se avultou sobre Jack, com os punhos cerrados. Estava perdendo a paciência. Estava prestes a perdê-la. — O que aconteceu, Jack?

Jack deu um suspiro fundo e rouco, mantendo os olhos na água.

— Emprestei minha bicicleta para ela. Foi a única coisa que fiz. Estava tentando ajudar. Você tem que acreditar nisso.

— Me conte o resto.

— Nós estávamos na biblioteca, estávamos em grupo. Você se lembra daquela pesquisa que tínhamos que fazer? — Johnny não disse nada, então Jack balançou a cabeça. — Estávamos no mesmo grupo, Alyssa e eu. Vulcões. Estávamos fazendo uma pesquisa sobre vulcões. Estava tarde, bem tarde, sabe. Todo mundo disse que estava na hora de ir.

A voz dele se embargou por um segundo.

— Emprestei minha bicicleta a ela porque seu pai se esqueceu de ir buscá-la. Ele se esqueceu dela, e estava ficando escuro. Gerald tinha uma caminhonete nova e aproveitava qualquer desculpa para dirigi-la, por isso dei minha bicicleta a ela e telefonei para pedir uma carona ao meu irmão. Foi a única coisa que fiz, Johnny. Não devia ter acontecido nada de ruim, entende? Eu estava tentando ser bom. Isso conta, certo? Isso conta.

Jack esfregou os olhos. A mão pequena. A mão normal. Ambas fechadas e trêmulas.

— Ele disse que queria dar um susto nela.

— Quem?

— Seria só uma brincadeira.

— Gerald? — perguntou Johnny.

— Ela estava pedalando tão rápido.

— Ah, não.

— Bem na beira do asfalto.

Uma pausa.

— Ele só queria assustá-la.

— O que aconteceu, Jack?

— Ele estava bebendo.

Johnny agarrou Jack pela camisa. Ele a puxou e rasgou-a.

— Que porra aconteceu?

— Ela olhou para trás, e eu acho que foram os faróis, a proximidade. Eu não sei. Ela perdeu o controle. Caiu. Ela foi para baixo da caminhonete. Gerald pirou. Telefonou para o meu pai.

Jack estava chorando.

— Ela estava morta, Johnny.

— Eu não entendo.

— Morta para sempre. Eu queria contar, mas Gerald já tinha sido sondado pela liga profissional.

— O que isso tem a ver?

— Papai disse que se a notícia se espalhasse, ele podia dizer adeus.

— Você mentiu por causa da carreira de Gerald no beisebol.

Johnny estava gritando. Jack balançou a cabeça.

— Então por quê? — disse Johnny. — Por quê?

— Eu queria contar.

— Mas não contou.

Jack agora chorava baixo.

— Johnny.

— Todo esse tempo.

Jack ficou de pé e cambaleou. Ele estendeu a mão, mas Johnny abaixou-a com um tapa.

— Eu tentei.

— Você tentou como?

— Você se lembra de que eu falei que Gerald quebrou o meu braço? — Jack estava tremendo, implorando com os olhos. — Foi meu pai, Johnny. Eu disse a ele que iria contar, e ele quebrou meu braço. Ele quebrou meu braço em quatro lugares. Ele me imobilizou no chão e me fez jurar.

Jack tocou o braço de Johnny com uma das mãos.

— Ele me fez jurar.

— Por causa da carreira de Gerald?

— É só disso que eles falam. — Johnny olhou-o fixamente. — Gerald e meu pai.

Johnny sentiu o estômago se contrair. Ele se curvou até a cintura e se virou. Sua mão encontrou um galho e apoiou-se nele.

— Você disse que Levi Freemantle contou onde ela estava.

— Outra mentira.

— Então por que agora, Jack? Por que contar agora?

— Porque Freemantle foi mandado aqui por um motivo.

— Que motivo?

Jack estava aterrorizado.

— Deus sabe.

Corvos, não, Johnny pensou. *Deus sabe.*

— Ele ficava repetindo isso. Até mesmo dormindo dizia isso. Corvos, não. Deus sabe. Você se lembra do nome do poço da mina? Croz. No. Eu não consigo tirar isso da minha cabeça, Johnny. Deus sabe, você não vê? Deus sabe o que fiz.

Jack desmoronou.

— A última coisa que Freemantle disse para mim... A última coisa que ele disse... Ah, merda.

— O que foi?

Jack sentou-se na pedra.

— Deus sabe da beleza da alma dela.

Jack levantou a mão diminuta.

— Eu vou arder no inferno, Johnny. — A mão começou a descer, e Jack estava implorando. — Se alguém perguntasse, você diria algo bom?

Ele estava em prantos.

— Johnny?

Johnny deu as costas e subiu o barranco. A voz de Jack o seguiu, diminuta, depois ainda menor.

— Johnny?

Nada. O vento no capim.

— Johnny?

CAPÍTULO 60

Hunt dirigiu velozmente, as luzes azuis piscando sobre o capô. Yoakum, ao lado dele, tinha uma expressão férrea. O relógio do painel marcava uma e dez da manhã. Hunt havia conseguido um encontro de emergência com o promotor público e o magistrado. Levou uma hora, mas ele tinha um mandado de prisão no bolso de seu casaco e dois policiais fardados escolhidos a dedo para dar apoio. Ninguém mais sabia. Nem o Chefe. Ninguém mais na polícia. Eles estavam fazendo aquilo na calada da noite, para o caso de Cross ter amigos que o protegessem.

— Cinco minutos — disse Hunt.

Pela terceira vez, Yoakum verificou se a arma que tomara emprestado estava carregada.

O telefone de Hunt tocou. Ele olhou o identificador de chamada, depois atendeu. A ligação foi breve, e quando acabou, ele não olhou para Yoakum.

— Era o legista — falou. — A arcada dentária confere. É Alyssa.

Silêncio. A borracha sobre o asfalto.

— Eu lamento, Clyde.

— Quatro minutos.

Trinta segundos depois, o telefone de Hunt voltou a tocar. Ele não reconheceu o número no identificador, mas atendeu, então escutou.

— Onde você está, Johnny? Acalme-se. Eu estou aqui. Não. Não. Fale com calma.

Hunt escutou por um minuto completo, sem dizer nada. Quando o garoto acabou, a última peça se encaixou e Hunt viu o quadro completo. Todo ele. Um encaixe perfeito.

— Certo, Johnny. Eu entendi e vou resolver isso. Não, resolverei essa noite. Agora mesmo. Onde você está?

Uma pausa.

— Não. Eu não quero você no lobby. Quero você dentro do quarto, agora. Eu tenho tudo em ordem. Conversaremos amanhã.

Ele desligou novamente, e Yoakum aguardou dez segundos.

— O que há?

Hunt contou-lhe com sentenças curtas e duras. O modo como Alyssa morreu. Como ela acabou naquele poço.

Yoakum teve de ruminar aquilo por um minuto.

— Ela morreu num acidente?

— Gerald estava bêbado. Cross ocultou o corpo para proteger o filho. Ele a desovou naquele poço. Sozinho. — Ele inspirou fundo. — Meu Deus.

— Você está bem?

— Vamos levar Gerald também.

— Nós não temos mandado para Gerald.

— Suspeita de crime culposo. É suficiente para interrogá-lo.

— Esse Johnny é um garoto durão — disse Yoakum.

— É.

— Cross está muito ferrado.

— Um minuto.

Hunt entrou no bairro de Cross.

Johnny abriu a porta do quarto do motel com o cartão magnético. Havia duas lâmpadas acesas. Sua mãe estava sentada na beira da cama mais próxima. Estava esgotada, mas tinha os olhos límpidos.

— Eu não pude ligar para Hunt — disse ela, e ficou de pé. — Ele jamais me deixaria ter você de volta.

Johnny entrou e fechou a porta.

— Você me deixou — disse ela, e Johnny viu como estava rígida.

— Nunca mais farei isso.

— Como posso acreditar?

— Eu prometo.

Ela atravessou o quarto e envolveu-o com os braços.

— Prometa de novo.

Johnny sentiu cheiro de sabonete e cabelos limpos.

— Eu prometo.

Ela o apertou com força, e quando se afastou, Johnny contou-lhe o que sabia. Não foi fácil, e levou algum tempo. Alyssa estava morta, mas havia sido um acidente. Ele explicou duas vezes, e as palavras ecoaram nos lábios dela.

Um acidente.

Eles ficaram calados por um longo tempo depois disso.

Calados, porém unidos.

Hunt recebeu o chamado de distúrbio doméstico quando estavam a dois quarteirões de distância.

— Esteja avisado, o vizinho comunicou que há uma arma no local.

— Merda.

Hunt ligou a sirene, e a patrulha atrás dele fez o mesmo. Duas curvas rápidas e a casa de Cross apareceu à direita. Havia luzes acesas sob o telhado, grandes spots nos cantos, lâmpadas em postes junto à calçada. A caminhonete branca havia entrado de frente e estava amassada contra a lateral da casa. Havia grama arrancada atrás dela, arbustos amassados. Uma das lanternas traseiras piscava intermitentemente. Vermelho. Vermelho. Vermelho. O detetive Cross estava no quintal; também sua esposa e Gerald. Cross estava gritando. Sua esposa estava de joelhos, com a Bíblia na mão, as mãos postas em oração.

Jack segurava a pistola.

Ele estava apontando para o pai.

Hunt e Yoakum saíram do carro ao mesmo tempo que os oficiais fardados. As armas saíram dos coldres.

— Não atirem — disse Hunt. — Eu conheço o garoto. Não quero que ele saia ferido.

Os outros policiais o ouviram, mas as armas continuaram apontadas. Hunt deixou a sua no coldre. Ele se aproximou pela grama, com as mãos erguidas dos lados do corpo. Jack estava ruborizado e trêmulo. Lágrimas manchavam seu rosto. Cross estava bancando o pai rigoroso.

— Jack, me dê essa arma agora mesmo! Nesse minuto! Estou falando sério!

Cross viu Hunt se aproximando e ergueu uma das mãos.

— Eu cuido disso — disse ele. — Está tudo sob controle.

Dirigiu-se novamente para seu filho.

— Jack, está vendo isso? Alguém chamou a polícia. É hora de acabar com isso. Me dê a arma.

Atrás dele, a mãe de Jack balançava-se sobre os joelhos. Jack olhou para ela, e uma das mãos encontrou a cruz de prata que pendia de seu pescoço. A voz da mulher se elevou e foi como se ela falasse em línguas.

— Não, mamãe. — O rosto de Jack se contorceu. — Pare.

Ele arrancou a cruz e atirou-a contra ela.

— Me dê a arma, Jack.

Jack afastou os olhos da mãe. O pai estava mais perto agora. Um metro e meio. Um metro.

— A culpa é sua. — A voz de Jack era um sussurro.

— Filho.

Ele apontou a arma para o pai.

— Eu vou para o inferno e a culpa é sua.

Jack chegou mais perto enquanto a mãe se lamentava. Cross levantou as mãos.

— Filho...

— Deus perdoa os pequenos pecados.

Hunt viu o cão da arma se mover, mas estava longe demais.

— Não.

Ele correu para Jack. O cão se ergueu e se abaixou. Cross gritou ao mesmo tempo em que a arma emitia um estalo seco. Jack puxou o gatilho novamente, mas nada aconteceu.

Hunt derrubou o garoto.

A arma voou da mão dele, e Cross estendeu a mão para apanhá-la.

— Não toque nisso — disse Hunt. Estava estendido na grama, com Jack imobilizado sob si. — Não toque nisso e não se mova.

— Do que você está falando?

— Ninguém se mexe.

Hunt pôs Jack de pé e entregou-o a Yoakum.

— Seja gentil — disse ele, e Yoakum levou o garoto dali, chorando e com o rosto borrado de muco.

— Eu quero falar com Johnny. — Jack resistiu na porta do carro. Ele se debatia e gritava: — Eu quero falar com Johnny.

A mão de Yoakum pressionava o topo da cabeça do garoto.

— Johnny! Eu quero falar com Johnny!

A porta se fechou, calando-o, e ele bateu a cabeça quatro vezes de encontro ao vidro. Hunt apanhou a arma e abriu o tambor. Estava vazio. Ele guardou a arma no bolso do casaco. Cross arriscou um passo, com as mãos estendidas.

— Ele está bêbado. Tem problemas. Nós vamos procurar ajuda para o menino.

— Você precisa vir comigo — disse Hunt. — Até a delegacia.

— Ele é meu filho, Hunt. Eu não vou prestar queixa. — Cross tentou um sorriso amarelo.

Hunt permaneceu inexpressivo, o que exigiu esforço.

— Você e Gerald — disse Hunt, com a mão muito próxima da arma no coldre. — Meu pedido é uma cortesia.

Ele gesticulou para os terrenos vizinhos, onde várias pessoas estavam paradas, assistindo. Hunt se aproximou, mas não abaixou a voz:

— Eu já ouvi a história de Jack. O que aconteceu com Alyssa. O envolvimento de Gerald. Tudo.

Hunt deu um segundo para que ele assimilasse.

— Nós encontramos o corpo dela algumas horas atrás.

Cross olhou para o filho e para a esposa que ainda chorava.

— Vamos fazer isso do jeito certo — disse Hunt.

Quando Cross olhou para ele novamente, sua expressão mudou. Seu rosto era puro calculismo.

— Eu não sei do que você está falando.

— David Wilson encontrou o corpo de Alyssa. A princípio achei que ele devia ter ligado para a delegacia e conversado com você por puro acaso, mas não havia nada nos registros telefônicos, e ninguém tem tanta sorte.

— Você está enganado.

— Nos poupe dessa cena. Eu conversei com Patricia Defries essa noite. Ela me contou tudo.

E havia contado mesmo. Cross a havia prendido por outra operação fraudulenta com cheques. Ela estaria cometendo seu terceiro crime, a terceira incidência. Se condenada, pegaria 12 anos, no mínimo. Por isso Cross facilitou as coisas para ela. Ele queria saber se alguém se aproximasse das minas. Qualquer pessoa. Em qualquer momento. Ela disse que não sabia por que Cross se importava com as minas, e Hunt acreditou nela, mas não lhe contou isso. Ele preferia vê-la falando, preferia vê-la assustada.

Hunt disse:

— Expliquei a ela que fraudar cheques é uma acusação muito menor do que cumplicidade em assassinato. Disse a ela que isso era sério, e que ela iria cair com você. Ela falou e irá testemunhar. Contará que você apareceu nas minas depois que ela telefonou; que cinco minutos depois Wilson passou rasgando em sua motocicleta off-road, com você bem nos calcanhares dele. Ela reparou no horário. Johnny Merrimon viu Wilson cair sobre o parapeito da ponte 15 minutos depois.

— Ela é uma vigarista e uma bêbada. Não serve como testemunha.

Hunt fez a encenação de olhar para a fileira de carros na entrada da garagem.

— Onde está o seu veículo pessoal? — perguntou ele. — Um Dodge Charger, certo? Quantas oficinas mecânicas eu terei que procurar para encontrá-lo? Não será uma oficina local, é claro. Mas em Wilmington, talvez? Raleigh? Uma das cidades grandes, é o que acho. Mas nós o encontraremos. Danos nos para-lamas da frente. A pintura irá corresponder à que encontramos na ponte.

— Eu quero um advogado.

Hunt gesticulou para os oficiais fardados.

— Você está detido pelo assassinato de David Wilson. Você tem direito de permanecer em silêncio...

— Eu conheço os meus direitos.

— Qualquer coisa que disser poderá e será usada contra você.

— Espere um minuto. Espere um minuto.

Cross passou a língua pelos lábios.

— Eu preciso conversar com você. Só com você. Um segundo apenas.

Hunt hesitou.

— Você quer fazer a coisa certa, não é mesmo? É o que você sempre faz, né? Maldito escoteiro.

Hunt ergueu uma das mãos, e os policiais fardados recuaram.

— Você deveria pensar no que está fazendo — disse Cross. — Deveria pensar muito bem.

— Eu não preciso pensar. Tenho um mandado.

Cross se inclinou mais para perto. Seus olhos se voltaram rapidamente para os uniformes por cima do ombro de Hunt e seu sussurro lançou um hálito quente no ar:

— Seu filho também estava no carro.

Hunt recuou um passo.

— Ele não estava.

— Ele estava no banco da frente quando Alyssa foi para baixo dos pneus.

— Eu não acredito em você.

— Como ele tem agido no último ano? O seu rapaz? Normal? É o mesmo garoto de um ano atrás? Ah, me deixe imaginar. Ranzinza? Irritadiço? Fechado para você, não é? Faça o que é certo, Hunt. Nada é mais importante que a família de um homem. É disso que se trata.

Hunt olhou para o quintal ao redor. Jack era um borrão avermelhado no banco de trás de um carro de polícia. Gerald estava à beira das lágrimas. A esposa tinha os olhos fechados enquanto se balançava, implorava e se lamuriava.

— Não acho que a sua família esteja indo muito bem, Cross.

— Ele é o seu único filho, não é?

Hunt sustentou o olhar dele por três segundos.

— Faça o que é certo — disse Cross.

Hunt deu um passo para trás e chamou os oficiais fardados.

— Você tem direito a um advogado.

As algemas apareceram.

Cross reagiu, mas depois foi ao chão, gritando. Ele perdeu os chinelos enquanto o arrastavam para o carro.

Eram quase seis horas quando Hunt deixou a delegacia. Cross se recusou a falar, mas as palavras verteram de Gerald como uma torrente. Era culpa. Pura e simples.

O rapaz abraçou a situação.

O sol era de um rubor ofuscante quando ele subia as ruas, mas a casa de Hunt ainda estava num bolsão de escuridão. Ele se deixou entrar e parou em silêncio na cozinha. A geladeira zumbia. Uma porta de garagem se abriu em algum lugar rua abaixo.

Hunt pôs a arma sobre o balcão, assim como o distintivo. Os degraus suspiravam sob seus pés, e ele sentiu o ar quente ao abrir a porta do quarto do filho. O rapaz era um emaranhado de cobertores, cabelos loiros e inocência perdida.

O passado.

Tantas coisas boas.

Hunt puxou uma cadeira para o lado da cama e se sentou. Pressionou os olhos com as pontas dos dedos e viu as faíscas fantásticas de sempre. Aquilo não tinha que ser um final. Havia poder de escolha. Hunt acreditava nisso. Nunca era tarde demais para fazer o que era certo.

Seus lábios se moveram em silêncio.

Nunca é tarde demais.

Hunt observou o filho dormir, e seus lábios se moveram novamente.

Repetindo aquilo.

Uma oração pessoal.

Levou vinte minutos para que Allen acordasse, e foram os mais longos da vida de Hunt. Por duas vezes ele se levantou, mas em ambas se deixou ficar, até que a luz pálida e rosada tocou a face do filho. Seus olhos eram muito inocentes quando ele os abriu.

— Ei, pai. O que está acontecendo?

Ele esfregou o rosto e sentou-se apoiado nos travesseiros.

— Você sabe que eu te amo, não é?

— Sei. É claro. O quê...

— Se você algum dia se envolvesse em problemas, eu faria tudo o que estivesse ao meu alcance para te ajudar. Você sabe disso também. Não importa o quanto as coisas estejam ruins, eu sou o seu pai. Eu vou te ajudar. Você sabe disso, não sabe, Allen?

— Sei. É claro.

Hunt se manteve tranquilo.

— Você está envolvido em algum problema, filho?

— O quê? Não.

Hunt inclinou-se mais.

— Há alguma coisa que você precise me contar? Qualquer coisa. Eu estou do seu lado. Somos você e eu. Certo?

— Não, pai. Nada. O que está acontecendo?

Hunt estava morrendo por dentro. Ele pôs uma das mãos no braço do filho.

— Eu vou me deitar um pouco. — Ele se levantou e olhou para baixo. — Esse é um grande dia, Allen.

— O que você quer dizer com isso?

Hunt parou na porta.

— Vou estar acordado se você precisar de mim.

Hunt cruzou o corredor e se estendeu na cama. Por um momento, o quarto rodou, mas ele lutou contra isso.

A batida na porta veio mais cedo do que ousava esperar.

CAPÍTULO 61

Johnny dormiu por sete horas, despertou brevemente para comer, depois voltou a dormir. Ele ouviu sua mãe conversando com Hunt, mas parecia um sonho. Ouviu vozes enraivecidas e o som de algo se quebrando. Falavam de Alyssa e do filho de Hunt.

— Eu não sei o que dizer, Katherine.

Essa era a voz de Hunt.

Um longo silêncio.

— Eu preciso andar um pouco.

— Katherine...

— Você fica com Johnny?

A porta se fechou e Johnny acordou. Não era um sonho. Hunt estava de pé na janela, observando-a se afastar. Johnny sentou-se, e a lembrança do sonho retornou.

— Allen estava mesmo no carro com Gerald?

— Você ouviu?

— É verdade?

— Allen não estava dirigindo.

— Mas sabia o que aconteceu e não contou.

— O pai de Gerald era um policial e Allen ficou com medo, mas não posso arranjar desculpas para ele, Johnny. Ele estava errado.

Hunt fez uma pausa.

— Ele se entregou voluntariamente. Está sob custódia. Será punido. Assim como Jack.

— Punido como?

— Isso cabe ao Juizado de Menores. Eles podem ficar afastados por algum tempo.

— Na prisão.

— Não chega a isso.

Johnny saiu da cama.

— Eu vou tomar um banho — falou.

— Certo, Johnny.

O chuveiro era fraco, mas quente. Johnny se lavou duas vezes, depois examinou os pontos no peito. A pele estava vermelha e pregueada; as cicatrizes ficariam para sempre. Ele penteou os cabelos com o pente da mãe. Hunt ainda estava no quarto quando Johnny saiu.

— Melhor? — perguntou Hunt.

— Ela ainda não voltou?

— Está tentando decidir se me odeia.

Johnny balançou a cabeça. Era algo muito adulto dito por Hunt.

— Posso fazer uma pergunta? — disse o menino.

— Sim.

Eles se sentaram lado a lado na beira da cama. Os dedos de Johnny estavam enrugados pelo longo banho. Suas palmas descascaram no local onde uma bolha havia arrebentado.

— Jack acredita que algumas coisas acontecem por um motivo.

— Você está se referindo a Alyssa?

Johnny não tinha certeza se sabia o que queria dizer, por isso deu de ombros. Ele sentiu que Hunt estava tenso, mas depois relaxou, como se tivesse tomado uma decisão.

— Encontramos sete corpos enterrados na floresta atrás da casa de Jarvis. Crianças. Você sabia?

— Mamãe me contou.

Hunt hesitou novamente, depois tirou uma fotografia do bolso do casaco. Era a foto da necropsia de Meechum. Mostrava-o do peito para cima, despido sobre uma mesa de metal.

— Foi esse o homem que você viu com Jarvis?

A face do homem havia ficado encovada pela morte, e ele estava completamente sem cor, mas Johnny o reconheceu. Ele fez que sim.

— Por que você pensou que fosse um policial?

— Ele carregava algemas e uma arma no cinto. É o que os policiais fazem.

Hunt guardou a fotografia.

— Esse homem era um segurança do shopping. Ele e Jarvis serviram juntos no Vietnã. Ambos foram exonerados com desonra ao mesmo tempo. Houve boatos...

— Que tipo de boatos?

— Ruins.

Johnny deu de ombros. Ele já havia escutado as histórias, de qualquer forma.

— Eles eram homens maus, Johnny. Fizeram coisas ruins por pura maldade, e continuariam fazendo se você não tivesse aparecido.

— Eu não salvei Tiffany. Já falei isso para você.

Hunt olhou pela janela.

— Se Jarvis não estivesse ocupado com você na rua, Tiffany não teria passado pela casa. Ele a teria apanhado e matado. Ela estaria na floresta com o resto das crianças. Jarvis e Meechum continuariam matando. Talvez tivessem matado mais alguns. Talvez muitos mais. O que sei é que eles foram detidos porque você estava naquela rua naquele momento.

Johnny sentiu os olhos de Hunt no topo de sua cabeça, mas não conseguiu erguer o olhar.

— Você não estaria naquela rua se Alyssa não tivesse morrido. — Hunt pousou a mão no ombro de Johnny. — Talvez seja esse o motivo, Johnny. Talvez Alyssa tivesse de morrer para que outras crianças não morressem.

— Jack pensou que Freemantle apareceu porque Deus o enviou.

— Jack tem problemas que nenhum garoto deveria ter.

— Ele achou que Deus mandou corvos para assustá-lo e enviou Freemantle para fazê-lo encarar a verdade do que havia feito.

— Eu não sei nada sobre isso, Johnny.

— Na última vez em que rezei, pedi três coisas a Deus. Pedi que ele acabasse com os remédios da minha mãe e que minha família voltasse para casa. Essas coisas aconteceram.

— São duas coisas.

Johnny ergueu o rosto, e suas feições eram de mármore.

— Eu rezei para que Ken Holloway morresse. Rezei para que ele tivesse uma morte lenta e terrível.

Ele fez uma pausa, com os olhos pretos reluzindo.

— Eu rezei para que ele morresse com medo.

Hunt abriu a boca, mas Johnny falou antes que ele pudesse dizer qualquer coisa. Ele se lembrou dos olhos de Ken Holloway enquanto a luz se apagava neles. Visualizou as sombras dos corvos em revoada, o adejar da escuridão.

— Levi Freemantle me deu isso — disse Johnny. — Eu acho que foi por *isso* que Deus o mandou.

Hunt teve um encontro tardio com o advogado do filho, depois viu-se estacionado na frente da cadeia, um edifício grosseiro e sem graça que ocupava um quarteirão inteiro da cidade, não muito longe do tribunal. Allen estava ali, em algum lugar. Ele havia lidado bem com aquilo, Hunt pensou; lágrimas quando contou ao pai — arrependimento, vergonha e culpa —, depois coragem quando foram juntos à delegacia. A última lembrança de Hunt era do rosto do filho quando a porta de ferro se fechou entre eles.

Ele desligou o motor e caminhou até a entrada principal da cadeia. Registrou sua arma e foi admitido. Conhecia os guardas, e os guardas o conheciam. Recebeu um tapinha nas costas, alguns cumprimentos de cabeça simpáticos e pelo menos um olhar de frieza.

— Eu preciso vê-lo.

O guarda atrás da escrivaninha era imparcial e de fala suave.

— Você sabe que não posso fazer isso

Hunt sabia.

— Você pode dar um recado a ele?

— Claro.

— Você poderia dizer a ele que estou aqui?

O guarda se recostou em sua cadeira.

— Cuidarei para que ele receba o recado.

— Fale agora — falou Hunt. — Não que *estive* aqui. Fale que eu *estou* aqui.

— Isso é importante?

— Há uma diferença — disse Hunt. — Eu vou esperar.

Quando Hunt deixou a cadeia, sentou-se num banco a dois quarteirões dali. O céu estava alto e sem estrelas. Sua casa era uma concha. Depois de alguns minutos, seu telefone tocou. Era Trenton Moore.

— Acordei você? — perguntou ele.

— Não há muita chance de isso acontecer.

Uma pausa.

— Eu soube de seu filho. Lamento.

— Obrigado, doutor. Eu agradeço. Você está me ligando por algum outro motivo?

— Para falar a verdade, estou. — Ele limpou a garganta e pareceu estranhamente relutante. — Hum. Você tem um minuto?

O legista trabalhava no subsolo do hospital. Hunt nunca havia gostado de ir ali, especialmente à noite. A iluminação era esparsa no longo corredor de entrada. O concreto parecia suar. Hunt passou pela sala de reconhecimento dos cadáveres, pelos frigoríficos, pelas salas reservadas e pelos mortos silenciosos. O Dr. Moore ergueu o rosto, e a agitação inflamava seus olhos.

— Entre, entre. — Ele largou o ditafone e pegou uma cafeteira sobre o balcão às suas costas. — Café?

— Sim. Preto. Obrigado.

Ele serviu o café em pequenas xícaras descartáveis e entregou uma delas para Hunt.

— Antes de tudo — disse Moore —, devo lhe entregar isso.

Ele tirou um saco para evidências de dentro de uma gaveta e jogou-o sobre a mesa. Caiu pesadamente e com um brilho metálico.

Hunt apanhou e viu que estava lacrado e datado, assinado pelo legista. Ele revirou o saco na palma da mão e contou seis balas com cápsula de aço inoxidável e cavidades nas pontas.

— Deixe-me adivinhar: *.32, hollow point*?

— Tiradas do bolso frontal direito do Sr. Freemantle. Além das roupas, essa era a única propriedade que ele tinha consigo no momento da morte.

— Bem, isso responde a uma pergunta.

— Qual?

— Por que um certo ex-policial ainda está respirando, e, mais importante, talvez, por que seu filho de 13 anos não foi indiciado por assassinato.

Hunt enfiou o saco de evidências no bolso do casaco.

— Obrigado.

— Não há de quê.

O legista tomou um gole de café e o silêncio se prolongou.

— Falando em perguntas. — Moore se inclinou para a frente na cadeira. Ele era pequeno e compacto, tão cheio de energia que mal conseguia sentar-se imóvel. — Há poucos mistérios no que faço, detetive. Perguntas sem resposta? Sim, o tempo todo. Mas não mistérios. O corpo humano, infelizmente, é um instrumento muito previsível. Siga a lesão e ela o leva a lugares, o conduz a conclusões, determinações de causa e efeito.

A energia incendiava novamente os olhos de Moore, tal a sua agitação.

— Você faz alguma ideia de quantas necropsias já executei?

— Não.

— Nem eu, mas foram muitas. Centenas. Mais, talvez. Eu realmente deveria contá-las algum dia.

Hunt tomou um gole de café. Normalmente ficaria irritado, mas não tinha lugar algum para ir.

Moore tamborilou os dedos sobre a mesa, os olhos iluminados, a pele corada.

— Você acredita em mistérios, detetive?

Hunt abriu a boca para falar, mas Moore calou-o com um aceno.

— Não do tipo de mistérios com que você lida diariamente. — Ele se inclinou sobre a mesa e pôs suas mãos em concha, como se segurasse um pequenino mundo entre elas. — Grandes mistérios, detetive. Mistérios reais. Dos grandes.

— Não sei se compreendi.

— Eu gostaria de lhe mostrar algo.

Moore pegou uma pasta de arquivos e se levantou. Atravessou a sala e acendeu um negatoscópio. A luz tremulou, depois se estabilizou.

— Tirando uma pequena anotação no laudo, eu estava relutante em compartilhar isso. — Ele deu um riso nervoso. — Tenho que pensar na minha reputação.

Moore tirou uma radiografia da pasta e encaixou-a no negatoscópio. Hunt reconheceu a estrutura de um tronco humano. Ossos que pareciam emitir luz. Sugestões amorfas de órgãos.

— Levi Freemantle — disse Moore. — Homem adulto. Quarenta e três anos. Musculatura pesada. Infecção generalizada. Beirando a desnutrição. Está vendo isto? — Ele tocou a imagem. — Foi aqui que você o baleou. O projétil entrou aqui. Fratura de escápula no ferimento de saída. Está vendo?

— Eu não pretendia matá-lo.

— Você não o matou.

— O que quer dizer?

Moore ignorou a pergunta.

— Isso. — Ele seguiu uma linha branca grossa com o dedo mínimo. — Isso é um galho de árvore, madeira de alguma espécie. Carvalho, bordo. Essa não é minha área. O sujeito se espetou de algum modo. O ramo estava lascado, não podre. Irregular. Veja essas arestas agudas. Aqui e aqui. É difícil dizer a partir dessa imagem, mas tem cerca de duas vezes o diâmetro do seu dedo indicador. Talvez um polegar e meio. Entrou aqui, logo abaixo da costela inferior do lado direito, depois seguiu em ângulo de tal modo que perfurou o fígado de lado a lado. Causou danos a múltiplos órgãos e fez uma perfuração de 3 centímetros no intestino grosso.

— Não entendo.

— Esse é um trauma intenso, detetive.

— Certo.

Moore se afastou um passo, depois voltou. Ele levantou ambas as mãos, e Hunt sentiu sua frustração.

— Isso... — Ele moveu a mão sobre a radiografia, depois parou. — Isso é um ferimento fatal. Sem uma cirurgia imediata, é fatal. Ele deveria estar morto dias antes de você baleá-lo. — Moore ergueu as mãos novamente. — Eu não consigo explicar isso.

Um dedo gelado tocou Hunt entre as escápulas. O hospital tornou-se opressivo. Ele visualizou os olhos ávidos de Moore, suas perguntas sobre grandes mistérios.

— Você está dizendo que é um milagre?

Moore olhou para a radiografia, e a luz lançou um frio reflexo branco em seu rosto. Ele posicionou três dedos sobre a linha da madeira lascada que perfurou o lado do corpo de Freemantle.

— Estou dizendo que não sei como explicar isso.

CAPÍTULO 62

O Serviço Social procurou Johnny no dia seguinte. Ele segurou a mão da mãe enquanto duas funcionárias destacadas para o caso aguardavam junto à porta aberta do carro. O calor se derramava pelo estacionamento. Automóveis voavam pela via de quatro pistas.

— Você está machucando meus dedos — sussurrou Johnny.

A mãe dele afrouxou o aperto e falou com Hunt.

— Não há outro jeito?

Hunt estava igualmente subjugado.

— Com tudo o que aconteceu... A violência... A imprensa.. Eles não têm escolha.

Ele se curvou e olhou Johnny nos olhos.

— É só por um tempo. Eu falarei em defesa de sua mãe. Faremos isso do jeito certo.

— Promete?

— Sim.

Johnny olhou para o carro, e uma das senhoras ofereceu um sorriso. Ele deu um abraço na mãe.

— Eu ficarei bem — disse ele. — Será como cumprir pena.

Ele entrou no carro. E foi assim durante o mês seguinte Como cumprir pena. A família que lhe designaram era gentil, porém distante. Eles o tratavam como se uma palavra mais dura pudesse quebrá-lo, contudo conspiravam para agir como se nada incomum tivesse acontecido. Eram infalivelmente educados; mas ele os surpreendia à noite, assistindo aos telejornais, lendo as notícias. Eles balançavam as cabeças e perguntavam um ao outro: "O que uma coisa dessas pode provocar num garoto?" Johnny pensou que eles provavelmente dormiam com a porta trancada. Pensou nos olhares que lhe dariam se, só uma vez, tarde da noite, ele mexesse na maçaneta.

O juizado ordenou que Johnny visse um psicólogo, e ele fez isso, mas o sujeito era um idiota. Johnny lhe dizia o que ele queria ouvir. Descrevia sonhos inventados sobre o tédio doméstico e alegava dormir a noite inteira. Jurou que já não acreditava no poder de coisas invisíveis, nem em totens, magia ou pássaros pretos que roubam as almas dos mortos. Ele não desejava atirar em ninguém, não desejava pôr a si mesmo ou a outros em risco. Expressou uma emoção honesta a respeito das mortes do pai e da irmã. Aquilo era luto, pura perda encravada em seu íntimo. Ele amava a mãe. Isso também era verdade. Johnny via o psicólogo balançar a cabeça e fazer anotações. Depois não teve mais de ir.

Simplesmente assim.

Eles deixavam Johnny ver a mãe uma vez por semana para uma visita supervisionada. Eles iam ao parque, sentavam-se à sombra. Toda semana ela trazia cartas de Jack. Ele escrevia ao menos uma por dia, às vezes mais. Nunca descrevia como era ruim o lugar para onde o mandaram. Nunca sobre suas horas, seus dias. Jack falava principalmente de remorso e vergonha, e que Johnny era a única coisa boa em sua vida. Falava de coisas que haviam feito juntos, planos que haviam feito para o futuro. E implorava por perdão. Era assim que ele acabava todas as cartas.

Johnny, por favor.

Me diga que somos amigos.

Johnny lia cada uma das cartas, mas nunca as respondeu. Elas encheram uma caixa de sapatos debaixo de sua cama no lar adotivo.

— Você deveria responder a ele — disse sua mãe uma vez.

— Depois do que aconteceu? Depois do que ele fez?

— Ele é o seu melhor amigo. O pai dele quebrou-lhe o braço. Pense nisso.

Johnny meneava a cabeça.

— Houve um milhão de vezes em que ele poderia ter me contado. Um milhão de maneiras.

— Ele é jovem, Johnny. Vocês dois são muito jovens.

Johnny fitou a monitora designada pelo juizado quando a ideia brotou em sua mente.

— Você perdoou o filho do detetive Hunt?

Ela seguiu o olhar de Johnny. A monitora estava sentada numa mesa de piquenique nas proximidades. Estava suando em um terno azul pesado demais para aquela estação.

— O filho de Hunt? — perguntou ela, com voz distante. — Ele parece muito jovem também.

— Você tem saído com o detetive Hunt?

— O funeral do seu pai é amanhã, Johnny. Como eu poderia estar saindo com alguém?

— Não haveria problema, eu acho.

A mãe dele apertou-lhe o braço e se levantou.

— Está na hora.

A monitora do juizado se aproximou.

— Você recebeu o terno? — perguntou Katherine. — A gravata?

— Sim.

— Gostou deles?

— Sim.

Restavam-lhes alguns segundos. Da próxima vez que estivessem juntos, seria para sepultar aqueles que mais amavam. A monitora parou a alguns metros deles. Ela gesticulou para o relógio, e seu rosto refletia algo parecido com remorso.

A mãe de Johnny deu as costas, seus olhos reluzindo.

— Eu apanho você mais cedo.

Johnny segurou sua mão e a apertou.

- Eu estarei pronto.

O serviço fúnebre foi duplo. Pai e filha, lado a lado. Hunt recorreu a favores e fez com que o cemitério fosse isolado para proteger a família dos curiosos e da imprensa. O padre não era o mesmo sacerdote gordo e rubicundo de quem Johnny se lembrava com luzes tão desfavoráveis. Aquele era um homem jovem, magro e sério, uma lâmina em forma de padre com sua batina alva e cintilante. Ele falou de escolhas e do poder do amor divino.

Poder.

O padre fez a palavra soar como um canto, de modo que Johnny balançou a cabeça quando ele a disse.

O *poder* do amor divino.

Johnny balançou a cabeça, mas manteve seus olhos nos caixões e no alto céu azul.

No alto céu vazio.

Três semanas depois do funeral, Katherine parou no jardim de uma bem-conservada casa de dois quartos. Tinha uma varanda coberta na frente, dois banheiros e o mais amplo e verde quintal que ela conseguiu encontrar. A cozinha havia sido reformada recentemente. Descendo a rua, encontrava-se a casa onde Johnny havia morado por toda a sua vida, menos no último período de pouco mais de um ano. Ela desejara comprar aquela, mas o seguro de seu falecido esposo teria de durar até ela descobrir o que fazer de sua vida. Como ganhar o sustento de si própria e de seu filho.

Ela contemplou o final da rua, depois desistiu. O terreno em que estava parada tinha uma casa na árvore, um riacho que atravessava o quintal.

Seria suficiente.

Quando Hunt saiu da casa, sua camisa estava molhada de suor. Um penacho de isolamento de fibra de vidro brotava de trás de sua cabeça. Ele se virou e olhou para a casa.

— É sólida — disse ele. — E agradável.

— Você acha que Johnny irá gostar?

— Acho que sim. Com certeza.

Katherine abaixou a cabeça.

— Johnny vem para casa amanhã. Vamos precisar de algum tempo, você sabe. Só nós dois. Tempo para encontrarmos algum tipo de ritmo.

— É claro.

— Mas em mais ou menos um mês acho que talvez você possa aparecer para jantar.

— Seria ótimo.

Katherine concordou, nervosa, assustada e incerta. Ela se virou e olhou para a casa.

— É realmente boa, não é?

Hunt manteve os olhos no rosto dela.

— É perfeita.

EPÍLOGO

O calor do verão era uma lembrança desbotada quando Johnny e sua mãe foram até o Recanto Calado. Era um sábado, no final da tarde. As árvores se avultavam sobre o carro enquanto ela dirigia. À frente, a luz do sol abria caminho, e eles podiam ver postes de granito e arbustos de amoras silvestres.

— Eu não posso acreditar que você tenha vindo até aqui do jeito que veio.

— Relaxe, mamãe.

— Qualquer coisa poderia ter acontecido no caminho para cá.

Johnny apontou.

— O cemitério é por ali.

Ela dirigiu até onde pôde, depois eles desembarcaram. Johnny conduziu-a através da abertura entre as árvores.

— O detetive Hunt disse que ele foi enterrado aqui na semana passada. Algum amigo da mãe dele pagou pelo funeral.

Eles caminharam mais longe. A pintura da cerca ainda era branca. A grama estava alta e com sementes.

— Eu deveria vir capinar isso em algum momento.

— Por favor, não — disse ela, mas Johnny já estava fazendo planos.

Eles caminharam até o local onde Levi Freemantle estava enterrado. A terra havia sido revirada recentemente. Sua filha estava ao lado dele, e também tinha uma lápide nova.

— Sofia — disse Johnny. — Era o nome dela.

Eles olharam para a lápide de Freemantle. Tinha suas datas de nascimento e morte. A inscrição era simples.

Levi Freemantle.

Último Filho de Isaac.

— Eu contei as lápides — disse Johnny. — Na noite que passei aqui. Havia três para aqueles que foram enforcados.

Johnny apontou para as pequenas e rústicas pedras ao pé do carvalho gigantesco.

— E 43 descendentes de Isaac Freemantle. Bem, 45 agora.

Eles olharam para as fileiras de pedras gastas pelo tempo.

— Se Isaac tivesse sido morto, enforcado como os outros, nenhum deles teria vivido ou morrido.

— Seu trisavô foi um homem excepcional. — Ela fez uma pausa. — Assim como seu pai.

Johnny concordou, incapaz de falar. Então ela prosseguiu:

— Ken Holloway, naquele dia, foi mau como nunca o vi ser.

Ela esfregou os pulsos, em que as cicatrizes ainda mostravam o fundo corte da corda de piano.

— Poderíamos ter morrido se não fosse Levi Freemantle — concluiu ela.

Silêncio. A luz do sol batia sobre o mármore recém-talhado.

— Ele me disse que a vida é um círculo.

A mãe de Johnny olhou as árvores, as fileiras de pedras. Ela pôs o braço em torno dos ombros do filho.

— Talvez seja.

Naquela noite, Johnny escreveu para Jack. Contou-lhe tudo o que havia acontecido nos meses depois que ele se foi. Foram necessárias dez páginas. Ele a endereçou a Jack Cross, Meu Amigo.

Este livro foi composto na tipologia Minion
Pro Regular, em corpo 11/15, e impresso em
papel off-white no Sistema Cameron da
Divisão Gráfica da Distribuidora Record.